JAPANISCHE BIBLIOTHEK

SHIMAO TOSHIO
DER STACHEL
DES TODES

Roman

Aus dem Japanischen
übertragen von Sabine Mangold
und Wolfgang E. Schlecht
Mit einem Nachwort versehen
von Wolfgang E. Schlecht

Insel Verlag

Originaltitel: *Shi no toge*
Copyright © 1986 by Shimao Miho
Der Übersetzung liegt die 1963
bei Kadokawa Shoten erschienene
Ausgabe zugrunde.

The publisher gratefully acknowledges the contribution of the Association for 100 Japanese Books toward the cost of translation.

In der *Japanischen Bibliothek* werden alle Namen in ihrer ursprünglichen japanischen Gestalt belassen. Hierbei steht in der Regel der Familienname voran, gefolgt von dem persönlichen Namen oder einem Schriftstellernamen.

Die *Japanische Bibliothek im Insel Verlag* wird herausgegeben von
Irmela Hijiya-Kirschnereit.

Erste Auflage 1999
© Insel Verlag Frankfurt am Main und Leipzig 1999
Alle Rechte vorbehalten, insbesondere das des öffentlichen Vortrags sowie der Übertragung durch Rundfunk und Fernsehen, auch einzelner Teile.
Kein Teil des Werkes darf in irgendeiner Form (durch Fotografie, Mikrofilm oder andere Verfahren) ohne schriftliche Genehmigung des Verlages reproduziert oder unter Verwendung elektronischer Systeme verarbeitet, vervielfältigt oder verbreitet werden.
Satz und Druck: Wagner GmbH, Nördlingen
Printed in Germany

DER STACHEL
DES TODES

AUS DER TIEFE

Damals, als wir noch zur ambulanten Behandlung in die Sprechstunden der neurologischen Abteilung gingen, machte ich jedesmal einen großen Bogen um die Psychiatrie, deren Anblick mich unweigerlich in eine düstere Stimmung versetzte.

Ich war körperlich und seelisch ein Wrack, die Nervenkrankheit meiner Frau hatte mich völlig ausgelaugt. Ihre Anfälle vollzogen sich mit einer solch unerbittlichen Logik, daß keiner von uns am Leben geblieben wäre, wenn wir uns auf diese Logik eingelassen hätten. In die Enge getrieben, geriet ich derart außer mich, daß ich mitunter sogar zu einem Strick griff, um mich zu erdrosseln. In solchen Momenten bezwang mich meine Frau dann mit der übermenschlichen Kraft eines *Kenmun,* jenes amphibischen Fabelwesens aus den Rūkyū-Legenden, und riß mir den Strick vom Hals. War dieser Spuk, diese dämonische Besessenheit erst einmal von mir gewichen, hing ich ebenso schnell wieder am Leben. Und nun war es meine Frau, die von der gefährlichen Verlockung des Selbstmords heimgesucht wurde. Meine Nerven waren völlig zerrüttet.

Zu jener Zeit waren wir uns ein halbes Jahr lang nie von der Seite gewichen, nicht einmal für eine Minute konnten wir getrennt voneinander sein. Ich mußte deshalb meine Stelle als Lehrer aufgeben, und da mir auch zum Schreiben keine Zeit mehr blieb, befanden wir uns bald in sichtlicher Geldnot.

Die Außenwelt hatte für mich aufgehört zu existieren. Nahtlos gingen die Tage ineinander über – endlose Stunden, die wir schlafend oder wach, mitunter sogar bis tief in die Nacht, von Angesicht zu Angesicht verbrachten, während das zornige Mißtrauen meiner Frau unablässig wie Methangas an der Oberfläche ihres kranken Bewußtseins brodelte.

Die Behandlung zeigte so gut wie keine Wirkung. War die Neurose vielleicht schon Teil ihrer Persönlichkeit geworden? Keiner von uns – weder meine Frau noch ich und selbst die Kinder nicht – vermochte sich die Zukunft vorzustellen.

Eine ganze Zeit begleitete ich sie zu den Sitzungen in die Nervenklinik. Wie oft geschah es da, daß wir uns unterwegs in der Bahn oder im Bus häßliche Szenen lieferten. Es gab Situationen, wo mich meine Frau mitten auf dem überfüllten Bahnsteig aus heiterem Himmel ohrfeigte, woraufhin ich wutentbrannt zurückschlug. Steigerte sie sich noch weiter in ihren Wahn hinein, verlor ich nicht selten die Fassung und irrte laut nach ihr rufend durch die Waggons. Sobald ich sie dann vorne an der Fahrerkabine entdeckte, konnte ich ungeheuer trotzig werden. Vom anderen Ende des Waggons rief ich laut ihren Namen und winkte sie mit heftigen Handbewegungen zu mir her. Daraufhin pflegte sie ihr hilflos-naives Lächeln aufzusetzen. (Der Anblick ihrer verzerrten Mundwinkel hat sich unauslöschlich in meine Seele eingebrannt.) Kam sie mir dann endlich entgegen, schwankte ich sogleich in die andere Richtung davon. Die Fahrgäste starrten uns verwundert an. Noch jetzt sehe ich die Bauersfrauen vor mir, die aus den umliegenden Präfekturen in die Stadt gekommen waren, um ihr Gemüse zu verkaufen, wie sie einander an den Ärmeln zupften und hämisch grinsten. Mir war, als hätte ich längst jeden Überblick verloren.

Dennoch, uns blieb nichts anderes übrig, als die offensichtlich vergebliche Therapie fortzusetzen. Ich war schon soweit, daß ich Felsbrocken am Wegesrand anflehte, der Geisteszustand meiner Frau möge sich wie nach der Vertreibung eines bösen Geistes wieder normalisieren. So wie ich damals während des Krieges, in dem ich als Soldat einem Sonderkommando angehörte, mir inständig wünschte, ganz Okinawa möge auf einen Schlag in der Tiefe des Meeres versinken.

Während sich meine Frau ihren langwierigen Sitzungen

unterzog, verbrachte ich die Zeit des Wartens in apathischer Depression, resigniert wie eine Ameise, die ausweglos in einem blanken Mörser umherirrt. Andererseits war ich froh, daß sich die Sprechstunde so lange hinzog. Wenigstens für diese Spanne konnte ich meine Frau beruhigt der Obhut des Arztes überlassen, dem sie ihr Vertrauen schenkte. Doch mir graute schon vor dem bevorstehenden Heimweg und dem unerträglichen, desolaten Zustand, der bis zum nächsten Sitzungstermin wie ein schweres, düsteres Wolkengebräu erneut auf mir lasten würde. Ganz gleich, was ich tat – ob ich nun vor dem Betonreservoir kauerte und auf das abgestandene Wasser starrte oder nach vierblättrigem Klee Ausschau hielt –, ich hatte stets das Gefühl, als wäre die verstreichende Zeit in zahllose winzige Augenblicke zersplittert. Ich stellte mir meine Frau in ihrer abgehobenen, bizarren Gedankenwelt vor, sah sie im Sprechzimmer hinter einem dunklen Vorhang liegen, wie sie ihrem Gedankenfluß ungehindert Ausdruck gab: die Stirn in Falten gelegt und mit nahezu erstorbener, bisweilen trancehafter, klagender Stimme. Allein der Gedanke, in welch ungewöhnlicher Phantasiewelt sie sich befand, rief Mitleid in mir hervor. Doch welche Schmach mir auch bevorstehen mochte, ich hatte stillschweigend die Peitschenhiebe des in ihr wohnenden Dämons zu erdulden.

Vor mir lag die psychiatrische Anstalt für Frauen: ein niedriges Gebäude, verwittert und düster.

Sämtliche Türen waren mit Schlössern verriegelt, die Fenster mit Holzgittern oder Drahtgeflechten, manche sogar mit Eisenstäben versehen. Drinnen war es dämmrig, vergleichbar den abgedunkelten Räumen in einem Aquarium. Und in der Art, wie man dort seltene Tropenfische hinter Glasscheiben beobachten kann, erhaschte ich jenseits der Gitterstäbe Gesichter von Patienten, die zusammenströmten und wieder auseinanderstoben.

Gelegentlich hallte ein gellendes Lachen durch das Gebäude. Es klang wie das Krächzen eines gespenstischen Riesenvogels.

Vor mir tauchte das Bild einer schrill kichernden Irren auf, die mit aufgelöstem Haar über den Flur huschte.

Diese Vision erschien mir zugleich wie der Inbegriff menschlichen Jammers. Wahrscheinlich bestand wenig Aussicht, eine Geisteskrankheit zu heilen. Und was hieß es überhaupt, eine Geisteskrankheit heilen zu wollen? Eine düstere, bedrückende Vorstellung.

Als ich an das ruhige, normale Dasein dachte, das all die vielen Insassinnen geführt haben mochten, bevor sie hier interniert wurden, und es mit unserem früheren Leben verglich und den einzelnen Begebenheiten, die uns schließlich soweit gebracht hatten, schnürte sich mir die Brust zusammen. Diese friedvolle Unbeschwertheit längst vergangener Tage würde wohl nie wiederkehren. Jene Zeit war ein für allemal vorbei. Je stärker sich meine Gedanken auf diese Vorstellung konzentrierten, um so mehr senkte sich bleierne Finsternis auf mich herab, wie schwarze Tinte, die aus einem Winkel meines Blickfeldes sickerte.

Was für ein unbekümmertes Treiben herrschte in dieser Welt! Doch bald schon hatte ich das Gefühl, als lauerten überall schreckliche Abgründe, aus denen es kein Entrinnen gab. Es war ein grausamer Gedanke, der mich zutiefst quälte.

»Habt ihr gehört«, drangen die Stimmen der Schwestern an mein Ohr, »die Otsuru aus dem Westflügel hat eben gelacht. Dann wird's morgen wohl Regen geben.«

Es gab ihn also immer noch, diesen kindischen Scherz. Wahrscheinlich hatte das Pflegepersonal da drinnen keine Vorstellung von solchen Abgründen. Würden auch wir noch einmal solch unbeschwerte Tage verleben? Stärker denn je fühlte ich mich in die Isolation getrieben. Ich spürte, wie sich mein Gesicht zu einer weinerlichen Grimasse verzerrte. Nein, es half nichts, ich mußte tapfer sein und durchhalten.

Aus irgendeinem Grund verspürte ich den Drang, hinter das Gebäude zu gehen. Keine Ahnung, was mich dort erwarten würde.

Unbefugten ist der Zutritt nicht gestattet!

Der Satz auf dem Schild zog mich seltsam in seinen Bann. Ich weiß nicht, ob es wegen des Verbotes selbst war oder wegen der Leute, die es geschrieben hatten; vielleicht war es ganz einfach das Gefühl, von den Geisteskranken da drinnen ausgegrenzt zu sein.

Um so mehr aber glaubte ich, dort hinter dem Gebäude einen für mich wichtigen Anhaltspunkt zu finden. Ich stellte mir vor, die rückwärtige Seite der Irrenanstalt würde wie ein klaffendes Maul offenstehen und mir ihr Innerstes enthüllen.

Kurz entschlossen ging ich los.

Als ich mich dem Gebäude näherte, spürte ich einen eisigen Luftzug unterhalb der Fenster. Drinnen war es völlig dunkel; man konnte nichts erkennen. Das Haus wirkte eher wie eine Lagerhalle. Ich wagte nicht, einen Blick auf das zu werfen, was dort im Finstern umherwirbelte. Unter den Fenstern lag bestimmt allerhand Zeug herum: Scherben, abgebrochene Messer, Rasierklingen, an denen ich mir die Füße hätte aufschneiden können. Doch bei näherem Hinsehen war nichts dergleichen zu entdecken. Auf Zehenspitzen schlich ich langsam um das Haus herum – voller Sorge, jemand könnte mich entdecken und zurechtweisen.

Ein Stück weiter stand ein anderes Gebäude, und dahinter schien es noch mehr Häuser zu geben. Sie entzogen sich aber meinem Blick wie Objekte in einem Irrgarten.

Die erhöhten Fenster waren alle mit Eisenstäben verbarrikadiert. Plötzlich tauchte ein fahles Gesicht vor mir auf.

Ich vermied es, in seine Richtung zu schauen. Mit stockendem Atem wandte ich mich der Rückseite des Traktes zu, um den ich eben herumgelaufen war.

Es gab mehrere Zimmer; jedes von ihnen besaß ein Fenster. Der erste Raum schien leer zu sein. Eine dunkle Ahnung schoß mir durch den Kopf. Konnte es sein, daß das Gebäude schon längst nicht mehr bewohnt war . . .?

Dann ließ ich meine Augen zu dem nächsten Fenster wandern und stockte.

Eine junge Frau – sie hielt die Gitterstäbe mit beiden Händen umklammert – starrte mich an. Sie nahm meinen Blick derart gefangen, als hätte sie mein Kommen seit langem sehnlichst erwartet.

Ein stilles Lächeln huschte über ihr Gesicht. (Mir fiel das lautlose Lächeln meiner Frau ein, dieses gezwungene Lächeln, das sie vor den anderen Leuten in der Bahn aufzusetzen pflegte, um mein schlechtes Benehmen zu überspielen. Allein dieses krampfhaft lächelnde Gesicht hat sich in meinem Bewußtsein deutlich eingeprägt, und der Gedanke daran rief jedesmal ein Gefühl tiefsten Mitleids in mir hervor.)

Unwillkürlich drehte ich mich um und lief zurück.

Bestimmt war mein Gesicht wie versteinert.

Eiligen Schrittes ging ich zur neurologischen Station.

Ich war völlig erschöpft. Was hätte ich tun sollen? Weshalb hatte ich dieser Kranken nicht etwas mehr Freundlichkeit entgegenbringen können?

Ihre mädchenhafte Erscheinung mit dem schlicht nach hinten gebundenen Haar und dem hell gemusterten Kimono ließ die Erinnerung an meine Frau als junge Braut in mir wach werden: damals, kurz nach der Hochzeit, als sie mich von der Großstadt zu unserem alten Familiensitz auf dem Land begleitete.

Ihre resignierten, müden Augen erinnerten mich an die meiner Frau: dieser verstörte Blick voller Angst, sich nicht mehr unter Kontrolle zu haben, gepaart mit einem Hauch Naivität unter dünnhäutigen, fiebrig zuckenden Lidern, die sich zum Zwecke einer geschärften Wahrnehmung eigens so herausgebildet hatten.

Was mochte in der jungen Frau, deren Hände die Fensterstäbe umklammert hielten, vorgegangen sein? Welche Zukunft erwartete sie?

Und mehr noch: Was hatte mich dazu bewogen, auf die andere Seite der Anstalt zu gehen? Mit einer fahrigen Handbewegung versuchte ich die Eindrücke zu verscheuchen.

Damals sagte ich mir oft, daß ich diese Tortur nur durchstehen könne, wenn ich mich von meiner Umgebung löse. Aber vielleicht war diese Überlegung lediglich eine verzerrte Form meines verdrängten Widerstandes, mich den unbeherrschten Ausbrüchen jenes anderen weiblichen Wesens, das von meiner Frau Besitz ergriffen hatte, nicht aussetzen zu wollen.

Schließlich kam es soweit, daß wir uns gemeinsam internieren ließen. Aus verschiedenen Gründen schied für uns die offene Psychiatrie aus; wir mußten in die geschlossene Anstalt.

Nun machte ich keinen großen Bogen mehr um die Klinik, sondern schweifte in ihrem Innern herum, jenseits der Fensterstäbe, die meine Hände jetzt umklammerten, wenn ich die Welt da draußen betrachtete. Der einzige Unterschied war, daß man uns in den Männertrakt gesteckt hatte, damit wir zusammenbleiben konnten. Denn ich selbst hätte schlecht auf einer reinen Frauenstation leben können.

Nach hinten hinaus gab es übrigens weit mehr Gebäude, als mein flüchtiger Blick damals erhaschen konnte, und die Ärzte, Schwestern und Pfleger mit ihren klirrenden Schlüsselbunden an den Gürteln liefen geschäftig durch die Flure, um all die verriegelten Türen aufzuschließen.

Hatte man sich erst einmal dort eingelebt, verlor sich alles Geheimnisvolle: meine zaghaften Versuche, mich den anderen Patienten zu nähern, der befürchtete gähnende Abgrund, das laute Geschrei während eines Anfalls, die Unverständlichkeit der Worte, die starrsinnige Fixierung auf einzelne Dinge, die Hysterie und Exaltiertheit, das Jähe und Unerwartete. Und vermutlich brachte es wohl auch die Zeit mit sich, daß jene dichte, hartnäckige, alles durchdringende gasförmige Substanz, die uns zuerst mit ihren originellen Überraschungen eingenebelt hatte, sich auf ganz natürliche Weise verflüchtigte.

Anfangs hielten mich die Insassen für einen von ihnen. Kein Wunder, denn es ließ sich ja viel schwerer begreifen, was eine Frau auf der Männerstation zu suchen hatte.

Für mich fielen nun nicht nur die seelischen Belastungen in der Außenwelt weg, sondern dank der verriegelten Türen blieb ich auch von jeglichen Feindseligkeiten verschont, denen ich mich sonst unerbittlich ausgesetzt fühlte. Mir sollte es recht sein, zu zweit eine Weile hier in der Anstalt zu leben, sofern sich dieses dämonische Wesen, das sich in den Nerven meiner Frau eingenistet hatte, nur wieder vertreiben ließe.

Mir machte es nun nichts mehr aus, vor aller Augen herumzutoben, wenn mir danach zumute war, oder uns gegenseitig durch die Korridore zu jagen und nächtelang zu zanken. Sobald die unvorhersehbaren Ausbrüche meiner Frau (beziehungsweise meine eigenen, denn inzwischen neigte auch ich zu solchen Anfällen) vorüber waren, spazierten wir wieder Arm in Arm über den Flur; ich war ihr auf der Toilette behilflich und übernahm auch sonst alle Dinge, die normalerweise die Ehefrauen erledigten – kurzum, während sie mich anherrschte und die Gnädige spielte, gelang es mir, ihr mit einem heiteren Lächeln zu dienen.

Draußen hätte man mich vermutlich für verrückt gehalten, doch hier genossen wir uneingeschränkte Narrenfreiheit. Nun, das mag ein wenig übertrieben klingen. Denn nachdem ich mich langsam an das schrullige Gebaren der Insassen gewöhnt hatte, mit ihrer Sprache vertraut geworden war und nicht mehr bei jedem Schrei zusammenzuckte oder es mit der Angst zu tun bekam, wenn jemand außer Kontrolle geriet, stellte ich fest, daß sich auch durch diese Pforten die Außenwelt ein Stück weit eingeschlichen hatte. Doch wie normal sich die Patienten nach ihren Ausbrüchen auch geben mochten – da hier jeder unter diesen schwer zu kontrollierenden Anfällen litt, akzeptierte man sich gegenseitig. Trotz einer gewissen Gewöhnung blieb die Anstalt für mich eine Stätte, wo Toleranz herrschte, wo ich weniger verletzt wurde und wo ich schließlich ein würdevolleres Leben führen konnte.

Erstaunlich, wie verschiedenartig die Symptome der einzelnen Insassen waren. Doch recht bedacht, handelte es sich auch hier, nicht anders als in der Gesellschaft draußen, um einen zusammengewürfelten Haufen von Menschen mit den unterschiedlichsten Charakterzügen und Angewohnheiten.

Ungeachtet der jeweiligen Persönlichkeit war allerdings bei sämtlichen Patienten eine gewisse Zerbrechlichkeit zu spüren, die sich bisweilen in einer plötzlich auftretenden Scheu äußern konnte. Und diese Scheu vor den eigenen Anfällen verschaffte mir eine gewisse Beruhigung. Ich empfand die Menschen hier wie eine Horde riesiger Insekten, die an einer Stelle ihres Körpers eine schwer heilbare Wunde trugen. Außerdem waren sie mit etwas Groteskem behaftet, das in den gewandten Bewegungen der Ärzte, Schwestern und Pfleger, mit denen diese die Selbstsicherheit ihres normalen Daseins zur Schau trugen, nicht zu entdecken war. Ich muß zugeben, daß mich ihre unbeholfene Steifheit sogar erleichterte. Erbärmliche Käfer, die mit ihren ungelenken Gliedern nicht imstande waren, die Wunden auf ihren Rücken zu ertasten. Armselige, aber gutmütige Wesen, die sich ihrer Wunden stets bewußt waren und sich deswegen minderwertig fühlten.

Nachts, wenn es mich durch die Flure trieb, wurde ich von einer unbeschreiblichen Ekstase ergriffen.

Die schweren Fälle befanden sich auf derselben Station, allerdings waren sie abgesondert in einem verschlossenen Trakt untergebracht. Ich bewohnte immerhin ein Zimmer, von dem aus ich ungehindert auf die Gänge gelangen konnte, und wenn ich mir dann die Lage dieser sanft schlummernden Seelen (natürlich gab es unter den Patienten auch solche, die an Wahnvorstellungen oder an Schlaflosigkeit litten) vor Augen hielt, wie sie eingekerkert und ganz der Obhut anderer überlassen hinter Schloß und Riegel hausten, überkam mich eine tiefe Traurigkeit. Manchmal fragte ich mich, wie es wohl den diensthabenden Ärzten und Nachtschwestern erging, ob sie wirklich dem gewaltigen Getriebe des Schicksals mit seiner fast übermächtigen Kraft standzuhalten vermochten. Ich jedenfalls sah mich allein schon dadurch überfordert, daß ich mich fortwährend mit den Anfällen meiner Frau auseinandersetzen mußte.

Eines Nachts hatte ich folgenden Traum.

Es war Schlafenszeit. Unser Zimmer war noch einmal in zwei enge Zellen unterteilt, außerdem hatte man die Tür verriegelt. Ich verspürte darüber fast ein wenig Erleichterung. Endlich schien man mich wie einen ernsten Fall zu behandeln. Ich war nämlich zu der Überzeugung gelangt, daß ich genauso verrückt werden mußte wie meine Frau, damit wir beide es schafften, aus dem tiefen Abgrund emporzuklettern. Zu guter Letzt war nun auch ich hinter Schloß und Riegel. Zugegeben, in sentimentalen Momenten stimmte es mich wehmütig, daß ich nach und nach von der Möglichkeit abgeschnitten wurde, in die Außenwelt zurückzukehren. Doch kein Ort außer diesem, wo man sich zurückziehen konnte, um sein Leben mit um so größerer Hingabe zu verbrennen, erschien mir attraktiver. Schwächlinge haben hier nichts verloren. Los, raus mit euch! Mit einem sarkastischen Lächeln auf den Lippen sah ich Menschen vor mir, die nicht unter Anfällen litten: wie sie bemüht waren, sich rasch zu desinfizieren, bevor sie nach Hause eilten. Schwestern in weißen Kitteln gingen laut schimpfend umher, während sie die Töpfe mit dem Essen und das Geschirr in die Zimmer brachten, um sogleich wieder hinauszustürzen. Marsch, raus mit euch! Alle, die nicht hierher gehören, schert euch fort! Mein Mund formte die Worte, als hätte ich das Kommando übernommen. (In der Klinik war unbemerkt ein bösartiger Virus ausgebrochen, so daß man vorübergehend in Quarantäne mußte. Es war zu erwarten, daß alle, die hier zusammengepfercht waren, sich zwangsläufig anstecken würden. Die Lautsprecher auf den Gängen teilten uns jedenfalls derartiges mit.) Ich war ziemlich beunruhigt darüber, was mir hier zustoßen könnte, zusammengesperrt mit Patienten, die wegen des Tumults in zunehmende Panik gerieten (der Priester und der Reiskloß, Herr Hanio, der Murmler, die Mimose, die Serpentine, Herr Saita und Herr Wakino, Herr Guttsu, das Nesthäkchen, das Kätzchen, Herr Yumiya und Herr Kuwawa, Herr Größenwahn und Herr Goldfischkot, Susumu-chan, der Student W., der galante Gentleman, der junge Grübler, das Megaphon, das Nilpferd – all diese höchst eigenwilligen Gesichter, die mir inzwischen so vertraut waren, schoben sich gaukelnd voreinander und rissen lachend die Münder auf.) Meine Frau fühlte sich wahrscheinlich um so wohler, je sicherer wir eingeschlossen waren. Schwester C. schickte sich gerade an, mit einem freundlichen Lächeln die Tür zu verriegeln: »Ich schließe jetzt zu, falls noch jemand raus muß.« – »Aber wenn Sie von drinnen zusperren, schließen Sie sich doch selbst mit ein«, rief ich ihr besorgt zu. »Natürlich, ich habe doch Aufsicht, deshalb bleibe ich hier«, erwiderte sie. – »Hören Sie, das scheint diesmal nicht so harmlos zu sein. Wieso bleiben nur Sie allein zurück? Ich weiß nicht, aber die Patienten drehen vielleicht durch.« C. lächelte bloß unbekümmert. Vermutlich würde sie zu einem hilflosen Opfer werden. Sie tat mir leid. Doch andererseits dachte ich, es müsse zumindest eine Person geben, die das tat.

Ich schreckte hoch.

Damals konnte ich mich kaum auf meine Träume besinnen, aber dieser war mir deutlich in Erinnerung geblieben. Irgendwie schien er mir sagen zu wollen, ich müsse mich auf Weiteres gefaßt machen.

Zäh wie Kletten hafteten die Symptome an meiner Frau. Die verschiedenen Behandlungen, denen sie sich unterziehen mußte, um die Vergangenheit zu verwischen, hatten zwar in der Tat bis zu einem gewissen Grad gewirkt und einen Großteil ihrer Erinnerungen verklärt. Doch gerade die unliebsamen Eindrücke, die ihre Psyche entscheidend beeinflußt hatten, schienen nun noch lebendiger und nachhaltiger in ihr zu wirken. Inzwischen nahmen sie derart bizarre Formen an, daß meine Frau sie gar nicht mehr von den realen Ereignissen zu unterscheiden wußte.

Auch an jenem Morgen wurde ich vermutlich davon wach, daß meine Frau sich auf die andere Seite wälzte, doch vorerst blieb ich reglos liegen, um zu sehen, in welcher Verfassung sie sich heute befand.

Würde ich sie aus dem Schlaf reißen, dann sorgte ich lediglich für eine neue Serie von Anfällen, mit denen ich mich den ganzen Tag, solange wir wach waren, herumschlagen mußte. Dies war zwar ohnehin nicht zu vermeiden, aber wenigstens bedeutete es einen schwachen Trost, daß dieser Zeitpunkt sich noch eine Weile aufschieben ließ (mir fiel ein, daß ich eigentlich nur auf dem Klo ganz für mich allein sein konnte). Deshalb beschloß ich, jetzt keinesfalls voreilig aufzustehen und sie dadurch zu wecken, um so eine Galgenfrist zu gewinnen, bis ihre Anfälle sich wieder häuften. Gleichzeitig wußte ich nur zu gut, daß meine Frau bereits wach lag und mit der auf sie einstürzenden Flut von Phantasien und Wahnvorstellungen kämpfte.

Schließlich richtete ich mich mit einem Ruck auf.

»Miho, bist du wach?« rief ich zu ihr hinüber.

»Mhm.«

Ich versuchte, ihr verkrampftes Lächeln einzuschätzen. Deutete es bereits auf einen Anfall hin? Doch selbst wenn ich irgendwelche Anzeichen im voraus bemerkte, war die Katastrophe nicht aufzuhalten. Mir blieb nichts anderes übrig, als schweigend abzuwarten, bis der Ausbruch vorüber war (es sei denn, daß es sich um einen langwierigen Anfall handelte). Genauer gesagt, war es alles andere als geduldiges Zusehen, denn tatsächlich war ich bei ihren Attacken dermaßen gereizt, daß auch ich mich fürchterlich aufzuführen begann. Die gegenseitige Aufstachelei führte meistens dazu, daß wir uns immer hoffnungsloser in die Situation verstrickten. Doch an diesem Morgen erschien mir meine Zurückhaltung als überflüssig, und so trat ich die Flucht nach vorn an.

»Miho, ist alles in Ordnung?« fragte ich vorsichtig.

»Hhhhm.« Ihre Antwort war schwer zu deuten. Bestimmt hatte sie die Brauen finster zusammengezogen und blickte starr zur Decke hoch.

Noch völlig benommen wegen ihres nächtlichen Anfalls, der mir den Schlaf geraubt hatte, richtete ich mich auf. Meine

Knöchel und Kniegelenke schmerzten, als wären sie verstaucht, doch ich biß die Zähne zusammen und humpelte zu ihrem Bett hinüber.

Allerdings nur, um festzustellen, daß meine Frau sich bereits an der Schwelle eines neuen Ausbruchs befand. Es war außerordentlich schwierig, mich herauszuhalten, mich nicht hineintreiben zu lassen in eine Situation, die ich haßte, vor der ich mich fürchtete, der ich besser ausweichen sollte. Nur ganz selten gelang es mir, sie von dieser Stelle weg in ein offenes Terrain zu lotsen. Versuchte ich, ihre Stimmung zu ändern, schlug sie mit Sicherheit einen entgegengesetzten Kurs ein. Ließ ich sie allein, dann geriet alles sogleich ins Stocken. Drängte ich sie hingegen zu sehr, um die Angelegenheit möglichst rasch hinter uns zu bringen, dann wurde sie argwöhnisch und stellte sich erst recht bockig. Was immer ich tat, ich wurde wohl oder übel in die Sache verstrickt.

Aus einem von Brechreiz begleiteten Gefühl höchster Verzweiflung heraus versuchte ich, ihre Aufmerksamkeit auf belanglose Dinge zu lenken, aber so, als würde ich langsam, aber sicher in den Strudel eines Mahlstroms gerissen, zog es mich unweigerlich in die Anfälle meiner Frau hinein.

Mitunter waren es ganz nichtige Anlässe. An jenem Morgen war ihr plötzlich eingefallen, daß ich sie niemals ins Kino oder Theater ausgeführt hatte. Die Erinnerung war in ihr hochgestiegen wie ein übelriechendes Gas, das am Grunde eines Abwassergrabens vor sich hin gärte.

Weshalb ich sie nicht mitgenommen hätte? Für wen ich sie denn hielte?

Übermannt von Hilflosigkeit, begann ich zu straucheln, als stürzte ich einen Steilhang aus rotem Lehm hinunter. Eigentlich waren es nur belanglose Dinge, doch in den letzten zehn Monaten hatte ich mich immer wieder ähnlich zähen Verhören aussetzen müssen. Sie nahm mich so lange in die Mangel, bis ich zuletzt nicht mehr ein noch aus wußte und meine ganze Vergangenheit bloßlegte. Nun waren wir wieder soweit. In meinem Kopf drehte sich alles. Und auch das Gesicht meiner Frau war nur noch von ihrem Dämon beherrscht. In meiner Kehle brauten sich häßliche, selbstsüchtige Gemeinheiten zusammen, die nun unaufhaltsam aus mir herauszuplatzen begannen.

»Ich brauche meine Frau nicht wie ein Anhängsel überall mit hinzuschleppen.«

»Du Mistkerl!«

Außer sich vor Wut, schlug sie mir mit voller Wucht auf das linke Ohr.

»Was fällt dir ein!« rief ich empört. Mit haßerfülltem Blick wollte ich es ihr heimzahlen, doch in diesem Moment entdeckte ich etwas Vertrautes in ihrem Gesicht (dieser Ausdruck rief die schmerzliche Erinnerung an unsere beiden Kinder wach, wenn ich ihnen früher den Hintern versohlt hatte. Wegen der Internierung ihrer Eltern mußten sie jetzt bei Verwandten auf einer abgelegenen Insel fern im Süden leben). Ich roch den süßen Duft von Milch, der ihren Körpern anhaftete, und mein Zorn verrauchte. Statt meine Frau zu ohrfeigen, warf ich sie bäuchlings aufs Bett, so wie ich es früher mit den Kindern getan hatte, und gab ihr ein paar Klapse auf den runden Po. Einen Augenblick lang hatte ich tatsächlich das Empfinden, eines meiner beiden Kinder zu züchtigen. Meine Frau wehrte sich natürlich mit Händen und Füßen, doch ich bildete mir ein, sie würde dabei lächeln. Na schön, laß uns endlich damit aufhören, hörte ich sie förmlich sagen. Ich merkte, wie lieb sie mir plötzlich war, und ich wünschte mir nichts sehnlicher, als möglichst schnell mit ihr und den Kindern zu einem sorglosen, heiteren Familienleben zurückzukehren. Als ich schwer keuchend wieder zu mir kam, merkte ich, daß ich klatschnaß war. Ich zog mich aus und wischte mir den Schweiß ab.

»Miststück, mich so zu verprügeln! Schämst du dich nicht, mich mit diesen schmutzigen Pfoten anzurühren? Das werde ich dir nie verzeihen«, keifte sie mit hochrotem Gesicht. Der Schweiß strömte mir aus allen Poren, während ich versuchte, mir ein Trikothemd überzuziehen. »Merk dir eins, diesmal werde ich wirklich verrecken«, sagte sie und stand auf, um sich anzukleiden.

Mein Gott! Wie oft hatte sie mir damit schon gedroht! Wie oft hatten wir uns schon diesem gefährlichen Abgrund genähert. Ich verlor die Nerven. Mit einer besonders gehässigen, herablassenden Miene ging ich auf sie zu und zischte ihr ins Ohr:

»So etwas solltest du besser nicht in den Mund nehmen!«

Doch dann wurde ich von meinen eigenen Worten mitgerissen.

»Bevor du es wirklich tust, werde ich dir zeigen, wie es gemacht wird«, rief ich. Dabei schnappte ich mir den Baumwollgürtel ihres Nachthemds (es war ein sehr fester Gürtel; einmal, als meine Frau ihn an den Bettpfosten knotete, um sich zu erwürgen, gelang es mir nicht, ihn loszubinden, und ich mußte ihn mit einem Taschenmesser entzweischneiden), dann legte ich mir den Gürtel geschwind um den Hals und zog ihn mit einem Ruck fest.

Meine Frau beachtete mich zunächst gar nicht, doch als sich mir der Gürtel immer tiefer ins Fleisch grub, mein Gesicht blau anlief und ich zu röcheln begann, stürzte sie auf mich zu.

Eine ganze Weile rangen wir miteinander.

»Herr F., Herr F., kommen Sie schnell! Toshio wird gewalttätig!« rief sie nach dem Pfleger, der sogleich herbeieilte.

»Toshio will mich umbringen. Sehen Sie nur, wie er sich einer Kranken gegenüber benimmt. Und so jemand soll sich um mich kümmern? Lächerlich!«

Mir blieb nichts anderes übrig, als hinauszugehen und sie der Obhut des Pflegers zu überlassen.

Ich lief zu dem großen Fenster im Badezimmer, umklammerte die Gitterstäbe und starrte in die gleißende Helligkeit draußen. Noch immer bebte ich am ganzen Körper. Ich hätte es akzeptiert, wenn meine Frau mich für mein Vergehen umbringen würde. Doch immer wieder den gleichen Verhören ausgeliefert zu sein war einfach nicht mehr zu ertragen. So jedenfalls dachte ich in meiner aufgewühlten Verfassung. Als meine Erregung jedoch abebbte, spürte ich, wie auch die Schwermut ein wenig von mir wich. Dennoch war ich mir natürlich darüber im klaren, daß es noch lange dauern konnte, bis meine Frau zu einem normalen Zustand zurückfinden würde. Außerdem mußten wir mit größter Vorsicht vorgehen, um auf der dünnen Eisschicht nicht einzubrechen.

Die unausgeglichene Verfassung meiner Frau hielt weiter an. Für den Nachmittag war jedoch auswärts ein Behandlungstermin angesetzt. Wir verließen also die geschlossene Anstalt, um uns zur Sprechstunde in die Nervenklinik zu begeben.

Der regelmäßige Besuch der Sprechstunden war für uns damals ein ehernes Gesetz. Als der Zeitpunkt nahte, begann sich meine Frau mißmutig anzukleiden. Dann schloß uns eine der Schwestern die Türen auf, um uns hinauszulassen.

Weder die Helligkeit draußen mit den aufgetürmten Wolken am Himmel noch das Gras und die Bäume im Park vermochten uns den leisesten Trost zu spenden. Sogar das Licht der sengenden Sonnenstrahlen verdunkelte sich beim Eintritt in die Furchen unserer Hirnwindungen, und wie ein schweres Gewicht lastete auf uns das Gefühl, einzig wir beide wären aus der Welt verbannt worden.

Das Gesicht meiner Frau war bleich, und sie wirkte plötzlich gealtert, als sie mit resoluten Schritten vor mir herging.

Unsere Rücken wurden durch die Sommersonne sanft erwärmt. Auch dieser Anfall würde bald überstanden sein. Dennoch sah ich die bevorstehende Flut von Attacken, die einander auf dem Fuße folgen würden, sich bereits wie ein riesiger Ozean vor mir ausbreiten ... Was sollte das alles, fragte ich mich. Ich blickte zum Himmel und seufzte. Die Sonnenstrahlen prallten direkt auf meine Netzhaut und entfachten in meinen Augen ein bizarres Farbenspiel. Die Saat, die ich ausgestreut hatte, mußte ich nun selbst ernten. Doch war ich überhaupt in der Lage, mit gefesselten Händen und Füßen weiterzuschwimmen, immer weiter, ohne in einen reißenden Strudel zu geraten? Doch nein, dieser Vergleich hinkte. Am liebsten hätte ich alles, was mit meiner Person zusammenhing, abgestreift! Doch selbst wenn ich meine Gefühle auf diese Weise bloßlegte, würde es zu nichts führen. Es sah ganz danach aus, als würde mein faulendes Fleisch langsam zerfressen. Mir war, als hätte ich jeden festen Boden unter den Füßen verloren.

Der Arzt war noch mit einer anderen Sache beschäftigt und ließ uns warten.

Meine Frau nutzte die Gelegenheit, um auf mich zuzusteuern und mich in ihre Logik hineinzuziehen. Sie zerrte an meinen Nerven, während ich schweigend den Kopf hinhalten mußte. Oder besser doch nicht schweigend, denn das hätte sie noch mehr provoziert. Stieg ich in ihre Logik ein, geriet ich dabei ins Straucheln. Ging ich ihr statt dessen aus dem Weg, griff sie mich um so heftiger an. »Ich werde dir überallhin folgen. Du hast mich schließlich in den Wahnsinn getrieben. Also sorge gefälligst dafür, daß ich wieder normal werde!«

Uns blieb nichts anderes übrig, als einige Runden auf dem Gelände zu drehen. Die Sonne brannte. Jemand schaute aus einem Krankenzimmer der Nervenklinik zu uns herüber.

Plötzlich drang laute Schallplattenmusik an mein Ohr, durchsetzt von einem lauten Gepolter. Es hörte sich an, als ob auf Holzdielen herumgetrampelt oder etwas über den Boden geschleift wurde.

Automatisch steuerte ich darauf zu und erblickte eine Anzahl Insassen aus der Psychiatrie, die einen höchst bizarren Reigen aufführten.

Wie soll ich es beschreiben? Es war ein Farbenzauber, als hätte jemand einen Karton Konfetti ausgeschüttet, dessen knallige Buntheit mein Gesichtsfeld zu sprengen drohte. Auf den zweiten Blick aber erschienen mir die Farben gar nicht mehr so schrill. Vielleicht hatte ich die Farben ganz einfach deshalb so intensiv empfunden, weil sich unter den Tanzenden auch Frauen befanden – obwohl sie weder auffälliges Lippenrot noch Rouge aufgetragen hatten und ich ja nun schon eine ganze Weile unter diesen Menschen lebte und dadurch ihre diversen Eigenheiten weitgehend kannte.

Verschiedenste Altersgruppen und Kostümierungen waren hier wild durcheinandergewürfelt. Die Reihe der Männer reichte vom Jungen im Oberschulalter bis hin zum Greis mit schlohweißem Haupt, alle in unterschiedlichster Kleidung: Manche trugen über ihrer weißen Anstaltsuniform einen schmuddeligen Baumwollkimono, andere wiederum waren in Hose und Trikothemd gekleidet, wieder andere trugen eine kurze Hose, wie man sie zu Kriegszeiten häufig sah, auf dem Kopf eine Soldatenmütze, ja es gab auch Männer mit Baumwollhemd und langer Unterhose. Die Frauen waren überwiegend westlich gekleidet. Nur vereinzelt tauchten Kimonos auf: Eine trug einen indigoblauen mit roter Schärpe, dazu hatte sie ein Taschentuch um den Kopf gebunden, eine andere hatte sich einen grauen Mantel übergestreift, der aussah wie eine Regenpelerine oder ein Arbeitskittel. (Es gab übrigens noch eine Patientin in einem Kimono, die jedoch nicht mittanzte, sondern den Reigen von ihrem Stuhl in der Zimmerecke aus betrachtete. Bestimmt war es die junge Frau, die mich einmal durch die Gitterstäbe angestarrt hatte – damals, als ich mir die Zeit, bis meine Frau mit ihrer Sitzung fertig war, damit vertrieben hatte, mit furchtsamen Schritten das Psychiatriegebäude zu erkunden. Doch jetzt verspürte ich nicht mehr jene exotische und zugleich sentimentale Stimmung. Ich war nicht mehr der Beobachter, der einen großen Bogen um das Gebäude gemacht und sofort die Flucht ergriffen hatte. Meine Erwartungshaltung, auf etwas Kurioses zu stoßen, hatte sich verloren, und auch jenes bange Gefühl war längst nicht mehr da. Ich sah in ihr nichts weiter als eine unscheinbare Frau, die an einer geistigen Störung litt. Einmal, es war einige Zeit später, konnte ich durch das Gitter einen flüchtigen Blick von ihr erhaschen, wie sie in einer schlichten Bluse leichtfüßig durch den Korridor schritt und eine beschwingte Melodie vor sich hin summte.) Die anderen weiblichen Insassen trugen einfache Kleider, Blusen, die Unterhemden ähnelten, mit

Schärpen zusammengeraffte Röcke, Strümpfe und bauschige Plisseeröcke. Je nachdem, wie sie gekleidet waren, wirkten sie wie elegante Damen oder Bauersfrauen, wie junge Mädchen, Oberschülerinnen, Kellnerinnen, Büroangestellte, einfache Hausfrauen oder Ladenbesitzerinnen (erstaunlich, wie erschreckend echt jede ihre Rolle verkörperte). All diese Gestalten – manche sauber und adrett, andere eher schlampig und verwahrlost – tanzten in dem bunt gewürfelten Reigen. Ich konnte mir lebhaft vorstellen, wie die Frauen aussahen, wenn sie ihre Anfälle hatten. In diesem Moment aber schlummerte diese dunkle Seite im Unbewußten, und sie benahmen sich, als wären sie nicht im geringsten davon betroffen. Doch jede von ihnen hatte etwas Manisches an sich. Ebenso wie ihre männlichen Leidensgenossen litten sie an einer unheilbaren Wunde, die sie mit den Händen nicht erreichen konnten, und wenn diese krankhafte Stelle sich bemerkbar machte, waren sie einem entwürdigenden Seelenkampf ausgeliefert. War die Attacke vorüber, nahmen sie wieder jene beschämte Demutshaltung an, als hätten sie überhaupt keine Daseinsberechtigung im normalen Leben. Bei den meisten waren es der etwas steife Gang und die ungelenken Gebärden, die ihnen etwas Groteskes verliehen. Sie wirkten wie zerbrechliche Marionetten, die sich klappernd in Bewegung setzten. Indem sie mit aller Macht versuchten, ihre Mängel zu kompensieren, gerieten sie noch mehr aus dem Gleichgewicht. Doch gerade diese Disharmonie übte auf mich einen seltsamen Reiz aus.

Ihr chronisches Leiden hatte ihre Gesichter zu Grimassen verzerrt. Sie ähnelten Handpuppen, die erschöpft im Kreis umhertaumelten.

Jedes Gesicht, jede Erscheinung war mir inzwischen vertraut. Sie alle hatten die Bürde einer mir unbekannten Vergangenheit zu tragen, die aber dennoch meine Phantasie in einer Weise beflügelte, daß ich sie mir lebhaft vorstellen konnte.

Besonders ihr westlicher Reigentanz hatte es mir angetan. Es gefiel mir, wie sich die Pärchen an den Händen hielten und zu einer beschwingten Melodie im Kreis drehten.

Wenn sie zum Stehen kamen, stampften sie abwechselnd mit den Füßen auf und drehten sich danach erneut im Kreis. Nach einem kurzen Wink zum Partner faßte der Mann die Frau von hinten an, und beide begannen zu hüpfen. Auf mich wirkte es sehr belustigend, wie darin die Persönlichkeit eines jeden zum Ausdruck kam.

Wie gebannt starrte ich auf diesen Reigen von Tänzern, die so heftig herumwirbelten, daß sie jeden Augenblick in Schweiß ausbrechen mußten. Die Körper und Gesichter der Paare, die sich direkt in meinem Blickfeld befanden, strotzten vor Energie. Vor meinen Augen kreiste ihr vergessenes Dasein in der Welt, zyklisch in allen Lebensaltern, mit einer geradezu symbolischen Vitalität. Hier ernste und drollige Mienen, dort ein verschmitztes Lächeln, ein weinerliches Gesicht und andere Grimassen – kurzum: Die ganze Palette von Geisteskranken zeigte mir hier ihr Gesicht, frontal und im Profil. Für einen Augenblick meinem Blickfeld entzogen, kreuzten dieselben Gesichter schon bald wieder vor mir auf.

Das Naive, das diesem Treiben anhaftete, nahm mein Herz völlig gefangen.

Nicht, daß ich meine Frau darüber vergessen hätte. Als ich mich auf die Gruppe zubewegt hatte, war sie mir mit einigem Abstand gefolgt. Wie sehr mich meine Frau auch verwünschte, sie konnte einfach nicht von mir ablassen. Das war ihr durchaus bewußt, und deshalb achtete sie stets darauf, daß ich mich in ihrer Nähe befand. Und wenn sie dann ihre Anfälle bekam, wurde ich in Stücke gerissen.

Auch sie schaute dem Reigen zu.

Eine gewisse Distanz wahrend, tat ich so, als würde ich sie gar nicht beachten, während ich sie jedoch in Wirklichkeit nicht aus den Augen ließ. Der kritische Moment unmittelbar vor Ausbruch eines Anfalls, der anschwoll und wieder abebbte wie die Gezeiten, rief bereits ein dröhnendes Echo in meiner Brust hervor.

Nach einer Weile kam die Schwester, um meine Frau abzuholen. Sie war die nächste in der Sprechstunde. Ich blickte ihr nach, um sicherzugehen, daß sie auch wirklich in Begleitung der Schwester fortging, und es wurde mir klar, daß ich nun für die Dauer der etwa einstündigen Sitzung frei sein würde. Die dunkle Wolke verflüchtigte sich zwar dadurch nicht, doch meinen angespannten Nerven war zumindest für diese kurze Zeitspanne eine Ruhepause vergönnt.

Ich wandte mich wieder der Gruppe der Tanzenden zu und bemerkte weitere Personen, die lärmend herbeigeschwärmt waren. Es handelte sich ebenfalls um Patienten aus der Anstalt, die ich jedoch noch nie zu Gesicht bekommen hatte. Erneut fiel es mir wie Schuppen von den Augen. Es bestand kein Zweifel, das da waren die wahren Geistesgestörten. Verglichen mit ihnen wirkten die anderen Patienten eher normal. Hatte ich womöglich Fieberphantasien? Eine Dicke in kurzen Hosen mit einer gescheitelten Männerfrisur, ein Jüngling, der ohne Obi mit offenem Kimono herumspazierte, ein kleiner Junge mit einer Operationsnarbe auf der Stirn, der völlig blödsinnig seine Arme in die Luft stieß und wie wild herumfuchtelte, eine Alte mit zerzaustem Haar und eine Frau, die ihren Bauch wie eine Schwangere herausstreckte. Die Neuankömmlinge veranstalteten ein schrilles Geschrei und drängten sich in den Reigen, der nun völlig aus dem Rhythmus geriet. Manche bewegten sich gegen den Strom, andere tanzten aus der Reihe – es war die reinste Hexenküche.

Merkwürdig, wie farblos dagegen die mir vertrauten Patienten mit einem Mal wirkten.

Ich glaubte, mir würde der Kopf zerspringen. Es war der schiere Wahnsinn. Gleichzeitig verspürte ich am ganzen Körper eine Leichtigkeit wie nach einer Betäubung.

Plötzlich fiel mir meine Frau wieder ein.

Vielleicht war ihre Sitzung ja heute früher als sonst beendet, und sie irrte irgendwo allein umher? Der Gedanke machte mich unruhig. Ich verließ eiligst den Schauplatz und lief zu dem Verbindungskorridor, der zur Nervenklinik führte. Meine Frau, die offensichtlich gerade ihre Sitzung beendet hatte, kam mir entgegen. Ich atmete auf. Wieso gelang es mir eigentlich immer, in kritischen Momenten jedesmal rechtzeitig zur Stelle zu sein?

Ich mußte unwillkürlich lächeln und winkte ihr zu, worauf auch sie ein erfreutes Gesicht machte, als hätte sie bereits alles vergessen, was vorher geschehen war. Sie blieb kurz stehen, reckte sich auf die Zehenspitzen und winkte lebhaft zurück. Ihr roter Rock blähte sich auf, als sie im nächsten Moment auf mich zustürzte.

Einen Augenblick lang vergaß ich alles – ihre Anfälle und auch die Tatsache, daß wir uns in einer Heilanstalt befanden. Ich hatte die Illusion, es sei wie in alten Tagen: Ich kehrte spät von der Arbeit nach Haus zurück, und kaum hatte mich meine Frau, die schon ungeduldig auf mich wartete, erblickt, rannte sie mir entgegen und warf sich mir an den Hals. Dennoch wußte ich nur zu gut, daß ihr nächster Anfall mir schon auf den Fersen folgte – bedrohlich wie ein dunkler Mottenschwarm.

THERAPIE

Meine täglichen Verrichtungen bestehen darin, meine Frau bei ihren drei Mahlzeiten zu füttern, ihre Notdurft zu beseitigen, die Dauer ihres Schlafes sowie ihre mehrmals gemessene Körpertemperatur und Harnmenge zu protokollieren, das Zimmer zu putzen und unsere Unterwäsche zu waschen. Wenn ich ihr mit den Stäbchen die Bissen in den Mund schiebe, schaut sie derweil stur nach oben, ohne sich jedoch ihre spitzen Bemerkungen verkneifen zu können. »Hetz mich nicht so beim Essen!« Oder: »Mach schneller!« Mal ist der Happen zu groß, mal zu klein. »Ich sehe dir doch an, wie widerwillig du das alles tust.« – »Bestimmt denkst du jetzt: Meine Güte!« »Du glaubst wohl, ich würde es nicht bemerken, wie du mir Gift ins Essen träufelst, was?« – »Ich hasse es, wenn du mir die Bissen einen nach dem anderen in den Mund stopfst. So völlig lieblos! Man sieht sofort, daß du nur deine Pflicht tust.« Ständig gibt sie derart hämische Bemerkungen von sich. Und sollte ich es einmal wagen, meinem Unmut Luft zu machen, hüllt sie sich in eisernes Schweigen. Während ich sie durch Schmeicheleien aufzuheitern versuche oder sie inständig um Verzeihung bitte für das, was ich ihr angetan habe, bin ich darum bemüht, ihr möglichst viel Nahrung einzuflößen. Ihr einfach nur nach dem Mund zu reden und auf ihre Launen einzugehen führt bei ihr zu nichts. Sie wird dann trotzig und behauptet, ich mache ihr etwas vor. In dem Moment verweigert sie sich jeder emotionalen Verständigung und verwandelt sich in ein erbarmungsloses Triebwerk, in das ich zwangsläufig hineingerissen werde. Der Mechanismus ist unablässig damit beschäftigt, die verschiedensten Effekte zu erzeugen. Ich bin gezwungen, auf jede Kleinigkeit zu reagieren und meine Miene stets auf den Mechanismus abzustimmen. Auch was ich sage, muß ihrer Logik entsprechen. Sobald meine Worte dem Triebwerk zuwiderlaufen, reagiert meine Frau überempfindlich und nimmt mich sofort brutal in die Zange. Heiße, metallisch stinkende Luft schlägt mir entgegen, wenn sie mich mit gepreßter Stimme anfaucht: »Heraus mit der Wahrheit! Ich dulde keine Heimlichtuerei! Los, rede! Sag endlich was! Du schwindelst mich an. Heraus mit der Wahrheit! Diese ewige Lügerei!« – Mir kommt dabei der Gedanke, daß ich derjenige bin, dem hier etwas in den Mund gelegt wird, was meine Frau aber sofort wittert. »Du glaubst wohl, du bist hier der Leidende. Auf dein widerwilliges Getue kann ich verzichten. Essen werde ich jedenfalls nichts mehr ... ich schwöre dir, ich esse nichts mehr!« Es ist genau wie ihre quälende, altbewährte ›Erleuchtungs‹-Masche, bei der sie schon alles im voraus zu wissen glaubt, was der andere denkt. Angesichts dieser von ihr ins Feld geführten ›Erleuchtung‹ fühle ich mich völlig ausgelaugt. Was mich aus diesem Bann allerdings wieder befreit, ist ihr hilfloser Blick, wobei sie lediglich die Augen weit aufreißt, jedoch keineswegs, um bloß die Formen der Dinge deutlicher wahrzunehmen. Wenn ihr klarer, leicht schielender Blick, der sich an die schwachen Töne und Lichtreflexe klammert, mich trifft, merke ich, wie gleichsam große Schuppen von meinen Augenlidern fallen. Läßt sich ihre krankhafte Besessenheit allein dadurch auflösen, daß ich mich eine Stunde lang ihrer ›Fütterung‹ widme, wenn ich ihr die Stäbchen zum Mund führe? Sobald jedenfalls eine der Schwestern hereinkommt, setzt meine Frau sofort ein höchst erfreutes Gesicht auf und gibt sich munter und vergnügt.

»Wer ist denn da? (Und nachdem ich ihr den Namen genannt habe:) Ach, Sie sind's, Frau Ishibashi? Ich sehe nämlich nichts. Wahrscheinlich wirkt das Medikament gerade. Ich kann Ihr Gesicht gar nicht erkennen. Ich sehe nur etwas Weißes, Verschwommenes«, flötet sie gut gelaunt, worauf sie mich anherrscht: »He! Was ist los mit dir, träumst du? Gib mir was von der Beilage!«, nur um mich bloßzustellen. Sobald ein Arzt oder eine Schwester auftaucht, ist sie wie elektrisiert. Diese Erregung hellt ihr Gemüt auf und mildert ihre Affekte. Doch das Pflegepersonal geht sogleich ins nächste Zimmer weiter. Und kaum sind wir beide wieder unter uns, läßt die Spannung nach, und die Symptome stellen sich erneut ein. Ist die Fütterung, die sich mindestens eine Stunde hinzieht, endlich vorbei, meldet sich ihre Blase. Ich helfe meiner Frau auf, da sie sich selbst nicht aufrichten kann und zusammensacken würde, lasse sie vom Bett herunter in die Hocke, während sie sich an der Bettkante festhält. Der Urin wird in einem Meßzylinder aus Glas aufgefangen. Da sie dabei hin und her taumelt wie eine Volltrunkene, bedarf es geübter Handgriffe, um sie zu stützen. Jedesmal beschwert sie sich dann, ich würde sie zu grob anpacken. Sie meint, es stinke unerträglich nach Urin. Wenn ich sie dann wieder hochhieve, stolpert sie über das Meßglas und kippt es um. Sobald sie im Bett liegt, besorge ich Eimer und Putzlappen. Doch so sehr ich auch wischen mag, der Uringestank bleibt in der Luft hängen.

Meine Frau verzieht das Gesicht. Mit allem, was ich tue, ist sie unzufrieden, und meine mißlungenen Versuche, sie aufzuheitern, verknüpfen sich zu einer endlosen Serie von Fehlschlägen.

»Du bildest dir wohl ein, die Anstaltskost würde für meine Ernährung ausreichen, was? Da würde ich aber elend zugrunde gehen. Was hat deine Betreuung für einen Sinn, wenn du dich nicht bemühst, mir ein paar Leckerbissen aufzutischen?«

»Tja, dann gehe ich mal los und besorge etwas Obst.«

»Nicht mehr nötig! Ständig muß ich dich auffordern, du tust es ja doch nie aus freien Stücken. Hast du überhaupt jemals etwas von dir aus für mich getan?«

». . .«

»Hast du?«

». . .«

»Nun, was ist?«

». . .«

»Du willst also nicht antworten? Na schön, wenn du nicht willst, dann stelle ich mich eben auch stur.«

»Nein, habe ich nicht.«

»Na bitte! Da haben wir's. Ist ja auch typisch für dich. Ich weiß doch genau, daß du unterwegs beim Einkaufen noch Extratouren machst. In fünf Minuten bist du wieder hier, hörst du? Neulich hast du die Zeit auch wieder überzogen. Wo bist du denn gewesen?«

»Nirgends.«

»Du lügst! Ich kriege das sofort mit, wenn du irgendwo warst. Gehst du nun, oder nicht? Du willst mich wohl verhungern lassen. Steh nicht so blöd rum, und bring auch Pfirsiche mit.«

»Ja, ich besorg dir welche. Ich bin gleich wieder zurück.«

»In fünf Minuten. Stell dir die Uhr, wenn du gehst.«

Sie kann die Zeiger meiner Armbanduhr gar nicht erkennen. Ich gehe erst einmal auf den Korridor hinaus, um sie von draußen heimlich zu beobachten.

»Ist er schon gegangen?« spricht sie dann zu sich selbst. »Toshio!« höre ich sie meinen Namen rufen. »Er ist weg. Einfach gegangen. Er ist also tatsächlich fort.« Ihre Miene wirkt resigniert. Sie tastet nach dem Parfümzerstäuber auf dem Nachttisch. »Psssch ... Psssch ...« Ein Sprüher aufs Dekolleté, ein Sprüher auf den Futonaufschlag und ein weiterer aufs Kopfkissen. Vom Flur aus betrachte ich eine Weile die zeitlupenhaften Gebärden meiner Frau, wie sie in ihrer kraftlosen Lethargie versucht, die Ausdünstungen ihres Krankenlagers zu beseitigen.

Der Arzt hat mir versichert, daß meine Frau während der Behandlung mit Schlafmitteln zwar dem Eindruck erliege, bei vollem Bewußtsein zu sein, aber hinterher würde sie sich an nichts mehr erinnern können. Doch darauf wollte ich mich nicht verlassen. Wer weiß, ob sie wirklich nichts mitbekam. Selbst die kleinste Bemerkung von ihr steckt voller Tiefsinn. Es wäre durchaus denkbar, daß der Verdrängungsmechanismus, der während ihrer Tobsuchtsanfälle vor der Behandlung tätig war, nun durch die Medikamente aufgehoben ist, so daß ihr Begehren seine ursprüngliche Kraft zurückgewinnt und wilde Auswüchse annimmt. Außerdem könnten sich ihre Sinne noch mehr geschärft haben, und sie würde trotz der durch die Medikamente hervorgerufenen Sehtrübung sofort erkennen, wo ich mich in dem abgedunkelten Raum aufhielt, ähnlich einem Raubtier mit einer hochempfindlichen Witterung. Nicht einmal für den Bruchteil einer Sekunde darf ich unerlaubt von ihrer Seite weichen. Selbst die kleinsten Anzeichen für ein solches Vorhaben entgehen ihr nicht. Und schon lange bevor diese Anzeichen überhaupt zu erkennen waren, hatte sie diese in meinem Innersten aufgespürt. Blitzschnell, so wie eine Schlange ihren Kopf hochreißt, richten sich dann wie feine Sensoren ihre Ohren auf, um mich bei meinem verdächtigen Ansinnen zu ertappen.

Ich hatte die Befürchtung, daß sich meine Frau während der fortgesetzten Behandlung mit Schlafmitteln doch nicht so verhalten würde, wie man es mir zuvor geschildert hatte.

Man hatte mir gesagt, daß der sich über einen ganzen Monat erstreckende Dämmerzustand bloß wie eine Nacht tiefen, festen Schlafs empfunden würde. Während sie sich in diesem Dämmerzustand befand, der sie von ihren krankhaften Wahnvorstellungen und masochistischen Anwandlungen erlösen würde, hoffte ich auf eine Zeit ganz für mich allein, frei von allen Unterstellungen, mit denen sie mich gewöhnlich quälte.

Das nach dem Essen verabreichte Medikament schien zu wirken: Im Nu war sie eingenickt. Vor einer Stunde würde sie bestimmt nicht wach werden. Ob ich indessen rausgehen sollte, um ihr das gewünschte Obst zu besorgen? Konnte ich meine kranke Frau für eine Weile allein lassen? Falls sie nun doch in meiner Abwesenheit aufwachen würde, ob sie sich dann daran erinnerte, daß sie mich zum Einkaufen geschickt hatte? Was aber, wenn sie allen Ernstes glaubte, ich hätte sie im Stich gelassen, und mir daraufhin noch ärgere Vorwürfe machte? Allein schon der Gedanke an die Möglichkeit eines solchen Ausbruchs verursachte ein Kribbeln auf meiner Haut. Der Schweiß brach mir aus allen Poren, und meine Kehle war wie zugeschnürt. Dann würde nämlich auch ich wieder in Zorn geraten und mich zu bösen Bemerkungen hinreißen lassen. Die sorglosen Momente, wo ich einmal nicht auf meine Frau reagieren mußte, waren so selten, daß sich kaum eine Verbindung zwischen ihnen herstellen ließ, und mir erschien es wie ein Alptraum, daß wir beide hier eingekerkert ein so abgeschirmtes Dasein führten. Ganz gleich, mit welchen Dingen sie mir zusetzte, jedesmal war ich wie gelähmt und konnte zuletzt nichts mehr entgegnen. Allein schon die Vorstellung ließ meine Zunge erstarren, und alles um mich herum gefror zu fahlem, klirrendem Eis. Ich vermochte die Situation nicht mehr angemessen zu beurteilen. Schließlich entschloß ich mich, einfach nur den Auftrag meiner Frau auszuführen, und bat eine der Schwestern, mir die Tür zum Ausgang aufzuschließen.

Ich benutzte nicht das Hauptportal, sondern den Hinterausgang der Psychiatrie. Als ich ins Freie trat, erstreckte sich vor mir auf der Anhöhe die sommerliche Graslandschaft, deren üppiger Wuchs mich schon bald von allen Seiten umgab. Es gab keine Menschenseele weit und breit. Eingetaucht in die Schwüle des feuchtwarmen Grases, tankte ich mich voll mit Sonnenlicht. Diese Wiese diente auch als Sportplatz der hiesigen Gemeinde. Überall wucherte das Unkraut mit kleinen gelben Blüten, dessen Namen ich nicht kannte. Bei starkem Wind waren die Korridore und Fußböden der Anstalt mit den gelben Pollen übersät. In meinem Auge tauchte die Gestalt eines Schülers im Trainingsanzug auf: Mutterseelenallein drehte er seine Runden auf der ovalen roten Aschenbahn, die durch das hohe Unkraut hindurch kaum mehr zu erkennen war. Den jungen Läufer hatte ich schon einmal gesehen, als ich vom Fenster des Krankenzimmers über den Lattenzaun blickte. Jetzt war die Sicht völlig verdeckt. Um mich herum war nur noch Gras, was in mir die Erinnerung an längst vergangene Szenen und Abendstimmungen wachrief. In der Luft hing der Dampfgeruch vom Zubereiten des Abendessens, und ich meinte, das wehmutsvolle Echo der helltönenden kleinen Tröte des Tofuverkäufers hören zu können. Auch auf mich hatte früher daheim eine Mutter gewartet. Als ich klein war, geschah es manchmal, daß mir beim selbstvergessenen Spielen erst hinterher bewußt wurde, daß es bereits dunkel war, und mich überkam dann eine besinnungslose Angst vor dem Zorn meiner Mutter. Damals war ich von einer normalen Welt umgeben. Ich erinnerte mich, wie ich seinerzeit meinen Spielkameraden diesen lustigen Streich gespielt hatte: Ich hatte hohes *sumō*-Gras am Wegesrand entdeckt und es so zusammengebunden, daß die Nachzügler darüber stolperten und auf die Nase fielen. Früher konnte ich wahrnehmen, wie Sonne und Mond auf die Sekunde genau ihre Bahn beschrieben. Die Sommer brachten unvorstellbare Hitze, die Winter erbarmungslose Kälte. Doch jetzt hatte ich das Gefühl, für Jahreszeiten unempfindlich geworden zu sein. Ich erblickte einen Haufen dicker, kurzer Regenwürmer, die ausgedörrt auf dem Weg lagen. Die extreme Launenhaftigkeit meiner Frau, die jetzt im abgedunkelten Krankenzimmer wie eine Betrunkene schlief, hielt mein Herz eisern umklammert. Und schlimmer noch, ihr rächender Geist verfolgte mich ohne Unterlaß.

Ich stieg eine der Anhöhen des staatlichen Klinikums, in dem ich jetzt wohnte, hinunter und war im Begriff, mich in das Gedränge des Einkaufsviertels am Fuße des Hügels zu stürzen. Von dem gejäteten Baseball-Feld hallte das trockene Knallen weggedroschener Bälle zu mir herüber. Die Spieler waren zwar durch den als Tribüne dienenden Erdwall verdeckt, doch man konnte sich gut vorstellen, wie die Jungen dort in ihren verschwitzten weißen Trikots versessen trainierten. An einer etwas höheren Stelle angekommen, von der aus man über den Erdwall blicken konnte, sah ich drei fröhlich lachende junge Mädchen, deren Röcke im Wind flatterten. Dennoch vermied ich es, daß sich sorglose Gedanken in meinem Herzen einnisteten. Ich war momentan nicht imstande, ein inneres Gleichgewicht herzustellen, und sobald ich meinen Assoziationen freien Lauf ließ, wurde ich von einem Grauen gepackt, das mich förmlich in Stücke sprengte. Auf der belebten Straße, die ich inzwischen erreicht hatte, fuhren Autos an mir vorüber, und allerlei Menschen waren zu Fuß unterwegs. Vor den Läden in der Einkaufsstraße lagen Waren aus und warteten auf Kundschaft. Hier herrschte ein ausgewogenes Alltagsleben, von nichts gestört. Mir schwirrte der Kopf. Auf meiner Seele, die in der affektgeladenen Geisteswelt meiner Frau beheimatet war, lastete der Druck einer gewaltigen Brandung: heranrollende Wogen der Meeresströmung, die sich vor der schmalen Passage der Meerenge drohend aufbäumten. Ich fühlte mich wie betrunken. Der Kanal, über den meine Sinneswahrnehmungen erfolgten, hatte sich derart verengt, daß ich ganz geblendet war von dem grellen Getöse der Welt, die sich dort hindurchzuzwängen versuchte. Ein Zustand, der einem Rausch nicht unähnlich war. Ein Mann, aufgequollen und bleich wie eine Sojasprosse, in Sandalen mit Leinensohlen und einer dunkelblauen, an den

Knien aufgescheuerten Baumwollhose, der an nervösen Zuckungen litt, lief in gebückter Haltung geschäftig daher. Alle Insassen der Nervenheilanstalt hatten diese Sandalen an, wenn sie unter Führung der Schwestern draußen herumspazierten. Auch ich hatte mir dies zur Gewohnheit gemacht. Während ich mit hastigen Schritten über die staubige Straße ging, überkam mich ein Gefühl der Wehrlosigkeit. Mir wurde ganz deutlich bewußt, daß ich kein Zuhause hatte. Der Ort, an dem meine Frau und ich uns gegenwärtig aufhielten, war die psychiatrische Abteilung des staatlichen Klinikums Soundso, Station Soundso, Zimmer Soundso. Selbst wenn wir jetzt entlassen würden, gäbe es kein Heim, in das wir auf der Stelle zurückkehren könnten. Als wir uns wegen der Behandlung meiner Frau internieren ließen, hatten wir unseren Hausstand aufgelöst. Unsere Kinder befanden sich in der Obhut einer Tante meiner Frau. Ihre Eltern waren bereits tot, und meine eigene Verwandtschaft war mir zutiefst verhaßt. Aufgrund dieser familiären Isolation fiel die Wahl notgedrungen auf jene Tante, die angeblich schon immer ein herzliches Verhältnis zu ihrer kleinen Nichte gehabt hatte. Außerdem lebte sie auf einer weit abgelegenen Insel, noch ein ganzes Stück südlicher als Kagoshima. Dort also hatten wir unsere Kinder zurückgelassen.

Hinter den Gesichtern der Passanten, die hier im Einkaufsviertel unterwegs waren, verbarg sich ein gehöriges Maß an Gehässigkeit; ihre Gesichter wirkten wie karikierte Grimassen aus Pappmaché. Mit einem arroganten Lächeln durchbohrten sie mich mit ihren Blicken, zogen mir gleichsam die Haut vom Leib, so als wollten sie mich in Pelle, Fleisch und Knochen zerlegen. Drohend gaben sie mir zu verstehen, was für ein Nichtsnutz ich doch sei, der nicht einmal in der Lage war, sich selbst zu versorgen, und wühlten damit den schlammigen Boden meiner Seele auf, bis es schließlich auch an der Oberfläche zu brodeln begann. Was sich dort an einer kräuselnden Welle brach, gab sich als das unauflöslich mit mir verbundene Antlitz einer Frau zu erkennen: das Gesicht meiner Frau. Sie saß in ihrem engen Brunnenschacht, in den sie sich wie in eine finstere Amphore verkrochen hatte, ohne wieder in die helle, freie Welt hinaus zu wollen. Da sie dort aber nicht allein sein wollte, wurde ich erbarmungslos in diesen Schacht mit hineingezogen. Aus seiner modrigen Tiefe stieg Sumpfgas empor, das durch sämtliche Poren meines Körpers drang. Aber vielleicht sollte ich es nicht so darstellen, denn ich muß zugeben, mein Leben wäre sinnlos, wenn ich nicht ›gemeinsam‹ mit ihr aus diesem Brunnen herauskriechen würde. Für mich war es unmöglich, diese Brunnen-Symbiose zu verlassen, um ein anderes Gewässer aufzusuchen und in irgendeinem Fluß, Teich oder See zu baden. Schon der bloße Hauch fremder Fische, die ihren Geruch zwischen den Schuppen verströmten, hätte mich erregt und mir ein schlechtes Gewissen verursacht, das lediglich Unruhe stiftete. Das, was sich nun an der wogenden Oberfläche des Sumpfes brach, der mein Herz erfüllte, war abermals das Antlitz einer Frau mit einem erstaunlich frischen, strahlenden Lächeln. Die Wirklichkeit aber sah anders aus. Die Wirklichkeit war jenes abgedunkelte Zimmer, und je heftiger ihre Nerven in der Zwangsjacke ihrer Wahnvorstellungen, in der sie fest eingeschnürt sein sollten, zu zucken begannen, um so mehr näherte sie sich jenem gefährlichen Abgrund. Jeder Versuch, das seelische Gleichgewicht zu halten, ging in dem alles verschlingenden Sog des Feuersturms unter. Einzig ihre krankhafte Besessenheit blähte sich mehr und mehr auf und brachte den Strudel noch ärger zum Brodeln. Ihre Wahnvorstellungen nagten nicht nur an ihren Eingeweiden, sondern zerfleischten auch mich. Solange ich mich im Fahrwasser ihres Wahns befand, glaubte ich zu ersticken. Wenn sich ein Wandel welcher Art auch immer herbeiführen ließe, würde ich mich aus diesem Irrsinn befreien können, doch sah ich einfach keine Chance. Selbst hier draußen herrschte eine seltsame Verrücktheit. Ich sehnte mich nach einem Zustand der Normalität. Ich witterte die Schwere gereiften Lebens bei den Passanten und in der Landschaft, die ich durch die Gitterstäbe erblickte, und geriet dabei über mich selbst in Verzweiflung, doch kaum war ich draußen, überkam mich sofort ein Gefühl der Isolation. In meinem Kopf hallte das dröhnende Echo dieser verrückten Welt. Mein Leben war erfüllt. Dem Wahnsinn meiner Frau entging selbst die kleinste Lüge nicht, und diese Unerbittlichkeit verschaffte mir ein angenehm prickelndes Gefühl. Mein Dasein spielte sich einzig im Krankenzimmer ab. Ganz zu schweigen von der Außenwelt, erschienen mir sogar die Behandlungsräume und Schwesternzimmer wie provisorische Kulissen. Die finstere Miene meiner Frau, die mich mit ihren argwöhnischen Blicken fixierte, wenn wir allein waren, hellte sich sofort auf und verwandelte sich in ein strahlendes Lächeln, sobald wir unser Zimmer verließen. Ich merkte, wie ich immer mehr in mich zusammensank, und besorgte rasch das gewünschte Obst, um mich dann in meinen Leinensandalen so schnell wie möglich auf den Heimweg zu machen.

Ich entfloh dem hektischen Gewühl, das sich wie ein Mantel über meinen Körper und meine Seele gelegt hatte, und als ich die Anhöhe hinaufgestiegen und wieder auf die wild wuchernde Wiese gelangt war, empfing mich dort eine Oase ausgedehnter Stille fernab aller Betriebsamkeit. Obwohl sich an der Umgebung seit vorhin, als ich in erwartungsvoller Stimmung losgegangen war, nichts verändert hatte, meinte ich nun den Anflug eines Vorwurfs zu erkennen. Die sommerliche Schwüle des dampfenden Grases war verflogen, und ich spürte die fröstelnde Melancholie des Frühherbstes. Ein nur schwach wahrnehmbares wiederholtes Zirpen drang an mein Ohr. Ich glaubte aus dem Zirpen die Worte ›tragisch, tragisch‹ herauszuhören, und mir war, als hätte sich mir eine flache Hand auf die Stirn gelegt. Die Zirpgeräusche kamen übrigens von ganz weit her.

Als ich durch das hohe Gras eilte, begann mein Herz wie wild zu klopfen, und die panische Vorstellung, an jenen Ort zurück zu müssen, jagte mir Schauer über den Rücken. Außerdem konnte ich mich des schlechten Gewissens nicht erwehren, meine Frau für eine Weile allein gelassen zu haben, obwohl sie es gewesen war, die mich zum Obstkaufen geschickt hatte. Meine Tat war unverzeihlich. Hätte ich das nicht anders regeln können? Ich mußte um jeden Preis bei meiner Frau bleiben, um all ihre Reaktionen und sämtliche Veränderungen ihres Zustandes genauestens zu beobachten. Beobachten war gleichzeitig ein Martyrium, doch einzig dadurch konnte ich meine Wirklichkeit und die meiner Frau in Gang halten. Auch wenn sie mir ständig zu verstehen gab, daß sie mich unerträglich fand, wußte ich nur zu gut, daß meine Abwesenheit sie vernichten würde. Dazu brauchte ich nicht eigens einen Blick in die Patientenkarte zu werfen, die ihr Arzt für sie angelegt hatte. Ihre ganze Seelengeschichte, und zwar seit frühester Kindheit, hatte sich wie ein schweres Senkblei tief im Innern meines Körpers niedergelassen. Ich hatte mich von meiner Frau entfernt, wenn auch nur für eine kurze Weile. Mir war, als würden meine Nerven die disharmonische Schwingung ihrer verdrossenen Miene aufgreifen und ihre Fühler ausstrecken, um angestrengt zu lauschen, ob das schrille Gekeife ihres zornigen Dämons bereits im Anmarsch war. Ich bemerkte mit Grauen, wie sich aus meinem Wesen hysterische Molekülverbände herauskristallisierten und zusammenballten. Man konnte überhaupt nichts dagegen unternehmen, ähnlich wie bei einem nächtlichen Schneegestöber, wenn sich die weiße Decke immer höher auftürmt. Schon als Grundschüler war es mir nie gelungen, überschüssige Gefühle loszuwerden. Ich legte mich dann auf eine Tatamimatte und scheuerte meinen Rücken. Nur zu gut erinnerte ich mich an jenes zähflüssige Unbehagen, wenn ich mich gequält hin und her wälzte in meiner Depression, die sich immer stärker aufblähte, als wüßte sie nicht, wohin mit sich. Das Kind mit dem frühreifen Ausdruck in dem häßlich fahlen Gesicht war sich bereits bewußt, daß es das merkwürdige Ungetüm von schwarzem Vogel, der mit seinem Schnabel längst das Innere seiner Seele aufgepickt hatte, weiternähren mußte. Inzwischen hatte dies im Hinblick auf meine gegenwärtige Lage noch an Bedeutung gewonnen.

Nach und nach hatte es sich in mir angereichert, um mich für das Bevorstehende zu wappnen.

Vor dem Eingang der Anstalt befand sich ein Trinkwasserbecken, auf dessen Betonrand etwas grelles Rotes lag. Ich hatte es aus dem Augenwinkel bemerkt und hielt es für einen der knallbunten Goldfische aus Blech, die Kinder in die Badeanstalt mitnehmen. Vermutlich gehörte er dem Kleinen auf dem Rücken der Frau, die vorhin hier ihren Mann besucht hatte. Das Blechding war sicher liegengeblieben, nachdem das Paar gedankenverloren eine ganze Weile am Becken zugebracht hatte. Es wirkte lebendiger als ein echter Goldfisch. Seine Farbe ging mehr ins Scharlachrot, und ich mußte regelrecht meinen Blick abwenden, da ich das Gefühl hatte, als würde dort etwas liegen, was nicht der Helligkeit ausgesetzt werden durfte. Obwohl nur ein Blechspielzeug, verbreitete es einen üblen Gestank. Aber das war ja gar kein Blech! Zu meinem Entsetzen bemerkte ich nun, daß der Fisch echt war. So unnatürlich prall, wirkte er allerdings eher wie ein Blechfisch. Seltsam, wie grell sich dieses künstliche Rot auf den ausgetrockneten Schuppen abzeichnete. Als ich feststellte, daß es sich tatsächlich um den Kadaver eines Goldfisches handelte, floß mir säuerlicher Speichel im Mund zusammen. Statt mich noch weiter zu nähern, kehrte ich um und ging ins Haus zurück.

Vor dem Büroraum gegenüber dem Eingang bog ich rechts ab. Die verriegelte Tür am Ende des trostlosen Korridors schwieg wie ein menschliches Antlitz.

Ich klopfte mit der rechten Faust gegen die Tür, was einen ohrenbetäubenden Lärm verursachte. Der lautstarke Widerhall schien die gespenstische Stille dort drinnen aufzuschrekken.

Nach einer Weile hörte ich das Klirren eines Schlüsselbundes und wußte, daß die diensthabende Schwester, deren Kittelschöße beim Gehen über den üppigen Hüften aufsprangen, sich näherte. Ich duckte mich unwillkürlich, und mit reuevoll gesenktem Haupt, als hätte ich eine Missetat begangen, kehrte ich ins Verlies zurück. In dem Moment bog ein Arzt in weißem Kittel hinten im Flur um die Ecke. Sein langes Haar, das bis über die Ohren reichte, gab ein hohlwangiges Gesicht frei, auf dessen spitzer Nase ein dickes Brillengestell thronte. Mit arrogant zurückgeworfenem Kopf stolzierte er mir ungeniert entgegen. Ich war ihm schon einmal auf dem Abhang der Wiese begegnet, wo er umgeben von einem bunten Haufen geisteskranker Insassinnen etwas großtuerisch, als handelte es sich um eine völlig neuartige Therapieform, auf einem Akkordeon Chansons, das alte Lied von der Loreley und einige Schäferweisen zum besten gab. Seine affektierte Jungmännerstimme war mir ebenfalls auf die Nerven gegangen. Auch im Zimmer der Nachtschwester hatte ich ihn einmal erlebt, wie er auf dem Sofa lümmelnd mit einem jungen Arztkollegen herumalberte. Seine kühle Visage hinter den aufblitzenden Brillengläsern machte mir angst. Als er dicht vor mir war, nickte ich ihm zu. Doch er rauschte – immer noch erhobenen Hauptes, den Blick stur geradeaus gerichtet – wortlos an mir vorüber. Ich schaute ihm nach, als wollte ich mich noch einmal davon überzeugen, doch dann besann ich mich und lief weiter. Der Pfleger aus dem Nebenzimmer, der gerade in der Küche ein Schwätzchen hielt, kam sofort herausgeschossen, so als hätte er mir aufgelauert, um mir mitzuteilen, daß meine Frau aus dem Bett gefallen sei. Er sei auf das laute Gepolter hin in ihr Zimmer geeilt, wo die Kranke bereits auf dem Boden gelegen hatte. Er habe sie zwar wieder ins Bett befördern können, doch sei er nicht in der Lage, sie vor weiteren Stürzen zu bewahren. Wer weiß, ob sie nicht im nächsten Moment wieder herausfallen würde.

Ich stürzte zu unserem Zimmer und blickte mich flüchtig um. Auf dem Boden lag sie offensichtlich nicht. In meiner verblichenen Erinnerung tauchten allerlei Szenen auf, als würde ein abgelaufener Film zurückgespult: wie meine Frau zum Beispiel einen Mann, der zum Reinigungspersonal gehörte, überrumpelt hatte und aus der Anstalt entkommen konnte oder wie sie andere Fluchtversuche unternommen hatte. Obwohl sie in ihrer Benommenheit eigentlich unmöglich weggelaufen sein konnte, hob ich panisch die dunklen Vorhänge hoch. Als das Licht hereinflutete, entdeckte ich versteckt in der Nische zwischen Bett und Nachttisch eine zusammengesunkene Gestalt – geschrumpft wie ein feuchter Putzlappen. Doch als ich sie behutsam hochheben wollte, erschien sie mir derart schwer, daß mir der Atem stockte. Ihre Schwere brachte mich auf den Gedanken, daß sich nun auch bei ihr eine positive Haltung eingestellt hatte. Es war die nasse, sich an mich klammernde Schwere, die mir diese Gewißheit gab. Wie gut ich meine Frau auch kannte, so hatte ich doch bis zu diesem Zeitpunkt wahrscheinlich auf ein solches Signal von ihr gewartet. Während ich ihre Erkrankung in mich aufnahm, bildete meine Frau ein Muster mit der Psychopathologie und produzierte Unmengen von anomalen Symptomen, bis auch ich nicht mehr imstande war, den hervorpreschenden Trieb zum Chaos zu unterdrücken. Doch diesem Zustand wollte ich nun ein Ende bereiten. Dieser Wunsch übertrug sich auf meine Arme, die meine Frau umschlungen hielten, aber von ihrer Existenz war lediglich ein willenloser Körper übriggeblieben, dessen Wesen durch die dauernde Behandlung mit Schlafmitteln ausgelöscht war. Das Gefühl der Isolation hatte in mir eine tiefe Entfremdung hervorgerufen. Mit schwerer Zunge begann meine Frau wie eine Betrunkene zu stammeln:

»Nicht zu glauben, er hat sich wieder aus dem Staub gemacht! Und mich überläßt er dieser grausamen Behandlung. Liebevolle Pflege bekomme ich sowieso nicht, und dann haut er auch noch ab und läßt seine kranke Frau im Stich. Na schön, wenn er sich so benimmt, dann mache ich eben Schluß. Ich werde mich aus dem Bett stürzen, immer und immer wieder. Wenn ich das Zeug eingenommen habe, kann ich mich nicht rühren. Aber ich werde mit dem Kopf aufschlagen und dabei ganz bestimmt sterben.« Monoton lallte sie die Worte vor sich hin. Sie war sich dessen bewußt, daß ihr Monolog nur Sinn hatte, sofern ich anwesend war. Deshalb mußte sie sich eigentlich sicher sein, daß ich sie gar nicht verlassen hatte. »Sieh an, du willst mich also wieder ins Bett befördern. Na warte, mein Lieber. Ich werfe mich nämlich wieder zu Boden. Als du weg warst, habe ich das schon etliche Male getan. Die Frau von Seiho-san nebenan kam ganz erschrocken angelaufen und hat mich dann ins Bett zurückgelegt. So nett können fremde Leute sein. Und du, was bist du für einer? Erst treibst du deine eigene Frau in den Wahnsinn, und dann haust du einfach ab, ohne dich um sie zu kümmern. Alle Achtung, mein Lieber! Ha, mich wieder ins Bett legen, was? Wahrscheinlich denkst du, soll die sich nur wieder zu Boden schmeißen. Ja, das werde ich auch tun!«

Was riecht hier bloß so metallisch? dachte ich, als ich ihren schweren Körper endlich ins Bett gehievt hatte. Und was war eigentlich der Grund dafür, daß sie sich so krankhaft gebärden mußte?

»Bring das gefälligst in Ordnung!« herrschte sie mich an. Sorgfältig zog ich ihren Krankenkittel über Rücken und Po glatt, bis kein Fältchen sie mehr drückte, bemühte mich also, ihn wie gewünscht ›in Ordnung‹ zu bringen. War der rote Klumpen an meinen Fingern etwa Blut? Oder tat sie nur, als hätte sie sich an der Bett- oder Tischkante blutig gestoßen? So wild, wie sich ihr Körper aufgebäumt hatte, hätte sie sich eine große Wunde zuziehen können! Meine Frau heckt laufend neue Tricks aus, und ich fungiere als ihr Spielball, schoß es mir durch den Kopf. Doch wenn ich nun statt dessen in die Offensive ging, um mich ihrem Begehren zu entziehen? Würde sie dann nicht unter Umständen den Mantel ihrer Krankheit, in den sich ihr Starrsinn vermummt hatte, abwerfen? Dieser Gedanke war jedoch eher dazu angetan, meine Gemütsverfassung zu verschlimmern. Warum brachte ich es nicht über mich? Wenn ich mich schwach fühlte, machte ich mir Sorgen wegen der Kosten für den Klinikaufenthalt, von dem wir nicht wußten, wie lange er sich noch hinziehen würde; und nicht weniger Sorgen bereitete mir der Gedanke, wie wir unseren künftigen Lebensunterhalt bestreiten sollten, was aus unseren Kindern würde ... – ich mußte mich aufraffen, um diesen Tiefpunkt zu überwinden. Vor mir türmte sich ein belastender Alltag auf, vor dem ich zusammenbrach. Würde ich dadurch nicht erst recht krank werden, eine echte Bewußtseinsstörung erleiden? Vielleicht wäre das gar nicht so schlecht, dachte ich. War ich etwa im Begriff, selbst geisteskrank zu werden? Der Anstaltskorridor streckte sich düster in die Länge, und sämtliche Türen, die zum Zwecke eines besseren Durchzugs halb offen standen, wirkten wie aufgesperrte Ohren. Es gab viele solcher Ohren, perspektivisch aneinandergereiht, und in meinem Kopf hatte sich das imaginäre Bild festgesetzt, daß an diesem Ort kein einziges menschliches Wesen existierte. Der Gedanke an das Privileg, hier wohnen zu dürfen, tröstete mich. Ich kam mir vor wie ein fremdartiger Pilz, der unbemerkt aus dem Boden geschossen war. Hör endlich auf damit, dich von den Ohren der Geisteskranken abzuschirmen! brüllte es in mir, worauf sich meine Schultern sofort entspannten.

Ich nahm die Karte, in die alle Werte eingetragen wurden, und überprüfte sie. Die protokollierte Harnmenge entsprach zwar in etwa dem Normalwert, doch die Schlafdauer war nicht ausreichend. Die mit rotem Bleistift markierten Phasen, in denen meine Frau mit geschlossenen Lidern leise vor sich hin schnarchte und mich mit Aufregung verschonte, waren eher dünn gesät. Ein Arzt behauptete, daß man sich zum Schlafen nicht zwingen sollte, während ein anderer die Meinung vertrat, daß bei zu wenig Schlaf die Therapie nicht anschlagen würde.

»Sag, den Wievielten haben wir heute?« fragte ich sie zum x-ten Mal.

»Den achtundzwanzigsten Juni«, gab meine Frau jedesmal brav wie ein Schulkind mit klarer, munterer Stimme zur Antwort.

»Und wann hat die Therapie begonnen?«

»Am achtundzwanzigsten Juni«, antwortete sie ebenso munter.

Der überzeugte Ton ihrer Stimme, als sei ein Stückchen Normalität bei ihr zurückgekehrt, ließ mich fast glauben, sie wäre von ihrer Krankheit geheilt. Die Hilflosigkeit in den getrübten Augen verlieh ihr den Ausdruck einer Leidenden. Ihr Blick, der mein Gesicht zu suchen schien, erfüllte mich mit neuer Kraft:

»Das heißt, die Therapie hat gerade erst begonnen, ja?«

In Wirklichkeit war es aber bereits Mitte Juli. Zwar war ich erleichtert darüber, daß die Behandlung, wie der Arzt es behauptete, erste Erfolge zeigte und ihr verwirrter Geisteszustand sich zu bessern begann, doch zweifelte ich noch immer, ob sie mich nicht bloß an der Nase herumführte. Andererseits aber bewies sie in jeder Situation volle Geistesgegenwart. Wieso hatte sich ihre Miene eben, als sie antwortete, mit einem Mal aufgehellt? Als ich ihr zu verstehen gab, daß seit Behandlungsbeginn bereits zwei Wochen verstrichen waren, und als ich nicht locker ließ, sondern sie immer wieder das gleiche fragte, erwiderte sie:

»Du kannst noch so viel reden, ich begreife das nicht.«

Dennoch bohrte ich weiter: »Den Wievielten haben wir heute?«

Und ebenso unbeirrt wiederholte sie ihre Antwort: »Den achtundzwanzigsten Juni.«

»Meinst du das ernst?«

Würde zu guter Letzt doch noch die entscheidende Wende eintreten, daß die Therapie die Symptome meiner Frau zu beseitigen vermochte?

Doch der Alpdruck lastete weiterhin auf meiner Seele, wenn ich sie allabendlich zu Bett brachte. »Ich kann nicht schlafen!« – Dieser Ausspruch war der größte Horror für uns beide. Nacht für Nacht wartete ich geradezu darauf, daß sie es sagte. Sobald meine Frau aber eingeschlafen war, ging ein strahlender Glanz von ihr aus. Doch wehe, wenn der Schlaf nicht kommen wollte! Dann peinigte sie mich mit zähen Verhören, um mich niederzumachen. Resigniert blieb ich dann die ganze Nacht mit ihr wach und ließ ihre Anschuldigungen über mich ergehen. In meinem Kopf kreiste dann einzig und allein der brennende Wunsch: Wenn sie doch bloß einschlafen könnte! Auch ich wollte meine müden Glieder ausstrecken und in Ruhe schlafen. Doch bis dahin galt es noch etliche Barrieren zu überwinden. Wenn sie, nachdem es ihr etwas besser ging, plötzlich wieder überschnappte, fing das ganze Theater von vorn an, und wir waren wieder am Nullpunkt angelangt. Sie redete pausenlos, und es endete jedesmal damit, daß sie sich umbringen wollte. Ihre finstere, verbohrte Miene versteinerte, und dann begann das Gewimmer: »Ich leide, ich leide, ich leide so sehr...«

FLIEHENDE SEELE

Ich hatte mich zusammen mit meiner Frau in die Nervenklinik einweisen lassen, um ihr als Betreuer zur Seite zu stehen.

Bis dahin hatte ich meinen Lebensunterhalt mit den Honoraren für meine Romane und Essays sowie dem Gehalt, das ich als Lehrer an einer Schule verdiente, bestritten. Wir hatten zwei Kinder. Da nicht nur meine Frau, sondern wir beide uns internieren lassen mußten, gab ich meine Anstellung als Lehrer auf und verkaufte unser Haus, um die anfallenden Krankenhauskosten decken zu können. Unsere Kinder, die noch klein waren, wurden in dem Heimatort meiner Frau untergebracht.

Meine Frau litt an einer schwer heilbaren, nervlich bedingten Störung, und solange ihre Anfälle anhielten, verbrachten wir nicht einen friedlichen Tag. Außenstehenden mag dies nicht nur unverständlich, sondern sogar höchst lächerlich erschienen sein. Meine Frau lebte in einer Hölle des Mißtrauens, das mir nicht eine Sekunde erlaubte, von ihrer Seite zu weichen. Selbst wenn ich bloß zur Toilette ging, reagierte sie panisch auf meine Abwesenheit. Ihre Angst steigerte sich ins

Uferlose, und in ihrer vereinnahmenden Haltung war es ihr schon bald nicht mehr möglich, ihre unmäßigen Ansprüche auch nur für kurze Zeit aufzugeben. Doch je mehr sie forderte, desto gieriger wurde sie, ohne aber ihr Verlangen stillen zu können. Sie verwahrloste innerlich, und in ihrer Unberechenbarkeit nahm ihre fordernde Haltung immer grausamere Formen an, was sie nur noch ärger aufwühlte, ihre Angst verstärkte und neues Mißtrauen säte, das sich zu einer dicken Wolke zusammenbraute. Ich versuchte, aus mir eine Maschine zu machen, die meiner leidenden Frau ergeben diente, doch dies war von der gleichen Vergeblichkeit geschlagen wie das Bewässern einer Wüste. Den Durst meiner Frau würde ich niemals stillen können. Und trotzdem durfte ich nicht von ihrer Seite weichen. Der Arzt hatte mir geraten, bei ihr zu bleiben, doch auch ich selbst war zu diesem Schluß gekommen, denn nur so, glaubte ich, sei es möglich, sie von ihren Affekten zu heilen. Es blieb uns also nichts anderes übrig, als zusammenzubleiben. Dennoch zeigte sich nicht der geringste Erfolg, und die meisten Tage erschienen mir wie sinnlose Wiederholungen der gleichen Misere. Trotzdem ließ ich meine Frau nicht im Stich. Nicht nur in emotionaler Hinsicht, sondern auch physisch wich ich nicht von ihrer Seite. Es war gar nicht daran zu denken, daß ich einer Arbeit nachging. Wenn ihre Unzufriedenheit schlimmer wurde, schlug und trat sie nach mir. Ich durfte zwar nicht einmal allein vor die Tür, aber meine Anwesenheit trieb sie nicht weniger zur Verzweiflung. Da ich die unmittelbare Ursache ihres Leidens war, begann sie allmählich zu begreifen, daß meine Person das Pendant ihres Hasses bildete. Sie hätte es nie ertragen, mich zu verlieren. Meine Situation wurde zusehends auswegloser. Hineingezogen in den Strudel ihrer Anfälle, empfand ich grenzenlose Selbstverachtung. Nicht selten fühlte ich mich wie ein häßlicher, deformierter Klumpen Fleisch. Meine vergebliche Unterwürfigkeit stank gen Himmel. Wie der breite Kopf einer Schlange schnellte mein Selbst immer wieder unbeherrscht hervor.

Meine Frau fürchtete jeglichen Reiz aus der Außenwelt. Egal, wie häßlich ich zu ihr war, ich sollte an ihrer Seite bleiben und mich mit ihr in die Tiefe eines dunklen Kellerlochs verkriechen.

Abgeschirmt von der Außenwelt waren wir zunächst durch die Schlösser an den Türen, doch auch der Maschendraht, die Gitterstäbe, die Lattenzäune und der Stacheldraht hinderten uns daran, nach draußen zu gelangen. Die Nervenheilanstalt war somit eine optimale Umgebung, wie wir sie uns nicht besser hätten erträumen können. Eine Situation wie diese entsprach nicht nur dem innigsten Wunsch meiner Frau, sondern kam auch mir gelegen: Zu einem gewissen Grad war ich von der nervlichen Belastung befreit, wegen ihres überreizten Zustandes Tag und Nacht in Alarmbereitschaft zu sein, denn schon der leiseste Außenreiz (Besucher, Lärm, Zeitungen, Radio und sonstige Geräusche des Alltags) löste bei ihr die Affekte aus, die dann zu einem Anfall führten. Das Tröstliche an der Abschottung von der Außenwelt war jedoch, daß ich hier in der geschlossenen Anstalt kein allzu großes Risiko einging, wenn ich meine Frau hin und wieder allein ihren Ausbrüchen überließ.

In dieser Situation empfand ich Türschlösser und Stacheldraht als Symbole seelischen Friedens. Meinetwegen hätte die Bewachung weitaus strikter sein können. Noch besser erschien mir die Möglichkeit, uns beide in zwei gegenüberliegende Einzelzellen zu stecken, eingesperrt hinter panzerartigen Türen, die uns davor bewahren würden, nach Belieben ein und aus zu gehen. Und in diesen Türen, die so dick waren wie die Türen von Kühlschränken, wären dann quadratische Gucklöcher eingelassen, durch die wir gegenseitig beobachten konnten, wie jeder seinen Tag verbrachte.

Eines Tages belauschte ich folgende Unterhaltung hinter der Biege des Korridors.

»Eigentlich hat man doch nur Lust auszubrechen, weil sie

uns hier wie in einem Gefängnis halten, mit all den Schlössern und Umzäunungen. Wir sind doch keine Verbrecher. Wochenlang eingepfercht und allein gelassen ohne Behandlung – da treibt es doch jeden dazu, Fluchtversuche zu unternehmen. Wenn sie mir bei meiner Krankheit ein paar Spritzen verabreichen würden, wäre ich gleich geheilt, aber dieses ewige Eingesperrtsein macht einen verrückt.«

»Es hat doch keinen Zweck, sich dagegen aufzulehnen. Wenn man erst mal hier drin ist, kann man sich die Aufregung sparen. Die meisten von uns sind doch schon fünf oder sogar zehn Jahre hier. Bei mir sind es inzwischen auch schon zwei Jahre, aber eine richtige Behandlung bekomme ich eigentlich nicht. Die Therapie besteht wohl darin, daß wir geduldig hinnehmen sollen, von der Gesellschaft dort draußen ausgeschlossen zu sein. Den Ärzten dürfte doch wohl kaum etwas daran liegen, alles noch schlimmer zu machen.«

»Auch ich habe mich lange Zeit bemüht, das alles zu ertragen. Aber irgendwann ist jede Geduld zu Ende. Wenn das so weitergeht, werde ich eines Tages ganz einfach von hier ausbrechen. Bei diesem alten, heruntergekommenen Gebäude dürfte das nicht allzuschwer sein. Sogar S. hat es geschafft!«

Die Unterhaltung wurde von zwei Insassen geführt. Ich konnte nicht beurteilen, wie weit man sie ernst nehmen konnte. Immerhin waren es Patienten, die an Wahnvorstellungen und Halluzinationen litten. Man wußte nie, zu welchen Äußerungen sie fähig waren. Es war jedoch kein Hirngespinst, daß ein gewisser Patient namens S. aus der Anstalt ausgebrochen war. Es gab hier zwar einige Insassen, deren Nachname mit S. begann, so daß ich zuerst nicht wußte, wer von ihnen gemeint war. Doch schließlich fand ich heraus, daß es der schlaksige Junge war, der aussah wie eine Sojasprosse, hochgeschossen und käsig im Gesicht, in dem nur das Rot seiner Lippen einen Kontrast bildete. Ich konnte mich gut an ihn erinnern. Als ich mich einmal dem gemeinsamen Erholungsspaziergang nach dem Abendessen anschloß, der über den Steilhang der Burgruine führte, hatte sich dieser S. davongestohlen und die junge Schwester, die die Gruppe anführte, in ziemliche Schwierigkeiten gebracht. Bei dem Anblick ihres Versuchs, die Hand nach dem Jungen auszustrecken, als dieser im Begriff war, von einem Steilhang hinunterzuspringen, langte auch ich unwillkürlich nach ihm. S. wies meine Geste jedoch zornig zurück. Ärgerte er sich darüber, daß ich ihn wie einen Krüppel behandelte? Oder weil ich sein heimliches Vorhaben vereiteln wollte? Nein, das konnte es nicht sein. Ich machte mir klar, daß er ja in der Tat ein schwerer Fall war, dennoch hinterließ seine schroffe Ablehnung in mir ein bitteres Gefühl des Ausgeschlossenseins.

Seitdem verspürte ich eine leichte Abneigung gegen den Jungen, so daß ich auf die Nachricht, daß er ausgerückt sei, nur mit einem sarkastischen Lachen reagieren konnte. Er würde schon sehen, was er davon hatte. Ich bezweifelte, daß es für einen flüchtigen Insassen wie ihn einen Ort gab, wo er seinen Frieden fand. War er nicht gerade deshalb hier, weil er dem Leben da draußen nicht gewachsen war? Wahrscheinlich würde er nach Hause gehen, aber nur mit dem Ergebnis, daß seine Familie ihn wieder hierher zurückbrachte.

Trotz dieser Überlegungen wurde ich mein bedrückendes Gefühl nicht los. Einen Menschen gefangenzuhalten – egal in welcher Form – hatte etwas Erbarmenswertes an sich. Ich mußte geradezu Mitgefühl mit jemandem empfinden, der hier die Flucht ergriff. Wie hatte der Junge überhaupt ausbrechen können? Hatte er das alles im voraus geplant und den schwer Gestörten nur gespielt?

Die Stelle, wo er ausgebrochen war, hatte ein Patient namens M. entdeckt, der sich bei den Ermittlungen eifrig hervortat. Er hatte in der Anstalt jeden Winkel durchstöbert. Es schien, als wäre er über die Flucht von S. hoch erfreut, doch ließ sich sein aufgedrehtes Verhalten ebensogut andersherum interpretieren, daß er nämlich mit den leidtragenden Ärzten und Schwestern sympathisierte und empört darüber war. Für die zurückgebliebenen Insassen bedeutete die Flucht von S.

vermutlich ein weiteres Stück Unfreiheit, indem man ihnen eine der bis dahin ungehindert zugänglichen Zonen versperrte. So hatte man es zum Beispiel dem alten Ausbruchsexperten K. zu verdanken, daß der Zaun im Innenhof höher gebaut und mit Stacheldraht versehen wurde. Ein halbes Dutzend Mal soll er bereits geflüchtet sein. Er lief immer einsilbig und mit gesenktem Blick herum. Dabei trug er stets eine schäbige, mit Fingerabdrücken und bräunlichen Rückständen besudelte Teeschale vor sich her, bis er eine stille Ecke fand, wo er daran nippte und seine Zigaretten paffte. Sein Blick schien dabei weit in die Ferne zu schweifen, obwohl es eigentlich nichts weiter zu sehen gab als zwei Anstaltsgebäude (deren Fenster alle mit Maschendraht oder Gitterstäben versehen waren), den hohen Lattenzaun mit dem Stacheldraht, den winzigen Innenhof mit dem kleinen Trinkwasserbecken sowie ein paar Sträuchern und Blumen, der lediglich einen Ausschnitt vom Himmel freigab. Man konnte sich gut vorstellen, daß der Alte schon wieder eine neue Fluchtmöglichkeit ausheckte. Vermutlich war er sogar jedesmal von selbst wieder zurückgekehrt. Letzten Endes machte doch jeder, der aus der Anstalt geflohen war, die gleiche Erfahrung: daß die Gesellschaft voll grauer Unwägbarkeiten war und alles andere als ein Ort, an dem es sich angenehm leben ließ. Also blieb ihnen nur die Rückkehr.

Diese Sinnlosigkeit war es, die die Ausbruchsversuche der Insassen um so ärgerlicher erscheinen ließ. Es war, als würde man sich aus freien Stücken an einen Ort der Unfreiheit begeben – ein hoffnungsloses Unterfangen. Man konnte die Leute zwar einfach als Geistesgestörte abstempeln, doch selbst Gesunde würden bei wiederholter Internierung wahrscheinlich ihren praktischen Realitätssinn verlieren.

Außerdem zogen die Insassen, die einen Ausbruchsversuch unternommen hatten, den Zorn der Krankenschwestern auf sich. Deren Unmut war durchaus berechtigt, denn schließlich konnten sie nicht jeden einzelnen die ganze Zeit über im Auge behalten. Überarbeitung und all die schwierigen Fälle stellten eine erhebliche Belastung für sie dar. Selbst wenn jeder Patient eine Schwester zugewiesen bekäme, wäre diese kaum imstande, einen zur Flucht Entschlossenen an seinem Vorhaben zu hindern. So war es nur zu verständlich, daß sie denjenigen die kalte Schulter zeigten, die ihnen willentlich Unannehmlichkeiten bereiteten und Anlaß bilden konnten für ein Versäumnis ihrer Aufsichtspflicht.

S. war übrigens durch die Fensterstäbe im Umkleideraum des Personal-Badezimmers entschlüpft. Als der unermüdliche M. beim Aufspüren des Fluchtortes die Tür des sonst verschlossenen Badezimmers öffnete, entdeckte er unter den Fensterstäben einen weißgesprenkelten Kimono, wie S. ihn gewöhnlich trug, zusammen mit dem verschlissenen schwarzen Obi sowie ein Paar Anstaltssandalen – leicht verschmutzt und verwaist wie eine abgestreifte Hülle.

Neugierig geworden, was die Schwestern unternehmen würden, warf ich einen Blick in das Stationszimmer.

Normalerweise hielten sich dort tagsüber immer drei bis vier Personen auf, doch jetzt entdeckte ich nur eine einzige. Die Schwester war zwar nicht gerade in Panik, wirkte jedoch verärgert und war bemüht, ruhig zu bleiben. Offensichtlich nahm sie das alles nicht sehr tragisch, denn wie weit konnte S. – nur mit Unterhemd und Unterhose bekleidet – am hellichten Tag schon gekommen sein?

Was brachte mich eigentlich dazu, mir dieses Ausbruchsdrama (schon dieser Begriff war eine Übertreibung!) als groß angelegte Szene vorzustellen mit einem ganzen Orchester von Alarmglocken, die von überall durch die Anstalt schrillten, und heranbrausenden Ambulanzwagen (eine weitere vorschnelle Assoziation)? Würden sie eine Suche nach S. starten? Durften sie überhaupt so untätig sein? S. konnte immerhin Selbstmord begehen.

Spielte die diensthabende Schwester, anstatt sich um S. zu sorgen, vielleicht sogar mit der Überlegung, wie sie die verbleibenden Insassen bestrafen könnte, damit diese nicht etwa auf den Einfall kamen, den Fluchtversuch nachzuahmen? Aus irgendeinem Grund stiegen in mir unbequeme Gedanken auf: weshalb zum Beispiel die Patienten hier unter dem Vorwand einer ›Behandlung‹ eingekerkert wurden? Und daß solche Ausbrüche sich häuften. Wenn die Flüchtigen geschnappt wurden, sperrte man sie noch unbarmherziger in Einzelzellen, was dazu führte, daß die Anstalt sich mehr und mehr in einen Hochsicherheitstrakt verwandelte. Solche Obsessionen entsprangen wohl meinen zerrütteten Nerven. Wenn man hier eingesperrt war, trug man wahrscheinlich automatisch einen Keim der Angst in sich, den man sonst gar nicht bemerkt hätte. Die einzigen, die hier mit ihren Schlüsseln frei aus und ein gehen konnten, waren die Ärzte, die Schwestern und das Dienstpersonal. Die Vorstellung, daß ein Brand, ein Erdbeben oder etwas anderes Unvorhergesehenes passieren könnte, war furchtbar, denn dann würde diese Anstalt um so mehr einer treibenden Insel gleichen: völlig abgeschnitten von der Außenwelt. Ebensogut konnte einer der Patienten plötzlich außer Kontrolle geraten. Oder angenommen, ein Insasse würde gewalttätig werden. Jeder hier, ganz egal wie ernst sein Zustand war (und nicht zu vergessen die vereinzelten Begleitpersonen wie ich, die nicht zu den Kranken zählten), wäre einer unkalkulierbaren, plötzlich eintretenden Katastrophe auf Gedeih und Verderb ausgeliefert. (Wie schrecklich, dachte ich oft, wenn ich mitten in der Nacht durch ein Geräusch aus dem Schlaf gerissen wurde! Unser Leben war einer Handvoll Menschen anvertraut. Nachts waren es zwei junge Schwestern, die mit ihren Häubchen und der reinen weißen Uniform einen sehr vertrauenswürdigen Eindruck machten, die aber beruflich noch ziemlich unerfahren waren.)

Das Gespräch der beiden Insassen von vorhin hatte ich mit dumpfem Unbehagen verfolgt. Die Äußerung des einen, man sollte uns aus diesem Gefängnis befreien, löste in mir eine Zwangsvorstellung aus. Lauerte nicht tief in meinem Innern der gleiche Aufschrei? Dies war jedoch nicht der geeignete Zeitpunkt für solch quälende Gedanken. Wenn sich die Anfälle meiner Frau verschlimmerten, lief ich mit verbundenen Augen und gesenkten Hauptes der Todesgöttin entgegen. Ich glaubte, die Last der Buße nicht ertragen zu können. Für meine Frau und mich mußte die Anstalt noch stärker abgeschirmt und verbarrikadiert sein. Etwas im Tonfall des Patienten hatte mein Blut in Wallung gebracht. Vielleicht griff dieses Etwas in der ganzen Anstalt um sich, so daß die Insassen, die kein Ventil für ihre tägliche Frustration und Depression hatten, sich schließlich wild zusammenrotteten, um Ärzte und Schwestern zum Teufel zu jagen. Und wir Begleitpersonen, würden wir als Außenseiter nicht auch etwas abbekommen und in die Sache verwickelt werden? Was würde mit meiner Frau geschehen? Würden ihre neurotischen Exzesse, die ich nicht in den Griff bekam, bei einer solchen Massenhysterie nicht all ihre Macht verlieren? Es wäre also meine Rettung. Oder auch nicht, wenn man es auf mich absah. Mein Kopf schwirrte von all diesen Spekulationen, so daß ich zuletzt nicht mehr wußte, wie ich mich verhalten sollte.

Inzwischen hatte sich die übliche Schar von Krankenschwestern eingefunden; sie schienen sich jedoch nicht weiter mit S. zu beschäftigen. Wahrscheinlich hatte ich mir etwas eingebildet, und alles war ganz harmlos. Die Anstalt war eine Einrichtung mit Krankenzimmern, die zur Heilung der Patienten diente; weshalb sollte man also die Patienten daran hindern, sie aus eigenem Entschluß zu verlassen? Trotzdem wurde ich meinen Unwillen gegen S. nicht los.

Dieser Junge war zwar spindeldürr, aber sich so durch die Fensterstäbe hindurchzuzwängen grenzte an ein Wunder, das wohl eher seiner Willenskraft zuzuschreiben war. Da der Raum nur für das Personal bestimmt war, mochten die Stäbe hier einen größeren Abstand haben; doch wie immer man es sah, es blieb ein Kunststück. Dennoch hatte man noch an demselben Tag ein Vorhängeschloß an der Tür angebracht, damit die Insassen keine Möglichkeit mehr hatten, an das Fenster mit dem weiten Gitter zu gelangen.

Die Symptome meiner Frau zeigten keine Besserung. Würde sich dieser Zustand ewig hinziehen, so daß ein Ende dieses Nervenkriegs nicht in Sicht war?

Allmählich schwand meine bis dahin stoische Haltung. Leicht erregbar, zahlte ich es ihr, wenn sie einen Anfall bekam, mit gleicher Münze heim: Meine impulsiven, niederträchtigen Ausbrüche ließen sich nicht mehr unterdrücken.

Dann fing meine Frau an, mich zu schikanieren: Obwohl sie froh war, daß sie sich in einer geschlossenen Anstalt befand, drohte sie mir hin und wieder mit einem Ausbruchsversuch. Das kostete mich den letzten Nerv. Ich wünschte mir, daß es auf der Station noch strenger zuging, mit noch mehr Panzertüren und noch mehr Schlössern.

In meiner Verzweiflung glaubte ich, nur eine völlig abgeschirmte Gefängniszelle könnte uns Ruhe bringen, doch das eigentliche Problem bestand darin, wie weit ich die Kraft aufbrachte, den Anfällen meiner Frau standzuhalten. Konnte ich denn überhaupt noch für mich selbst sorgen? Wenn mir das gelänge, würden vielleicht auch ihre Symptome verschwinden, so daß für sie und die Kinder wieder alles geregelt wäre. Mir schwirrte der Kopf von diesen Grübeleien. Die Äußerung jenes Patienten, daß die Freiheitsbeschränkung in der geschlossenen Anstalt den Leuten angst machte und sie zum Ausbrechen bewegte, verkehrte sich in meinem Fall ins genaue Gegenteil: Gerade weil man uns hier nicht vollständig hinter Schloß und Riegel sperrte, konnte sich meine Unruhe nicht legen.

In Anbetracht unserer Unfähigkeit, in der Welt dort draußen zurechtzukommen, und der daraus resultierenden Internierung bekamen wir natürlich nur selten Besuch. Eine dieser wenigen Personen war der Cousin meiner Frau, ein Student, der uns Mitte August überraschte.

Meine Frau und ich hatten sein Kommen schon sehnsüchtig erwartet, denn da er in den Sommerferien nach Hause gefahren war, wußten wir, daß er uns Näheres über unsere beiden Kinder berichten konnte.

Eine Methode, meine Frau von ihren Attacken abzulenken, war das Gespräch über unsere Kinder. Wie oft spann ich mir allerlei Geschichten aus über das Leben der beiden Kleinen auf der einsamen Insel im Süden und erzählte sie meiner Frau. Wir riefen uns ihre kindlichen Ausdrücke ins Gedächtnis, die wir fast alle in ein Notizheft schrieben, und stellten uns dabei ihr unglückliches, einsames Dasein vor. Meine Erinnerungen beliefen sich darauf, daß ich ihnen nicht genug Zärtlichkeit und Liebe entgegengebracht hatte, und wenn die Anfälle meiner Frau mich wieder einmal völlig durcheinandergebracht hatten, reichte schon die Erwähnung ihrer Namen aus, um mich zum Weinen zu bringen. Neidisch betrachtete ich durch die vergitterten Fenster all die fremden Kinder, die draußen mit ihren hellen Stimmen vorbeiliefen. Vielleicht waren unsere beiden inzwischen schwer erkrankt wegen der abrupten Umstellung auf das andere Klima und Wasser. Wenn ich mir vorstellte, es könnte ihnen irgend etwas Schreckliches zugestoßen sein, packte mich eine tiefe innere Unruhe. Diese Pein würde mich als Strafe für mein Vergehen ewig verfolgen; sie geißelte mich mit einer Gewalt, die dem physischen Schmerz vergleichbar war, den man eingezwängt in einen Schraubstock erlitt. Meine Frau warf mir vor, daß alles meine Schuld sei, falls den Kindern etwas zustoßen sollte. ›Mein ganzes Leben lang würde ich dich dafür verfluchen!‹ bekam ich von ihr zu hören, was ich ihr nicht verdenken konnte. Ich begann mir einzureden, daß den beiden bereits etwas zugestoßen sei und ich deswegen für immer zu diesem beklemmenden Gefühl in meiner Brust verdammt war.

Jedenfalls mußten wir uns mit der Erfüllung unserer Sehnsucht, aus dem Munde des Cousins etwas über unsere Kinder zu erfahren, bis zu seinem Besuch gedulden. Und selbst danach konnten wir nicht sicher sein, ob alles mit ihnen in Ordnung war. Beide Kinder litten nämlich an einem hartnäckigen Ausschlag am Unterleib, der vermutlich das anhaltende Fieber bei der Jüngsten verursacht hatte, die nun mit einem Eisbeutel auf dem Kopf das Bett hüten mußte. Dennoch brachte sie, so berichtete der Cousin, sobald es ihr einmal besser ging, alle zum Lachen mit ihrem jaulenden Gesang, aber insgesamt mache sie doch einen sehr kränklichen Eindruck. Daran sei jedoch lediglich der Ausschlag schuld, es bestehe also kein Grund zur Sorge, betonte er erneut, doch mir entging dabei nicht der Schatten, der über das Gesicht meiner Frau huschte. In der dunklen Vorahnung, daß sein Besuch nur alles noch verschlechtern würde, machte ich mich bereits auf Schlimmes gefaßt. Nachher würde dies todsicher einen tiefgehenden Anfall bei meiner Frau auslösen. Diese Befürchtung sowie die nervöse Ungewißheit über das Wohlergehen unserer Kinder machte mich ganz benommen, und mir blieb nichts anderes übrig, als scheinbar unbeteiligt, aber mit dem Gefühl, eine dünne Eisschicht zu betreten, die Miene meiner Frau im Auge zu behalten.

Als der dunkle Schatten vorbeigehuscht war, hellte sich ihr Gesicht gleich wieder auf. Sie schien sich also doch sehr über den Besuch ihres Cousins zu freuen. Ich beschloß, ihn zu bitten, die Nacht hier zu verbringen, damit die freudige Erregtheit bei meiner Frau weiter anhielt.

An diesem Abend war sie gut aufgelegt. Waren meine Befürchtungen etwa umsonst? Die lang vermißten Neuigkeiten aus der Heimat über das Befinden ihrer engsten Angehörigen hatten sie aufgeheitert. Auch was unsere Kinder anging, konnte sie sich immerhin eine grobe Vorstellung machen von dem, was der Cousin ihr aus erster Hand berichtete. Sie fühlt sich nun sicherlich erleichtert, dachte ich.

Doch auch an diesem Abend bekam sie ihren obligatorischen Anfall, und zwar kurz nachdem wir uns ins Bett gelegt hatten: Jetzt geht es los! wußte ich und verspürte ein Kribbeln im Körper. Von der Panik getrieben, irgend etwas unternehmen zu müssen (was ohnehin zu nichts führte), füllte sich mein Kopf mit einer klebrigen, säuerlichen Substanz, und in mir stieg ein Gefühl starken Widerwillens auf.

Ich fühlte mich derart überrumpelt, daß ich mich innerlich

gar nicht darauf einstellen konnte. Gewöhnlich überkamen mich immer schon frühzeitig hysterische Anwandlungen, um dem Anfall meiner Frau gewissermaßen zuvorzukommen. Vor dem Zubettgehen hatte ich mich aufgrund ihrer guten Laune völlig sicher gewähnt. Wir hatten ihrem Cousin mein Bett überlassen und schliefen zusammen in dem meiner Frau. Ich atmete auf bei dem Gedanken, dank unseres Gastes neben uns endlich einmal befreit zu sein von der allabendlichen heiklen und langwierigen Geduldsprobe: nämlich meine Frau ohne größere Zwischenfälle zum Einschlafen zu bringen. Diese Nacht versprach einen erholsamen Schlaf. Und auch meine Frau würde bestimmt gut schlafen können angesichts der Aufregung, die der Besuch mit sich gebracht hatte, und der Erleichterung, mit ihrer Heimat auf Tuchfühlung zu sein. Daran gewöhnt, ständig in zitternder Angst vor ihren Ausbrüchen zu leben, war ich auch diesmal leicht beunruhigt gewesen, aber so früh hatte ich nicht damit gerechnet. Ich schalt mich für meine Unachtsamkeit. Doch selbst wenn ich auf der Hut gewesen wäre, hätte ich nichts dagegen tun können. Das brachte mich noch mehr in Rage. Durch meine Fehleinschätzung hatte sich der Abgrund noch weiter vertieft; ich stürzte eine steile Klippe hinab und landete unsanft auf dem Boden der Wirklichkeit.

Zuerst löste sich meine Frau aus meiner Umarmung, was normalerweise nicht weiter bemerkenswert war. Doch bei uns galt diese Geste als sicheres Zeichen, daß sie gleich einen Anfall bekam. Obwohl ich genau wußte, daß von da an jegliches Handeln meinerseits sinnlos war, mühte ich mich in dieser erbärmlichen Vergeblichkeit ab. Das Gefühl des Leerlaufs brachte mich nun ebenfalls an den Rand der Verzweiflung. Fast zudringlich versuchte ich erneut, meine Frau, die von mir weggerückt war, in die Arme zu nehmen. Aggressiv riß sie sich los. Ich wurde trotzig. (Garantiert würde sie mir hinterher vorwerfen: Ich habe mich ganz sachte aus deinen Armen befreit, um besser einschlafen zu können, aber du mußtest ja wieder grob werden und mich peinigen, damit ich einen Anfall bekomme.) Keiner von uns beiden sprach ein Wort, weil nebenan der Cousin schlief. Dadurch staute sich die geladene Stimmung meiner Frau noch mehr auf, und sie setzte sich kerzengerade im Bett auf. Auch daran konnte man eigentlich nichts Schlimmes finden. Doch in unserem Fall bedeutete es nichts anderes, als daß meine Frau bereits auf das Gleis zu einem unvermeidlichen Anfall geraten war. Wenn ich mich nicht weiter darum kümmerte, würde sie die ganze Nacht so verharren, was aber nur bedeutete, daß sich ihr Anfall über den ganzen nächsten Tag und vielleicht auch noch über den Tag darauf hinziehen würde.

»Miho! Was ist los? He! Nun sag schon! Was soll ich machen?«

In meiner Ratlosigkeit schleuderte ich ihr hilflose Worte entgegen. Wohl wissend, daß ich bereits in dem absurden Mechanismus ihres Anfalls eingespannt war, konnte ich mich dennoch nicht mehr herauswinden.

»Psst... Sei still, du weckst sonst noch T. auf! Schlaf jetzt, gute Nacht!« sagte sie in ruhigem Ton. Selbst wenn ihr Cousin etwas mitbekommen haben sollte, klangen ihre Worte sehr vernünftig. Eher hätte man sich über mein Benehmen wundern können. Doch was dann folgen würde, falls ich sie tatsächlich beim Wort nahm (obgleich ich gar nicht hätte schlafen können), wußte nur ich allein. Schlaf jetzt, gute Nacht! hatte sie zwar gesagt, aber es nicht so gemeint. Die Persönlichkeit meiner Frau hatte sich in dem Wahn ihres Anfalls bereits gespalten.

Der einzige Unterschied in dieser Nacht war, daß sie diesmal kein Kreuzverhör abhielt und mich mit ihren endlosen Anklagen in die Mangel nahm. Sollte der Besuch ihres Cousins doch eine Wirkung gehabt haben?

Trotz meiner inneren Anspannung war ich eingenickt. Plötzlich aus dem Schlaf hochgeschreckt, sah ich nun, was ich damit angerichtet hatte: Während ich mir offensichtlich eine Pause gegönnt hatte, befand sich meine Frau mitten in einem Anfall. Innerlich brodelnd, hatte sie sich festgesaugt an der verstreichenden Zeit. Schlaftrunken hielt ich nach ihr Ausschau und entdeckte sie am Fußende, zusammengerollt wie ein Schoßhündchen, den Rücken mir zugewandt. Allein diese Pose regte mich auf. Ihr Anblick machte mich zornig. (Wie lange willst du mir das Leben noch zur Hölle machen?) »Miho, was hast du eigentlich? Kannst du dich nicht vernünftig hinlegen? Du willst also nicht neben mir schlafen! Sag doch einen Ton, dann gehe ich rüber zu T.«, drängte ich sie in einem quengelnden Ton, der mich selbst anwiderte.

Sie erhob sich wortlos, schob das Moskitonetz beiseite und ging hinaus auf den Korridor.

Das mußte ja kommen, natürlich! Einen wütenden Aufschrei zurückhaltend, vermochte ich die Beklemmung in meiner Brust, diesen sinnlosen Ärger, nicht loszuwerden angesichts der Erschöpfung zweier Seelen, die in nervenaufreibender Weise gezwungen waren, jeder für sich einen unversöhnlichen Kurs einzuschlagen, so lange, bis der Anfall meiner Frau sich wieder gelegt hatte. Mit funkelnden Augen starrte ich nach oben an die finstere Decke.

In dem Mondlicht, das durch die Ritzen der Vorhänge ins Zimmer fiel, konnte ich die Zeiger meiner Armbanduhr vage erkennen: Es mußte ungefähr halb zwei sein. Was ich für einen kurzen Schlummer gehalten hatte, war tatsächlich ein ziemlich langer Schlaf gewesen. Als ich mir vorstellte, wie meine Frau unterdessen völlig reglos in ihrem Zustand verharrt hatte, lief mir ein Schauer über den Rücken. Schuldbewußt fragte ich mich, ob sie denn wirklich so krank war, daß sie sich selbst nicht mehr unter Kontrolle hatte? Meine eigene Verfassung war unverzeihlich. Doch sobald ich in die Fänge ihrer Anfälle geriet, gingen meine Nerven mit mir durch, so daß ich selbst ganz hilflos war.

Ich wußte, wo meine Frau sich jetzt aufhielt. Sie war entweder in der Umkleidekabine des Patienten-Badezimmers oder in dem Abstellkämmerchen am Ende des Flurs. Da es jedoch nachts draußen ziemlich kalt wurde, konnte sie nicht ewig dort bleiben. Irgendwann hielt sie es bestimmt nicht mehr aus und kam zurück. Dann würde ich sie demütig um Verzeihung bitten und dafür sorgen, daß sie wieder ins Bett ging. Meine Frau war krank. Wenn ihr mißtrauisches Verhör losging, würde ich die zähe, beklemmende Tortur über mich ergehen lassen und ihr Rede und Antwort stehen. Gespannt auf ihre Rückkehr lauschend, vernahm ich vom Ende des Flurs Schritte, die wie erwartet furchtlos klangen, so als hätte sie einen plötzlichen Entschluß gefaßt. Wenig später kam sie dann tatsächlich ungeniert ins Zimmer gestürmt. Trotz meiner Absicht, auf sie zu reagieren, zog ich abrupt meine Fühler zurück und igelte mich ein. Ich hatte einen Moment zu lange gezögert, und so hielt ich einfach nur den Atem an und beobachtete, was sie tat. Meine Frau öffnete den Koffer und tauschte ihr Nachthemd gegen ein Kleid aus (ihr Portemonnaie lag übrigens unter meinem Kopfkissen). Ich stellte mich schlafend und blieb reglos liegen. Eigentlich bräuchte ich nur aufzuspringen und sie zu packen. Auch dann würde sich ihr Anfall nicht legen, aber immerhin könnte ich mir unnötige Aufregung (unvorhersehbare Risiken eingeschlossen) ersparen. Ich ließ einen weiteren Augenblick verstreichen und versuchte mir einzureden, daß sie fror und zurückgekommen sei, um sich etwas überzuziehen. Offensichtlich hatte sie vor, die ganze Nacht in der Umkleidekabine zu verbringen. Sollte sie noch ein bißchen dort bleiben, dann würde ich sie holen gehen. Bei diesem Gedanken schlief ich erneut ein. In dieser Nacht war es kälter als sonst, und das Frieren machte es einem nicht schwer, im Bett zu bleiben.

Ich konnte mich gerade noch dem Sog des Schlafes entreißen und kehrte in den Wachzustand zurück. Was machst du denn! schalt ich mich selbst und rannte auf den Flur. Ich warf einen Blick auf die Uhr, es war gleich drei.

Ich hastete zur Umkleidekabine und sah ihr Bild ganz deutlich vor mir: wie sie mit dem Rücken zu mir verloren am Fenster stand, den Körper gegen die Gitterstäbe gepreßt, und in die finstere, lautlose Nacht starrte, um das pure Verstreichen der Zeit zu verfolgen. In der Kabine herrschte jedoch gähnende Leere; keine Spur von meiner Frau. Ich ging sofort zur Abstellkammer und faßte an die Tür. In dem Moment wähnte ich noch meine Frau dahinter, wie eine Katze auf dem Sprung, um mir den Zutritt zu verwehren. Doch die Tür ließ sich widerstandslos öffnen, und mir schlug lediglich ein feuchter Modergeruch entgegen. Hatte ich sie etwa doch entwischen lassen? Mich beschlich das unheimliche, hilflose Gefühl, daß diesmal nicht irgendein Patient, sondern meine eigene Frau die Flucht ergriffen hatte. Ungläubig öffnete ich eine Klotür nach der anderen und durchstöberte auch die Küche, wo sich die Patienten eine einfache Mahlzeit zubereiten konnten. Die Tür zum Hof war von innen verriegelt. Wo hatte sie sich bloß versteckt? Nachdem ich alle Möglichkeiten nochmals durchgegangen war, ging ich zum Stationszimmer. Vielleicht hielt sie ja einen Plausch mit der Nachtschwester.

Dort war jedoch nur das lautlose Ticken der Zeit zu vernehmen. Eine Schwester schrieb pausenlos Zahlenkolonnen auf einen großen weißen Bogen Papier. Eine andere lag ausgestreckt auf dem Sofa, die rechte Faust auf die Stirn gelegt. Überdeutlich hörte ich das Kratzen des Stiftes auf dem Papier.

»Schwester«, rief ich leise an der Tür, worauf die eine von ihrem Blatt aufsah, während die Schlafende hochschreckte. Beide hatten gerötete Augen.

»Ist meine Frau hier vielleicht vorbeigekommen?«

»Wer? Ach so, Ihre Frau«, erwiderte die Schreiberin, »die müßte im Hof sein.«

Ihr Ton war derart überzeugt, daß ich mich sofort geneigt fühlte, meine Aufregung für unnötig zu erklären.

»Vor ein paar Minuten hörte ich, wie jemand die Tür öffnete. Ich bin gleich mit einer Taschenlampe hingegangen und habe alles abgeleuchtet, doch es war niemand zu sehen. Also habe ich wieder abgeschlossen. Wahrscheinlich ist sie jetzt ausgesperrt.«

Erleichtert borgte ich mir die Taschenlampe und ging mit der Schwester hinaus in den Hof. Ausgesperrt hockte meine vor Kälte zitternde Frau vermutlich unter irgendeinem Busch. Dem Nachttau ausgeliefert, war sie bestimmt völlig durchgefroren. Die Arme! Alles nur wegen ihrer Eigensinnigkeit. Jetzt hat sie bestimmt einen kühlen Kopf, und der Anfall ist auch vorüber, dachte ich leichthin. Doch da ich sie immerhin fast zwei Stunden im Stich gelassen hatte, überfiel mich gleich wieder die Befürchtung, daß ihr Zustand ebensogut schlimmer als vorher sein könnte. Auf jeden Fall würde ich ihren ausgekühlten Körper wärmen müssen, und bei diesem Gedanken ließ ich das Licht der Taschenlampe flink unter die Bäume und Büsche des winzigen Gartens huschen, doch von ihr war keine Spur zu sehen.

Von dem Nachttau waren meine Sandalen und Füße naß geworden. Die beiden Krankenschwestern suchten jede für sich schweigend weiter. Vermutlich taten sie es aus dienstlicher Verantwortung. Sie konnten ja nicht wissen, daß ich gerade am Scheideweg des Schicksals stand. Dreimal suchte ich gewissenhaft alles ab, doch meine Frau war nicht auffindbar. Ein Gefühl von Trostlosigkeit überkam mich, gegen das ich machtlos war. Was sollte ich tun? Es würde sowieso alles keinen Zweck haben. Wenn meine Frau sich nicht hier im Innenhof aufhielt, war sie dann tatsächlich aus der Anstalt ausgebrochen? Aber wie ist sie bloß hinausgekommen? Als ich mir ihren aufgebrachten Gesichtsausdruck ins Gedächtnis rief, wurde mir klar, daß sie alles daransetzen würde, um auszubrechen, aber wo in Gottes Namen sollte ihr das gelungen sein? Noch dazu in tiefster Nacht.

»Wo wohnen Sie denn? Vielleicht ist sie ja nach Hause gegangen«, erkundigte sich die eine Schwester.

»Wo wir wohnen? (Ich war so perplex, daß ich nicht sofort antworten konnte.) Oh! Wir haben kein Zuhause mehr. Es gibt für sie nur diesen Ort hier«, erwiderte ich kleinlaut, während mich das Trinkwasserbecken in der Mitte des Hofs beschäftigte.

»Auf alle Fälle werde ich erst mal dem Doktor Bescheid sagen«, sagte die eine Schwester wieder und lief hinüber zum

Hauptportal (der diensthabende Arzt schlief nämlich in einem anderen Trakt), während die andere in unser Krankenzimmer zurückging, wohin ich ihr folgte. Ich erinnerte mich, wie unbeteiligt die Schwester damals wirkte, als S. geflohen war. Falls meine Frau tatsächlich ausgebrochen sein sollte, mußte ich dem Aufsichtspersonal die Umstände begreiflich machen. Dieser Gedanke jagte mir ununterbrochen im Kopf herum. Gleichzeitig machte ich mir klar, daß sowieso alles beim alten bliebe, selbst wenn ich die Schwestern bat, mir beim Suchen zu helfen, oder gar der diensthabende Arzt erschien. Die routinemäßigen ›Formalitäten‹ dienten einzig dazu, die interne Ordnung einzuhalten. In unserer Beziehung würde sich dadurch nicht das geringste ändern. Wahrscheinlich hatte ich unbewußt die stumme Handlung meiner Frau bereits akzeptiert. Mit anderen Worten, vielleicht kommunizierten wir beide ganz unabhängig von der Vorgehensweise des Pflegepersonals in einer übersinnlichen Sphäre. Ich konnte spüren, wie bei der Krankenschwester neben mir ein Gefühl von Sympathie ihr beflissenes dienstliches Pflichtbewußtsein überlagerte. Mit diesem luxuriösen Mitgefühl, das sich ja auch als überflüssig erweisen konnte, gab sie sich gewissermaßen einer Verletzung preis. Ich floß über vor Dankbarkeit, wußte aber nicht, wie ich es zum Ausdruck bringen sollte. Sie durchsuchte alle Patientenzimmer und Aufenthaltsräume, um sicherzugehen, daß meine Frau sich nicht doch irgendwo versteckt hielt. Es war übrigens diejenige Schwester, die ich vorhin schlafend auf dem Sofa vorgefunden hatte. Als ich mit ihr durch die nächtlichen Korridore schlich, wurde mir mit Traurigkeit bewußt, daß meine Frau von mir fortgegangen war. Vor mir tauchte ihre Gestalt auf, wie sie mit aufgelöstem Haar und großgemustertem Rock, der wie ein Papierfetzen um ihre Beine flatterte, durch das hochgeschossene Gras irrte, ohne zu wissen wohin. Geronnen zu einer einzigen dicken Schicht, bedrängten mich sämtliche Phasen ihrer Erkrankung, die vor rund einem Jahr ihre ersten Symptome gezeigt hatte. Trotz dieser ganzen Tortur blieb ein zärtliches Flüstern in meinem Ohr zurück. Ich war nun selbst der Arme, der keine Minute ohne seine Frau sein konnte.

»Sinkt ein Leichnam eigentlich im Wasser?«

Meine Frage kam so überraschend, daß die Schwester mich mit weit aufgerissenen Augen anstarrte.

»Ja, erst treibt er an die Oberfläche, und dann sinkt er wieder.«

Ich fragte mich, woher sie das wußte. Vielleicht fühlte sie sich ganz einfach nur aus Pflichtbewußtsein gezwungen, sich in einem solch überzeugten Ton zu äußern. Ich hörte ihr nur noch mit halbem Ohr zu, denn im Augenblick spielte das sowieso keine Rolle.

»Ich sehe im Becken nach.« Mit diesen Worten lief ich nochmals in den Hof, stellte mich an den Rand des Reservoirs und versuchte auf den Grund zu blicken.

Ich meinte Gräser oder irgendwelches Zeug zu erkennen, das die Patienten tagsüber dort hineingeschmissen hatten, oder waren es Blasen, die an die Oberfläche blubberten? Sah das nicht aus wie ein Körper, der dort hinten in die Ecke getrieben worden war? Am liebsten wäre ich hineingesprungen (so tief konnte das Becken ja nicht sein in einem Innenhof, zu dem Geistesgestörte freien Zugang hatten), um dort bis zum Hals im Wasser herumzuwaten und jeden Winkel zu durchforsten. Dabei überkam mich das unbändige Verlangen, laut loszuheulen. Mir war, als berührte ich den Leichnam meiner Frau: wie er mir aus den Händen glitschte bei meinem Versuch, ihn aus der Tiefe zu heben, wo er sich förmlich festgesaugt hatte. Eine Weile würde er dort reglos verharren, sich dann aber wie von selbst ablösen, um diesmal ohne mein Dazutun schwerelos nach oben zu treiben und an der Oberfläche aufzutauchen. Meine Frau war also wirklich tot? Und dafür mußte sie derart lange leiden? Dadurch wäre ich verdammt, die Last einer untilgbaren Schuld zu tragen. Bis in alle Ewigkeit würde ich dieses Schuldgefühl nicht loswerden können. Ich blickte zum nächtlichen Himmel hinauf und murmelte, daß es vielleicht so das beste sei. Es schnürte mir die Kehle zu, und eine

Träne lief mir über die Wange. Plötzlich tauchte das Bild meiner kleinen Tochter auf, wie sie, inzwischen herangereift zu einem Teenager von siebzehn, achtzehn Jahren, ihren greisen, an Tuberkulose leidenden Vater pflegte.

Ich hatte ein unentwegtes Kreischen im Ohr, als würde in meinem Schädel eine hochpolierte gespannte Messing-Saite gezupft werden, die einen hohen, schrillen Klageton von sich gab. Es klang für mich wie der reine, unverfälschte Willen meiner Frau. War ich denn bei ihren schwer zu ertragenden Anfällen derart von dem Phänomen als solchem geblendet gewesen, daß ich gar nicht deren unverhüllte Gestalt wahrzunehmen vermochte? Die gellenden Schreie meiner Frau hallten tief in meinen Ohren, in meinem Schädel, bis ich ihren durchdringenden, meine Dummheit bedauernden Blick auf dem Rücken zu spüren glaubte.

Ausgeschlossen, daß gerade sie auf so grausame Art verschollen sein sollte. Irgendwie konnte ich das überhaupt nicht fassen. Weshalb sollte sie sich im Becken ertränkt haben, wisperte etwas in mir. Ich nahm eine Stange von dem Wäscheständer, tauchte sie ins Becken und begann, langsam damit im Wasser herumzurühren.

Die Spitze schien in dem schlammigen Wasser festzustecken, sie ließ sich unglaublich schwer bewegen. Nach ausgiebigem Herumstochern wurde ich sofort von dem Zweifel getrieben, ob ich tatsächlich alles erwischt hatte, und so durchforstete ich immer wieder sorgfältig jeden Winkel in dem kleinen Becken.

Dabei bekam ich das Gefühl, mit meiner Frau über die Spitze des Rohrs zu kommunizieren. (Toshio, das kenne ich ja gar nicht von dir, daß du dich derart ins Zeug für mich legst. Bravo, bravo! Dann kann ich mich also doch auf dich verlassen.) Ich kam mir vor wie ein kleines Kind, das vor den Augen seiner Mutter an einem Wettlauf teilnahm.

Irgendwann erschien der diensthabende Arzt im Hof. Die Arme vor der Brust verschränkt, schaute er wortlos meinem Treiben zu. Auch die beiden Schwestern sagten nichts. Eigentlich kam mir ihr Schweigen ganz gelegen, denn so konnte ich die unsichtbare Unterhaltung mit meiner Frau ungestört fortsetzen.

Dennoch warf ich hin und wieder einen flüchtigen Blick auf den Arzt. Seine Haltung verriet starke Willenskraft und Vernunft, ein unfehlbares Urteilsvermögen und eherne Prinzipien. Darüber hinaus verkörperte er die universale Wissenschaft. Die Zunge wie gelähmt, nahm ich über die Stangenspitze stummen Kontakt zu meiner Frau auf. Damals im Krieg habe ich genauso dagestanden wie der Doktor jetzt: Die Arme vor der Brust verschränkt, schaute ich zu, wie die Soldaten unter meinem Kommando ihre nächtliche Arbeit verrichteten.

Dann machte ich meinen Mund auf: »Hier ist sie offenbar nicht.« Der Arzt erwiderte nichts. Als ich an die Unannehmlichkeiten dachte, die das Fortlaufen meiner Frau dem Personal bereiten würde, wurde mir ganz schwer ums Herz.

»Die Medikamente hat sie doch mitgenommen, oder?« fragte der Doktor gedehnt.

»Sie hat da etwas aufbewahrt, statt es einzunehmen. Ich sehe mal nach«, sagte ich und ging zu unserem Zimmer.

Der Cousin schlief immer noch, ahnungslos. Ich wühlte in der Schublade des Nachtschränkchens und fand etwa zehn Arzneipackungen. Ich nahm eine Handvoll davon und lief wieder nach draußen.

Und siehe da, neben den Schwestern stand meine Frau. Ohne einen Ton zu sagen, ging ich auf sie zu. (Laut krachend brach das Monument der Tragödie zusammen.) Immer noch zitternd (der weiße Film flackerte beim schnellen Zurückspulen), wußte ich nicht so recht, wie ich reagieren sollte. Die eine Schwester kehrte mürrisch in ihr Dienstzimmer zurück. Auch der Doktor hatte sich bereits entfernt.

Meine Frau strahlte, als sie mich erblickte. Doch wahrscheinlich galt ihr Lächeln gar nicht mir, sondern sie machte den anderen nur etwas vor.

»Ich wollte unser Kätzchen (der Kosename unserer kleinen

Tochter) zu Hause besuchen und bin gelaufen und gelaufen, aber dann wußte ich nicht mehr weiter«, erklärte sie mir. Ein neuer Schauer durchlief mich. Ihre Heimat, wo die Kinder untergebracht waren, lag vierundzwanzig Stunden mit dem Schiff von Kagoshima entfernt. Da konnte man nicht hinlaufen.

Mit beherrschter Stimme (die Haut meines abgekühlten Gesichts schien sich abzuschälen) fragte ich sie: »Wie bist du wieder hereingekommen?«

»Da drüben.« Sie drehte sich um und zeigte auf eine Stelle im Dunkeln, wo sich ein zwei Meter hoher Lattenzaun befand, auf dem sich eine ebenso hohe Stacheldrahtrolle türmte.

»Ich hörte etwas plumpsen und ging erschrocken hinüber, und da fand ich sie dann«, sagte die Schwester, die hinter ihr stand, wobei sie meine Frau stützend am Arm festhielt.

»Und du hast dir nicht weh getan?«

»Nein, mir fehlt gar nichts.«

So als sei überhaupt nichts geschehen, tat meine Frau ganz verwundert, weshalb ich so besorgt sei. Ich warf einen Blick auf ihr Gesicht und ihre Kleidung. War sie wirklich nirgends hängengeblieben, hatte sie wirklich keinen Kratzer abbekommen? Ich spürte eine leise Erregung bei dem Gedanken, wie sie unter dem nächtlichen Himmel oben auf dem Zaun furchtlos und behende wie ein Fuchs durch eine Lücke im Stacheldraht geschlüpft war. Sobald wir unter uns waren, wollte ich mir ihren Körper noch einmal genauer besehen.

Meine Frau war nicht aus Verzweiflung, etwa als Zuspitzung ihres Anfalls, weggelaufen. Und trotzdem hatte ich mich in diese verrückte Idee verrannt. Es war ihr überhaupt nicht in den Sinn gekommen, daß es ein ›Ausbruch‹ aus der Anstalt war. Sie wollte auf ihrer Heimatinsel unser krankes Kind besuchen und hatte sich deshalb auf den Weg dorthin gemacht. Ohne sich um die Hindernisse, die ihr dabei im Wege standen, zu kümmern, war sie einfach über den Zaun geklettert.

»Aber weil du geweint hast, bin ich wieder zurückgekommen.«

»Hast du mich denn weinen gehört?« fragte ich sie ohne Widerrede.

»Ja, Miho, Miho, hast du gerufen und dabei geheult wie ein Hund.«

Die Schwester hatte meine Frau in meine Obhut zurückgegeben und sich entfernt.

Im Flurlicht untersuchte ich noch einmal ihr Gesicht. Auf ihrer breiten, weißen Stirn war am Haaransatz eine feine Blutspur zu erkennen. Es wirkte fast ein wenig verführerisch. Vor allem, als ich gleichzeitig auf ihrer linken Pohälfte nach der Narbe tastete, die sie aus der Kindheit von einer Verletzung zurückbehalten hatte.

Besorgt fragte ich mich, ob sie ihren Anfall nun endgültig überstanden hatte und wie ich mich dem Arzt und den Schwestern gegenüber verhalten sollte, während meine Frau erstaunlich lebhaft wirkte. So als hätte sie sich mit den Tautropfen der Wiese und dem Mondschein vollgesogen und sich dadurch wieder Leben eingehaucht.

ZU HAUSE

Damals kreisten meine Gedanken außerhalb der Familie. Tagsüber schlief ich meistens. Nach dem Aufwachen verließ ich sofort das Haus, und falls ich überhaupt heimkehrte, dann erst nach Mitternacht mit dem letzten Zug. Oft blieb ich die ganze Nacht weg. Ich hatte keine Vorstellung, was zu Hause vor sich ging. Wie ein Süchtiger, der nur auf eine Sache fixiert ist, achtete ich natürlich nicht darauf, wie ich herumlief und wer mich beobachtete. Mir war aufgefallen, daß die beiden Kinder, die noch im Vorschulalter waren, leise durchs Haus schlichen. Denn ihre Mutter hatte sie ermahnt, den bis in den Mittag hinein schlafenden Vater nicht aufzuwecken. Ich hörte auch das verhaltene Gekeife meiner Frau, wenn diese mit den Kindern schimpfte, weil sie wieder einmal zuviel Krach gemacht hatten. Auch die zunehmende Nervosität meiner Frau war mir nicht entgangen und daß sie, stets darauf bedacht, meine Stimmung nicht zu verschlechtern, immer mehr an Elan verlor und an Leib und Seele verkümmerte. Darauf beliefen sich die Eindrücke, die ich von zu Hause hatte.

Ich vermochte mir nicht vorzustellen, was in meiner Abwesenheit dort vor sich ging: mit welcher Miene meine Frau herumlief, wenn niemand da war. Ich hatte keine Ahnung, daß sie nachts mit dem rastlosen Blick eines Panthers durch die Gegend streifte, sich vom Bahnsteig auf die Gleise stürzte und sich dabei Prellungen und Schürfwunden zuzog. Ich sah in meiner Frau nichts anderes als ein befangenes Wesen, das gedämpft monotone Geräusche von sich gab.

Einmal hatte ich sie von weitem beim Einkaufen entdeckt. Zuerst bezweifelte ich, ob sie überhaupt meine Frau war. Mit finsterer Miene, die Augenbrauen unheilvoll zusammengezogen, bewegte sie sich wie ein Gespenst durch die Menschenmenge. Sie trug einen zerschlissenen Einkaufskorb, ihre Füße steckten in Holzpantinen, und in ihrer Kleiderhülle wirkte sie wie ein Skelett. Auch an jenem Tag hatte sie mich, als ich wegging, angefleht: »Sei so lieb und komm heute zeitig heim. Nicht woanders übernachten, hörst du? Ich fürchte mich nachts immer so, ich kann es kaum aushalten vor Angst.«

Ihrem Blick ausweichend, hatte ich scheinheilig geantwortet: »Ja, ich komme eher. Aber es könnte trotzdem spät werden. Ich habe nicht vor, woanders zu übernachten, aber vielleicht ergibt es sich dann doch so. Mach dir bloß keine Sorgen. Geh ruhig früh ins Bett.«

Ich war jedoch an dem Tag früher zurückgekehrt als beabsichtigt, da mein Vorhaben nicht geklappt hatte. Schon fast zu Hause, erblickte ich dann meine Frau unter den Passanten. Ich wollte ihr von weitem zulächeln, doch plötzlich schauderte ich. Ohne eine Miene zu verziehen, tauchte ich in der Menge unter. Das war nicht das Antlitz eines lebendigen Menschen.

Noch nie zuvor hatte ich ihr Gesicht so düster gesehen. Ich hatte immer geglaubt, all ihre Mienen in- und auswendig zu kennen. Aber dieser Ausdruck war mir völlig fremd. In diesem Moment meinte ich aus der Tiefe meines Körpers die dunkle Stimme eines Bauchredners zu hören: »Du bist es doch, der sie so häßlich gemacht hat.«

Ich hätte mich besinnen sollen, aber ich tat es nicht, sondern ließ einen Tag nach dem anderen verstreichen. Ich verbrachte mehr Zeit draußen als in meinem eigenen Haus.

Irgendwann in jener Zeit war uns die Katze Tama zugelaufen.

Eines Tages, die Sonne stand schon hoch am Himmel, sprach meine Frau mich an, nachdem ich endlich wach geworden war:

»Du, reg dich bitte nicht auf. Du wirst bestimmt wütend. Also tu mir den Gefallen und ärgere dich nicht. Die Kinder waren so selig, da wollte ich ihnen die Freude nicht verderben ...«

»Wovon redest du überhaupt? Komm endlich zur Sache«, herrschte ich sie gereizt an.

»Also gestern kam eine fremde Katze in unser Haus spaziert.«

»Ja, und?«

»Wir wollen sie behalten. Dürfen wir?«

Bis zu der Zeit, als unsere beiden Kinder auf die Welt kamen, hatte ich nie etwas mit Haustieren zu tun gehabt. Ich verspürte eine ganz konkrete Abneigung bei dem Gedanken, daß Tiere in meinem Haushalt lebten und um mich herumstrichen.

Dennoch willigte ich ein, die Katze im Haus zu behalten.

Ich konnte mir nicht vorstellen, dieses düstere, dahinsiechende Leben endlos fortzuführen. Eigentlich saß mir die Angst schon in den Knochen, daß sich über kurz oder lang eine Katastrophe anbahnte. Doch ich war zu verblendet von der außergewöhnlichen Lust, die ich anderswo fand. Mein Heim erschien mir als ein langweiliger Ort, wo alles in tristes

Grau versank. Mir war schon das leiseste Plätschern willkommen. Ich hatte mir übrigens eine ziemlich absurde Konstruktion zurechtgebastelt: Wenn solch ein widerliches Tier in meinem Haus Unterschlupf fand und frech herumtollen durfte, was mir natürlich ganz und gar mißfiel, dann würde ich viel eher, wenn auch auf verrückte Weise, mein düsteres Leben akzeptieren können. Es bereitete mir großes Vergnügen, in stoischer Gelassenheit den Prozeß zu verfolgen, wie ich selbst aus meinem Haus vertrieben wurde. Die Vorstellung, ›vertrieben zu werden‹, verriet unbewußt meinen geheimsten Wunsch. Egal, wie schamlos meine Gedanken waren, ich wehrte mich nicht dagegen. Eine ähnliche Regung hatte ich übrigens verspürt, als einmal eine Bekannte meiner Frau mit ihrem amerikanischen Freund bei uns übernachtete.

Dieser Amerikaner, der bestialisch nach Deodorant stank, reparierte den abgefallenen Querbalken in der Ziernische, brachte ein Regal in der Küche an und entfachte mit Hilfe eines Fächers ein offenes Herdfeuer in der Gasse hinter unserem Haus.

Ich hingegen hatte bei keinem dieser Dinge auch nur einen Finger gerührt. Der Balken lag schon monatelang herum. Es paßte meiner Ansicht nach so einfach besser zu meiner Verfassung.

Auch an jenem Abend hatte ich erschöpft den letzten Zug genommen und mich wie ein hohles Wrack nach Hause geschleppt.

Am Eingang schlug mir ein ungewohnt säuerlicher Geruch entgegen.

Von den beiden Zimmern hatte meine Frau mir eins als Arbeitsraum eingerichtet, das, ganz zu schweigen von den Kindern, auch von ihr nicht betreten wurde, es sei denn zum Saubermachen. Notgedrungen mußten deshalb alle, also auch der Besuch, in dem sechs Tatami großen Nebenzimmer schlafen. Die Bekannte meiner Frau hatte ihr Gesicht in die Brust des Amerikaners vergraben, während die beiden Kinder mitten im Raum schliefen und sich unruhig hin und her wälzten. Nur meine Frau lag abgedrängt am Wandschrank und wirkte einsam und verlassen wie ein Lumpenstück.

Ein fremdartiges entblößtes Interieur begann sich in dieser Enge zu entfalten, aus dem eine ungewöhnliche polyphone Musik erklang, so daß ich mich verwundert fragte, ob dies überhaupt mein Zuhause sei.

Obwohl die merkwürdige Szene mich anwiderte, fühlte ich mich gleichsam aufgewiegelt, so wie nach einer Ohrfeige der Haß noch stärker brodelt. Normalerweise wurden in diesem Raum ein großer und zwei kleine Futons für meine Frau und die Kinder ausgebreitet, während ich getrennt in einem Bett schlief, das in der Nische meines Arbeitszimmers stand. Doch in dieser Nacht legte ich mich zu meiner Frau. Sie war wach. Wie versteinert lag sie da. Man sah, daß sie geweint hatte. So tuend, als sei sie durch mein Kommen aufgeweckt worden, flüsterte sie mir zu, ich müsse doch erschöpft sein und solle gleich schlafen gehen. Dabei schien ein leises Lächeln über ihr Gesicht zu huschen. Es ähnelte ihrem hilflosen Lächeln, das sie immer aufsetzte, wenn etwas nicht mehr zu ändern war. Einen Moment lang unterstellte ich meiner Frau Niederträchtigkeit, ohne den Grund ihrer Zurückweisung zu begreifen, doch dann errötete ich vor Wut, Scham und Verwirrung. Auch in jenem Augenblick war ich noch völlig in meinen Kokon eingesponnen und glaubte, meine Frau wisse von nichts. Viel zu sehr mit mir selber beschäftigt, um ihre Gefühle deuten zu können, schien ich lediglich wahrzunehmen, daß meine Frau deprimiert war und wohl deshalb so dalag.

Trotzdem überkam mich in jener Nacht das Gefühl, mir würde der Boden unter den Füßen wegrutschen. Daher konnte ich auch nichts gegen Tama einwenden.

Sie wußte über alles Bescheid, was ich, ihr Mann, woanders trieb.

Meine Gesichtszüge wirkten dann immer ganz entspannt, und sie kannte jede einzelne Lachfalte auf meinen Wangen. Sie fragte sich, ob ich jemals vor ihr und den Kindern so ausgelassen gelacht hatte. Doch der Gedanke, daß selbst ich zu solchen Gefühlen fähig war, beruhigte sie auch irgendwie, und ihre Augen füllten sich mit Tränen.

Ihre wilde Schönheit jedoch, wenn sie ihrem Mann nachts hinterherspionierte, bekam dieser nie zu Gesicht. Für ihn, der seelenlos nach Hause kam, war seine in den Alltag zurückgekehrte Frau nur ein eingeschüchtertes Wesen, das sich jeden Blick, jedes Räuspern ihres Mannes zu Herzen nahm.

Kamen Katzen denn so einfach mir nichts, dir nichts ins Haus? Die Art und Weise, wie ich Tama das erste Mal begegnete, war mir jedenfalls nur verschwommen im Gedächtnis geblieben, so wie eine fast unleserliche Stelle auf einer Buchseite, wo die Druckfarbe nicht richtig angenommen wurde. Überhaupt waren meine Erinnerungen an die häuslichen Vorkommnisse meistens lückenhaft, und so blieben auch die Umstände von Tamas Auftauchen im Nebel des Ungewissen.

Die beiden Kinder waren, genau wie meine Frau, völlig außer sich über Tamas Erscheinen. Wie zurückgedrängtes Wasser aus einer Quelle urplötzlich hervorschießt, so sprudelte ihre naive Grausamkeit nun über und erzeugte Getöse. Trotz der erlittenen Erschütterung streckten sich ihre weißen Händchen nach der neu gewonnenen Freiheit. Obwohl ich mich stark davon angezogen fühlte, war der Reiz zu intensiv, um ihn zu ertragen.

Mein dunkles Begehren, das sich in dem besorgten Verhalten meiner Frau manifestierte, bedeckte schon bald das ganze Haus. In der unkörperlichen Beziehung ihrer Eltern wittern Kinder offenbar den Geruch des Todes und laben sich an ihren Wunden.

Eines Morgens setzte ich mich mit an den Frühstückstisch. Da dies höchst selten vorkam, konnte meine Frau ihre Freude nur schwer verbergen, doch in dieser vermeintlichen Idylle lauerte bereits das verhängnisvolle Unheil. Scham waberte auf dem Eßtisch um das Geschirr herum, bis der sechsjährige Junge, der mich dabei beobachtete, wie ich schweigend meine Miso-Suppe schlürfte, herausplatzte:

»Papa sieht aus wie ein Teufel.«

Entgeistert blickte ich zu meinem Sohn. Das Kind sah mich mit einem Blick an, als würde es ein exotisches Tier betrachten. Ich versuchte, witzig darauf zu reagieren.

»Sieh an, dein Vater sieht also aus wie ein Teufel. Welchen meinst du denn? Den blauen oder den roten?« fragte ich lachend, doch der Junge verzog keine Miene, sondern bekräftigte seine Behauptung:

»Ja, genau wie ein Teufel.«

Ein Gefühl von Brutalität begann sich in mir zu regen, und ich merkte, wie mir das Blut aus dem Gesicht wich.

»Ach so, genau wie ein Teufel. Na dann will ich dir mal zeigen, was ein Teufel ist.«

Ich formte meine Zeigefinger zu Hörnern, setzte sie an die Schläfen und schrie mit aufgerissenem Mund ein diabolisches ›Aah .. aah .. aah‹. Alles Böse in mir verdichtete sich in dieser dämonischen Fratze, und ich spürte, wie mir kalte Schauer über den Rücken liefen. Obwohl ich mit dem garstigen Spiel gleich wieder aufhören wollte, blieben meine Finger an der Schläfe haften.

Der Junge brachte kein Wort heraus und schaute mich fassungslos an. Die Ahnung, daß er durch eine einzige spontane Bemerkung die Seele eines Erwachsenen niedergemetzelt hatte, hatte ihm offensichtlich einen Schock versetzt. Seine Miene ließ sich aber auch so deuten, daß er mit kaltem Blick auf die Leere seines Vaters starrte. Ich spürte, wie mir das Blut ins kreidebleiche Gesicht schoß und blanker Haß von mir Besitz ergriff.

Die Art, wie die Kinder mit Tama herumschmusten, war bald nicht mehr zu ertragen. Das war kein Liebkosen mehr, sondern schon fast ein sadistisches Treiben. Sie stritten sich um das Vieh, und derjenige, der es ergattert hatte, lief johlend mit ihm im Haus herum. Sie zogen es an den Ohren, drückten ihm die

Kehle zu oder trugen es wie einen Pelzkragen um den Hals. Einmal probierten sie sogar, die Katze in eine Kindermütze zu stopfen. Tama, Tama, Tama! Mit lautem Gebrüll jagten sie hinter ihr her, und wenn sie genug hatten, schmissen sie Tama in die Ecke und verzogen sich nach draußen zum Spielen. Die scharfen Krallen der Katze scheinen den Kindern nichts auszumachen, denn sie holen sich sowieso andauernd irgendwo Kratzer. Sie jaulen kurz auf, um ihr sogleich unbeirrt wieder nachzustellen.

Schon bald war das Haus durch Tama mit einer ungewohnten Lebendigkeit erfüllt. Auch ich spürte, wie die dumpfe Spannung nachließ, doch gleichzeitig irritierte es mich, daß ich dabei mehr und mehr aus meiner Position gedrängt wurde.

Überall im Haus flogen Tamas Haare herum. Haarten Katzen tatsächlich so stark? Vielleicht litt sie ja an einer schlimmen Krankheit? Über ihre Herkunft war schließlich nichts bekannt. Wer konnte wissen, aus welchem Haus sie stammte? Diese Ungewißheit beunruhigte mich. Ich ging mit der Katze ziemlich vorsichtig um und konnte nicht so recht mit ihr warm werden. Es machte mich ganz neidisch, wenn ich die Kinder so arglos mit ihr herumtollen sah. Drückte sich darin vielleicht die extreme Enttäuschung über ihren Vater aus?

Wenn die Meute in mein Arbeitszimmer hereinplatzte, wurde kein Unterschied zwischen den Kindern und Tama gemacht.

»Nein, nein, nicht da rein! Papa ar-bei-tet! Bleibt gefälligst draußen!«

Die Kinder vergaßen das Verbot natürlich sofort und wurden von mir gescholten. Einen Moment nahmen sie sich die Ermahnung zu Herzen, um dann aber gleich wieder aufzukreuzen. Erst allmählich mieden sie mein Heiligtum, so als hätten sie eine instinktive Furcht davor entwickelt. Sogar Tama wurde davon angesteckt. Das verbitterte mich. Ich kam jedoch nicht auf die Idee, das Verbot zu mildern. Kinder und Katze blieben auf Distanz und machten einen großen Bogen um meine Schrullen. Sie waren nicht bloß dressiert, ihr Gehorsam hatte geradezu etwas Alarmierendes. Mir wurde bewußt, daß ich die Kinder auf unzumutbare Weise tyrannisierte.

Mir fiel auf, daß es nicht nur die Kinder waren, die bei Tama Zuflucht suchten, wenn ich mich aufregte.

Auch bei meiner Frau hatte ich diesen Eindruck. Irgendwie war bei ihr wieder ein Fünkchen Lebenslust erwacht, seit Tama uns zugelaufen war. Ich hatte meiner Frau mein überschäumendes Temperament rücksichtslos aufgezwungen und sie damit eingeschüchtert. Bei dem Anblick der Schönheit ihres angsterfüllten Gesichtes fühlte ich mich wie ein kleines Kind in der Wiege. Obwohl ich ihr nicht die geringste Arglist unterstellte, trampelte ich jede aufkeimende Regung von Gutmütigkeit bei ihr nieder. Wie hatte es nur dazu kommen können? Sogar wenn sie sich verängstigt und mit verweinten Augen an meine Schuhe, die sie mir stets blank polierte, klammerte und mich anflehte, schüttelte ich sie ab und ging einfach weg.

»Schau mir nicht immer hinterher! Dieses Abschiedsgetue macht mich ganz krank.«

Mit solchen Worten ließ ich sie zurück.

Trotzdem setzte sie die beiden Kinder auf das Geländer der Sperre im Bahnhof und winkte mir melodramatisch hinterher, bis der Zug außer Sicht war.

»Komm gesund wieder!« ließ sie die Kinder rufen und schaute mich dabei an, als würde sie mir für immer Lebewohl sagen. Sie wußte über alles Bescheid. Auch in was für eine mißliche Lage ich geraten war ...

Im Abteil des Zuges, der mich ans Ziel bringen sollte, schwebten mir noch die Gestalten meiner Frau und meiner Kinder an der Fahrkartensperre vor Augen, von denen ich mich nur schweren Herzens zu trennen vermochte. Irgendwie war etwas falsch gelaufen. Als ich die drei außer Sichtweite glaubte, blickte ich durch die Scheibe zurück, und der dunkle Schatten, der über das lächelnde Gesicht meiner Frau huschte, spiegelte sich in meinem Blick wider. Obwohl ich meiner Wahrnehmung nicht so recht traute, verfolgte mich ihre düstere Miene, die sich mit dem Rattern des Zuges verknüpfte, noch eine ganze Weile. Ich versuchte mir erneut einzureden, daß ihr Gesicht den Geruch des Todes verbreitete, verscheuchte den Gedanken jedoch gleich wieder.

Ihre Seele glich einer Wüste, nachdem ihr Mann fortgegangen war. Die nie abreißende Routine im Haushalt und die Betreuung der Kinder machten ihr Leben so fade, als würde sie Sand kauen. Alles kam ihr genauso sinnlos vor wie die ewig heranrollenden Wellen am Strand.

Unser Leben, so sagte sie sich, steuert deutlich spürbar auf eine Katastrophe zu. Ich kann praktisch mit niemandem darüber sprechen, daß mein Mann in seiner Sorglosigkeit völlig besessen ist von dem, was unser Unglück verursacht. Wohin es ihn treibt, und wer seine Geliebte ist, habe ich längst herausbekommen. Auch über ihre Herkunft weiß ich bestens Bescheid. Mein Mann ist übrigens nicht der einzige, mit dem sie ein Verhältnis hat. Es macht mir angst, daß ich wider besseres Wissen keinen Schritt unternehmen darf, um dieses Knäuel zu entwirren.

Wie eine dunkle Wolke sich vor die Sonne schiebt, so überkam sie manchmal die Vision, ihr Mann könnte irgendwann so in die Enge getrieben werden, daß er daran zerbrach. Es machte sie wahnsinnig. Ihr Kopf fühlte sich dann an wie ein aufgeblasener Ballon. Sie konnte sich überhaupt nicht vorstellen, wie ihr Leben nach dem Tode ihres Mannes aussehen würde. Wahrscheinlich ausgehöhlt wie ein Körper ohne Rückgrat. Dann wäre es schon besser, wenn alles beim alten bliebe. Selbst wenn sie jetzt viel durchmachen mußte, erschien es ihr erträglicher als ein Leben ohne ihn.

Angenommen, es würde alles so bleiben, wie es jetzt ist. Darauf kann ich nur hoffen.

Mit meinem Mann geht es nämlich immer mehr bergab. Ich merke, wie sich diese Tendenz in letzter Zeit auf unheimliche Weise beschleunigt. Womit könnte ich es aufhalten? Ich habe keine Chance. Es geht nicht! Es geht nicht!

Immer wieder wurde sie von diesen Gedanken heimge-

sucht, die sie schließlich zu einem verführerischen Entschluß verleiteten.
Vielleicht ließe sich alles lösen, wenn ich tot wäre.
Sie unternahm mehrere Versuche. Einmal schlüpfte sie mit den Kindern an der Hand unter der heruntergelassenen Bahnschranke hindurch und tat dann so, als sei sie einen Augenblick mit den Gedanken ganz woanders gewesen. Oder sie legte sich auf die Schienen und wartete auf einen Güterzug, nachdem der allerletzte Zug bereits abgefahren war. Doch jedesmal blieb sie unversehrt am Leben.

Sie wurde immer schreckhafter und fuhr schon bei dem kleinsten Geräusch hoch. Ihr Puls begann plötzlich zu rasen, um dann völlig auszusetzen, so daß sie kaum noch Luft bekam. In den Nächten, in denen ihr Mann nicht nach Hause kam, tat sie kein Auge zu und lief in panischer Angst zum nahen Kanal. Sie malte sich die Kulisse der Gegend aus, wo er sich aufhielt, und auch das Haus in allen Einzelheiten. Mit fast erschreckender Deutlichkeit sah sie sein vom Lachen verzerrtes Gesicht vor sich. Unbeirrt lief sie in ihrer Rastlosigkeit immer wieder zum Bahnhof, bis der letzte Zug kam. Nachdem alle Passagiere, darunter auch eine Menge Betrunkener, ausgestiegen waren, die Türen sich einsam geschlossen hatten und der Zug vor ihrer Nase aus dem Bahnhof gerollt war, brach sie in Tränen aus und heulte, getrieben von einer rätselhaften inneren Kraft, hemmungslos wie ein Tier. Sie wollte loslaufen, als gelte es, jemanden einzuholen, aber die untere Hälfte ihres Körpers war wie gelähmt, und sie mußte auf allen vieren weiterkriechen. Dabei stürzte sie von der Bahnsteigkante und prallte mit dem Becken so hart auf den Schienen auf, daß sie sich überhaupt nicht mehr regen konnte. Zwei Schaffner eilten herbei. Sie entdeckte in den Gesichtern der Männer einen friedlichen Alltag, wie er wahrscheinlich nie wieder in ihr Leben zurückkehren würde. Als sie ihr beim Aufrichten halfen, rochen sie ganz menschlich nach Schweiß. Dieser Schweißgeruch weckte bei ihr eine längst verschüttete Erinnerung.

Wie lange habe ich schon keine freundliche Behandlung mehr erfahren? Meine Finger sind rot verfärbt von den künstlichen Blumen, die ich in Heimarbeit herstelle. Im Badezimmerspiegel sehe ich aus wie ein Gespenst. Ich schäme mich vor anderen Leuten wegen meiner roten Finger. Mein einziger Trost ist jetzt Tama. Die Kinder ähneln mehr und mehr Erwachsenen, jedes auf seine Weise. Wenn meine Traurigkeit ausbricht, flattern sie zwar wie aufgeregte Vögelchen, die einen Sturm wittern, doch dabei machen sie einen großen Bogen um mich, ohne zum Kern meiner Gefühle vorzudringen. Sie halsen mir nur Arbeit auf, aber wenn sie mich ansehen, gleicht ihr Blick mehr dem ausdruckslosen Blick einer hölzernen Puppe.

Sie war ganz verzweifelt darüber. Es war, als stünde sie zwei Holzpuppen mit riesigen Wackelköpfen gegenüber. Als Tama zu ihnen kam und sie die Kinder ausgelassen, als hätten sie etwas Verlorenes wiedergefunden, hinter ihr herjagen sah, wollte sie die Katze sofort behalten, falls sie sich eingewöhnte. Dabei hatte sie nicht bloß die augenblickliche Mäuseplage im Sinn. Nachts, wenn ihr Mann nicht nach Hause kam, erschien ihr der unerträgliche Lärm dieser Mäuse wie eine giftige Zusammenrottung eines bösen Willens, der an ihren Nerven zehrte. Sicherlich war auch der Gedanke, daß Katzen Mäuse fangen, mit im Spiel, aber noch stärker verband sie damit die Hoffnung, daß nun etwas Weiches, Anschmiegsames ihr ausgebranntes, leeres Herz ausfüllen würde. Wie erwartet, kuschelte sich das lautlos heranschleichende Tier an die versiegte Stelle in ihrem Inneren. Wenn Tama sich an sie schmiegte, fühlte sie sich getröstet, und sie erschien ihr dann wie die Inkarnation eines Schutzgeistes. *Erdulden! Nur Tama versteht den Sinn meiner gewisperten Worte, denn sie treffen auf sie ebenso zu. Einsam und verschwiegen erduldet auch sie ihr früheres Leid, denn bestimmt war sie vorher schlecht behandelt worden. Es muß etwas geschehen sein, bevor sie zu uns kam. Denn sie ist von dort weggelaufen und durch die Gegend gestreunt, bis sie schließlich hierhergefunden hat. Ihr trauriger Blick verrät alles. Ich will ihr verwundetes Herz heilen. Als ich sie näher anschaute, entdeckte ich Geschwüre an ihrem ausgemergelten Körper, und auch die Haare fielen ihr aus. Ich trug Salbe auf die Stellen auf, bürstete ihr Fell und entlauste es auf der sonnigen Terrasse. Tama ließ sich alles gefallen. Auch als ich ihre Beinchen verdrehte, hielt sie still. Und wie ich laut losprustete über ihren komischen Anblick, merkte ich, daß ich das Lachen schon lange Zeit verlernt hatte.*

Tama hatte sich auf perfekte Weise an ihr Herz geschmiegt, so als ob sie sie durchschaut hätte. Die Katze bekam genau wie die Kinder aufgelöstes Milchpulver zu trinken. Man brauchte nur ›Tama, Tama!‹ zu rufen, und schon kam sie angerannt. Nach ein paar Stupsern schmiegte sie ihr Köpfchen an. Sicher war sie hungrig. Doch das Futter rührte sie nicht eher an, bevor sie zu ihr hochgeblickt und einige Male miau gerufen hatte. Sie mußte regelrecht vor den Napf geschoben werden.

Tama schien ein ganz feines Gespür für sie entwickelt zu haben, und trotzdem erweckte das Tier nicht den Eindruck, als tue es dies als reine Pflichtübung gegenüber den Menschen. Sobald die Katze ihr lästig wurde und sie Tama von sich schob, hielt diese sich lautlos fern und nahm es nicht weiter übel.

Wenn sie sich nach ihren nächtlichen Exzessen tagsüber ausgelaugt fühlte und sich mittags hinlegen mußte, streckte sich Tama neben ihr aus und hielt ebenfalls ein Nickerchen. Manchmal kuschelte sie auch das Köpfchen an ihre Fesseln.

Ich selbst hingegen konnte mich nur schwer an die Katze gewöhnen.

Mir ist unbegreiflich, was in Tamas Kopf vor sich geht. Sie ist doch nichts anderes als ein kleines Raubtier. Jetzt hockt sie zwar still, aber je nach Laune kann sich schon im nächsten Moment ihr wahres Wesen entpuppen. Der beste Beweis dafür sind ihre scharfen Zähne und Krallen. Keine Ahnung, wann Katzen domestiziert wurden, aber der Mensch irrt, wenn er glaubt, man könne sie zähmen. Ein ziemlich fatales Mißverständnis! Denn wer garantiert einem, daß diese Biester nicht in ihr wildes Naturell zurückfallen und zähnefletschend die Krallen zeigen? Wenn es darauf ankommt, ist der Mensch doch wehrlos. Wieso merken die Menschen dies eigentlich nicht? Ich konnte nicht begreifen, weshalb meine Frau und die Kinder sich so zutraulich zu Tama verhielten. Hatten sie sich etwa gegen mich verschworen? Wenn ich mich Tama zu nähern versuchte, geschah es höchstens, daß ich sie aus Versehen trat und dann ihre Krallen zu spüren bekam. Die Katze ihrerseits konnte sich allerdings ebensowenig an mich gewöhnen.

Seit Tamas Erscheinen ließ die unterschwellige, morbide Spannung zu Hause immer mehr nach. Die im Dunkeln auf mich lauernde, explosive Stimmung hatte sich verflüchtigt. Das kam mir sehr gelegen. Endlich konnte ich ein wenig aufatmen. Dennoch wurde ich das unbehagliche Gefühl nicht los, daß ich dafür meinen eigenen Platz ein Stück weit an etwas anderes abtreten mußte.

Ich wußte nicht, was in Tama vorging, doch sie schien alles mitzubekommen. Die Art, wie sie von draußen wieder ins Haus schlich, übte eine starke Faszination auf mich aus. Ich bekam sie nur zu Gesicht, wenn ich wegging oder heimkehrte. Wo trieb sich das Vieh eigentlich herum? Völlig erschöpft überquerte Tama die Gasse und schielte dabei kurz zu mir herüber, schaute aber sofort wieder weg, um gleich darauf durch den Holzzaun zu schlüpfen und ins Haus zu laufen. Dieser flüchtige Blick von ihr war mir höchst unsympathisch. Sie wußte genau, wie die Dinge standen, stellte sich aber ahnungslos. Wie in einem Fieberwahn phantasierte ich, daß mein Heim zusammenschrumpfte und in die Ferne rückte. War Tama womöglich erschienen, um unser Haus zu beobachten? Hatte sie sich etwa eingeschlichen, um herauszufinden, wie morsch das Gebälk schon war, um dann das wahre Wesen unseres Heims zu entlarven? Dabei wandte sie keine besondere Strategie an, sondern machte lediglich von dem Gebrauch, was sie von Natur aus besaß. Das machte mir am meisten zu schaffen. Warum merkte meine Frau nichts davon, zumal keiner wußte, was Tama draußen trieb? Tama war im Grunde wie ich. Trotzdem empfand ich das Tier nach wie vor als schmuddelig. Wie sonst konnten ihr so viele Haare ausfallen?

Die Vitalität meiner Frau schwand zusehends. Sie wurde von rätselhaften Anfällen heimgesucht, die in gewissen Abständen wiederkehrten. Zuerst litt sie unter schrecklichen Bauchschmerzen. Sie konnte sich nicht mehr halten und wälzte sich qualvoll im Zimmer herum. Bald darauf ließen die Schmerzen wieder nach. Dann spürte sie einen Druck auf dem Herzen und rang nach Luft. Sie glaubte, gleich sterben zu müssen. Wenn der Anfall vorüber war, meinte sie schließlich, ihr Kopf würde sich aufblähen, und sie konnte keinen Gedanken mehr fassen. Ihr Hirn erschien ihr wie eine Masse aus feuchter Watte, und ein eiserner Ring umklammerte ihren Schädel. Dicht an den Ohren vernahm sie wuchtige Schläge auf Metallplatten. Ihr Kopf war am Zerspringen.

Ich bin am Ende. Jemand soll kommen und mir helfen. Ich meine damit meinen Mann. Er soll sofort hierhereilen und diesen Eisenring lösen. Doch er denkt nicht daran, mich zu retten. Mein Kopf bläht sich immer mehr auf, bis er so groß ist wie eine eiserne Pfanne, die mich und die ganze Welt unter sich zermalmt. Genauso muß es in der Hölle sein.

Die Anfälle kamen meistens mitten in der Nacht. Es gab jedoch keine Garantie, daß sie nicht auch tagsüber auftraten. Sie wollte mich nicht damit konfrontieren, wenn ich zu Hause war. Die Anfälle häuften sich allerdings, und die Vorstellung, daß sie sich auch am Tage einstellen könnten, beunruhigte sie sehr. Nachts konnte sie die Anfälle alleine durchstehen, indem sie abwartete, bis das Schlimmste vorüber war. Doch was, wenn solch ein Anfall sie tagsüber traf?

Jedesmal entdeckte sie hinterher Schürfwunden und Prellungen mit Blutergüssen am ganzen Körper. Sie konnte sich jedoch nie erinnern, wie und wo sie sich gestoßen hatte. Wahrscheinlich war sie wieder einmal außer sich geraten und hatte angefangen zu toben.

Als sie sich an der Stirn verletzt hatte, fragte ihr Mann verwundert nach.

»Ich bin so geistesabwesend und stoße mich andauernd irgendwo.«

Sie entblößte ihr Knie, wo ebenfalls einige dunkle Flecken zu sehen waren.

Eines Tages war es dann soweit, daß sie um die Mittagszeit einen Anfall bekam.

Ich hielt mich gerade im Arbeitszimmer auf. Physisch zwar anwesend, war ich mit dem Herzen doch woanders. Ich fühlte mich schrecklich deprimiert, so als wäre ich auf ein Folterinstrument mit Schraubenzwingen gespannt. Alles um mich herum war zur bloßen Form geronnen. Die Landschaft draußen wirkte wie ein künstliches Blumenarrangement. Demnach würde sie für immer davor bewahrt sein zu verrotten. Bei dem Gedanken ›für immer‹ wurde mir ganz schwindlig. Ich stellte mir vor, wie mein verwundetes, rasch verwesendes Ich, eingeschlossen in ›ewige Festigkeit‹, einen üblen Gestank verbreitete. Ich hätte natürlich alle Schuld bei mir suchen können. Vielleicht bin ich ein Teufel, aber dann ein recht erbärmliches Exemplar. Ein Teufel, der zwanghaft versucht, flüchtige Sinnesreize zusammenzufügen. Meine Tagträume verleiteten mich wieder einmal zum Weggehen. Ich glaubte, ein dumpfes, sich zwischen meine wirren Phantasien hindurchschlängelndes Stöhnen zu hören, das mir erst langsam bewußt wurde. Es klang wie ein Requiem, passend für meine Gedanken. Doch dann fiel mir auf, daß dieses Klagelied etwas Irritierendes an sich hatte. Schließlich hob ich meinen Kopf und lauschte, woher das Geräusch kam. Tamas Miauen tönte dazwischen. Jemand schien Qualen zu erleiden. Ich erhob mich und schob die Tür zum Nebenzimmer auf. Meine Frau lag vor der Eckkommode und wand sich wie ein Wurm. Vorsichtig trat ich näher. Tama reckte ihren Hals und miaute. Ich blieb stehen und fragte:

»Was hast du denn?«

Sie gab keine Antwort, sondern stöhnte nur leise vor sich hin. Es sah aus, als würde sie verbissen gegen etwas ankämpfen.

Ich hockte mich nieder, um ihr ins Gesicht zu sehen. Ihre schmerzverzerrte Grimasse mit den zusammengekniffenen Augen erschien mir richtig kindisch.

»Nun sag schon, was ist mit dir?«

Da sie immer noch nicht antwortete, rüttelte ich sie an der Schulter, wobei sie widerstandslos hin und her taumelte. Ein Hauch von Körpergeruch schwebte im Raum.

Ich war ratlos. Sollte ich vielleicht einen Arzt rufen? Oder war es sinnvoller, erst einmal selbst etwas zu unternehmen? Mir fiel nichts Richtiges ein. Die beiden Kinder waren nicht da. Sie waren bei Freunden spielen. Ich rief laut den Namen meiner Frau. Hatte sie mich nicht eben mit halbgeöffneten Augen angeblickt? Wahrscheinlich beobachtete sie heimlich, was ich tat. Plötzlich kam mir die Idee, daß sie alles nur spielte. In meiner Erleichterung sprudelten die Worte nun aus mir heraus:

»Du kannst unmöglich hier liegenbleiben. Hol dir den Futon raus. Was für Schmerzen hast du denn? Und wo tut es weh? Soll ich dir das Bett machen?«

Während ich sprach, fiel mir selbst der heuchlerische Unterton in meiner Stimme auf. Sowohl meine Stimme als auch die kauernde Haltung waren nichts als reine Scheinheiligkeit.

»Es ist nichts. Ich hatte nur ein bißchen Bauchweh. Glaub mir. Geh ruhig zurück zu deiner Arbeit.«

Endlich hatte sie reagiert. Beruhigt stellte ich fest, daß, ihrem normalen Sprechen nach zu urteilen, die Schmerzen nicht allzu schlimm sein konnten. Doch gleich darauf wurde ich ärgerlich:

»Trotzdem solltest du hier nicht auf den Tatami-Matten liegenbleiben. Wie kommt es überhaupt, daß dir der Bauch weh tut? Hast du etwas Verdorbenes gegessen?«

Konnte ich diesen vorwurfsvollen Ton nicht abstellen, dachte ich, während ich immer noch hockend auf sie einredete. Als ich auf sie zugetreten war, hatte sich Tama unbemerkt davongestohlen.

»Mir geht's wieder besser. Es hat nachgelassen. Mein übliches Leiden, weiter nichts. Ich muß einfach abwarten, bis es vorüber ist. Geh ruhig wieder an die Arbeit.«

»Dein übliches Leiden? Seit wann hast du so etwas?«

»Schon seit längerem.«

Es gibt also noch etwas, von dem ich keine Ahnung hatte, dachte ich erschrocken, doch dann herrschte ich sie an:

»Wenn das so ist, hättest du mir gefälligst Bescheid sagen können.«

Obwohl ich wußte, daß dies nicht der passende Moment war, hatte ich mich zu dieser Gemeinheit hinreißen lassen.

»Du bist ja schließlich kaum noch zu Hause ...«, hob sie gereizt an, schluckte jedoch den Rest hinunter. »Ist ja schon gut, mir geht's wieder prima. Geh nach drüben und kümmere dich um deine Arbeit.«

Angesichts ihres barschen Tons richtete ich mich reflexartig auf und ging weg.

Glücklicherweise waren es diesmal – anders als bei den bisherigen Anfällen – nur Bauchschmerzen gewesen, stellte sie erleichtert fest. *Doch welche Hilfe hat mir mein Mann gebracht, als ich darunter litt? Er kam bloß zu mir, um hämische Bemerkungen zu machen. Tama hat mich aufgemuntert. Als es besonders weh tat, kuschelte sie sich an mich und teilte die Schmerzen mit mir.* Doch dieser Gedanke machte sie erst recht einsam.

Tamas Haarausfall verschlimmerte sich, und die Katze wirkte noch ausgemergelter als zuvor. Auch ihre eiternden Geschwüre an den Augen breiteten sich aus. Meine Frau besorgte Salbe, die sie auf die kranken Stellen auftrug. Die Katze rührte das Futter kaum noch an und reagierte auch bald nicht mehr auf gutes Zureden. Schwankend schlich sie hinaus, und keiner wußte, wohin sie ging, denn niemand folgte ihr. Gab es für Tama irgendwo einen Ort ähnlich dem Meeresdrachenpalast? Torkelnd kehrte sie wieder zurück und legte sich gleich schlafen. Nach einigem Zögern brachte meine Frau sie zum Tierarzt. Die beiden Kinder begleiteten sie ganz aufgeregt, doch zu ihrer Enttäuschung bekam sie lediglich einige Spritzen mit Vitaminen und Stärkungsmitteln.

»Katzenkrankheiten sind schwer zu kurieren. Man kann im Prinzip den Prozeß bloß zeitweilig aufhalten«, erklärte der Tierarzt leicht spöttisch. »Die Katze ist schon ziemlich geschwächt.«

Es klang beinahe so, als hätte er sie damit gemeint, denn er musterte sie eingehend von Kopf bis Fuß.

Es ist schon eine Ewigkeit her, daß ich ihr nicht mehr in Ruhe das Fell gebürstet habe. Ich werde alles tun, um Tamas Leben zu retten. Ihr Schicksal ist ganz eng mit meinem verwoben. Wenn Tama gesund wird, werden auch wir unser Leben wieder in den Griff bekommen. Doch falls sie stirbt, geht es mit uns ebenfalls zu Ende. Ich weiß besser über Tama Bescheid als der Tierarzt. Wenn sie weiterhin Vitaminspritzen bekommt, hat sie sicher eine Überlebenschance. Dann werde ich sie hinterher aufpäppeln. Sie erschrak allerdings, als sie die Höhe der Behandlungskosten erfuhr. Es war ihr peinlich, so kreidebleich dazustehen. Da es keine Krankenversicherung für Katzen gab, mußte sie sechshundert Yen bar bezahlen. Ihr Mann sagte nichts, als sie ihm davon erzählte, denn schließlich mußte sie die häuslichen Angelegenheiten selbst in die Hand nehmen. Ein paar Tage darauf schien sich Tamas Zustand zu bessern. Sie zeigte immerhin Appetit, wenngleich sie nur kleine Bissen zu sich nahm. Dann reagierte sie wieder überhaupt nicht. Auch der Versuch, sie mit neuen Leckerbissen zu locken, blieb erfolglos. Sie ging nicht einmal mehr nach draußen. Tag und Nacht lag sie wie tot neben dem Geschirrschrank. Es soll mir recht sein, wenn sie sich nicht draußen herumtreibt, sagte sie sich. Hauptsache, sie wird wieder gesund. Wie albern, daß sie sich eingebildet hatte, Tama heilen zu können. Für eine Weile waren darüber sogar ihre Anfälle regelrecht in Vergessenheit geraten und ausgeblieben. Doch dann erlitt Tama einen ernsten Rückschlag. Nachdem die Katze ein paar Tage gar nichts mehr gefressen hatte, glaubte sie, Tamas letztes Stündlein habe geschlagen. Deshalb löste sie Milchpulver auf und goß die Flüssigkeit in eine Babyflasche, die sie früher für ihre Kinder benutzt hatte. Sie holte sich Tama und drückte ihr gewaltsam das Maul auf. Mit ihren fest zusammengepreßten Zähnen wirkte sie wie ein greiser Patient mit vorstehendem Gebiß, der einen Schlaganfall erlitten hatte. Tama sträubte sich heftig. Sie schaffte es nicht mehr allein, das zappelnde Tier festzuhalten, und rief nach dem Jungen, der am Eingang spielte. Er kam sofort angerannt, seine kleine Schwester auf den Fersen.

»Was machst du da, Mama?«

Als er sah, wie seine Mutter Tama umklammert hielt, riß er entgeistert die Augen auf.

»Ich will ihr Milch geben. Hier, halte sie hinten an den Beinen fest. Ich schaffe es nicht, wenn sie so wild herumzappelt.«

Der Junge packte sie mit geübtem Griff an den Hinterläufen. Sie selbst schnappte sich die Vorderbeine und flößte der Katze die Milch in den mühsam aufgesperrten Rachen. Da Tama nach dem ersten Schluck stillhielt, versuchte sie, ihr noch mehr zu trinken zu geben, doch sie wehrte sich abermals, allerdings eher kraftlos. Den beiden war etwas unwohl zumute, so als würden sie das Tier einer grausamen Tortur unterziehen.

»Mama, hör lieber auf damit!« rief der Junge erschrocken. Auf seinem Nacken hatten sich Schweißperlen gebildet.

»Nur noch ein bißchen, ein kleines bißchen.«

Als sie ihr weiter Milch in das Maul zu träufeln versuchte, schüttelte sich Tama mit einem Mal heftig, entwand sich ihrem Griff und sprang zu Boden. Dies schien sie in Schwung gebracht zu haben, denn sie lief nun flink wie in alten Zeiten auf den Korridor zu, um jedoch gleich darauf nach ein paar weiteren Torkelschritten zusammenzubrechen. Sie kippte um wie ein aufgestelltes Buch.

Der Junge schaute Tama ängstlich ins Gesicht. Die Augen der Katze waren gespenstisch weit aufgerissen. Es roch bereits nach Verwesung. Er brach in lautes Schluchzen aus.

»Tama ist tot. Tama ist tot«, rief er schmerzerfüllt, hob den

Katzenleichnam hoch und schmiegte seine Wange ins Fell. Die kleinen Ärmchen hielten die tote Katze fest umschlungen, als er mit ihr im Zimmer umherlief. Er weinte bitterlich. Seine kleine Schwester verzog nun ebenfalls die Mundwinkel, doch nach einem erschrockenen Blick zu ihrem Bruder schien sie es sich noch einmal zu überlegen, ob sie in sein Geheule einstimmen sollte.

Jetzt ist alles aus! Das bezog sich nicht nur auf Tama. Die ganze Zeit über hatte sie sich wie eine Besessene um das Wohl der Katze gesorgt, und diese Illusion war nun in weite Ferne gerückt.

»Junge, hör auf zu weinen! Tama ist tot, das tut uns allen weh. Arme Tama! Wir werden sie richtig beerdigen mit einem Grabstein, hörst du? Du kannst dich doch nicht ewig so an sie klammern. Wir werden sie im Garten begraben. Hilf deiner Mutter dabei.«

Immer noch schluchzend legte er Tama auf den Boden zurück. Unter dem Feigenbaum draußen im Garten hoben sie eine kleine Grube aus. Als sie ins Zimmer zurückkehrten, sahen sie bräunliche Maden, die aus dem Kadaver auf die Tatami-Matte krochen. Angeekelt betrachtete sie sie aus der Nähe und entdeckte, daß es Flöhe waren. Es war ein ganzes Heer von Flöhen, das aus Tamas Leichnam kroch und sich eine Fährte suchte.

Auch an jenem Abend kehrte ich mit dem letzten Zug heim, der, wie er auf der Hochbahn hin- und herschwankend durch das Lichtermeer des nächtlichen Stadtzentrums brauste, einem Schnellboot glich. In dem fast leeren Abteil glaubte ich, mich dem Nachgeschmack meiner Wollust hingeben und darin meine Einsamkeit genießen zu können. Doch als der Zug auf der Eisenbahnbrücke den breiten Fluß und den Kanal überquerte und sich dem Zielort näherte, wurden die Wogen meines angstvollen Herzklopfens immer stärker. Ich war nicht mehr davon überzeugt, daß zu Hause alles so geregelt weitergehen würde wie bisher. Jedesmal, wenn ich wegging, redete ich mir ein: Unsinn, heute wird noch nichts passieren! Es war allerdings eine rein physikalische Fortbewegung, und solange die Dimension von Zeit und Raum gewährleistet war und man nicht entgleiste, ging die Fahrt eben weiter. Nachdem ich das Haus verlassen und einen großen Bogen für meine Liebesabenteuer geschlagen hatte, wurde mir nun angst und bange bei der Vorstellung, wie ich mich bei meiner Heimkehr verhalten sollte. Ich stieg aus dem Zug, passierte die Überführung, dann die Sperre, überquerte den Bahnhofsplatz und die Hauptstraße und bog in mehrere Gassen ab. Meine Schritte hallten wie knirschender Sand bei einem Strandspaziergang im Mondschein. Im Dunkeln erkannte ich den weißlich schimmernden Zaun unseres Hauses.

Ich blieb einen Moment vor dem Gartentor stehen, um tief Luft zu holen, und prüfte, ob die Nebenpforte unverschlossen war. Hoffentlich schliefen schon alle! Die Glastür am Eingang ließ sich ebenfalls problemlos öffnen. Tamas Kratzspuren an den Schiebetüren in der Diele waren noch da.

»Ich bin's«, rief ich mit gedämpfter Stimme.

Niemand antwortete. Bestimmt schläft sie schon. Erleichtert schob ich die Tür zum Tatami-Zimmer auf. Es war hell erleuchtet, doch von Frau und Kindern, die sonst hier schliefen, entdeckte ich keine Spur. Nicht einmal die Futons lagen ausgebreitet. Beklommen riß ich die Tür meines Arbeitszimmers auf. In dem hellen Schein der Lampe bot sich mir eine wüste Szene: Es sah aus wie auf einem Schlachtfeld. Meine Frau und die Kinder lagen in voller Bekleidung im Tiefschlaf. Sie hatten sich nicht einmal zugedeckt. Auf dem Eßtischchen, das eigens hereingeholt worden war, standen schmutzige Gläser und Teller. Die Whiskyflasche war umgefallen. In einer Limonadenpfütze schwammen aufgeknackte Erdnußschalen und eine leere Tüte, die getrocknete Tintenfischstreifen enthalten hatte.

Was war mit meiner Frau geschehen, die sonst so peinlich darauf achtete, daß niemand mein Zimmer betrat? Was hatte dieses grauenhafte Durcheinander zu bedeuten? Aber schliefen sie denn tatsächlich nur? Lag da nicht vielleicht auch ein umgekipptes Arzneifläschchen? Ich war immer überzeugt gewesen, daß ich jeder Situation gewachsen sei, doch schon beim ersten Anblick dieser gespenstischen Szene fing ich am ganzen Körper an zu zittern. Ängstlich blickte ich ins Gesicht meiner Frau und hielt meinen rechten Zeigefinger an ihre Nasenlöcher. Trotz ihrer unbequemen Schlaflage atmete sie ruhig und gleichmäßig. Ich fühlte mich so erleichtert, daß ich am liebsten gleich aufs Bett geplumpst wäre. Jetzt war ich wieder gegen alles gewappnet, und mit einem sarkastischen Grinsen belächelte ich meine überstürzte Reaktion. Warum hatte ich nicht von vornherein die Situation richtig erfaßt? Dennoch war es ein schrecklicher Anblick, der sich mir bot. Ich rief meine Frau beim Namen und versuchte sie wachzurütteln, ganz erpicht darauf, ihr schlaftrunkenes Gesicht zu sehen, das mich mit einem arglosen Lächeln willkommen hieß: ›Ach ... du bist es ... wie schön.‹ Ich schüttelte sie weiter, bis sie endlich die Augen aufschlug. Erschrocken fuhr sie hoch und starrte mich an. Mit dem aufgelösten Haar, das ihr über die Wangen fiel, sah sie aus wie eine Indianerfrau. Ihr Gesicht war vor Aufregung gerötet. Ich rief sie nochmals, doch sie gab keine Antwort, sondern blickte mich wortlos an. Irgendwie fühlte ich mich unwohl. Ich unterdrückte den Impuls, nach unten zu schauen, und hielt ihrem Blick stand. In ihren starren, aufgerissenen Augen lag etwas Hilfloses. Ich konnte sie nicht ewig so weiter fixieren. Als ich einen Scherz zu machen versuchte, verzogen sich ihre Mundwinkel ironisch: »Du hast vielleicht Nerven.« Daraufhin brach sie in schallendes Gelächter aus. Ich wollte darin einstimmen, aber die wachsende Beklemmung schnürte mir die Kehle zu. Nie zuvor hatte ich meine Frau so lachen hören. Sie machte überhaupt keine Anstalten aufzuhören. Sie konnte sich zuletzt nicht mehr halten und ließ sich auf den Tatami-Boden fallen, wo sie sich vor Lachen krümmte. Meine Angst war jetzt so schwarz wie Pech. Ich hob sie hoch, doch sie versuchte sich mir zu entwinden. Mir war, als ob in diesem

Moment ein unerschrockener Blitz über ihr Gesicht und ihren Körper zuckte. Mit unvermuteter Kraft packte ich sie erneut und schüttelte sie heftig. Eine gewaltige Flut braute sich in ihr zusammen. Ich rief sie nochmals beim Namen, worauf sie endlich zur Besinnung zu kommen schien.

»He, laß mich gefälligst los! Rühr mich nicht an!« schrie sie erbost. Ich erschauerte bis ins Mark und spürte, wie mein ganzer Körper zu welken begann.

ABGESCHIEDENHEIT

Seit diesem Abend haben wir das Moskitonetz nicht mehr aufgehängt, denn die Mücken blieben merkwürdigerweise fern. Meine Frau und ich hatten schon drei Nächte nicht geschlafen. Ich fragte mich, wie so etwas überhaupt möglich sei. Vielleicht war ich auch hin und wieder eingenickt, ohne es zu merken; besinnen konnte ich mich jedenfalls nicht darauf. – Im November wirst du deine Familie verlassen, um dir dann im Dezember das Leben zu nehmen: das wird dein Schicksal sein, sagte meine Frau aus tiefster Überzeugung. »Ich bin mir hundertprozentig sicher, daß es so kommen wird.« Doch die Abrechnung sollte schon um einiges früher erfolgen, nämlich Ende des Sommers.

Als ich gegen Mittag heimkehrte, nachdem ich anderswo übernachtet hatte, fand ich das Tor des morschen, verfallenen Bambuszauns verschlossen vor. Meine Brust schnürte sich zusammen. Über das Nachbargrundstück der Kanekos konnte ich zwar in unseren kleinen Garten gelangen und an der Eingangspforte und den Verandatüren rütteln, doch diese schienen ebenfalls verschlossen zu sein. Das Fenster meines Arbeitszimmers lag in greifbarer Nähe. Als ich durch die gesprungene Scheibe einen Blick nach drinnen warf, erblickte ich auf dem Schreibtisch das umgekippte Tintenfaß. Mit stockendem Atem lief ich nach hinten zur Küche und beachtete nicht einmal die frisch gelegten Eier unserer beiden Hennen. Direkt hinter dem Haus befand sich eine kleine Fabrik, die gerade noch einen schmalen Gang freiließ, durch den man sich in schräger Körperhaltung bewegen konnte. Ich spürte das Vibrieren der ratternden Maschinen am ganzen Leib und vernahm das durchdringende Kreischen der Säge, die durch den Stahl fuhr. Mit einer am Boden liegenden Ziegelscherbe schlug ich das Küchenfenster ein. Ich kam mir vor wie ein Einbrecher, und ein tiefer Schauer durchrieselte mich. Im Spülbecken stand schmutziges Geschirr. Der verhängnisvolle Tag war also gekommen! Ich fühlte, wie der Boden unter mir wegglitt. Als ich durch die anderen Zimmer zu meinem Arbeitsraum gelangte, blieb ich wie angewurzelt stehen. Der Anblick, der sich mir bot, glich einem Schlachtfeld, nur, daß anstelle von Blut Tintenspritzer meinen Schreibtisch, Boden und Wände übersäten. Mitten in diesem Chaos lag achtlos hingeworfen mein Tagebuch. Ich zitterte am ganzen Körper und hatte wohl gedankenverloren eine Zigarette geraucht. Meine Frau, die eigentlich vorgehabt hatte, mit den Kindern weit wegzufahren, kam leichenblaß nach Hause, nachdem sie sich im Kino am Bahnhof den Film zur Hälfte angeschaut hatte. Keine Spur mehr von ihrer Unterwürfigkeit, mit der sie noch am Tag zuvor ihren Mann angefleht hatte, der zwei- bis dreimal in der Woche ausging, um bei einer anderen zu übernachten. Und so kam es, daß ich nun vor meiner Frau Platz nehmen und ihre endlosen Verhöre über mich ergehen lassen mußte.

»Das will mir einfach nicht in den Kopf gehen.« Jedesmal gipfelten ihre Vorwürfe in diesem Satz.

»Wo sind eigentlich deine Gefühle geblieben? Was gedenkst du jetzt zu tun? Ich bin dir ja sowieso nur lästig. Ist doch so, oder? Seit zehn Jahren behandelst du mich wie ein Stück Dreck. Ich kann das einfach nicht mehr ertragen. Da kannst du mir erzählen, was du willst. Zehn Jahre habe ich das ausgehalten, und jetzt bin ich geplatzt. Ich bin körperlich am Ende. Schau mich an, abgemagert bis auf die Knochen. In mir steckt überhaupt kein Funken Leben mehr. Aber keine Angst, ich werde dir schon nicht zur Last fallen. Ich kann mich selbst unauffällig aus dem Weg räumen. Ich hatte ja genug Zeit, mich eingehend damit zu beschäftigen. Du wirst von mir erlöst werden. Und dann kannst du mit dieser Frau zusammenleben, wenn du willst.«

Anschließend fragte sie mich, als wollte sie damit die Angelegenheit besiegeln:

»Nur eins kann ich nicht begreifen. Hast du mich eigentlich jemals geliebt? Kannst du mir das sagen? Sei offen und ehrlich.«

»Doch schon ... ich liebe dich.«

Meine Antwort klang hohl und wenig überzeugend.

»Wie konntest du dich dann dazu hinreißen lassen? Wenn du mich wirklich liebst, wie kannst du mir so etwas antun? Du brauchst mir nichts vorzumachen. Ich weiß, du haßt mich. Sag es mir ruhig ins Gesicht, wenn es so ist. Mir macht das nichts mehr aus. Du bist schließlich ein freier Mensch. Du kannst mich ganz sicher nicht leiden. Sag mir die ganze Wahrheit. Sie war sicher nicht die einzige. Bestimmt hast du eine Menge Verhältnisse gehabt. Wie viele Frauen waren es denn? Du wirst wieder behaupten, du seist nur ins Café oder ins Kino gegangen, aber das kommt für mich aufs gleiche raus.«

Ich zählte sie der Reihe nach auf: eine Anhäufung dunkler Taten, die seinerzeit beflügelnd gewesen sein mochten, doch jetzt in ihrer Fäulnis übel zu stinken begannen. Einige Namen unterschlug ich jedoch, indem ich so tat, als könne ich mich nicht auf sie besinnen. Selbst ganz verblüfft über mein früheres Verhalten, formten sich die Worte in meinem Mund.

»Und was mich angeht, so steht mein Entschluß fest, nachdem ich dein Tagebuch gelesen habe. War das wirklich alles? Oder verheimlichst du mir noch etwas? Meinetwegen mach nur so weiter, ich habe ohnehin meine Entscheidung getroffen. Und bitte hindere mich nicht daran. Das würde nämlich zu dir passen.«

»Und du, du bist also wirklich entschlossen zu sterben?«

»Laß bitte dieses vertrauliche ›Du‹, du verwechselst mich wohl mit jemand anderem.«

»Soll ich dich etwa mit deinem Vornamen ansprechen?«

»Was fällt dir ein, so mit mir zu reden? Nenn mich gefälligst ›meine Gnädigste‹.«

»Also, meine Gnädigste, bist du wirklich gewillt zu sterben?«

»Ja, ich will sterben. Das würde dir doch wunderbar in den Kram passen. Dann kannst du gleich zu dieser Frau laufen. Im Gegensatz zu dir kenne ich nur einen einzigen Mann in meinem ganzen Leben, nämlich dich. Das möchte ich noch einmal ausdrücklich betonen. Merk es dir gut! Du allein warst der Sinn meines Lebens. Mit Leib und Seele habe ich mich dir hingegeben. Ich tische dir keine Lügengeschichten auf. Darüber solltest du dir im klaren sein. Und das ist nun der Lohn für mich. Was ich alles durchmachen mußte, nur, um am Ende weggeworfen zu werden wie ein ausgesetztes Katzenjunges.«

»Ich werfe dich doch nicht weg.«

»Was bin ich denn überhaupt für dich?«

»Du bist meine Frau.«

»Ach, das heißt es also, deine Frau zu sein. Hast du mich etwa so behandelt, wie es sich für eine Frau geziemt? Nicht im geringsten. Statt dessen bist du mit mir umgesprungen wie mit einem Dienstmädchen. Wenn du deine Frau nicht achtest, ist es dann nicht dasselbe, wie wenn du sie verläßt?«

»Auf keinen Fall möchte ich, daß du stirbst.«

»Das sagst du nur so dahin. Wer garantiert mir denn, daß es sich nicht lohnt zu sterben? Ich bin nicht mehr die alte. Das Ganze wird dich teuer zu stehen kommen, wart's nur ab. Und ob du dir das mit deiner Schreiberei leisten kannst, ist noch die Frage.«

»Ich werde mir Mühe geben.«

»Und wie soll das bitte aussehen?«

»Ich werde nicht mehr woanders schlafen. Ich werde nicht

mehr allein ausgehen, und wenn ich das Haus verlasse, dann nur in Begleitung meiner Familie. Ich werde keine außerehelichen Beziehungen mehr haben.«

»Das ist doch wohl selbstverständlich. Schau dir unsere Nachbarn an. Sonntags unternehmen sie immer irgend etwas. Herr Aoki geht mit seiner Familie ins Kino, oder sie fahren zum Picknick. Und du, hast du jemals etwas für uns getan? Hast du mich jemals ausgeführt oder dich um die Kinder gekümmert?«

»Ja, das habe ich.«

»Und wann, bitte schön?«

»Weißt du nicht mehr? Als wir noch in Kōbe wohnten, habe ich doch Shinichi mal zu Daimaru mitgenommen, damit er auf dem Dachgarten des Kaufhauses Karussell fahren kann.«

»Ach ja, das hast du getan. Da muß ich dir recht geben. In all den zehn Jahren ein einziges Mal. Aber warte! Das war nur so nebenbei, denn eigentlich mußtest du ja Besorgungen für deine Reise machen. Ich wünschte mir damals, daß wir mehr Zeit miteinander verbringen. Und deshalb bist du widerwillig mitgekommen. Zu welchem Badeort bist du damals überhaupt gefahren? Was hast du dort getrieben? Erzähl mir alles, was du da gemacht hast, ohne etwas zu vertuschen.«

»Ja, ja, ist ja schon gut. Von jetzt an werde ich immer zuallererst an meine Familienpflichten denken.«

»Ich frage mich, ob jemand wie du, der immer nur schmutziges Zeug im Kopf hat, überhaupt dazu in der Lage ist?«

Meine Frau fragte mir die Seele aus dem Leib, Tag und Nacht, und dachte überhaupt nicht mehr daran, sich um den Haushalt zu kümmern. Wir beide verspürten zwar kaum Appetit, doch die beiden Kinder kamen zwischendurch mit leerem Magen vom Spielen nach Hause, um sich gleich wieder nach draußen zu begeben, wenn sie die bedrohliche Stimmung zwischen ihren Eltern mitbekamen. In den Verhörpausen machte ich mir Sorgen um die hungrigen Kinder und gab Shinichi Geld, damit er für sich und seine kleine Schwester etwas zu essen holte. Er brachte allerdings nur Lutscher und süßes Gebäck mit. Ich versuchte ihm klarzumachen, daß dies keine vernünftige Mahlzeit sei, und setzte die beiden ans Eßtischchen, doch im Nu liefen sie mit den Lutschern im Mund wieder nach draußen. Mir fielen ihre verdreckten Gesichter und Kleider auf, aber ich wußte nicht, was ich tun sollte. Sonst regelte meine Frau alles im Haushalt. Das war mir mittlerweile mehr als bewußt geworden. Mit Befremden nahm meine Frau wahr, wie ich mich im Gegensatz zu meiner früheren Gewohnheit plötzlich um die Kinder zu kümmern begann.

Es dämmerte bereits, doch ich hatte noch keine Lust, im schummrigen Zimmer Licht zu machen. Die Gespräche drehten sich im Kreis und kamen zu keinem Ende. Allein meine Frau wirkte zunehmend selbstsicherer. Früher hatte sie ängstlich auf jedes Augenzucken bei mir geachtet, was mich hingegen nur noch gereizter machte. Ich zeigte offen meine schlechte Laune, während sie immer nachgiebiger wurde. Jetzt wünschte ich mir, sie würde soviel Lebensklugheit besitzen und mir noch einmal verzeihen. Dann wäre ich praktisch neu geboren. Andererseits war es nur allzu verständlich, daß sie mir nicht vergeben konnte. Allein das ewige Ausfragen erschien mir zutiefst sinnlos. Ich hätte mich besser ganz unbefangen geben sollen, aber ich ertrug es nicht, inmitten all der Leichen meiner zerfledderten Vergangenheit auch noch Haltung zu bewahren. Ich muß gestehen, wenn ich meine Vergehen im Zeitraffer Revue passieren ließ, um ihr haarklein Rede und Antwort zu stehen, ließ ich dabei hin und wieder ein Detail unter den Tisch fallen, indem ich einfach so tat, als könne ich mich nicht mehr darauf besinnen.

»Ist das wirklich alles? Oder verheimlichst du mir immer noch irgendwelche Dinge?«

»Nein, ich habe nichts mehr zu verbergen. Es würde mir doch auch gar nichts nützen«, versicherte ich.

»Ehrlich? Lüg mich bitte nicht an.«

»Ich lüge nicht.«

»Ganz sicher?«
»Absolut.«
Ich sträubte mich erneut. Wenn ich ein Detail preisgab, verschwieg ich dafür ein anderes. Obwohl es eigentlich keinen Unterschied machte, ob ich nun eine oder mehrere Sachen gestand, erschien mir der Gedanke verführerisch, gewisse Dinge diskret zu übergehen. Doch zugleich fürchtete ich, früher oder später mit der Wahrheit herausrücken zu müssen. Meiner Frau entging dies nicht, und ich stand ziemlich hilflos da, wenn ich stotternd meine widersprüchlichen Aussagen richtigzustellen versuchte. Wieso hatte ich während unserer langjährigen Ehe nie die exzellente Taktik meiner Frau bemerkt, mit der sie einen so geschickt in die Mangel zu nehmen verstand. Sie verfügte über eine bemerkenswerte Logik, die Behauptungen ihres Gegenübers ins Wanken zu bringen. Nach einem drei Nächte dauernden Verhör blickte ich fasziniert in das Gesicht meiner Frau, das nicht die geringste Spur von Erschöpfung zeigte, und begann selbst daran zu glauben, was für ein gemeiner, unverzeihlicher Schuft ich doch war. Meine Frau hatte recht: Ich war eine dreckige Bestie. Wie hatte ich nur all die Jahre mit dieser animalischen Gesinnung leben können?

»Haben sie dir das beim Militär beigebracht?« fragte sie. Nein, es hatte nicht in der Militärzeit, sondern schon viel früher begonnen. Irgendwann während des Studiums fing es an, daß ich mich schmutzigen Phantasien hingab. Es hatte mich jedoch nie befriedigt. Ich war überzeugt davon, daß mich diese Neigung als Realist erscheinen ließ. An der Unterwürfigkeit meiner Frau hegte ich nicht den geringsten Zweifel; ich glaubte einfach, sie sei mein eigen Fleisch und Blut, und merkte dabei nicht, daß ich ihr meine Schwäche, die dunkle Seite meiner Seele aufgezwungen hatte. So wie sie mir die vergangenen zehn Jahre vor Augen führte, bestand kein Zweifel, daß ich nur meinen eigenen Interessen nachgegangen war, während sie sich selbstlos aufopferte. Ab und zu rutschte mir die gehässige Bemerkung heraus, ihr habe diese

Unterwürfigkeit doch bestimmt Spaß gemacht. Aber meine Unterstellung zielte ins Leere.

Abends wurden die Kinder angekleidet zu Bett gebracht. Bevor sie einschliefen, blinzelten Shinichi und Maya immer noch ein wenig angstvoll zu ihren Eltern hinüber, die sich neuerdings so merkwürdig zueinander verhielten. Es tröstete mich irgendwie. Ich wollte versuchen, die Aufmerksamkeit meiner Frau auf die kindliche Zerbrechlichkeit zu lenken, verwarf jedoch den Gedanken gleich wieder. Es mochte inzwischen zwanzig, vielleicht sogar fünfundzwanzig Jahre her sein: Damals, ich war noch klein, verließ uns unsere Mutter, und ich fand es beschämend, mich mit meinem Vater zu solidarisieren, der seine Kinder in die Arme nahm und reuevolle Tränen vergoß. Jetzt konnte ich mich mit dieser Erbärmlichkeit ohne weiteres identifizieren. Meine Frau dachte nicht daran, mir die Hand zu reichen, sondern blickte unbeteiligt, als würde es sich um das Unglück eines fremden Menschen handeln, zu mir herüber.

»Sieh sie dir an, die armen Kleinen. Ich werde mich nun nicht mehr um sie kümmern, das ist jetzt, bitte schön, deine Aufgabe.«

Mit diesen Worten stand sie abrupt auf und ließ sich dann auf dem Küchenboden nieder, wo sie wie angewurzelt sitzen blieb. Um ja in ihrer Nähe zu bleiben, folgte ich ihr auf den Fersen und setzte mich neben sie, bis die Kälte in mir hochzukriechen begann. Ich sagte ihr, sie würde sich verkühlen, aber sie hörte nicht auf mich.

»Komisch, daß du dir plötzlich Sorgen machst, ich könnte mich erkälten. Paßt doch gut zu mir, dieser Platz. Seit Tagen habe ich dir die Hölle heiß gemacht. Das war nicht richtig von mir. Du machst nichts falsch. Du hast immer aus tiefster Überzeugung heraus gehandelt und deine Ziele verfolgt. Du bist ein Mann, der seine Arbeit über alles liebt und dafür Frau und Kinder vernachlässigt und seine Gesundheit ruiniert hat. Was sollte ich einfältige Person da noch zu sagen haben? So ist es doch, nicht wahr? Du brauchst dich nicht um ein

Lumpenstück wie mich zu kümmern. Führe getrost dein perverses Schriftstellerdasein weiter, ganz so, wie es dir beliebt. Dieser Holzboden ist das, was mir zusteht. Ich verstehe nämlich nichts vom erhabenen Künstlerleben. Die Wandschränke hier in der Küche habe ich ganz allein umgebaut. Das ist alles mein Werk. Du hast keinen Finger gerührt. Ach halt, natürlich ist das alles von deinem Geld bezahlt worden. Aber du hast mich ja nie wie deine Frau behandelt, und deshalb war ich der Meinung, daß ich über meinen Dienstmädchenlohn frei verfügen darf, oder? Und überhaupt, wo in aller Welt würdest du eine so billige Arbeitskraft finden?«

Sie strich über den Holzboden, als würde sie mit einem Lappen darüberwischen.

»Hier habe ich drei Mahlzeiten pro Tag gekocht, habe Wäsche gewaschen und in all den Nächten, wo du nicht da warst, genau wie jetzt dagehockt.«

In dem noch verbleibenden Spalt zwischen Fabrikgebäude und den Dächern der Nachbarhäuser war ein Stück Nachthimmel mit der Sichel des abnehmenden Mondes zu sehen. Das Stakkato des Maschinenlärms vom Tage war nun von der Finsternis verschluckt. Außer dem gelegentlichen Geräusch eines vorbeibrausenden Taxis, dessen Reifen sich mit einem schmatzenden Geräusch vom Asphalt lösten, herrschte Totenstille. Es war, als ob die nächtliche Atmosphäre auch mein Straucheln verschluckt hätte, und dies war womöglich auch der Grund dafür, daß sich die ewig hinschleppenden Beteuerungen meiner Frau wie ein endloses Epos anhörten. Ich hegte die Hoffnung, das Ende des Tribunals würde irgendwann in Sicht kommen. Zwar hatte mich die gnadenlose Härte meiner Frau, die mir zuvor nie aufgefallen war, niedergeschmettert, doch meine stillschweigende Akzeptanz, daß die Krise nicht überstanden war, verschaffte mir auch einen inneren Frieden.

»Siehst du diese Blutflecken? Hier, hier, schau sie dir an! Einmal habe ich ganz stark geblutet, es hörte überhaupt nicht mehr auf. Ich blieb trotzdem sitzen. An diesem Abend warst du auch wieder...« Ihr Monolog schien kein Ende zu nehmen.

»Ich gehe kurz etwas besorgen.« Mit diesen Worten verließ meine Frau das Haus. Sie war mir entschlüpft. Eine schier unbegreifliche Lücke. Wenn man drei Nächte keinen Schlaf gefunden hat, entsteht gewissermaßen ein blinder Fleck im Gehirn. Vielleicht war ich in jenem Moment auf dem Klo gewesen. Sie hatte die Lücke in meinem Kopf ausgenutzt, um sich von mir zu entfernen. Ihr Körper, der bis dahin einer Pflanze geglichen hatte, schien sich nun in eine mineralische Substanz zu verwandeln. Ich konnte nichts dagegen unternehmen. Unsere Rollen waren plötzlich vertauscht, und ich hatte mich an meine Position, in die ich mich nur zögernd fügte, noch nicht gewöhnen können. Wehmütig dachte ich an die graue Stimmung zurück, die mir nun wie süße Milch erschien. Ein brennender Schmerz durchzuckte mich, als mir aufging, daß ich von der Bahn meiner wahren Bestimmung abgekommen war und das weggeworfene Schicksal sich immer weiter von mir entfernte. Mein Geist schien gespalten, und es war mir, als würden von unten her meine Gedärme langsam gefrieren. Ich hielt das Warten nicht aus, schlüpfte in meine Holzsandalen und stürzte nach draußen. Die klemmende Pforte des Holzzauns gab ein feuchtes Quietschen von sich, als ich sie öffnete. Nachdem ich durch das Labyrinth der Gassen geirrt war, erreichte ich das Kino an der Ecke der Hauptstraße. Vor mir lag der in einem Dreieck angelegte Bahnhofsplatz, und ich versuchte, die gesamte Szene mit einem Blick zu erfassen. Ein heißer Blutstrom schoß durch meinen erstarrten Körper, als ich meine Frau erblickte, die am Schalter irgend etwas redete. So wie ich eine auf einem Stück Holz sitzende Libelle fangen würde, indem ich sicherging, daß es für sie keinen Ausweg mehr gab, schlich ich mich heran und legte ihr meine Hand auf die Schulter. Der Ton, in dem sie mit dem Bahnhofsangestellten sprach, hatte seine gewohnte Milde zurückgewonnen. Seit drei Tagen hatte ich ihn nicht mehr zu hören bekommen.

Sie drehte sich um und lächelte hilflos, den Mund gespitzt wie eine Maus. Doch gleich darauf verdunkelte sich ihre

Miene. Gemeinsam überquerten wir den Platz, bogen hinter dem Kino ab und kehrten durch die gewundenen Gassen nach Hause zurück, ohne ein Wort miteinander zu wechseln.

»Ich verstehe das nicht. Es will mir einfach nicht in den Kopf, warum ausgerechnet du so etwas tun konntest.«

Als meine Frau bei ihrer Inquisition erneut auf diesen Punkt zu sprechen kam, fürchtete ich, mich im Strudel ihrer Logik zu verlieren. Ich hatte längst die Hoffnung aufgegeben, sie mit meinen Argumenten umzustimmen. Das einzige, was ich tun konnte, war, auf sie aufzupassen, damit sie nicht davonlief. Dadurch, daß ich sie immer wieder anflehte, ihre Selbstmordabsichten aufzugeben und mich mit neuen Augen wahrzunehmen, schien ihre verkrustete Depression ein wenig aufzubröckeln. Zuletzt gewann ich den Eindruck, als würde sie zumindest vorübergehend erst einmal dableiben.

»Aber merk dir, ich bin nicht mehr die alte! Ich werde zwar für euch kochen und für dich und die Kinder sorgen, aber nur rein mechanisch. Wie es so schön heißt: Einmal verschüttetes Wasser kehrt nicht mehr in die Schale zurück. Das ist dir doch wohl klar, oder? Ich frage mich nur, was für eine Veränderung in mir vorgegangen ist. Früher, wenn alles nach deinen Wünschen verlief und du zufrieden warst, dann war ich es auch. Ich habe mich nur um dein Wohl gesorgt. Zehn Jahre lang habe ich mich aufgerieben, damit du robuster wirst. Wo findest du schon eine solche Ehe? An unserem Hochzeitstag steckte diese schlimme Krankheit bereits in dir. Als du dich nicht rühren konntest wegen deiner Polyneuritis, habe ich dich huckepack aus dem ersten Stock nach unten aufs Klo und hinterher wieder hochgetragen, nur weil du dich vor dem schmutzigen Nachttopf geekelt hast. Und wie abscheulich sich dein Vater benommen hat! Wenn ich Bonbons gekauft habe, hat er sie alle allein aufgelutscht. Seiner verhaßten Schwiegertochter hätte er sowieso keine gegönnt, aber selbst den Enkelkindern wollte er nichts davon abgeben. Dem Dienstmädchen hat er allerdings welche zugesteckt. Unglaublich! So herzlos war dein

Vater. Das willst du nicht hören, was? Aber du bist genau wie er. Nur jemand wie du bringt es fertig, seine Frau zehn Jahre lang zu vernachlässigen, während du immer nur das getan hast, was dir Spaß macht. Trotzdem habe ich dich geliebt. In letzter Zeit hast du immer so deprimiert ausgesehen, daß ich schon das Schlimmste befürchtet habe. Ich glaubte tatsächlich, du würdest dich umbringen. Du konntest es nicht vor mir verbergen, ich wußte genau, was los war. Doch es gab keine Möglichkeit, etwas dagegen zu unternehmen, daß du immer weiter abgerutscht bist. Hätte ich meinen Mund aufgemacht, wärst du weggegangen. Und bald darauf wäre dann die große Ernüchterung bei dir gekommen. Sobald du auf dem Boden der Tatsachen gelandet wärst, hättest du dir vor lauter Scham das Leben genommen. Aber falls du nun endlich einsichtig geworden bist und wirklich vorhast, dich zu bessern, will ich es mir noch mal überlegen. Kannst du mir versprechen, dein Verhältnis mit dieser Frau zu beenden, dich nicht umzubringen und die Verantwortung für die Erziehung der Kinder zu übernehmen?«

Ich brach meinen Grundsatz, niemals einen Schwur zu leisten, und sagte:

»Ich schwöre es dir.«

»Wirklich? Also wenn es dir ganz ernst damit ist, dann bleibe ich noch ein Weilchen bei dir.«

Nach dieser dreitägigen Tortur war mir, als sei ich bloß eine leere Hülle oder als hätte ich mich einer größeren Operation unterzogen. Ich schlüpfte nun in eine andere, mir bis dahin unbekannte Dimension des Alltags. Wie von einer rätselhaften Krankheit heimgesucht, war ich nicht mehr Herr meines Körpers. Oder war es ein einfacher Fieberanfall, mit dem ich auf diese dreitägige Befragung reagierte?

Völlig übermüdet, schlummerte ich auf dem Bett meines Arbeitszimmers ein. Meine Glieder fühlten sich an wie ausgerenkt. Ich schreckte hoch und merkte sofort an der Stimmung im Haus, daß niemand da war. Wie konnte ich nur so unachtsam sein! Ich richtete mich ruckartig auf und erblickte zu meiner Erleichterung meine Frau, die gerade mit den beiden Kindern an der Hand durch die Lücke in dem verfallenen Zaun hereinschlüpfte. Es war ein Gefühl, als würde weiches Wasser über meinen Kopf rieseln. In ihrem indigoblauen Ausgehkimono aus Ōshima wirkte sie so ätherisch und jungmädchenhaft, daß ich zu meinem eigenen Erstaunen ganz unumwunden zugab:

»Mein Gott, du hast mir vielleicht einen Schrecken eingejagt. Ich dachte schon, du wärst weggelaufen.«

Meine Frau reagierte mit einem freundlichen Lächeln. In meinen Adern rauschte das Blut wie ein Sturzbach während der Schneeschmelze.

»Keine Sorge«, sagte sie immer noch lächelnd, als sie kurz darauf in mein Arbeitszimmer kam. »Hör mal, Papa« – sie benutzte endlich wieder die Anrede der Kinder –, »ich habe eine Bitte: Wirf sofort deinen alten Füller und sämtliche Unterwäsche weg. Ich kann das Zeug nicht mehr sehen. Dafür habe ich dir das hier mitgebracht.«

Sie zeigte mir einen neuen Füllfederhalter.

»Er hat achthundert Yen gekostet. Ich mußte mich schon überwinden, soviel Geld auszugeben. Doch das ist es mir wert für Papas Neuanfang. Und hier ist auch dein Lieblingsreisgebäck.«

Während ich alles wegwarf, wie meine Frau es mir aufgetragen hatte, fiel mein Blick wiederholt auf die Tintenflecken auf Tisch und Wänden. Sie stachen mir direkt ins Herz, und die Stellen, wo eine größere Menge Tinte eingesickert war, schillerten im Licht wie Speichelflüssigkeit.

Nach dem Abendessen ging ich allein in das nahegelegene Badehaus mit der radiumhaltigen Quelle. Die Luft draußen schien völlig verändert. Ich fühlte mich leicht wie eine Feder. In einer der Straßen im Bahnhofsviertel waren die Schaufenster der Läden, die sich auf beiden Seiten nahtlos aneinanderreihen, geschmackvoll dekoriert. Hier hingen sogar an normalen Tagen die Reklamebanner aus, die man sonst nur feiertags sah. Die ganze Straße war von der Beleuchtung der Geschäfte illuminiert, und aus den in ungleichmäßigen Abständen installierten Lautsprechern schallten Werbeslogans und leichte Unterhaltungsmusik, die sich mit dem Schuh- oder Holzpantinengeklapper der unablässig vorbeiströmenden Passanten und den rasselnden Kugeln in den Pachinko-Hallen mischten und die Menschen in eine beschwingte Stimmung versetzten. Es war eine schmale Straße mit kleinen Läden – ein Reishändler, ein Gemüseladen, ein Fischgeschäft, ein Obstladen, ein Süßwarengeschäft, ein Friseur, ein Nudel- und ein Sushi-Restaurant, ein Eßlokal, ein Misohändler, eine Fleischerei, ein Buchladen, ein Bestattungsinstitut, ein Trinklokal, ein Uhrengeschäft, ein Schneider, ein Krämerladen, ein Eisenwarengeschäft, ein Haushaltswarengeschäft, ein Hemdenmacher und ein Strumpfladen –, wo Frauen in Alltagskleidung und Berufstätige nach Feierabend schnell noch Besorgungen machen konnten. Das Gewühl besaß das Flair eines echten Altstadtviertels. Als wir hierherzogen, verspürte ich unerklärlicherweise sofort ein aufregendes Gefühl von Vertrautheit, und meine Wangen glühten, als wären sie von innen rot erleuchtet. Unser Haus war mir mittlerweile ans Herz gewachsen: Es war zu einem Zufluchtsort im toten Winkel eines namenlosen Tals geworden, inmitten belebter Einkaufsstraßen, die sich strahlenförmig vom Bahnhofsplatz erstreckten. Ein Haus wie eine Auster, die sich am Rumpf eines festlich beleuchteten, aber schon etwas heruntergekommenen Passagierdampfers festgesetzt hatte. Auch die Umgebung des Bahnhofsviertels von Koiwa hatte ich liebgewonnen. Ich freute mich an der bevölkerten Einsamkeit im wimmelnden Gedränge, über das sich der von Neonlichtern rot beleuchtete Abendhimmel spannte. Irgendwann war diese Faszination jedoch verlorengegangen; von Unruhe getrieben, wollte ich einfach nur weg von hier. Aber jetzt war ich endgültig in diesem Vorstadtviertel, das sich im östlichsten Zipfel der gigantischen Metropole entfaltete, zu Hause. Neugierig sog ich alles auf, was zu diesem Ort gehörte. Verwundet wohl durch die häusliche Krise, drang die Außenwelt ungehindert durch meine Haut.

Das Badehaus mit der radiumhaltigen Quelle lag hinter dem Geschäftsviertel. Der hohe Schornstein rauchte, und das alte Erinnerungen in mir hervorrufende schmutzige Seifenwasser im Rinnsal hieß mich förmlich willkommen.

Auf dem Rückweg mischte ich mich erneut in das Gedränge, bis ich in die Gasse einbog, wo auf einmal unfaßbare Stille herrschte, so als sei man von der Bühne plötzlich in die Versenkung geraten. Das städtische Bild der Geschäftsstraßen war wie verflogen. Ich hörte Frösche quaken und Insekten zirpen, es war, als würde ich in ein Bauernhaus inmitten von Reisfeldern zurückkehren. Vor noch nicht allzu langer Zeit existierten hier in der Tat nur Reisfelder, und mit Einbruch der Dunkelheit bekam man den Eindruck, als sei die frühere Atmosphäre wieder da. Nachdem ich um den Gartenzaun unseres Nachbarn Aoki, der in der Eisenschmiede arbeitete, und das Grundstück der Kanekos herumgelaufen war, kam unser Grundstück mit dem Ziegeldach und dem Bambuszaun in Sicht. Wie ein vereinzeltes Gehöft in einem Tal verbreitete es ein schummriges Licht. Hinter der Verandatür zu meinem Arbeitszimmer, das vis-à-vis zum Nachbarzaun lag, sah ich eine Gestalt vorbeihuschen. Ich stellte mir plötzlich vor, daß es sich um die Silhouette meines eigenen Ichs handelte, das nachts nicht mehr auszugehen pflegte. Die Erinnerung an das häusliche Spektakel der letzten Tage überkam mich erneut, und ich stürzte förmlich auf die Schwelle zu. Noch lag die Gewißheit fern, daß sich dort drinnen wieder ein geregeltes, normales Dasein entfalten würde. Als ich ängstlich gespannt ins Zimmer spähte, warf mir meine Frau ein Lächeln zu. Sie hatte Rouge aufgelegt und trug ihren schweren Seidenkimono wie ein Nachthemd.

»Ich habe mich geschminkt. Ist dir doch recht. Oder findest du es albern?«

Auf dem Kopfkissen der Kinder lagen fein säuberlich zusammengelegt die Kleider, die sie tagsüber getragen hatten, daneben befand sich das Federbett, das meine Frau nur hervorholte, wenn Besuch da war.

Vor meinen Augen wurde die Szene lebendig, die ich jedesmal vorfand, wenn ich spätnachts heimkehrte: Die drei kleinen Futons waren mir dann immer wie Kieselsteine am Meeresgrund erschienen. Die Decken der Kinder und die meiner Frau, die auch nicht viel größer war, lagen zerwühlt da. Betroffen schlich ich dann in mein Arbeitszimmer, schob die Verbindungstür zwischen uns fest zu und schlüpfte ebenfalls in mein Bett, um mich ganz meinen eigenen Gedanken und dem süßen Nachgeschmack hinzugeben. Zu viert – indem ich mich zu den drei Kieselsteinen am Boden des Vorortzipfels gesellte – lösten wir die Taue und stachen trotz eines drohenden Unwetters in See. Die zeitliche Abfolge war allerdings umgekehrt, denn was wir taten, hätte eigentlich schon zehn Jahre zuvor erfolgen müssen. Getrieben von unberechenbaren Stürmen ließ ich das Boot herumwirbeln. Wollte ich es etwa an einem Riff zerschellen lassen? Es war mir unbegreiflich, daß ihr nicht selbst auffiel, wie schlecht geschminkt sie war. Vermutlich wollte sie damit nur ihrer Absicht Ausdruck geben, daß sie sich schminken wollte. Ich mußte unvermittelt lachen und merkte erst hinterher, daß mir offenbar ein schwerer Hieb versetzt worden war.

»Eines ist mir noch nicht klar. Erlaubst du mir bitte eine Frage?«

Die Stimme meiner Frau klang zögernd, während ihre Gestalt bereits schwarze Rabenschwingen trug. Instinktiv versuchte ich, ihr zu entkommen. Dies war jedoch unmöglich, also blieb ich sitzen und wartete.

»Bist du schon mal nach ... gefahren?«

»...«

»Mit wem bist du dorthin gefahren?«

»...«

»Sag schon, mit wem bist du gefahren?«

»...«

»Du brauchst mir nichts vorzumachen, ich weiß sowieso alles.«

»Na, dann kann ich mir ja die Antwort sparen.«

»Nein, ich will es direkt aus deinem Munde hören. Du hast geschworen, mir alles zu erzählen. Sag es mir bitte. Beschreibe mir genau, wie es war. Und wie oft bist du noch verreist? Wohin bist du sonst noch gefahren? Wo hast du übernachtet? Was hast du dort gegessen? Was für Bücher hast du gelesen? Du bist bestimmt ins Kino gegangen. Was für Filme hast du dir angeschaut? Wo? Wie oft? Unter welchen Umständen? Warst du glücklich? Wie hat es dir gefallen?«

Ich stand ihr Rede und Antwort – so gewissenhaft wie möglich, ohne etwas zu kaschieren. Aber ich rückte nicht mit allem heraus, sondern redete mir ein, es sei unmöglich, die ganze Vergangenheit aufzurollen, und so unterschlug ich immer wieder einzelne Fakten. Wenn meine Frau keine Reaktion zeigte, behielt ich den Rest einfach für mich, und wenn ich mich unklar zu etwas äußerte, wurde mir vorgehalten, daß meine Vertuschungsmanöver nicht weniger schlimm seien als meine früheren Vergehen. Nicht selten fing ich an zu zittern. Während ich dem Prozeß der Wahrheitsfindung total ausgeliefert war, verwandelte sich der Körper meiner Frau in einen präzisen Lügendetektor, der mein ängstlich-nervöses Verhalten mit der gleichen Genauigkeit wiedergab, wie es sich offenbarte. Selbst meine gelegentlichen Aufschreie, so sei es nicht gewesen, ließ sie nicht gelten. Zum Heuchler gebrandmarkt, fühlte ich mich mehr und mehr in die Enge getrieben. Jedesmal, wenn ich ein Alibi vorweisen konnte, verstrickte ich mich noch tiefer in mein Lügengespinst. Es war ausweglos. Mit den Nerven am Ende, schrie ich schließlich:

»Es hat sich alles verändert, seit du mein Tintenfaß umgeworfen hast. Sieh mich an, was aus mir geworden ist!«

»Wovon redest du überhaupt? Du hast dich zehn Jahre herumgetrieben. Was willst du mir denn in drei Tagen beweisen nach all deinen langjährigen Betrügereien. Rede also nicht solchen Unsinn. Deshalb verhältst du dich auch so verantwortungslos anderen gegenüber. Ist dir übrigens klar, wie deine Freunde über dich herziehen? Sie halten dich für einen Esel, für einen kompletten Idioten. Du willst deine Minderwertigkeit nicht wahrhaben, statt dessen willst du mir weismachen, daß du dein schmutziges Leben allein zu literarischen Zwecken führst. In keiner deiner Geschichten stellst du das menschliche Dasein dar, wie es wirklich ist. Es wird immer nur Schmutziges beschrieben, und das auch noch in allen Nuancen. Kein Wunder, daß du nie Erfolg hast. Hat es dir etwa Spaß gemacht?«

»Ja, es hat mir Spaß gemacht.«

»Zum Teufel mit dir!«

Meine Frau fuhr hoch und starrte mich zornentbrannt an.

»Was fällt dir ein, mir so eine Unverschämtheit ins Gesicht zu sagen!«

Ihre Stimme klang weit entfernt, so als würde sie, falls es in unserer baufälligen Vorstadtbaracke einen Rauchabzug gegeben hätte, versuchen, mich von dort aus zu verfluchen, die soeben von mir erbeuteten Worte noch zwischen den Zähnen. Erschrocken sprang ich auf, während sich meine Frau auf dem Boden in der Küche niederließ.

»Schütte mir Wasser über den Kopf«, flehte sie mich an.

Eine neue Nacht war angebrochen. Bald würde die enge Nische zwischen Spüle und Geschirrschrank von der Finsternis, die durch den Spalt zwischen den Vorhängen an den Fenstern drang, erfüllt sein. Dies war der Platz meiner Frau, wo sie nun zum wiederholten Male die Nacht zum Tage machte. Die gesamte Umgebung schien sich mit ihr zu solidarisieren: die quietschenden Reifen der nächtlichen Taxis, die sandig knirschenden Schritte eines Passanten, das Rattern der letzten Züge, die über die Hochtrassen und Kanalbrücken fuhren. All diese Geräusche erhoben anklagend ihr Haupt gegen mich, während mein eigenes Ich wie ein rotes Rücklicht langsam entschwand – so klein geschrumpft, daß es auf einer Handfläche Platz fand, in einem Winkel meines Hirns, wo mich der Gedanke durchzuckte, falls ich mich je von einem Zug überfahren lassen sollte, dann von einem Güterzug. In der Eisenschmiede hinter dem Haus, die wie tot dalag, lauerte das ganze Inventar auf meine Reaktion: die Glastür mit der zerbrochenen Scheibe, die Drehbänke, die Fließbänder und all die anderen, mir unbekannten Maschinen schienen sich mit gespitzten Ohren nach vorne zu beugen, um unsere Geheimnisse zu belauschen. Wie ein gehorsamer Offiziersbursche füllte ich einen Eimer mit Wasser und goß es ihr über den Kopf.

»Mehr, mehr!« rief sie, und ich tat, wie sie mich hieß. Bibbernd und zähneklappernd befahl sie weiter: »Schlag mir auf den Kopf, aber richtig! Es ist so, als bekäme ich einen schweren Eisentopf übergestülpt. So war es immer, wenn du nicht da warst. Schlag mich, sofort ... mach endlich!« Mit geballter Faust versetzte ich ihr einen wuchtigen Schlag, der dumpf auf das Fleisch prallte. Meine Faust hatte sich plötzlich wieder zu der Hand verwandelt, mit der ich beim Militär die Untergebenen geschlagen habe. Nach zwei, drei Schlägen war meine Hand taub. »Auaauaaua«, jammerte meine Frau und schaute dabei so unschuldig wie ein junges Mädchen, das nach einem ausgiebigen Bad mit blau angelaufenen Lippen aus dem Wasser stieg.

»Es reicht. Ich ziehe mir etwas Trockenes an, damit ich mich nicht erkälte«, sagte sie. Die Pfütze um uns herum sah aus, als hätte jemand Blut vergossen, und ich kam mir vor wie der Wächter in einem Schlachthof – ein Gedanke, der mich erschaudern ließ.

»Das Gefühl geht einfach nicht weg heute abend. Ich werde einen kleinen Spaziergang machen, damit sich mein Kopf ein wenig abkühlt.«

Ich konnte sie jedoch unmöglich allein gehen lassen.

Die Kinder schienen fest zu schlafen. Shinichi räkelte sich gerade auf seinem Futon. Im Kontrast zu seinen hochroten Wangen sah die weiße Stirn ganz zerbrechlich aus. Maya lag bäuchlings zusammengekrümmt, so daß der kleine Hintern hochstand. Ihre drollige Haltung rührte mich. Wir ließen die Haustür verschlossen und schlichen uns wie zwei Jugendliche, die sich zum Dorffest hinausstahlen, mit unseren Holzsandalen in der Hand über die Veranda nach draußen. Die größeren Straßen meidend, liefen wir nur durch dunkle Gassen. Meine Frau meinte, wie gut es ihr täte, daß ich bei ihr war. Mich überfiel eine bange Ahnung, daß etwas Unbekanntes die klaffende Wunde von Mal zu Mal tiefer aufriß. Wenn meine Frau ihren grotesken Ausbrüchen allein ausgeliefert war, mußte sie einsame Orte aufsuchen, um sich dort abzureagieren – Orte, die dann eine magische Anziehungskraft auf sie ausübten, wie die abgelegene Chiba-Landstraße, die schilfbewachsene Böschung am Edo-Fluß oder die Baustelle des neuen Entwässerungskanals am anderen Ende der Stadt. Einmal hatte sie sogar ein Taxi angehalten und sich ziellos herumfahren lassen. Setzten die Lähmungserscheinungen ein, so daß ihr die Beine versagten, kroch sie weiter. Am nächsten Mittag, als ich unübersehbar erschöpft heimkehrte, krempelte sie Ärmel und Saum hoch, um mir die Schürfwunden und Blutergüsse ihres nächtlichen Wahnsinns zu zeigen.

»Weshalb hab ich wohl in letzter Zeit so viele Verletzungen?«

»Du bist wahrscheinlich zerstreut und merkst gar nicht, wenn du dich irgendwo stößt. Weißt du noch, einmal habe ich dich um die Streichholzschachtel gebeten, und du hast mir statt dessen ein Stück glühende Kohle gereicht.«

»Ja, du hast recht, ich stoße mich andauernd und merke es nicht.«

Mir stieg die Schamröte ins Gesicht, als ich mich an diesen Dialog erinnerte.

»Das hast du also tatsächlich geglaubt? Daß ich zerstreut bin und nichts merke?« fauchte sie und sah mich mit dem Blick einer Katze an, die einer Maus auflauerte. »Ah, mir dröhnt der Kopf. Jetzt wird mir gleich dieser Eisenring die Schläfen zusammenpressen. Ich weiß nicht, wie ich es beschreiben soll. Es ist ungefähr so, als würde in einem geschlossenen Raum auf

Hunderten von Ölfässern herumgetrommelt werden. Mein Gott, es tut so weh. Jetzt schwillt mein Gesicht an. Hilf mir doch, es platzt. Schnell, schlag mich!«

In der dicht besiedelten Gasse, deren flache Wohnhäuser in tiefem Schlaf lagen, blieb ich stehen und schlug auf meine Frau ein. Es roch nach Kasteiung, und das Gefühl der Sinnlosigkeit meines Handelns wurde stärker. Ich war kurz davor, die Kontrolle zu verlieren, als sie mir endlich Einhalt gebot: »Hör auf, es reicht.« Ich meinte, einen zaghaften Unterton in ihrer Stimme zu hören, so daß ich schon erleichtert annahm, sie sei wieder zur Besinnung gekommen. Doch gleich darauf fing sie erneut an, sich wie eine Verrückte zu gebärden: »Ich weiß nicht mehr, wo ich bin.« Ein paar vorbeilaufende Passanten machten vorsichtshalber einen großen Bogen um uns. Die verächtlich lauernde Neugier, mit der sie hinter ihrem hochgezogenen Schal herüberspähten, versetzte mir einen tiefen Stich. Meine Frau gebärdete sich immer verrückter, so daß keine Verständigung mehr möglich war. Ich machte mich darauf gefaßt, die ganze Nacht mit ihr unterwegs zu sein. Wir liefen zurück in Richtung Hauptstraße, überquerten sie und begaben uns in das Häusertal, als würden wir durch ein ehemaliges Sumpfgebiet irren, um dann irgendwo in Koiwa zu landen, wo uns alles seltsam und fremd erschien. Schließlich erreichten wir den Friedhof, wo Reihen von Steinpagoden und Grabtafeln vor uns lagen. Meine Frau schreckte ängstlich zusammen. Die Kulisse wirkte unecht wie eine Attrappe – eine fast surreale Szene, die unseren Blick gefangennahm. Ein Schauer lief mir über den Rücken. Als ich meine Schritte beschleunigte, huschte eine schwarze Katze an uns vorüber in Richtung Friedhof. Plötzlich hielt sie inne und wandte sich offenbar ganz bewußt nach uns um. Ihre Augen, die ein unerklärliches Licht aufzufangen schienen, loderten phosphorgelb, und ihr Kopf plusterte sich gespenstisch auf. Meiner Frau blieb der Angstschrei in der Kehle stecken. Instinktiv ergriff sie meinen Arm und zerrte mich weg. Wortlos marschierten wir durch die finstere Gegend, und erst, als wir wieder die Hauptstraße erreicht hatten, fing sie an zu sprechen:

»Hast du dieses Scheusal gesehen? Was hat das zu bedeuten? Eine Bestie ohne Kopf.« Sie sträubte sich und blickte selbst wie eine Katze, was mich noch tiefer in Verwirrung stürzte.

»Das war bestimmt *Mayo-no-mono*.« (Sie benutzte dabei den Dialekt ihrer Heimatinsel.) »Es war gräßlich. Aber dafür ist der Eisenring endlich weg von meinem Kopf.«

Sie wirkte völlig gelöst. Es mußte bereits nach Mitternacht sein. Die meisten Geschäfte waren geschlossen, und anders als tagsüber sah die Straße nun aus wie ein verödetes Dorf. Eine Eisdiele hatte noch auf, was mir reichlich töricht erschien, da die Sommersaison längst vorüber war. Ohne mich darauf besinnen zu können, ob ich schon einmal mit ihr dort drinnen gewesen war, bekam ich plötzlich Lust, sie zu einem Eis einzuladen. Obwohl sie nicht gerade begeistert reagierte, gingen wir hinein. So kurz vor Ladenschluß behandelte man uns etwas unwirsch, so daß ich mich nicht entspannen konnte. Als ich meine Frau betrachtete, die nach ihrem Anfall lediglich ein wenig bläßlich wirkte und ihrem hochgezogenen Kragen nach zu frieren schien, stieg der Gedanke in mir auf, daß sie sich womöglich in eine andere Frau verwandelt hatte. Ich blinzelte zu ihr hinüber in der Befürchtung, sie würde mich gleich wieder mit aufgerissenen Augen anstarren. Unruhig schlug ich die Beine übereinander, stützte mich auf den Ellbogen, doch was ich auch tat, alles trug den Makel meiner Vergangenheit. Es machte mich ganz zappelig, daß ich allein für meine Frau keine angemessene Haltung finden konnte. Ich riß mich zusammen und versuchte ein Gespräch anzufangen, aber je nervöser ich wurde, um so tiefer verstrickte ich mich in dieses Gefühl, so daß mir alle Themen entflohen. Ich zwang mich, das geraspelte Eis mit Erdbeersirup wenigstens zur Hälfte aufzuessen, und spürte ein Frösteln. Dann machte ich meiner Frau, die ebenfalls in ihrem Eis herumstocherte, den Vorschlag aufzubrechen, und wir hetzten durch die Straße, wo inzwischen nahezu alle Geschäfte ihre Rolläden heruntergelassen hatten, heimwärts. In dieser Nacht gab es keine weiteren Zwischenfälle, und zum ersten Mal, seitdem die ganze Geschichte ins Rollen gekommen war, schliefen wir tief und fest.

Als ich mich am Morgen des achten Tages aus dem Schlaf löste und die Augen aufschlug, um angstvoll dem hellen Mittag entgegenzublicken, traf mein Blick auf den meiner Frau, die mich mit stumpfen Augen anstarrte. Wie befürchtet, schien sie sich die ganze Zeit wach gehalten zu haben, um mich im Schlaf zu beobachten. »Ich hatte einen Traum«, sagte sie und fing sofort an, ihn mir zu erzählen. Beklommen hörte ich zu, was sie mir zu sagen hatte.

– Wir beide waren unterwegs nach Suidōbashi, wo die andere Frau bereits auf uns wartete. Ich sagte ihr, wir sollten uns nicht mehr treffen, worauf sie erwiderte, eine Trennung ohne genauere Erklärung sei undenkbar, ich solle ihr erst einmal klipp und klar sagen, was los sei. Meine Frau mischte sich ein und meinte, das ganze Gerede wäre für alle Beteiligten nur quälend, wir sollten stillschweigend auseinandergehen. Daraufhin öffnete sie die mitgebrachte Schachtel mit Kuchen und forderte uns auf, ein Stück zu essen. Die andere konnte sich allerdings nicht entscheiden, welchen Kuchen sie nehmen sollte. –

Auch die Kinder waren inzwischen aufgewacht und schienen ganz erfreut, Vater und Mutter neben sich zu haben. Shinichi, der mit aufgestütztem Kinn aufmerksam gelauscht hatte, sagte:

»Mama, ich hatte auch einen Traum.«

»Sieh mal einer an, du kleiner Wicht träumst also schon. Was für ein Traum war es denn?« Ich nutzte die Gelegenheit, um meine Frau abzulenken.

»Tamas Grab hat sich bewegt, und plötzlich wurde Tama wieder lebendig«, erzählte er aufgeregt und machte damit alles nur noch schlimmer. Denn Tama, unsere frühere Katze, hatte meine Frau sich gehalten, um damit ihre Einsamkeit zu vertreiben. Sie war vor kurzem gestorben und unter dem Feigenbaum draußen begraben worden. Der Name Tama weckte nicht bloß die Erinnerung an das geliebte Haustier, sondern auch an mein damaliges Verhalten. Es war die Zeit ihrer ärgsten Verzweiflung gewesen. Für ihre verwundete Seele, die auf den kleinsten Stich reagierte, war dies so gefährlich wie neben einem Sprengstofflager ein Streichholz anzuzünden. Wohin ich auch schaute, überall sah ich nur anklagende Zeigefinger auf mich gerichtet.

Am Nachmittag des Vortages hatte ich Lust bekommen, ins Kino zu gehen, und dies gegenüber meiner Frau geäußert. Die Stimmung zwischen uns schien mir ziemlich harmonisch. Freundlich lächelnd bedeutete sie mir, ich solle ruhig gehen.

»Irgendwie ist mir doch nicht so wohl dabei, ich glaube, ich lasse es besser«, wandte ich unschlüssig ein.

»Keine Bange, Papa, geh und schau dir den Film an. Wer weiß, vielleicht nützt er dir für deine Arbeit.«

Mit diesen Worten schickte sie mich weg, und so ging ich zum Kino gleich hinter dem Bahnübergang. Während der Film lief, verspürte ich die ganze Zeit über, wie sich etwas Unheilvolles in meinen Eingeweiden zusammenbraute. Der erste Beitrag zeigte die Kontaktaufnahme einer Expeditionstruppe der brasilianischen Regierung mit einem Eingeborenenstamm im Hinterland des Amazonas. Ich hatte den Film schon irgendwo einmal gesehen. In dem ersten Teil wurde rückblickend geschildert, wie die Kontaktaufnahme fehlschlug bis hin zum völligen Scheitern des Projektes, während die jüngere Dokumentation das erfolgreiche Unternehmen der Expeditionstruppe darstellte, deren dreiste Kamera das Stammesleben schamlos verfolgte. Im Gegensatz zu den Eindringlingen gab es im Leben dieser vermeintlich Primitiven eine heilende Kraft für gestrauchelte Seelen, die aus dem Gleichgewicht geraten waren. Ich hätte besser heimkehren sollen, schaute mir aber auch noch den nächsten Film an. Für konkrete zwischenmenschliche Beziehungen – egal wie simpel sie dargestellt wurden – war ich derzeit überhaupt nicht empfänglich. Obwohl ich gehen wollte, blieb ich bis zum Schluß sitzen. Draußen dämmerte es bereits. Der Himmel über der Stadt flammte rot, und im Nu war es dunkel geworden. Als die Waggons der staatlichen Eisenbahn herandonnerten und auf mich zustürzten, erblickte ich mein anderes Ich, wie es sich mit bedecktem Gesicht im gleißenden Scheinwerferlicht krümmte. Wie hatte sich dieser Kerl nur erdreisten können, ins Kino zu gehen. Angst schnürte mir die Kehle zu. Mit klappernden Holzsandalen hetzte ich nach Hause. Verdammt! Verdammt! dröhnte es in meinen Ohren. Ich war zu einem solchen Nichtsnutz geworden, daß ich mir selbst nicht mehr zu helfen wußte. Kaum hatte ich das Haus betreten, fiel mein Blick sogleich auf das angerichtete Abendessen.

»Tut mir leid, daß es so spät geworden ist. Als ich aus dem Kino kam, war es schon dunkel. Vor Schreck bin ich dann den ganzen Weg gerannt«, rief ich atemlos. Meine Frau schwieg. Ihr finsteres Gesicht ließ die Atmosphäre gefrieren. Ich setzte mich an den Tisch und versuchte, die Stimmung aufzuheitern:

»Ah, das sieht ja lecker aus. Tut mir wirklich leid. Also dann, guten Appetit!«

Ohne die Miene zu verziehen, erwiderte Shinichi:

»Papa, immer wenn du abends so spät nach Hause kommst, wird Mama ganz verrückt und will weglaufen. Ich und Maya werden dann mit ihr gehen.«

»Du irrst dich, mein Junge. Papa ist bloß ins Kino gegangen, und Mama hat gesagt, ich solle ruhig gehen. Es war das Kino gleich hinter dem Bahnübergang. Sie haben über Eingeborene im Amazonasgebiet einen (an der Stelle zögerte ich ein wenig) Dokumentarfilm gezeigt«, rechtfertigte ich mich.

Maya, die mich die ganze Zeit schweigend angestarrt hatte, sagte in ihrer kindlichen Stimme:

»Papa, wenn du lügst, hau ich dich.«

Gehe niemals ohne Begleitung deiner Familie aus, mahnte eine Stimme in mir. Ein lästiges Gebot, das ich zwar einzuhalten gedachte, doch zugleich war mir klar, daß auftauchende Hindernisse vorprogrammiert waren. Der Abendschule, wo ich an zwei Tagen pro Woche vier Stunden unterrichtete, blieb ich neuerdings sogar unentschuldigt fern. Was sollte ich tun? Wie konnte ich Kontakte herstellen, um meine literarischen Manuskripte zu verkaufen? War das überhaupt machbar, wenn ich meine Familie immer im Schlepptau hatte? Die Notwendigkeit des Zusammenbleibens war inzwischen auch für mich zwingend geworden. Noch immer begegneten wir uns unversöhnlich voller Furcht und Mißtrauen, doch trotz dieser häuslichen Belastung hatte ich mich in unserer kleinen Festung verschanzt. Meine Angst davor, wie ich mit den gesellschaftlichen Anforderungen fertig werden sollte, wurde mit jedem Tag größer.

Ohne es begründen zu können, witterte ich in dem morgendlichen Traum meiner Frau ein böses Omen. Sicher würden nun unangenehme ›Dinge‹, eines nach dem anderen, eintreten.

Eigentlich hatte ich vorgehabt, unseren Briefkasten abzuschaffen. Dann fand ich es aber zu riskant, denn meine Frau sollte nicht merken, welcher Hintergedanke mich dazu bewogen hatte. Sie war übrigens genauso fixiert auf den Briefkasten. Bis vor kurzem war er die wichtigste Stelle im Haus, an der sich Arbeitsaufträge und andere Glücksbotschaften einfanden. Damit auch großformatige Sendungen hineinpaßten, hatte meine Frau eigens einen geräumigen, soliden Kasten angebracht. Seine Funktion war zwar dieselbe geblieben, aber inzwischen regte sich bei uns der Verdacht, ob sich unter die guten Nachrichten nicht auch eine Giftschlange mogeln könnte. Sie würde nur darauf lauern, bis einer von uns den Briefkasten öffnete und hineingriff.

Mein Blick wanderte unwillkürlich zur Hecke, wo die Uniform und Mütze des Postboten auftauchten. Offenbar war er tatsächlich zu uns gekommen, denn etwas plumpste in den Kasten. Merkwürdig, daß auch Maya immer auf dieses Geräusch achtete. »Prieef« murmelte sie vor sich hin. Ich zwang mich, nicht sofort aufzuspringen. Meine Frau ging nach draußen, um den Kasten zu leeren. Es klapperte, und ich wußte, daß sie dastand und sich die Post anschaute. Ihre Schritte klangen unbeschwert, als sie wieder ins Haus zurückkehrte. Oder täuschte ich mich? Gleich würde sie sagen: »Hier ist Post für dich«, und den Brief auf die Schwelle legen. Doch in ihrer Stimme schwang unterdrückte Erregung:

»Du, ein Brief ist gekommen.«

Mir brach der Schweiß aus.

»Du hast versprochen, daß wir ihn gemeinsam lesen«, sagte sie und öffnete den Brief. Erst nachdem sie ihn überflogen hatte, überreichte sie ihn mir wortlos. Ich erblickte die vertraute Schrift:

Am Dienstag war ich in Suidōbashi, aber du bist nicht gekommen. Ist etwas passiert? Ich hoffe, daß nichts vorgefallen ist, doch zugleich befürchte ich, daß doch etwas passiert sein könnte.

Dienstags gab ich immer Unterricht in der Abendschule. Früher jedenfalls. Die seltsame Vorahnung in dem Traum meiner Frau fiel mir ein. Schweigend gab ich ihr den Brief zurück, mit dem sie sogleich auf die Toilette verschwand.

Die beiden Kinder hatten ihre Mutter die ganze Zeit still beobachtet. Als sie nun zur Toilette ging, verzog Maya ängstlich das Gesicht:

»Maya will nicht gucken.«

»Hast du den *Prieef* ins Klo geschmissen?« fragte Shinichi, als seine Mutter wieder herauskam.

»Es war bloß ein Stück Papier«, erwiderte sie.

»Das Papier vom *Prieef*«, hakte Shinichi nach.

»Nein, nur ein Zettel«, wich meine Frau aus.

»Du lügst!«

Er spie die Worte förmlich aus. Meine Frau verzog keine Miene. Wenn selbst sie die Fassung bewahren konnte, dann würde sie auch künftig mit allen Konsequenzen fertig werden. Für einen Augenblick fühlte ich mich befreit, doch Shinichis hingeschleuderte Bemerkung gab mir weiterhin Anlaß zur Sorge.

So chaotisch, wie die Verhältnisse in unserem Haus waren, konnte es nicht mehr weitergehen, sonst wären wir praktisch verhungert. Morgens und abends wurden wir bereits von Frost überrascht, der uns deutlich spüren ließ, daß die warme Jahreszeit endgültig vorbei war. Es regnete den ganzen Tag. Der Herbst hatte längst Einzug gehalten, und der Winter würde nicht mehr lange auf sich warten lassen. Das unablässige, langsam im Boden versickernde Plätschern brachte mich hin und wieder dazu, etwas ernsthafter über meine Lage nachzudenken. Maya, die alleine mit ihrer Puppe spielte, plapperte vor sich hin:

»Weil Papa doof ist, hat er genug von uns, und deshalb geht er woanders hin.«

Bei jeder Gelegenheit saßen wir zusammen und sprachen miteinander. Über viele Dinge. Seit unserer Hochzeit geschah dies zum ersten Mal. Würde ich mich mit der Zeit daran gewöhnen können? Was mir immer noch Sorgen machte, war der finstere Ausdruck meiner Frau, der einfach nicht aus ihrem Gesicht verschwand. Ich bekam zwar unmittelbar mit, welch große Anstrengung es sie kostete, den Haushalt zu versorgen, doch immer, wenn ich mich ihr nähern wollte, stiegen mir die Ausdünstungen der Vergangenheit in die Nase, und ich fühlte mich emotional abgestoßen. Meine Frau hingegen schlich sich zuweilen in mein Zimmer, um mich dann mit stechendem Blick zu fixieren.

»Also, du ...!«

Wenn sie mich so erbarmungslos anstarrte, wurde mein mühsam zusammengeflicktes Selbst erneut in tausend Stücke gesprengt. Ein anderes Mal kam sie dann wieder in mein Zimmer gestürzt und rief mit Tränen in den Augen: »Ich liebe dich ... ich liebe dich ... ich liebe dich. Verzeih mir, verzeih mir. Ich schäme mich für das, was ich getan habe.« Auch ich war dann zu Tränen gerührt, und alle Anspannung löste sich.

»Papa, du bist doch kein Bösewicht«, rief Maya, und alle lachten befreit. Ich hatte das Gefühl, es würde sich langsam alles zum Besseren wenden.

STACHEL DES TODES

Am folgenden Tag bemerkte ich, daß der Wecker auf meinem Schreibtisch, der die ganze Zeit über nicht gegangen war, wieder tickte. Ich konnte mir das nicht erklären, denn ich hatte weder daran herumgespielt noch irgendwie draufgehauen. Vorher hatte er nicht einmal auf heftiges Schütteln reagiert, doch jetzt lief er unermüdlich, so daß mir der Verdacht kam, der Wille meiner Frau habe von ihm Besitz ergriffen.

Den ganzen Tag goß es in Strömen, und als ich den Regen auf den schlammigen Lehmboden im Garten klatschen hörte, hatte ich folgende Vision: Eines Tages, die Läden an den Türen und Fenstern waren alle verschlossen, kam jemand mit schmutzigen Schuhen ins Haus, um die Leichen des Familienselbstmordes zu untersuchen. Mein Gehalt als Lehrbeauftragter an einer Abendschule, wo ich zweimal wöchentlich unterrichtete, reichte nicht aus, um eine vierköpfige Familie zu ernähren. Ich mußte mich also nach einer zusätzlichen Arbeit umsehen, doch nach dem dreitägigen Verhör, dem mich meine Frau unterzogen hatte, um meine heimlichen Fehltritte bloßzulegen, fühlte ich mich so dünnhäutig wie eine aus ihrem Panzer geschälte Zikade oder Krabbe; ich war nicht gefestigt genug, um mich unter Leute zu wagen. Schon der kleinste Angriff von außen hätte mich hinweggefegt. Da ich keinen richtigen Beruf erlernt hatte, blieb mir nichts anderes übrig, als wie bisher einen Verleger zu finden, der mir den Auftrag erteilte, etwas zu schreiben. Meine Frau war sich zwar darüber im klaren, aber jetzt hatte sich die Lage geändert. Es war nicht mehr von ihr zu erwarten, daß sie wie sonst den Gürtel enger schnallte oder sich um einen Nebenverdienst bemühte und mit den Ausgaben jonglierte. Selbst wenn ein kritischer Punkt erreicht wäre, würde sie wahrscheinlich mit verschränkten Armen dastehen und sich seelenruhig das Desaster ihres Gatten anschauen, als beträfe es einen Fremden. Ich konnte mir das nur so erklären, daß durch den Schock, den ich ihr an jenem Tag versetzt hatte, eine tiefgreifende Veränderung in ihr erfolgt war. Falls ich keine Einnahmequelle auftreiben konnte, würde sie mich zeternd für die ganze Misere verantwortlich machen. Keine Spur mehr von dem vertrauensvollen Blick, mit dem sie früher hinter mir hergelaufen war.

Einen Verleger zu finden hing nicht davon ab, ob ich aus eigener Initiative etwas unternahm. Ich mußte einfach eine günstige Gelegenheit abwarten. Allerdings schadete es auch nichts, in der Zwischenzeit den Kontakt zu meinen Kollegen zu pflegen, denn vielleicht kam ich durch sie an einen Job heran. In meiner augenblicklichen Lage war es also keineswegs ratsam, zu Hause herumzusitzen. Angenommen jedoch, ich würde meinem Grundsatz, nicht mehr allein auszugehen, untreu werden, so würde ich es vor Angst kaum aushalten, meine Familie für eine Weile unbeaufsichtigt zu lassen. Schon der Gedanke, wieder ins Kino zu gehen und nur ein wenig verspätet zum Abendessen heimzukehren, jagte mir Schauer über den Rücken. Ich wurde von einer Einsamkeit erfaßt, die sich in sämtliche Zellen meines Körpers einnistete.

Obwohl ich mir im klaren darüber war, daß dies kein Dauerzustand sein konnte, ließ ich einen um den anderen Tag verstreichen: Tage, an denen meine Frau sagte, daß Papa wieder etwas freundlicher aussah, und Tage, an denen die Augen meiner Frau sanfter schimmerten als in der Zeit nach dem verhängnisvollen Tag. Ich hielt es für ein Zeichen, daß wir beide endlich unsere schwierige Situation überwunden hatten, und ich betete inbrünstig, daß es tatsächlich so sei. Doch zugleich hatte ich die dumpfe Ahnung, daß, sobald etwas Normalität eingekehrt war, wahrscheinlich alles beim geringsten Anlaß wieder zusammenbrechen würde. Auch konnte ich nicht erwarten, daß die Leute draußen an unserer häuslichen Situation irgendeine Anteilnahme zeigten. Die Tage vergingen, und ich saß wie gelähmt zu Hause, wo mich allmählich die Angst vor der Leere beschlich. Wahrscheinlich lag es auch an dem Jahreszeitenwechsel vom Sommer zum Herbst, daß ich fühlte, als kauerten wir beide uns tagsüber zusammen unter den hitzelosen Strahlen einer verfinsterten Sonne. Wie lange konnten wir uns noch gemeinsam verkriechen in dieser unterkühlten Atmosphäre? In mir flüsterte eine Stimme, daß wir uns in den Schmutz der Außenwelt begeben mußten, damit wir wieder ein normales Leben führen konnten. Dieses Flüstern nutzte immer meine schwachen Momente aus, um mir dann zuzusetzen.

Derart in die Enge getrieben, faßte ich plötzlich den Entschluß, allein auszugehen. Meine Frau stellte Shinichi und Maya auf das Geländer der Fahrkartensperre, und alle drei winkten mir wie üblich hinterher. Einen Blick zurückwerfend, stieg ich in den Waggon. Die Türen schlossen sich, und der Zug rollte an. Maya schaute ganz woandershin, während sie ihrem Vater mechanisch zuwinkte, und meine Frau zwang sich zu einem Lächeln. Als der Zug aus dem Bahnhof glitt, versperrten die hohen Mauern wie immer den Blick auf die Fahrkartensperre mit den Gesichtern meiner Familie. Mir schwebte noch das lächelnde Antlitz meiner Frau vor Augen, das sich jedoch plötzlich verfinsterte, worauf sich abermals jenes mir allzu bekannte luftähnliche Gemisch in meiner Kehle zusammenbraute. Rein äußerlich zeigte mein Benehmen nicht den geringsten Unterschied zu früher, wenn ich mich mit einem heuchlerischen Lächeln von meiner Familie davongestohlen hatte, um die andere Frau aufzusuchen. Vermutlich deshalb fühlte ich mich diesmal wie ein Fisch, der aus seinem kleinen Teich ins große, weite Meer entlassen wird. Was mochte in meiner Frau vorgehen, jetzt, wo sie alles wußte und wieder einmal dem Zug nachschaute, der ihren Mann und sein Lächeln hinter der Scheibe davontrug? Bei dieser Vorstellung wich mir gleich einer zurückflutenden Welle die Kraft aus allen Gliedern. Der Gedanke, es könnte den gleichen Anschein erwecken wie früher, versetzte mir einen Stich in der Brust. Im Zug mußte keiner der Fahrgäste stehen, was wohl daran lag, daß ich genau die Zeitspanne zwischen dem Berufsverkehr am Morgen und am Mittag gewählt hatte. In meiner

Nähe war zwar ein Sitzplatz frei, doch ich hatte keine Lust, mich zu setzen. Statt dessen überquerte ich unzählige Trittbretter zwischen den Waggons, deren Eisenplatten sich schaukelnd übereinanderschoben, bis ich den ersten Wagen erreichte. Dabei versuchte ich mir einzureden, meine Frau habe diesen Ausflug gebilligt.

Mitten während unseres dreitägigen Streites war ein Telegramm von der Redaktion des Magazins Q. gekommen mit der Bitte, eine Reportage über eine gewisse Fabrik zu schreiben. Doch diese Nachricht hatte mich im denkbar ungünstigsten Augenblick erreicht, als ich meine Frau unmöglich aus den Augen lassen konnte und jede kleinste Fehlentscheidung vielleicht mein Leben ruiniert hätte. An die Zukunft war damals nicht zu denken, was hieß, daß ich den Job zwangsläufig ablehnen mußte.

Ich stieg die steile Holztreppe zu der Redaktion hinauf, wo alle in ihre Arbeit vertieft waren, so daß keiner von mir Notiz nahm. Nachdem ich mein Bedauern darüber ausgedrückt hatte, daß ich den Auftrag hatte ablehnen müssen, gab es jetzt im Grunde nichts mehr zu besprechen. Eigentlich hatte ich es auch nicht anders erwartet. Rein äußerlich lieferte ich ihnen sicherlich keinen Anhaltspunkt, der auf irgendeine Veränderung bei mir hingedeutet hätte gegenüber meinem Auftritt zwei Wochen zuvor.

»Also dann, entschuldigen Sie nochmals die Störung.«

Ich war gerade im Begriff zu gehen, als Z. – einer aus der Clique, von der ich mich soeben zu entfernen suchte – das Zimmer betrat.

»Ach, du bist hier?« rief er und fügte schnell hinzu: »Du bist schon fertig? Warte kurz, ich muß noch kurz was erledigen, dann können wir zusammen gehen.«

Z. war doch sonst nie so forsch aufgetreten, wunderte ich mich. Außerdem erschien es mir auch nicht sinnvoll, mich so abrupt aus der Gruppe zurückzuziehen. Also wartete ich an der Tür, ganz beeindruckt von seinem resoluten Auftreten dem Verleger gegenüber.

»Ich habe deine Reportage übernommen«, erklärte er mir und lud mich zum Mittagessen ein.

»Prima«, erwiderte ich.

Als er sich nach meinem Befinden erkundigte, fiel mir ein, daß ich allen möglichen Leuten erzählt hatte, ich sei an Tuberkulose erkrankt. Ich hatte schleichendes Fieber gehabt, einen schwachen Husten, der nicht wegging, und mich tagelang deprimiert gefühlt. Das war jetzt knapp zwei Wochen her. Aus Furcht, auch noch Blut zu spucken, hatte ich mich vorsichtshalber einer Behandlung mit einem neuen Präparat unterzogen. Doch nun schien dies alles ganz weit weggerückt, so als beträfe es jemand anderes. Es war verwoben mit einer unwiederbringlichen Vergangenheit, als meine Frau noch alles für mich getan hatte, wenn ich über Unwohlsein klagte. Jetzt schien sie allerdings völlig vergessen zu haben, daß ich Medikamente nahm. Ich unterdrückte meine aufsteigenden Emotionen und sagte hastig:

»Bei uns ist der Wahnsinn ausgebrochen. Mit mir ist alles in Ordnung, aber eine Zeitlang war es wirklich zum Verzweifeln. Nicht ich, sondern sie hat verrückt gespielt. Im Moment geht es, es scheint sich inzwischen alles wieder eingerenkt zu haben. Vorher wäre es zu riskant gewesen, aus dem Haus zu gehen. Heute bin ich das erste Mal wieder draußen.«

Plötzlich bemerkte ich, daß seine Neugier wohl eher einer anderen Seite meines Privatlebens galt. Mir fielen die Szenen ein, als meine Frau mich so sehr in die Enge getrieben hatte, daß ich ihr meine dunkle Vergangenheit gestand. War ich Z. gegenüber zu offenherzig, fragte ich mich schuldbewußt, doch meine Redseligkeit war bereits mit mir durchgegangen. Obwohl ich mir klarmachte, daß es ziemlich gewagt sei, mich ihm anzuvertrauen, wurde mir gleichzeitig bewußt, daß ich schon eine Ewigkeit mit niemandem mehr gesprochen hatte.

»Aber wie ist es überhaupt dazu gekommen?« erkundigte sich Z. Erneut unterbrach ich ganz bewußt meinen Rededrang. Tu nicht so unschuldig! Du weißt genau, wie deine

Kollegen über dich herziehen, hörte ich meine Frau mit eisigem Blick sagen.

»Ich habe ihr wahrscheinlich zuviel zugemutet.«

Es würde sich zwar nicht vermeiden lassen, daß ich auch in Zukunft allein ausging, aber ich wollte keinem mehr aus reiner Gutmütigkeit mein Herz ausschütten. Als er dann allerdings verkündete: »Heute bin ich an der Reihe, ich habe gerade mein Honorar bekommen«, ging ich ihm wieder auf den Leim. Selbst wenn ich nicht die ganze Rechnung begleichen konnte, wollte ich doch meinen eigenen Teil selbst bezahlen. Ich mußte meinen Willen, der mir aus den Händen zu gleiten drohte, packen und meiner Frau demonstrieren. Sie, die sich leise an mich herangeschlichen hatte, trug inzwischen ein verwandeltes Antlitz. Nach einigem Herumlarvieren beschloß ich, ihr diesmal mein Innerstes anzuvertrauen. Während jener drei finsteren Tage und Nächte hatte ich bei meiner Frau etwas entdeckt, was ich keinesfalls verlieren wollte. Es hatte nichts mit dem verzückten Rauschzustand von damals zu tun, als ich ihr das erste Mal begegnete. Später hatte ich meine Frau lange Zeit links liegenlassen, und die Ekstase, die ich anderswo gesucht hatte und die immer noch nicht völlig aus meinem Leib verbannt zu sein schien, war mir lästig geworden und machte mir angst. Der oft verheimlichte Körpergeruch vergangener Lust drängte schäumend an die Oberfläche wie brackiges Wasser in einem Abwasserkanal. Trotz inneren Widerstands und trotz meines eisernen Willens gelang es mir nicht, die aufsteigenden Erinnerungen niederzuhalten und die vielen Monate, in denen mein Körper und meine Seele von einer anderen besessen waren, auszulöschen. Mein Schuldgefühl gegenüber dieser Zeit hatte das Antlitz der Rache angenommen.

Da ich nicht wußte, wann ich erneut weggehen konnte, durfte ich nicht mit leeren Händen heimkehren. Ich mußte irgendwie eine Zwischenlösung finden, damit ich meiner Frau freudestrahlend mitteilen konnte: »Siehst du, ich habe tatsächlich einen Job auftreiben können. Also hat es sich doch gelohnt rauszugehen.« Je länger ich von zu Hause wegblieb, desto stärker spürte ich eine wachsende Unruhe in der Magengegend. Mein Gespräch mit Z. hatte einen bitteren Nachgeschmack hinterlassen, der wie ein nasser Lappen an mir klebte. Hatte meine Frau mich nicht gewarnt? »Ich will gar keine Namen nennen, aber ich sage dir, deine alten Kumpanen machen sich bloß lustig über dich. Ich weiß ja nicht, was sie dir vorspielen, aber...«

Das war mir ohnehin klar, aber in meinem labilen Zustand traf mich jede Kleinigkeit stärker als sonst.

Einige Zeit später – ich traf mich gerade mit Kollegen aus einer anderen Clique – platzte das, was ich mühsam zu unterdrücken versucht hatte, aus mir heraus:

»Die befürchtete Katastrophe ist jetzt eingetreten.«

»Hört sich ja schrecklich an«, entgegnete A., was mich zum Weiterreden verleitete: Sobald ich sie aus den Augen ließe, inszeniere sie Selbstmordversuche. Ich müsse ständig hinter ihr her sein. Auch jetzt hätte ich keine ruhige Minute, sprudelte es aus mir heraus. Ich fühlte mich plötzlich so ausgelassen, daß es mir fast schon peinlich war. Doch wie üblich in seiner Gegenwart brach nun völlig unvermittelt, so als würde man ein Glas Wasser hinunterstürzen, alles Aufgestaute aus mir heraus.

»B. und C. kommen später«, sagte A. Ich versprach mir von diesem Treffen einen Hinweis auf einen Job.

»Sie müßten eigentlich längst da sein«, versicherte er. Die magische Kraft seiner Worte wirkte zwar beruhigend, trotzdem saß ich wie auf Kohlen. Es war bereits nach zwei, und ich sollte mich besser auf den Heimweg machen. Während ich vor kribbelnder Nervosität den bitteren Belag der Zeit auf meiner Zunge schmeckte, kreuzte B. endlich auf.

»Ich habe mich leider verspätet!«

C. folgte ihm auf den Fersen, allerdings ohne zu grüßen. Die Gelegenheit nutzend, rückte ich nach vorn auf die Stuhlkante. Ich platzte geradezu vor Ungeduld.

»Also ich muß jetzt los«, sagte ich und stand auf.

»Aber wieso denn?« entgegnete A. »Jetzt, wo alle da sind...«

»Ich mache mir plötzlich Sorgen wegen zu Hause«, sagte ich zu A. gewandt, worauf ich mich bei den beiden anderen entschuldigte: »Ich muß rechtzeitig daheim sein.« »Na dann mach's gut«, erwiderte B., C. hingegen schwieg.

Draußen kam es mir vor, als hätte ich soeben meinen Laden abgeschlossen und würde mich heimlich aus dem Staub machen. Aus irgendeinem Grund fühlte ich mich ganz niedergeschlagen. Die drei zerrissen sich jetzt bestimmt das Maul über mich – was denn mit mir auf einmal los sei, ob ich denn verrückt geworden wäre, so Hals über Kopf loszustürzen –, um dann sofort zur Tagesordnung überzugehen. Selbst wenn sie kein besonderes Thema in petto hatten, würden sie schon einen spannenden, für alle Beteiligten interessanten Gesprächsstoff finden und sich darin ergehen. Draußen wurde mir zum ersten Mal bewußt, daß alle drei eine berufliche Glückssträhne hatten und sich gesellschaftlicher Anerkennung erfreuten. Ich errötete vor Scham, und als meine Aufregung wieder abflaute, spürte ich, wie das Licht der Sonne über mir flackerte und schwächer wurde. Eine dicke Wolkenfront erwartend, schaute ich zum Himmel, entdeckte jedoch nichts dergleichen. Ich hätte besser nicht herkommen sollen. Hergetrieben hatte mich das unangenehme Gefühl nach meinem Zusammentreffen mit Z. Das eigentliche Dilemma war jener verhängnisvolle Zufall, der in der Redaktion des Q.-Magazins auf mich gelauert hatte. Wäre ich nämlich ein paar Minuten früher gekommen, hätte ich Z. verpaßt und wäre direkt nach Hause gegangen. Jedesmal, wenn man ausgeht, sollte man sich auf ein einziges Vorhaben beschränken. Momentan war es alles andere als günstig, wahllos Leute zu treffen, nur um freundschaftliche Kontakte aufrechtzuerhalten.

Der Bahnsteig der nahe gelegenen Station der staatlichen Eisenbahn verlief entlang eines Kanals. Ans andere Ufer gelangte man über eine überdachte Brücke, die den Eindruck eines U-Bahnhofs vermittelte, wenn man die Treppe nach der Fahrkartensperre hinunterstieg. Es war kühl dank der hohen Betonmauer auf der anderen Seite, die die Überdachung des

Bahnsteigs überragte. Um fremden Blicken auszuweichen, ging ich geradewegs ans hintere Ende.

Ich wurde das Gefühl nicht los, daß ich als einziger von der Menschheit ausgestoßen war. Andere Leute kamen anscheinend mit allem durch, während mir nicht einmal der kleinste Fehltritt gestattet war. Als sich der gleißende Zug mit seinem pflichtbewußten Quadratgesicht langsam näherte, glühte meine Angst plötzlich auf und griff um sich wie lodernde Flammen. Wie eilig ich es auch hatte – die Bahn mußte zuerst halten, die Türen gingen auf, und die Leute stiegen ein, und bevor nicht alle Türen wieder geschlossen waren, fuhr sie nicht los. Noch schlimmer war, daß die Automatiktüren erst richtig schlossen, nachdem sie einige Male wie bei einem Test auf- und zugegangen waren. Danach gab es einen weiteren Moment, in dem der Zug auf der Stelle verharrte und sich eine Ewigkeit nicht zu bewegen schien, so als klebe er auf den Schienen. Mit einem leichten Ruck, der jeden einzelnen Waggon erfaßte, fuhr der Zug an und setzte seine Fahrt endlich fort. Das schleichende Tempo machte mich noch rasender, und ich lief durch die Abteile, um etwas weiter nach vorn zu gelangen. Das gleiche Gefühl hatte ich übrigens auch auf der Hinfahrt gehabt. Wenn ich an all die Überführungen, Eisenbahnbrücken und Fabrikschornsteine, die einem unterwegs nicht erspart blieben, dachte, überkamen mich ernsthafte Zweifel, ob ich jemals die Station Koiwa erreichen würde. Nachdem der Zug sich Stück für Stück vorwärtsbewegt hatte, türmte sich immer noch eine unüberwindliche Distanz vor uns auf. Die Vorstellung, so wie schon auf der Hinfahrt nicht weiterzukommen, sobald ich im ersten Abteil angelangt war, machte mich irre. Mir kam die Idee, mich schrittweise vorzuarbeiten: Jedesmal, wenn der Zug in eine Station eingefahren war, ging ich bis zur vorderen Tür und sprang kurz auf den Bahnsteig hinaus, um im nächsten Waggon wieder einzusteigen. Auf diese Weise hakte ich Station für Station ab und konnte sicher sein, daß ich mich mit jedem Wagen meinem Ziel ein weiteres Stück näherte. Der anfängliche erregende

Kitzel im Bauch wurde bald von einer niederschmetternden Angstattacke überwältigt. Als ich durch die Türscheibe am vordersten Ende des Zuges unter mir die Schienen über den Abgrund laufen sah, passierten wir gerade die vertraute Eisenbahnüberführung der Kanal-Baustelle. Kurz darauf kam die Station Koiwa in Sicht. Die Landschaft mit unbebauten Grundstücken, Feldern und Flüßchen verwandelte sich nach und nach in besiedeltes Gebiet. Jedesmal, wenn der Zug einen Bahnübergang überquerte, verlangsamte er seine Geschwindigkeit. Die Räder ratterten mit quälender Schwerfälligkeit vor sich hin, und mir sprangen die erschöpften Gesichter der Hausfrauen und Laufburschen ins Auge, die ungeduldig vor den Bahnschranken warteten. Eine leichte Kurve beschreibend, glitt der Zug am Bahnsteig entlang, der mir viel länger als sonst erschien, und kam endlich mit einem polternden Ruck zum Halten. Ich sprang auf den Bahnsteig, noch ehe die Türen sich vollständig geöffnet hatten, und lief mit großen Schritten los. Doch dann konnte ich es nicht mehr aushalten und fing an zu rennen. Nackte Angst packte mich, sie wurde stärker und stärker, bis sie mich völlig übermannte. Wenn ich solche Panik verspürte, weshalb war ich dann überhaupt ausgegangen, fragte ich mich, während ich, immer zwei Stufen gleichzeitig nehmend, die Treppe der Überführung hinaufhetzte und beim Herunterlaufen über vier oder fünf Stufen hinuntersprang. Vielleicht stand meine Frau mit den Kindern an der Fahrkartensperre, schoß es mir durch den Kopf, doch meine Hoffnung wurde enttäuscht. Ich überquere den Bahnhofsplatz, bog in die Gasse am Kino und noch um zwei weitere Ecken, bis unser morscher, schiefer Bambuszaun in Sicht kam.

Weshalb standen Gartentor, Haustür und die Glastüren zur Veranda weit geöffnet? Meine Frau führte den Haushalt sehr ordentlich. An schönen Tagen pflegte sie alle Türen aufzureißen, um frische Luft hereinzulassen. Sie wusch die Wäsche, als wäre es die wichtigste Tätigkeit im Leben, und benutzte sogar die Nachbarzäune der Kanekos und Aokis, damit die Futons draußen trocknen konnten. Doch jetzt lief mir beim

Anblick des offenen Gartentors ein eiskalter Schauer über den Rücken. Ich versuchte, ein fröhlich klingendes »Ich bin zurück!« von mir zu geben, und trat ins Haus, doch eine Antwort blieb aus. Shinichi und Maya, die wohl gerade vom Spielen heimgekehrt waren, hockten vor ihrer Spielzeugkiste und wühlten darin herum. Miho ist weg! Mir wurde schwarz vor Augen, und meine Arme begannen zu zittern. Um die Kinder nicht zu beunruhigen, bemühte ich mich gelassen zu wirken.

»He, wo ist Mama?« fragte ich.

»Weiß nicht«, erwiderte Shinichi, ohne aufzusehen. Maya schien zu ahnen, daß etwas nicht stimmte, denn sie ließ ihr Spielzeug los und blickte zu ihrem Vater hoch. Ich zwang mich zu einem Lächeln.

»Maya, weißt du, wo Mama ist?«

»Weiß nicht«, lautete auch ihre Antwort.

»Ihr wißt es also nicht. Shinichi, schau mich mal an, ja? Hörst du? Sag mir jetzt, ob Mama allein irgendwohin gegangen ist.«

»Mhm.«

»Zum Badehaus vielleicht? Oder Besorgungen machen?«

»Glaub ich nicht«, verneinte er.

Auf diese Antwort hin schaute ich nach ihrer Waschschüssel und ihrem Handtuch in der Küche; im Badehaus war sie demnach nicht. Ich riß die Toilettentür auf und ging sogar hinaus auf den schmalen Pfad, der zwischen unserem Grundstück und der Fabrik dahinter entlangführte. Doch mir wurde klar, daß meine Bemühungen vergeblich waren.

»Shinichi, sag, warst du zu Hause, als Mama fortging?«

»Mhm.«

»Hat sie nicht gesagt, wohin sie will?«

»Hm-hm.«

»Trug sie einen Kimono? Oder ein Kleid? Hat sie sich fein gemacht?«

»Sie hatte einen Kimono an.«

»Komisch. War sie ärgerlich?«

»Keine Ahnung, sie hat nichts weiter gesagt.«

»Vielleicht ist sie zu Ujikka gegangen«, sagte ich ein wenig hilflos.

Als ich den Namen des Onkels meiner Frau vor den Kindern erwähnte, fiel mir ein, daß es auch gar keine anderen Verwandten gab, wo sie hätte vorbeigehen können. Demnach war sie bestimmt bei Ujikka. Wahrscheinlich hatte sie erst einmal beschlossen, dorthin zu gehen, und alles Weitere auf später verschoben. Ich sah sie förmlich vor mir, wie sie vergnügt mit ihrem Onkel und ihrer Tante plauderte, ohne ein Sterbenswörtchen über die Situation zu Hause zu verlieren. Mir kam die Idee, sie einfach abzuholen, denn dann würde sie erstaunt sagen: »Oh, mein Mann wird mich nach Hause begleiten«, und wir beide würden dann auf dem Heimweg den Kindern haufenweise Mitbringsel kaufen. Ich wurde ungeduldig.

»Hör mal, Shinichi, ich gehe jetzt zu Ujikka. Ich wette, daß Mama dort ist.«

Ich wußte zwar, daß die beiden Kinder das Alleinsein zu Hause gewöhnt waren, doch auf einmal taten sie mir schrecklich leid. Mir fiel Ishikawa ein, den ich erst kürzlich kennengelernt hatte, und ging zu seiner Wohnung hinter der Apotheke in der Bahnhofsstraße. Er willigte sofort ein. Beim ersten Mal, als er mit seinem Freund Suzuki zu uns gekommen war, trugen beide Baumwollkimono und Holzsandalen, was nicht gerade den Eindruck erweckte, als hätten sie eine feste Arbeit, so daß ich sie ganz einfach für zwei junge Leute hielt, die in den Tag hinein lebten. Selbst als sie mich mit der Frage bedrängten, wie meine Kurzgeschichte ›Gewißheit im Traum‹ entstanden sei, vermochte ich daraus keine weiteren Rückschlüsse zu ziehen. Später erfuhr ich, daß sie beide Volksschullehrer waren. Da Suzuki einen ziemlich verschlossenen Eindruck auf mich gemacht hatte, wandte ich mich an Ishikawa. Ich hatte zwar Skrupel, einen Fremden in unsere häuslichen Querelen hineinzuziehen, doch ich wußte einfach keinen anderen Ausweg. Also brachte ich ihn mit nach Hause, damit er auf die Kinder aufpaßte, während ich mich erneut in den Zug setzte.

In der Stadt angekommen, nahm ich die Straßenbahn, und als ich dann weiter zu Fuß zum Haus des Onkels lief, fiel mir ein, daß meine Frau, die anderen gegenüber immer eisernes Stillschweigen über unsere Familienangelegenheiten bewahrte, unter diesen Bedingungen wohl kaum zu ihren Verwandten gegangen sein konnte, da diese sofort etwas geahnt hätten. Eigentlich war es sinnlos, noch weiter in diese Richtung zu gehen. Von der Hauptstraße bog ich nun in eine Seitenstraße ab, die gemessen am Verkehr unverhältnismäßig breit war, was den Eindruck vermittelte, als hätte man die Straßenbahnschienen von früher, als hier noch Betrieb herrschte, entfernt. Die vereinzelten Tempelanlagen und leeren Grundstücke verstärkten die öde Stimmung, so daß man das Gefühl bekam, man wäre der Stadt bereits entflohen. In der Gegend, wo der Onkel wohnte, gab es dann wieder Geschäfte sowie ein Badehaus mit einem großen Schornstein. Ich kam mir vor wie ein Reisender, der nach einem beschwerlichen Marsch auf der Landstraße nun zu einer belebten Poststation gelangte, doch als ich die vertrauten Glastüren erblickte, wollte ich am liebsten auf dem Absatz kehrtmachen. Ich ging erst einmal wie ein normaler Passant an dem Haus des Onkels vorbei. Die Vorhänge an den Fenstern des Zimmers, das zur Straße gelegen war, waren zugezogen, und da auch kein Licht brannte, war meine Frau offensichtlich nicht hier. Mein Puls wurde schneller, und ich kam mir vor wie ein Einbrecher, als ich noch einmal eine Runde drehte, um sicherzugehen, daß es wirklich kein Anzeichen für Besuch gab. Dann beschleunigte ich meine Schritte und lief den Weg zurück, den ich gekommen war.

Plötzlich schoß es mir durch den Kopf, daß meine Frau mit einem Küchenmesser bewaffnet zu der anderen gegangen sein könnte. Ich sah ihr Gesicht vor mir, wie sie der Rivalin mit dem funkelnagelneuen Messer drohte, auf sie einzustechen. Wie sollte ich wissen, ob sie nicht im Wahn eines Anfalls blindlings zu der Wohnung der anderen gelaufen war und die Tragödie sich bereits abgespielt hatte? Warum war ich nicht gleich auf diese Idee gekommen? Wahrscheinlich hatte ich mir eingebildet, daß sich durch meinen Sinneswandel allein schon alles wieder einrenken würde, aber hätte ich nicht etwas eher auf den Gedanken kommen können, daß die Angelegenheit nicht ohne Blutvergießen zu bereinigen war? Obwohl keine Lösung in Sicht war, hatte ich mich jeden Tag in dem Glauben gewiegt, ich bräuchte nur den Reumütigen zu spielen und mich eine Zeitlang unterzuordnen, dann würde unsere Zukunft schon wieder ins Lot kommen. Aber was, wenn die andere nun ebenfalls zu drohen begann? Ich verscheuchte diesen unangenehmen Gedanken.

Während ich noch zögerte, um keinen unnötigen Wirbel zu machen, hatte sich vielleicht schon das Schlimmste ereignet. Früher oder später mußte ich der anderen natürlich gegenübertreten und ihr meinen Sinneswandel beichten, doch ich wollte dies so lange aufschieben, bis sich die hysterischen Anfälle meiner Frau gelegt hatten. Der Gedanke, daß meine Frau, die das Entwirren des verhedderten Knäuels als zu schleppend empfand, plötzlich die Nerven verloren und zum Messer gegriffen hatte, war gar nicht so abwegig. Ich sehe immer noch das Bild vor mir, wie sie mutterseelenallein auf dem schmalen Pfad hinter unserem Haus hockte und wie in Trance mit ihrem linken Zeigefinger und drei Fingern ihrer rechten Hand einem Huhn den Hals umdrehte. Das Federvieh schaute zunächst völlig verdutzt drein, doch als meine Frau es fester würgte, hauchte es ohne einen Pieps sein Leben aus.

Lag es daran, daß ich erst außerhalb unserer vier Wände die Dinge klarer sah und somit auch diese Möglichkeit ins Auge faßte? Deutlich schwebte die Szene vor mir, wie meine Frau, das Messer fest umklammert, der Nebenbuhlerin direkt in die Magengrube stach, worauf sich in dem engen gemieteten Zimmer eine Blutlache ergoß, in der die andere bereits leblos am Boden lag. Meine Frau hatte ganz bestimmt keine halbe Sache gemacht, sondern ihr einen tödlichen Stoß versetzt. Ich hatte nicht die geringste Ahnung, was sie danach anstellen würde. Vielleicht jubelte sie über ihren Triumph, die Erzfeindin endlich niedergestochen zu haben. Oder hatte die andere womöglich doch Widerstand geleistet und mit Hilfe eines ihrer männlichen Bekannten meine Frau verwundet? Meine Frau hatte mich nämlich davon in Kenntnis gesetzt, daß es mehrere Liebhaber gab, ohne allerdings Namen zu nennen. Alles, was ich jetzt tun konnte, war, das Gemetzel zu verhindern. Nachdem mein Ego vollständig fortgeschwemmt worden war, blieb mir als einziger Halt der Gedanke, daß ich selbst der Betrogene war. Doch dies änderte nichts an der Tatsache, daß ich Frau und Kindern gegenüber meine ständigen Betrügereien schwerlich leugnen konnte. Auch wenn es sich so verhielt, daß meine Frau nicht wirklich von mir getäuscht wurde, da sie ohne mein Wissen aus eigener Initiative alles herausbekommen hatte, muß ich zugeben, daß ich ihr meine Seitensprünge verheimlicht und sie oftmals belogen hatte. Die schwere Bürde meiner Schuld ließ mir meine Entscheidung als gerechtfertigt erscheinen, und mit dem Hintergedanken, die Affäre zu beenden, nutzte ich den augenblicklichen Impuls und beschloß, die Frau aufzusuchen.

Wie oft hatte ich diesen Weg bis zu dem Moment, als alles ans Tageslicht kam, zurückgelegt? Die Distanz, die sich zwischen uns aufgetan hatte, schürte mein Begehren, das nun auf dem vertrauten Weg erneut in mir erwachte. Mit jedem Umsteigen verblaßten die Schrecken der zurückliegenden Tage und rückten in weite Ferne. Die Schwüle der Masse fremder Menschen, die aneinander vorbeiströmten, sich anrempelten oder nur streiften, bevor sie erneut ihres Weges gingen, zog mich mit unwiderstehlicher Kraft in den früheren Strudel der Erregung hinein. Nur noch ein kleiner Gedankensprung, bis ich mich grenzenlos frei fühlen konnte und es mir unbegreiflich erscheinen würde, weshalb ich mich zwingen und einschränken sollte.

Ich stieg an einem Vorortbahnhof weitab vom Stadtzentrum aus, und als das Rattern des in die Ferne entschwindenden

Zuges allmählich verhallte, hörte ich im Gräserdickicht dieser menschenleeren Gegend das Zirpen von unzähligen Herbstinsekten. Im Dunkeln erkannte ich den Teich und das Flüßchen mit der Holzbrücke, worauf mein Herz schneller zu schlagen begann. Wenn meine Frau mir nun auflauerte? Ich fürchtete, sie könnte jeden Moment auf mich zustürzen. Oder wenn mich nun tatsächlich in dem Haus der anderen, mit der ich brechen wollte, eine unbeschreibliche Katastrophe erwartete? In mir regte sich die freudige Erwartung, gleich aus dem Munde meiner Geliebten, der ich nun schon so lange verfallen war, ihre Worte, ihre Stimme zu hören. Doch obwohl ich mir insgeheim sagte, daß es mir kaum möglich sein würde, mich so plötzlich von ihr zu trennen, überkam mich eine unmittelbare Angst, die den Keim bedrohlicher Visionen in sich trug: Falls die befürchtete Katastrophe tatsächlich eingetreten war, würde sich dadurch nicht auch die gegenwärtige Stagnation auflösen? Diese Angst barg auch meine fieberhafte Entschlossenheit, ein Blutvergießen verhindern zu können, nein, um jeden Preis verhindern zu müssen. Ohne mir so richtig im klaren zu sein, wie ich mich in der aktuellen Situation verhalten würde, stand ich plötzlich vor ihrem Haus.

Ich war auf alles gefaßt, sogar darauf, in dem Gerangel selbst das Messer in den Bauch gestochen zu bekommen, doch als ich das Gebäude, wo sie ein Zimmer gemietet hatte, vor mir sah, wich angesichts der Komplikationen, die mein Vorhaben mit sich bringen würde, alle Kraft aus meinem Körper. Erleichtert stellte ich fest, daß Licht in ihrem Zimmer brannte. Die verscheuchten Erinnerungen kamen mit dem Duft der Gartenblumen wieder und betörten mich. Doch gleichzeitig brodelte etwas in mir, was sich diesen angenehmen Gefühlen widersetzte, und ich wurde von einer seltsamen Erregung erfaßt. Es gab aber keinerlei Anzeichen dafür, daß sich irgend etwas Ungewöhnliches abgespielt hatte, mein kühner Tatendrang zielte ins Leere. Unentschlossen stand ich da und überlegte, was ich tun sollte. Die Erinnerung an mein früheres Selbst, das hier über einen langen Zeitraum unzählige Nächte verbracht hatte, ergriff nun von diesem Vakuum Besitz. Der legitime Grund hierherzukommen verflüchtigte sich zusehends. Halte dich fern, dröhnte eine Stimme in mir, die einer heranwälzenden Brandung glich. Doch unfähig innezuhalten, steuerte ich auf den Eingang zu. Vielleicht verbarg sich meine Frau irgendwo im Gebüsch und beobachtete mich. Zwar mußte ich die Gelegenheit wahrnehmen, um das Verhältnis zu beenden, aber wie zwingend die Gründe auch sein mochten, es war unvorstellbar, daß meine Frau meinen Besuch hier tolerieren würde. Wenn ich der anderen also nicht klipp und klar meine Absichten zu verstehen gab, würde unser Leben nur noch weiter aus den Fugen geraten. Ratlos, was ich tun sollte, fühlte ich mich starr und ausgehöhlt, als wäre die ganze Wärme meines Körpers aufgebraucht. Die Frau schien nicht allein in ihrem Zimmer zu sein; es war noch eine weitere, etwas tiefere Stimme zu hören. Ein unangenehmes Gefühl beschlich mich. An der Tür rief ich ihren Namen, wie ich es schon so oft getan hatte. Es kam die gewohnte Antwort, und dann hörte ich Geräusche, die nach Aufräumen klangen, bis endlich die Schiebetür zur Seite glitt und ihr Gesicht erschien. Sie war also nicht erstochen! Keine Blutlache! Woher kam plötzlich dieses Gefühl von Enttäuschung? Ich spürte, wie Verlangen in mir aufwallte, als ich sie sah. Ich stand da wie gelähmt und versuchte vergeblich, das Gefühl zurückzudrängen. Endlich bekam ich den Mund auf:

»War meine Frau hier?«

»Wieso denn das? Jetzt hast du mir aber einen Schrecken eingejagt. Ist etwas passiert?« erkundigte sie sich.

»Ich wollte eigentlich gar nicht mehr herkommen. Vielleicht taucht meine Frau hier auf und bringt dich um«, stammelte ich zusammenhanglos.

»Was ist denn los mit dir? Erst läßt du dich eine Ewigkeit nicht blicken, und dann tauchst du plötzlich auf und redest über deine Frau.«

»Sie ist von zu Hause weggelaufen. Ich kann nicht mehr zu dir kommen. Es wäre jetzt zu umständlich, dir alles zu erklären, aber mein Leben ist das reinste Chaos. Gott weiß, was inzwischen zu Hause passiert ist, während ich hier stehe und mit dir rede. Es bahnt sich eine Katastrophe an. Womöglich nimmt sich meine Frau das Leben.«

»Nun warte doch, was soll das heißen, Chaos, Selbstmord? Auf jeden Fall kannst du hier nicht rumstehen. Komm erst mal herein.«

Sie trug eine hübsche Jacke, die ich bisher noch nicht an ihr gesehen hatte, und auch ihre Stimme klang so wundervoll vertrauenerweckend, doch ich blieb hartnäckig an der Schwelle stehen aus Angst, es könnte drinnen etwas Schreckliches passieren. Die Stimme von eben mußte das Radio gewesen sein – oder verbarg sich jemand im Wandschrank? Meine Phantasie ging so weit mit mir durch, daß ich mir sogar vorstellte, meine Frau würde gleich wie ein Teufel aus seiner Kiste hervorspringen. Obwohl ich eigentlich so schnell wie möglich weg wollte, erging ich mich in leeren Floskeln:

»Wir waren eine lange Zeit zusammen, aber ich kann leider nicht mehr hierherkommen...«

»Ich verstehe überhaupt nichts mehr. Hast du denn meinen Brief nicht bekommen? Wieso hast du dich gar nicht mehr blicken lassen?«

»Jedenfalls...« Ich wiederholte, um mich nicht weiter in ihren Bann ziehen zu lassen, hastig meine Worte: »Ich kann dich unmöglich weiter treffen. Mein Leben steht vor einem Desaster. Deshalb kann ich nicht mehr kommen.«

»Du redest andauernd davon, daß du nicht mehr kommen kannst. Das kann doch nicht mit rechten Dingen zugehen. Jemand muß dir etwas eingeredet haben.«

Über ihr Gesicht war ein dunkler Schatten gehuscht, als sie das sagte. Irritiert fuhr ich fort:

»Nein, es betrifft nur meine Familie. Es hat überhaupt nichts damit zu tun, daß ich irgend etwas von irgend jemandem gehört habe. Keine Ahnung, was die Leute hinter meinem Rücken reden. Es interessiert mich auch nicht im geringsten. Wie auch immer, ich kann in Zukunft nicht mehr zu dir kommen.« Es klang alles ziemlich phrasenhaft, aber ich konnte es nicht ändern.

»Hör mal, du könntest mir das Ganze ruhig ein wenig näher erklären. Steh nicht draußen rum, komm endlich rein.«

»Nein, ist schon gut, ich muß sowieso nach Hause. Ich komme nicht mehr.«

»Ach so, jetzt begreife ich, du kannst mich nicht mehr ausstehen.«

»Nein, das stimmt überhaupt nicht.«

»Du liebst mich also?«

»Ja, ich liebe dich.«

Ich war selbst überrascht, was ich da sagte, und brach in Tränen aus. Sie ergriff meine Hand und fing ebenfalls an zu weinen.

»Ich liebe dich auch«, sagte sie. »Kannst du nicht wenigstens einmal im Monat kommen?«

»Nein, das ist unmöglich.«

»Aber schreiben kannst du mir doch.«

»Nein, auch das nicht.«

»Darf ich dir dann schreiben?«

»Besser nicht.«

Während unseres Wortwechsels hatten ihre Augen unaufhörlich meinen Blick gesucht, und nachdem sie einen Moment die Situation überdacht hatte, sagte sie:

»Wenn ich irgend etwas für dich tun kann, sag es mir bitte. Ich möchte dir wirklich behilflich sein.«

Mach schnell, drängte in mir eine Stimme, und mein Körper bäumte sich auf. Als ich ihre Hand losließ, um ihr zu verstehen zu geben, daß ich gehen wollte, bat sie darum, mich begleiten zu dürfen. Ich lehnte ab, doch sie beharrte darauf, und nach einigem Hin und Her gab ich nach. Auf dem Rückweg zur Station der Vorortbahn wurde ich das Gefühl nicht los, beobachtet zu werden. Außerdem bildete ich mir mehrmals ein, einen stechenden Schmerz zu spüren, als würde mir jemand ein Messer in den Bauch stoßen. Nachdem der übliche Ablauf meiner Besuche bei ihr dieses Mal in abgekürzter Form verlaufen war, wollte ich nur noch so schnell wie möglich weg von ihr. Der bittere Nachgeschmack war das Resultat meiner Selbstsüchtigkeit, und obwohl auch meine Frau und die andere nicht frei davon waren, konnte ich ihnen keine Schuld geben. Unterwegs bestand sie erneut darauf, mir Briefe schreiben zu wollen, worauf ich erwiderte:

»Alles, was ich dir versprechen kann, ist, daß ich dir immer ein Zeitschriftenexemplar schicken werde, wenn darin etwas von mir erscheint.«

Sie sagte nichts mehr.

»Lebe wohl, und paß auf dich auf!«

Einen Moment lang hielt ich ihre Hand, dann entfernte ich mich von ihr wie ein kleines Boot, das von der Küste aufs offene Meer zusteuert. Als ich den menschenleeren Bahnsteig betrat, erblickte ich im Schatten des Lichtkegels, den die nackte Beleuchtung am Bahnübergang auf den Boden warf, ihre dunkle Gestalt. Sie stand da und rauchte. Bei jedem Zug glimmte die rotglühende Spitze auf und gab ihr Gesicht schemenhaft zu erkennen. Auf dem Bahnsteig wartend, rauchte ich ebenfalls die Zigarette auf, die sie mir angezündet überreicht hatte. Die Glut ihrer Zigarette erinnerte an ein Glühwürmchen, das in der Dunkelheit flimmerte. Das regelmäßige Aufglimmen schien ihre Absicht zu signalisieren, sich eine passende Strafe für den Mann auszudenken, der Hals über Kopf die Flucht ergriffen hatte, als es für ihn unbequem wurde.

Auf der Rückfahrt im Zug fühlte ich mich wie im Fieberrausch. Obwohl ich mich völlig besessen von dem Gedanken, eine Tragödie aufhalten zu müssen, auf den Weg zu ihr gemacht hatte, war letztlich alles nur darauf hinausgelaufen, daß ich die Frau wiedersah. Dadurch war auch mein Vorsatz, nicht mehr zu lügen, in Frage gestellt. Wieder einmal hatte ich ganz einfach eben das getan, was ich unter keinen Umständen tun durfte. Ich versuchte mir einzureden, daß ich ihr ein für allemal meine Absichten klar gemacht, sozusagen einen Schlußstrich gezogen hatte, doch trotz meiner deutlichen Absage an sie schwebte ich weiterhin in der Ungewißheit, ob sie die Trennung tatsächlich akzeptierte. Das erbärmliche Gefühl, zu meinen bisherigen Besuchen lediglich einen weiteren hinzugefügt zu haben, brachte mich an den Rand der Erschöpfung. Ich stank nach Zigarettenqualm und empfand es als unangenehm, daß die Station Koiwa immer näher rückte. Wo war mein zwingendes Motiv, zu der Frau zu fahren, geblieben? Könnte ich doch die Uhr zurückdrehen zu dem Zeitpunkt, wo ich Ishikawa darum gebeten hatte, das Haus zu hüten, und noch einmal von vorn beginnen. Mit solchen unsinnigen Gedanken machte ich mich auf den Heimweg. Maya schlief schon, als ich zu Hause ankam, und Ishikawa übte mit Shinichi, der im nächsten April eingeschult werden sollte, das Hiragana-Alphabet. Meine Frau war immer noch nicht da. Das erleichterte mich erst einmal, doch gleich darauf wuchs meine Angst um so mehr. Ich brauchte meiner Frau ja nicht unbedingt zu erzählen, daß ich bei der anderen gewesen war. Das hieße aber, daß ich meinem Sündenregister einen neuen riskanten Betrug hinzufügte, obwohl ich von mir aus entschlossen war, alle Lügen – wenn auch erst im Laufe der Zeit – auszuschalten. Es gab immer noch ein paar Heimlichkeiten, bei denen ich zögerte, sie meiner Frau zu gestehen, doch einfach damit durchkommen wollte ich wiederum auch nicht.

Mit verzweifelter Miene bat ich Ishikawa, bei uns zu übernachten, und als er einwilligte, hätte ich mich aus Dankbarkeit am liebsten vor ihm auf die Knie geworfen. Wie oft ich mir auch einzureden versuchte, der anderen meine Lage und meine Absichten klar gemacht zu haben, um mich in eine faire Position zu bringen – der Makel ließ sich dadurch nicht beseitigen. Wenn ich mich in einer nachteiligen Situation befand und eine belegte Stimme bekam, ähnelte ich meinem Vater, und obwohl ich ihn dafür verachtete, benahm ich mich unter solchen Umständen haargenau wie er. Ohne Ishikawa Bescheid zu sagen, bereitete ich ihm ein Schlaflager in meinem Arbeitszimmer und machte mich dann erneut auf den Weg in Richtung Bahnhof. Da um diese Stunde die Geschäfte bereits geschlossen und die Leuchtreklamen ausgeschaltet waren, wirkte die Hauptstraße wie ausgestorben, und bald würde auch der letzte Zug der staatlichen Eisenbahn die Station passiert haben. Ich hatte nicht die leiseste Ahnung, wohin meine Frau gegangen war, doch als ich nun daran dachte, wie sie in der vergangenen Zeit genauso auf mich gewartet hatte, rief eine Stimme in mir ›Rache ... Rache‹. Bei meiner Rückkehr gab das Gartentor einen quietschenden Laut von sich, worauf Ishikawa, der sich in ein Buch vertieft hatte, den Blick hob. He, dachte ich verwundert, seit wann trug Ishikawa denn eine Brille? Zu Hause saß ich jedoch wie auf Kohlen, also machte ich mich abermals auf den Weg. Wenn ich von meiner Frau getrennt war, erinnerte ich mich nur an ihr lächelndes Gesicht, wie sie mit heiterer Stimme nach mir rief, und es wollte mir einfach nicht in den Kopf, weshalb sie sich nun dauernd auf solche riskanten, sinnlosen Abenteuer einließ. Warum konnte sie nicht einfach sagen: ›Komm, laß uns aufhören‹ – so als sei man eines Spiels müde geworden – und das Vergangene einfach über Bord werfen? Als die letzte Bahn kam und ich meine Frau wieder nicht unter den Fahrgästen entdeckte, fühlte ich mich ratlos. Während ich niedergeschlagen durch das menschenleere Geschäftsviertel nach Haus zurückkehrte, gingen mir allerlei Phantasien durch den Kopf: Wie schön wäre es doch, wenn ich jetzt mit ihr Nudeln an dem Soba-Stand im Bahnhof essen könnte, und ich erinnerte mich daran, wie sie mir einmal sagte, sie habe das Gebell eines Hundes für mein Heulen gehalten. Vielleicht war sie ja inzwischen schon heimgekehrt. Ich erreichte unser Haus in der dunklen Seitengasse, öffnete gespannt das Gartentor und dann die Glastür, doch von meiner Frau war keine Spur zu finden.

Ishikawa, der im hinteren Zimmer war, blickte lediglich kurz von seinem Buch auf. Ich hatte keine Idee, was ich zu so später Stunde noch unternehmen konnte, und dachte mit Widerwillen daran, daß ich wohl oder übel die Nacht über ausharren und mich dann am nächsten Morgen zu einem Polizeirevier begeben mußte. Ich war mir sicher, daß ich kein Auge zumachen würde, und ich beschloß deshalb, Ishikawa ins Bett zu schicken. Als ich gerade dabei war, mir einen Futon zu suchen, schlich er sich auf Zehenspitzen heran.

»Ich glaube, Ihre Frau ist eben hereingekommen.«

Ich hatte kein Türenquietschen vernommen und blickte ihn ungläubig an.

»Wo denn?«

Mit seiner typisch grüblerischen Miene überlegte er einen Moment und sagte dann:

»Ich bin mir sicher, es ist ganz bestimmt Ihre Frau. Ich hatte schon eine ganze Weile den Verdacht, daß jemand von der Hecke aus ins Haus späht, doch eben ist sie da am Fenster vorbei nach hinten gegangen. Machen Sie sich keine Sorgen, es ist Ihre Frau.«

»Könnten Sie mich vielleicht begleiten?«

Obwohl mir die Knie schlotterten, als ich nach meinen Holzsandalen suchte, schaffte ich es, unauffällig zu dem Pfad vor dem Fabrikgelände vorzudringen. Dort, in dem Verschlag, wo Kohlensäcke und anderes Zeug gestapelt lagen, stand meine Frau in ihrem feinsten Kimono.

»Miho, ein Glück, daß du da bist, ich bin so froh!« Ich packte sie bei den Schultern und wollte sie an mich drücken, doch sie stieß mich grob mit dem Ellbogen zurück. In dem Päckchen, das sie in den Händen hielt, hörte ich ein Spielzeugglöckchen bimmeln.

»He, faß mich nicht an, du Dreckskerl! Du gemeines Biest, du Bastard!« schrie sie mich mit einem haßerfüllten Blick an, dessen zorniges Funkeln sogar in der Finsternis zu erkennen war. Ein kalter Schauer durchlief mich. Ihre Worte trafen mich zutiefst, da ich mich schuldig fühlte, die andere Frau aufgesucht zu haben. Trotzdem konnte ich den drastischen Wandel von heute morgen, als sie mich noch mit einem Lächeln verabschiedet hatte, nicht begreifen. Alles befand sich in einem noch desolateren Zustand als vor zehn Tagen, als unser Mißgeschick angefangen hatte, und nun würde sich alles nur weiter verschlimmern. Zitternd standen wir uns eine Weile gegenüber.

»Laß uns doch wenigstens reingehen«, forderte ich sie auf, doch sie blieb trotzig.

»Nein! Heute werde ich dich für immer verlassen.«

»Wieso denn?«

»Wieso, fragst du? So scheinheilig kannst auch nur du reden. Du müßtest es doch am besten wissen. Von mir hörst du nichts mehr. Ich hatte geglaubt, du würdest dich von Grund auf ändern, und ich hatte mich schon besser gefühlt. Ich war wie eine wandelnde Tote, aber irgendwie habe ich es geschafft durchzuhalten. Doch du bist nichts als ein elender Heuchler. Um zwei Uhr wolltest du zurück sein. Und was war? Warst du etwa um zwei Uhr zurück? Es ist immer dasselbe. Nicht einen Deut besser bist du als damals, als du zu ihr gegangen bist. Mich hält hier jedenfalls nichts mehr.«

Ishikawa, der währenddessen am Hühnerstall gestanden hatte, näherte sich zaghaft.

»Also, ich sollte jetzt wohl besser gehen ...«

»Aber es ist schon so spät, schlafen Sie ruhig hier. Sie können gerne mein Bett im Arbeitszimmer benutzen.«

Ich wollte ihn zum Bleiben bewegen, weil ich glaubte, durch seine Anwesenheit würde meine Frau davon ablassen, mir weitere Vorwürfe zu machen.

»Nein danke, wirklich nicht. Jetzt, wo Ihre Frau wieder da ist, kann ich doch gehen.«

Damit entschwand er, bis schließlich auch das Geklapper seiner Holzsandalen in der Ferne verhallt war. Ich konnte mich nicht darauf besinnen, gesagt zu haben, ich sei um zwei zurück, und wußte mich schließlich nicht anders zu rechtfertigen:

»Nach meinem Abstecher in die Redaktion bin ich noch bei A. vorbeigegangen und von dort gleich nach Hause.«

Um die Angelegenheit nicht weiter eskalieren zu lassen, mußte ich mich ein wenig dumm stellen.

»Ich hatte mir heute so fest vorgenommen, nie wieder zurückzukommen. Mir fehlt eben die Courage. Ich bin einfach zu nachgiebig.«

Sie schien wieder zur Besinnung gekommen zu sein und brach nach dieser Selbstanklage in Tränen aus.

»Da ich meine Kinder nie mehr wiedersehen werde, gib ihnen bitte morgen früh dieses Spielzeug von mir. Ihre Gesichter gehen mir nicht aus dem Sinn, ich konnte nicht einfach so fortgehen von ihnen. Hätte ich doch bloß keine Kinder zur Welt gebracht. Doch dafür ist es jetzt zu spät. Ich flehe dich an, laß mich gehen. Hier, dieser Whisky ist für dich.«

Sie hob ein längliches quadratisches Paket vom Boden auf und überreichte es mir.

»So, und jetzt geh mir aus dem Weg. Ich bin diesmal felsenfest entschlossen.«

»Wohin willst du überhaupt?«

»Das geht dich nichts an.«

»Ich kann dich nicht einfach so gehen lassen, wenn ich nicht weiß, wo du hinwillst.«

»Ich habe dich wirklich satt, ich möchte dich nie wieder sehen. Laß mich sofort los, du tust mir weh ... au!« rief sie schmerzerfüllt, so daß ich meinen unabsichtlich festen Griff lockerte. Ich hatte sie noch nie derart erlebt, so voller Verachtung. Wie sehr sie mir auch bisher zugesetzt haben mochte, nie war der Kontakt zwischen uns ganz abgerissen, und irgendwie gelang es ihr immer, sich mit allem zu arrangieren, aber heute nacht benahm sie sich völlig anders. Und nun, als es mir bewußt wurde, war es zu spät. Bis heute morgen hatten wir uns auf dem Weg der Besserung befunden, auch wenn die Wunden nur langsam heilten, doch binnen eines halben Tages hatte sich die Situation auf dramatische Weise verschlechtert. Wann immer ich mit anderen Menschen zu tun hatte, ging aus irgendwelchen Gründen etwas schief, und die Beziehungen verkomplizierten sich. Das machte mich oft völlig fertig und brachte mich an den Rand der Verzweiflung. Als meine Frau mich einen Bastard nannte, erschien mir dieses Schimpfwort wie maßgeschneidert, und falls ich meinem Dasein überhaupt einen Wert beimessen wollte, so lag er für mich darin, daß ich meine Frau vor der Kurzschlußhandlung eines Selbstmordes bewahrte. Auch wenn sie dies nicht einsehen wollte und ich sie mit Gewalt daran hindern mußte, glaubte ich, daß allein darin meine Existenzberechtigung lag. Meine unnötig vor allen verborgene Haltung war auf erbärmliche Weise zusammengebrochen, aber in dem Moment, als ich eine Beschimpfung wie ›Biest‹ akzeptierte, waren in mir neue Kräfte gewachsen. Ich packte meine Frau und schleppte sie ins Haus. Und schon war ihre alte Demut wieder zurückgekehrt; die unerbittliche Verachtung, mit der sie sich eben noch gegen mich aufgebäumt hatte, war restlos verflogen. Du bringst dich sowieso nicht um! schoß es mir durch den Kopf, doch im selben Moment schämte ich mich, so etwas zu denken. Als ich die Worte in mich hinein murmelte, fühlte ich mich merkwürdigerweise gleich ruhiger.

Wir blieben die ganze Nacht wach. Es war genau so wie der dreitägige Exzeß vor knapp drei Wochen, nur mit dem Unterschied, daß wir uns jetzt noch tiefer und heilloser verstrickten. Ich hätte mein Versprechen, um zwei Uhr zurück zu sein, gebrochen, beschimpfte sie mich immer wieder, und das einzige, woran sie sich hatte festhalten können, sei die Hoffnung gewesen, ich würde sie nun nicht mehr betrügen. Ganz gleich, um welche Bagatelle es sich auch handelte, wenn ich nicht einmal ein solch kleines Versprechen halten konnte, wie sollte sie mir dann meine zahllosen Lügen in der Vergangenheit verzeihen? Sie sei bis zwei Uhr ganz sorglos gewesen, doch dann wäre sie sofort mißtrauisch geworden und hätte keine Minute mehr stillsitzen können. Dies sei doch wohl eine ganz begreifliche Reaktion, vor allem, da ich sie seit mehr als zehn Jahren betrogen habe.

»Ich frage mich, ob du überhaupt zur Redaktion gegangen bist.«

»Natürlich war ich da.«

»Was willst du denn die ganze Zeit über dort gemacht haben?«

»Ich war nicht die ganze Zeit da. Du weißt doch, daß ich danach immer noch bei A. vorbeischaue.«

»Tja, dort war ich auch.«

Ihre Stimme wurde forscher.

»Er hat dir doch wohl gesagt, daß ich da war, oder?«

»Er sagte mir, du wärest gerade weg. Da war noch so einer, der hat mich mit einem ganz widerlichen Blick angestarrt. Wer ist dieser Kerl? Bestimmt einer von diesen schmierigen Typen, mit denen du dich ständig herumtreibst. Und wo bist du dann hingegangen?«

»Ich bin direkt nach Hause gefahren, aber du warst nicht da.«

»Ach, sieh mal an. Du bist doch zu dem Weibsstück gefahren, oder?«

»Nein, direkt nach Hause.«

»Ich glaube dir kein einziges Wort. Du heuchelst mir etwas vor, wer weiß, was du hinter meinem Rücken treibst.«

»Was hätte es jetzt noch für einen Sinn, dir etwas vorzumachen?«

»Nun, dann wundert es mich, weshalb immer nur Lügen herauskommen, wenn ich dich etwas frage.«

»Es gibt so viele Dinge, daß ich eben manchmal etwas vergesse, oder es fällt mir erst hinterher ein. Doch prinzipiell sage ich die Wahrheit. Wenn ich lügen wollte, wozu wäre ich dann noch hier?«

»Das willst du doch sowieso nicht mehr. Du bist ein schrecklicher Mensch. Weshalb hältst du mich heute abend eigentlich so hartnäckig zurück? Warum läßt du mich nicht einfach gehen und machst das, wozu du Lust hast? Du kannst soviel Süßholz raspeln, wie du willst, deine früheren Fehltritte werden dadurch nicht ungeschehen gemacht.«

»Ich versuche ja gar nicht zu verbergen, was ich getan habe.«

»Wieso auch? Ich weiß sowieso über alles Bescheid. Zumal diese Frau eure Affäre überall herumposaunt hat. Das ist dir wohl neu, was?«

»Allerdings.«

»Du gefällst mir. Sie erzählt sogar herum, wie seltsam du dich benimmst. All deine Freunde wissen, daß du ihr immer nur eine Schachtel Zigaretten mitbringst. Sie machen sich über dich lustig, mein Lieber.«

Ich schwieg.

»Trotzdem beneide ich die Frau. Ich würde mich sogar über eine Schachtel Zigaretten freuen. Habe ich jemals etwas von dir geschenkt bekommen?«

Da ich nichts zu sagen wußte, fuhr sie fort:

»Was hast du der denn sonst noch Schönes mitgebracht? Ich möchte, daß du mir alles haarklein aufzählst, hörst du?«

»Ich habe ihr nie etwas Besonderes geschenkt.«

»Aha, du lügst schon wieder. Soll ich es dir verraten? Wahrscheinlich behauptest du dann wieder, es wäre dir entfallen. Ich habe alles herausbekommen, was diese Frau betrifft. Siebzigtausend Yen habe ich jemandem bezahlt, damit er Nachforschungen anstellt. Und dann war ich so dumm, seinen Bericht zu verbrennen. Du wirst es nicht glauben, aber dieses Weibsbild ist wirklich gefährlich. Du hältst sie wahrscheinlich für eine unbedarfte Zwanzigjährige. Wunderst du dich eigentlich nicht, wie ich diese siebzigtausend Yen auftreiben konnte? Willst du es wissen? Dann öffne mal meine Kommode. Da wirst du keinen einzigen Kimono mehr finden. Aber von deinen Sachen habe ich nichts angerührt, nicht einmal ein Unterhemd. Und weißt du, warum ich so etwas Entsetzliches getan habe? Deinetwegen! Alles *nur für dich*! Ich hatte vorgehabt, etwas über ihre Herkunft in Erfahrung zu bringen, und falls sie anständig gewesen wäre, hätte ich mich still und leise zurückgezogen. Doch dann habe ich meine Meinung geändert. Hätte ich dich in den Klauen dieses Weibsstücks gelassen, hätte sie dich eines Tages in den Tod getrieben. Du denkst, ich bin verrückt geworden, was?«

»Nein, du hast sicher recht.«

»Natürlich! Ich bin ja schließlich nicht solch ein Lügner wie du. Dieses Weibsstück hat es wirklich faustdick hinter den Ohren. Ha, immer wenn ich Weibsstück sage, machst du ein gequältes Gesicht. Entschuldige bitte vielmals, daß ich deine ach so Heißgeliebte als Weibsstück bezeichne. Aber sie hat es nicht besser verdient. Am Ende hättest du es bitter bereut und wärst in den Selbstmord getrieben worden. Das war ganz klar abzusehen. Ich hatte furchtbare Angst um dich. So, und jetzt denk mal nach: Was hast du ihr außer Zigaretten noch alles geschenkt?«

»Schokolade hab ich ihr mal mitgebracht.«

»Wie oft?«

»Solche Kleinigkeiten, das weiß ich doch jetzt nicht mehr.«

»Wenn's für dich unbequem wird, dann behauptest du einfach, du könntest dich nicht mehr daran erinnern. Immer nur, wie es dir in den Kram paßt, so einer bist du. Und was war bei Nakamura? Was hast du bei dem gekauft?«

»Ach Gott, ja . . . Eiscreme.«

»Und für wen?«

»Ich hab sie mit zu ihr genommen, und wir haben sie dann zusammen aufgegessen.«

»Wie schön für euch. Ich wünschte, du würdest mich auch mal so verwöhnen. Und zwar ganz genauso, bis in das kleinste Detail. War das etwa kein Geschenk? Und du behauptest, du hättest ihr nichts Besonderes mitgebracht? Wo ich auch nachhake, es kommt von dir immer derselbe Spruch. Weißt du eigentlich, wieviel du mir monatlich für unsere Haushaltskosten gibst?«

»Fünfzehntausend Yen, soweit ich mich erinnere.«

»Und du glaubst, davon kann eine vierköpfige Familie existieren?«

»Du hast dich nie darüber beklagt.«

»Ach so, du meinst, wenn ich nichts sage, dann ist es schon in Ordnung. Obendrein hast du mich auch noch angepumpt: Gib mir mal fünfhundert Yen, gib mir mal tausend Yen. Wofür hast du dieses Geld denn gebraucht? Wieviel hast du diesem Weibsstück jeden Monat gegeben?«

»Geld hat sie nie von mir bekommen.«

»Schon wieder gelogen! Du hast doch zehntausend Yen von unserem Sparkonto abgehoben, oder? Ich habe es auf dem Auszug bemerkt. Davon habe ich aber keinen einzigen Heller gesehen. Was hast du damit gemacht?«

Ich schwieg.

»Los, sag es mir! Ich hasse diese Schwindelei. Du hast geschworen, mich nicht mehr anzulügen. Ich weiß sowieso genauestens Bescheid, wofür du es ausgegeben hast. Überhaupt weiß ich alles, da wunderst du dich, was? Aber ich will es gerne aus deinem Munde hören.«

—

»Los, raus mit der Sprache!«

—

»Na schön, wenn du partout nicht damit herausrücken willst, dann werde ich es dir erzählen: Du hast ihre Klinikkosten damit bezahlt; sie war doch in Shibuya in der Frauenklinik. Habe ich recht?«

—

»War es nicht so? Sag schon!«
»Ja, stimmt.«
»Mistkerl!«

Sie schlug mir ins Gesicht. Ich hatte mir zwar vorgenommen, alles über mich ergehen zu lassen, erwiderte jedoch sofort ihre Ohrfeige.

»He, du hast mich geschlagen! Schämst du dich nicht, mich zu schlagen? Toshio schlägt mich! Toshio schlägt mich!«

Mit bitterbösem Blick ging sie auf mich los. Ich richtete mich ruckartig auf und flüchtete zum Eingang. Im Zimmer des Nachbarhauses, das vis-à-vis zu unserer Küche und zu meinem Arbeitsraum lag, brannte noch Licht. Sie hörten uns bestimmt. Wahrscheinlich waren sie empört über das ewige Gezanke, das sie um ihren Schlaf brachte. Aber jetzt war der Punkt überschritten. Eigentlich wollte ich gar nicht weglaufen, doch nun, wo ich bereits am Eingang stand und mein ganzer Körper raste, trieb es mich zu den Bahngleisen. Barfuß trat ich in den Vorraum und suchte irgend etwas zum Überziehen. Als meine Frau, die mich so lange ignoriert hatte, meine Absicht bemerkte, schrie sie laut:

»Shinichi, steh auf! Maya, du auch! Euer Vater will uns verlassen. Los, macht schnell!«

Dann stürzte sie auf mich los und hielt mich fest.

»Du Nichtsnutz, glaubst du etwa, ich lasse dich davonlaufen? Wenn einer von uns beiden sich aus dem Staub macht, dann bin ich es!«

Sie versuchte mich daran zu hindern, die Tür aufzuschließen. Die Kinder, aufgewacht von dem Geschrei ihrer Mutter, sahen erschrocken zu, wie ihre Eltern mit zerzausten Haaren am Eingang miteinander rauften und sich gegenseitig an den Kleidern zerrten, und fingen laut an zu heulen. Als ich ihren verängstigten Blick sah und sie so verzweifelt weinen hörte wie nie zuvor, kam mir zu Bewußtsein, was für nächtliche Ungeheuer wir in ihren Augen sein mußten. Ich hatte mich mehr und mehr in eine Hysterie hineingesteigert, doch um mich dem Zugriff meiner Frau zu entziehen, sagte ich schließlich apathisch:

»Hör bitte auf damit. Ich werde weder weggehen noch mich verstecken.«

Es wäre mir ein leichtes gewesen, sie zu Boden zu werfen, doch zu meiner eigenen Verwunderung hatte ich es nicht getan, sondern unbewußt mich ihrer physischen Kraft angepaßt. Während unserer Rangelei roch ich ihren Körper und wußte, daß sie wieder unglaublich zahm geworden war. Als sie sich an meinen schlaffen Armen festklammerte, spürte ich das leise Beben, das durch ihren Körper pulsierte.

»Shinichi, Maya, hört auf zu heulen! Euer Vater geht nirgendwo hin.«

Einen Moment verschnaufend dachte ich, welch eine Wohltat, wenn damit der ganze Spuk vorüber wäre. Es mochte den Anschein haben, als würden auch all unsere Zwistigkeiten im Feuer unserer leidenschaftlichen Ausbrüche verzehrt, doch kaum hatte sich der Sturm gelegt, sahen wir uns den ungelösten Problemen erneut ausgeliefert.

»Obendrein willst du mir auch noch die Kinder aufhalsen und dich verdrücken. Das werde ich auf keinen Fall zulassen«, keuchte sie aufgebracht.

»Von jetzt ab kümmerst du dich um die Kinder. Ich

mußte sie all die Jahre ganz allein aufziehen. Nicht einmal im Arm halten wolltest du sie. Und was für ein Gesicht du gezogen hast, wenn sie einmal losheulten. Was meinst du, was für Ängste ich deshalb ausgestanden habe. Ich war immer nur um dein Wohl besorgt, immer nur um dein Wohl. Du hast keine Ahnung, wie sehr ich mich um dich gesorgt habe.«

Sie hielt mich noch immer mit beiden Armen wie eine Säule umfaßt, doch plötzlich glitt sie von mir ab, als würde sie an dieser Säule herunterrutschen, und ließ sich auf den Boden plumpsen.

»Diese Hände, diese Füße, dies alles habe ich ernährt. Wenn ich mich nicht um deine Gesundheit gekümmert hätte, wärst du längst tot. Ich überlasse dich niemandem... niemandem... niemandem. Und trotzdem stößt du mich von dir und machst, was du willst. Und nicht etwa nur für ein paar Monate – nein, schon seit mehr als zehn Jahren. Ich habe mir immer gesagt, halte durch, halte durch, aber jetzt bin ich wirklich am Ende.« Sie sagte es mit tränenerstickter Stimme und einem Pathos, als würde sie einen Rollentext einstudieren. Dabei streichelte sie meine Fußrücken, preßte ihre Wange daran und wollte nicht mehr aufhören zu weinen. Ich fühlte mich plötzlich in die Kriegszeit zurückversetzt: In der Nähe ihres Heimatortes stationiert, hatte ich sie immer zu später Stunde besucht. Sie, damals noch ein pummeliger Backfisch, fing dann an, im Dunkeln mein Rangabzeichen und meine Uniform zu betasten, um sich schließlich niederzukauern und meine Stiefel zu streicheln. Bei dieser Erinnerung schwebte plötzlich der Duft von Amaryllis in der Luft – hier unter unserem Ziegeldach in einer Seitenstraße mitten in Tōkyō. Dann, in den Nachkriegswirren kam eins zum anderen, bis wir uns schließlich körperlich entfremdeten. Doch ihre zierliche Gestalt, die jetzt schluchzend zu meinen Füßen kauerte, erschien mir wie der Inbegriff meiner eigenen unersetzlichen Lebensgeschichte.

»Miho, hör auf zu weinen. Ich will doch gar nicht mehr

weggehen. Verzeih mir, es ist alles meine Schuld. Wenn wir es jetzt nicht schaffen, mit den Kindern ein friedliches Dasein zu führen, weiß ich auch nicht mehr weiter. Wer sollte uns dabei schon behilflich sein? Laß uns endlich mit dieser idiotischen Zankerei aufhören. Und tu mir bitte einen Gefallen, ja? Du nennst mich einen Lügner, denn alles, was ich in der Vergangenheit angestellt habe, war einfach schlecht. Meinetwegen beschimpfe mich als gemeines Biest. Ich will gar nicht bestreiten, was ich getan habe. Ich konnte es einfach nicht ertragen, mich für eine Sache entscheiden zu müssen. Ganz bestimmt will ich dir jetzt nicht weismachen, im Recht gewesen zu sein. Doch nun bin ich aus dieser haltlosen Traumwelt erwacht. All meine sinnlosen Illusionen sind an dir zerbrochen. Ich bitte dich, versuch einfach zu vergessen, was passiert ist. Das soll nicht heißen, daß ich jetzt den braven Jungen spielen werde. Je mehr du in diesem alten Lügengebäude herumstocherst, um so faulere Geschichten wirst du zutage fördern. Ich werde dir von jetzt an nicht mehr die kleinste Unwahrheit auftischen. Deshalb hör auf, in der Vergangenheit zu wühlen, sondern schau nach vorn. Du regst dich sonst bloß unnötig auf, und ich gerate dann auch aus der Fassung. Laß uns einfach folgendes machen: In den nächsten zehn Jahren werde ich dir voll und ganz zu Diensten stehen. Ich werde alles für dich tun, egal, was du von mir verlangst. Aber bitte tu mir einen Gefallen, laß die Vergangenheit ruhen. Wir beide treiben jetzt praktisch in einer Nußschale, und ich bin ein lausiger Steuermann. Wenn du da drinnen einen wilden Tanz aufführst, werden wir kentern und ertrinken. Was mißfällt dir denn im Moment so sehr? Sag es mir, was ich tun soll, oder sag mir, was ich lassen soll, und ich werde es abstellen.«

Meine Frau hielt mich schweigend umklammert. Ich legte meinen Arm um sie und führte sie ins Zimmer. Die Kinder krochen wieder ins Bett, von wo aus sie das Treiben ihrer Eltern noch ein Weilchen beobachteten, um dann bald darauf einzuschlafen. Ein kühler Luftzug kündigte bereits den Tag an, und als eine frische Morgenbrise unsere erhitzte Stirn streifte, hörten wir schon das Klirren der Milchflaschen und kurz darauf die quietschende Fahrradbremse, dann ein paarmal hintereinander das Klappern der Milchflaschenbehälter, bis schließlich all die Geräusche in der Ferne verhallten. Dies waren die ersten Anzeichen der alltäglichen städtischen Betriebsamkeit, doch total erschöpft von dem Vorfall in dieser Nacht, verfielen wir in eine grüblerische Stimmung, und irgendwann überkam uns eine tiefe Müdigkeit. Meine Frau hatte sich eng an mich geschmiegt, während ich ängstlich auf meinen Körper lauschte, der überempfindlich auf die kleinste Veränderung bei ihr reagieren würde und sich nicht wie erhofft entspannen konnte. An der Seite ihres Mannes, der wie erstarrt dalag, schlief sie schließlich völlig übermüdet ein, wobei ein leises Zucken ihre Glieder durchlief. Als ich ihre regelmäßigen Atemzüge vernahm, konnte ich ebenfalls aufatmen und mich ausbreiten. Mit meiner schlummernden Frau neben mir, von der mich nur ein scheintodähnlicher Zustand trennte, spürte ich, wie ich für einen Augenblick meine Freiheit zurückgewann, und während ich noch versuchte, sie festzuhalten, ihre Spur zu verfolgen, übermannte auch mich der Schlaf.

Ich wußte nicht, wodurch ich wach geworden war, aber die reale Welt, von der ich bis eben noch abgeschnitten war, knüpfte sich mit dem Augenblick meines Erwachens an die Wirklichkeit vor dem Einschlafen. Die Erinnerung, was sich da abgespielt hatte und dann dem Schlaf überantwortet worden war, quälte mich. Doch für einen Erwachenden kehrt die Wirklichkeit stets in ungekürzter Form zurück. Am liebsten hätte ich alles begraben, was bis gestern geschehen war, doch unsere Beziehungsprobleme ließen sich nicht so einfach abstellen, und es war ebensowenig zu erwarten, daß wir sie auf der Stelle lösen konnten. Glücklicherweise war ich nicht weiter dazu gedrängt worden, mich im einzelnen über die Gründe auszulassen, warum und wo ich mich gestern auf die Suche nach meiner Frau gemacht hatte, denn dann hätte ich mit weiteren Einschränkungen in meinem Lebenswandel rechnen müssen.

Von dem folgenden Tag an ging mit meiner Frau eine schwer zu beschreibende Veränderung vor sich. Der Terror fing schon vor dem Aufstehen an. Ich konnte praktisch meine Augen nicht mehr aufschlagen, ohne zuvor ihre Stimmung sondiert zu haben. Damit begann für mich ein Leben, das mich zwang, an der Grenzlinie zwischen Schlafen und Wachen stets auf dem Sprung zu sein. Mir wurde nicht der geringste Spielraum gewährt: Weder durfte ich von einem erhöhten Punkt aus den bisher zurückgelegten Weg überschauen, noch war es mir möglich, die vor mir liegende Strecke abzuschätzen.

So blieb mir nichts anderes übrig, als die Tage damit zuzubringen, immer nur auf die jeweilige Situation zu reagieren, die hier und jetzt vor meinen Augen entstanden war.

Für mich begann somit ein Leben ohne wahrnehmbaren Zusammenhang. Ein paarmal kam Ishikawa zu uns, oder ich besuchte ihn in Begleitung von Shinichi. Aber kaum war ich dort, wurde ich nervös und unkonzentriert und mußte auf der Stelle wieder los. Als ich den Weg vom Bahnhof mit vorgestrecktem Kopf zurückeilte, kam mir meine Frau entgegen. Sie trug einen uralten Kimono, der noch aus ihrer Mädchenzeit stammte und längst in die Mottenkiste verbannt war, und machte ein finsteres Gesicht. Von da an ließ ich sie nicht mehr allein und stellte auch meine Besuche bei Ishikawa ein. Wir beide, meine Frau und ich, mußten etwas unternehmen, aber keiner von uns verspürte den entscheidenden Impuls.

»Es kann doch nicht einfach so weitergehen, oder? Sollten wir nicht besser etwas unternehmen?« sagte meine Frau fröstelnd nach einer Reihe von kühlen Tagen. Ohne einen Auftrag von einem Verleger fiel es mir äußerst schwer, mich zum Schreiben aufzuraffen, und selbst wenn es einen konkreten Abgabetermin gegeben hätte, wäre es fraglich gewesen, ob ich mich dieser Arbeit überhaupt hätte widmen können. Um schreiben zu können, hätte ich mich, meiner üblichen Vorgehensweise gemäß, noch einmal mit all den Schwierigkeiten beschäftigen müssen, die meine gerade erst abgebrochenen Kontakte zur Öffentlichkeit sowie zu Freunden und Bekannten bestimmten. In diesem Zustand seelischer Unausgewogenheit, in dem die Erinnerungen vergangener Tage mehr und mehr verblaßten, fiel es mir äußerst schwer, mich mit den Arbeiten für einen neuen Roman zu befassen. Angenommen, ich würde tatsächlich etwas zu Papier bringen, dann würde jedes Wort, das ich schrieb, mit größter Wahrscheinlichkeit eine heftige Reaktion bei meiner Frau auslösen. Diese Angst würde mich in meinem Schreiben behindern, und gewiß hätte ich schon bald keinen Finger mehr rühren können. Doch womit sonst sollte ich Geld verdienen, wenn ich meine Schriftstellerei, mit der ich immerhin bis dahin unseren Lebensunterhalt bestreiten konnte, aufgab?

Die nervöse Unruhe meiner Frau wurde von Tag zu Tag schlimmer.

»Heute fühle ich mich so richtig wohl. Ist das nicht herrlich? Ich bin besonders gut aufgelegt. Es scheint sich wirklich zu bessern. Bald bin ich wieder ganz die alte, du wirst sehen.«

Doch schon im nächsten Moment schmiß sie mit dem frisch gewaschenen Reis um sich. Als ich von dem Geräusch alarmiert herbeistürzte, schaute sie mich böse an. Ich bekam eine Gänsehaut und fühlte mich gezwungen, die überflüssige Frage zu stellen:

»Was ist denn los?«

»Gar nichts ist los.«

»Ach, und warum wirfst du dann mit dem gewaschenen Reis in der Gegend herum.«

»Der *Unima* kommt. Der *Unima* erinnert mich an fürchterliche Dinge. Der *Unima* flüstert mir alles mögliche ein. Der *Unima* kommt! Der *Unima* kommt!«

Dann fing sie an, die Reiskörner wieder einzusammeln. Mir blieb nichts anderes übrig, als mich in mein Arbeitszimmer zurückzuziehen und an den Schreibtisch zu setzen, wo mir erneut die frischen Tintenspritzer, die sogar die Wand übersäten, ins Auge sprangen. Wie befürchtet, hörte ich bald darauf meine Frau auf Zehenspitzen heranschleichen.

»Da ist noch etwas, was ich dich gerne fragen möchte. Darf ich?«

»Meinetwegen, aber egal, was ich antworte, du bist sowieso nie zufriedenzustellen. Wir werden uns nur wieder in die Haare bekommen. Was geschehen ist, ist geschehen, du solltest besser nicht mehr darüber nachdenken«, erwiderte ich vorsichtig.

»Ach nur noch eine Sache. Wenn ich es weiß, gebe ich Ruhe.«

»Das kenne ich, wenn eine Sache geklärt ist, kommt die nächste Frage.«

»Na schön, dann frage ich eben nicht. Was soll eigentlich diese Heimlichtuerei? Du kannst mich eben nicht leiden. Diesem Weibsstück hast du bestimmt alles erzählt. Also, wie du willst, ich werde dich nicht mehr belästigen.«

»Schon gut, schon gut, frag endlich!«

»Wie viele Fotos hast du von ihr gemacht?«

»Wie soll ich das jetzt auf Anhieb wissen? Mein Gott, wie viele? Soweit ich mich erinnere, habe ich dir doch sämtliche Aufnahmen gegeben. Ich habe keine Ahnung, was du mit ihnen gemacht hast.«

»Ich meine die anderen. Es gibt doch bestimmt noch weitere, oder?«

»Ich denke, das waren alle ...«

»Es muß noch mehr geben. Denk doch einmal nach! Laß dir ruhig Zeit, und zwar so lange, bis dir alle restlos eingefallen sind.«

Mir war klar, daß ich wieder einmal einer lästigen Prüfung unterzogen wurde. Ich wußte, daß ich alles hätte versuchen müssen, eine solche Situation zu vermeiden, doch nun fand ich mich unversehens darin verstrickt. Obwohl ich bereit war, meiner Frau alles zu gestehen, blieb immer noch ein Rest. Merkwürdig: Wenn solch ein unbemerkt entschlüpftes Detail aufgegriffen wurde, fand ich es ziemlich schwierig, es in die bereits bloßgelegte Vergangenheit zu integrieren. Es wäre besser gewesen, einfach den wahren Sachverhalt darzustellen, aber irgendwie brachte ich es nicht fertig, sondern stellte mich statt dessen dumm oder versuchte zwanghaft, etwas zu vertuschen. Es gab tatsächlich vier oder fünf Fotos, von denen meine Frau nichts wissen sollte. Vielleicht hatte ich mir dabei gedacht, sie als Material zum Schreiben zu behalten. Jetzt wünschte ich mir, alles auszuradieren, was einen Konflikt heraufbeschwören würde, doch auf mir lastete der Fluch, in der gegenwärtigen Situation nicht das geringste in Bewegung setzen zu können. Ich mußte davon ausgehen, daß meiner Frau mit ihrer Hartnäckigkeit und ihrem abnormen Gespür absolut nichts verborgen blieb, was mich betraf. Schon das Verrücken eines unwichtigen Sachverhalts, den ich vor ihr verheimlich hatte, reichte aus, um als Täuschungsmanöver ausgelegt zu werden, was alles nur noch schlimmer machte. Mich zu rechtfertigen war absolut unmöglich. Statt die Sache also einfach zuzugeben, fing ich wieder an zu lavieren:

»Ich müßte dir eigentlich alle gegeben haben. Warum sollte ich sie vor dir verstecken, wenn ich doch weiß, daß du mir die Hölle heiß machst, sobald du sie entdeckst? Zumal dir sowieso nichts verborgen bleibt, oder?«

Doch meine Frau, die mich mit unerschütterlicher Entschlossenheit in die Ecke trieb, gab sich ruhig und gelassen wie ein Forscher. Ihre Wangen waren zwar blaß, doch sie artikulierte jedes ihrer Worte ganz deutlich. Wie ein erfahrener Seemann wiegte sie mich in Sicherheit, während sie mich bereits in gefährliche Gewässer gedrängt hatte. Total erschöpft, verriet ich ihr schließlich reichlich ungeschickt, so als wäre es mir gerade erst eingefallen, das Versteck der Fotos, die ich unnötigerweise vor ihr zu verbergen versucht hatte. Meine Frau nahm daraufhin erneut die Haltung eines gnadenlosen Inquisitors an.

»Und du hast ihr nicht heimlich geschrieben?« forschte sie weiter. Ich schrak zusammen. »Nein, natürlich nicht!« beeilte ich mich zu sagen.

»Na, dann ist es ja gut.«

Mit diesen Worten verschwand sie in der Küche, und ich hörte, wie sie sich um den Berg Schmutzwäsche kümmerte. Beim Waschen hatte sie die Angewohnheit, den Abfluß im Spülbecken zuzustöpseln und dann den Hahn aufzudrehen, so daß das herausströmende Wasser wie ein kleiner Wasserfall klang. Früher rief das kontinuierliche Rauschen die Vorstellung eines intakten Familienlebens in mir hervor, doch nun empfand ich es als ein heikles Geräusch, das jederzeit abrupt abbrechen konnte, um einen Anfall meiner Frau, die sich derart verändert hatte, anzukündigen.

Bald darauf hörte ich sie durch das Wasserrauschen hindurch singen. Demnach schien sie ja heute gut gelaunt zu sein, dachte ich noch, doch dann drang der Text ihres Liedes an mein Ohr, der mir reichlich sonderbar vorkam.

Zur Hölle mit allem,
ich will meinen Kummer
in Sake ertränken,
bis ich berauscht bin.

Ich hatte zwar keine Briefe geschrieben, aber nachdem ich meiner Frau gesagt hatte, ich würde bei der Buchhandlung vorbeischauen, hatte ich dort das gerade erschienene P.-Magazin gekauft, wo meine letzte Kurzgeschichte abgedruckt war, es auf dem Postamt verpackt und an die andere geschickt. Es sollte ein Zeichen für sie sein, über unser ehemaliges Verhältnis Diskretion zu bewahren, doch es war fraglich, ob sie sich tatsächlich daran halten würde. Selbst wenn ich mich damit herauszureden versuchte, daß ich zwar ein Magazin, aber keine Briefe verschickt hatte, würde meine Frau kein Verständnis dafür aufbringen. Es war geradezu fatal, wie dieses ursprünglich als liebevolle Geste gegenüber meiner Ex-Geliebten gedachte Versprechen sich nun als lästige Verpflichtung entpuppte.

»Mach mir bitte nichts vor«, ermahnte mich meine Frau erneut.

*Ich legte ihm mein Leben zu Füßen
und erntete nur Lügen.*

Als ich sie singen hörte, jedes ihrer Worte spitz wie eine Nadel, umhüllt von dieser altbekannten Melodie, begann ich innerlich zu kochen.

*Wie eine Schwarzlilie,
die einsam im Schatten blüht.
Dieser herzlose Mensch ...*

Schon gut ... schon gut, jetzt reicht's aber, wollte ich gerade losschreien, doch ich fürchtete, damit einen Anfall zu provozieren, und biß mir auf die Lippen. Als Tama starb, hörte ich sie sagen, warst du nicht bei uns. Wo hast du da gesteckt? Sag mal, Papa, wo warst du eigentlich, als M. uns mit ihrem amerikanischen Freund besuchte? Um mich herum starrten überall vorwurfsvolle Blicke, die sich förmlich in mich hineinbohrten.

»Bei uns schimpft Papa nie über Mama, nur Mama regt sich immer über Papa auf. Ich glaube, ich kann Papa bald gar nicht mehr leiden«, sagte mir meine Tochter Maya dreist ins Gesicht, während der Anblick meines Sohnes Shinichi, der sich in letzter Zeit ziemlich grob gegenüber seinen Spielkameraden aus der Nachbarschaft aufführte, mir nicht aus dem Kopf gehen wollte.

Ich hatte Shinichi beobachtet, wie er gegen die älteren Kinder, die ihn umringten, einen Stein erhob und sie mit gellenden Schreien in die Flucht schlug. Nachdem er sie dann noch bis zum Ende der Straße verfolgt hatte, schleuderte er den Stein gegen eine Wand und trottete mutterseelenallein zurück. »Wenn meine Eltern ihre *Familienangelegenheiten* regeln, schwebe ich nur noch in Angst, daß meine Mama fortläuft. Deshalb verliere ich jeden Streit mit den Kindern«, hörte ich ihn altklug sagen.

Unser Geld zum Leben war bald aufgebraucht, und so blieb mir nichts anderes übrig, als mir das Honorar für den Abdruck meiner Erzählung in der Redaktion des P.-Magazins auszahlen zu lassen. Ich hatte nicht einmal mehr das Fahrgeld, und meine

Frau mußte sich sechshundert Yen von unseren Nachbarn borgen. Für den Fall, daß ich nichts bekam, hatte ich vorsichtshalber zwei Manuskripte eingesteckt, die ich für einen hohen Preis zu verkaufen hoffte. Meine Familie begleitete mich, und die Kinder trugen ihre besten Sachen: amerikanische Secondhand-Mäntel und Patchwork-Spielanzüge, die meine Frau ihnen genäht hatte.

Automatisch wählte ich den kürzesten Weg zur Redaktion des P.-Magazins. Als wir in Suidōbashi ausstiegen, verlangsamte meine Frau ihre Schritte und ließ plötzlich ihre Handtasche fallen. Ich hob sie auf und drückte sie ihr in die Hand, doch sie ließ sie achtlos baumeln. Jeder von uns hielt ein Kind an der Hand, und als ich merkte, daß sie völlig geistesabwesend war, und fragte, was mit ihr los sei, gab sie keine Antwort, sondern schnitt eine häßliche Grimasse und schoß mir giftige Blicke zu. Wie konnte ich wissen, daß ihr in dem Moment eine bestimmte Szene vor Augen schwebte, die ihr Blut in Wallung brachte: ihr Mann, der gerade von seinem Job in der Abendschule gekommen ist und schon ganz müde vom Warten auf einer Bank am Bahnsteig sitzt, bis er in dem einfahrenden Zug endlich s i e entdeckt und über das ganze Gesicht zu strahlen beginnt, worauf dann beide eng umschlungen zum Ausgang schlendern. Ich haßte es, mit Frau und Kindern an diesem Ort herumzuspazieren. Ich wollte so schnell wie möglich weiter, doch da meine Frau sich offenbar absichtlich so seltsam benahm, ließ ich meiner schlechten Laune freien Lauf. Als wir die Sperre passiert hatten und in dem Unterstand der Überführung auf die Straßenbahn warteten, spürte ich das unangenehm grelle Tageslicht auf meinem Gesicht. Hier stand ich also – ein Mann, der nicht so recht wußte, wie er seine Vergangenheit bewältigen sollte. Ich hatte das Gefühl, als wäre meine Zunge mit weißem Sandstaub bedeckt, und jeder Gedanke daran, wie ich meine Unabhängigkeit erlangen könnte, wandte sich von mir ab und entschwand in die Ferne. Die Schlagzeile ›Familienselbstmord‹ kam mir abermals in den Sinn und blieb als Fleck auf meiner Netzhaut haften, der schließlich die Konturen eines beharrlichen Gesichtes annahm. Als ich mit den Kindern in der überfüllten Straßenbahn stand, bekam ich Kreuzschmerzen, und ich spürte Wut in mir aufsteigen. Ich fing Shinichis Seitenblick auf, als er seiner Mutter die Handtasche reichte, die sie wieder einmal fallen gelassen hatte. Obwohl ich merkte, wie apathisch sie war, hatte ich keine Lust einzugreifen.

Die Redaktion des P.-Magazins befand sich in einem riesigen Betonklotz. Der Mann an der Rezeption rief den Redakteur an, worauf ich in den Warteraum geführt wurde. Es stimmte mich traurig zu sehen, daß meine Frau und meine Kinder, die ich über den mit Linoleum ausgelegten Korridor zum Lift gebracht hatte, nicht den geringsten Spaß zu haben schienen, damit hochzufahren. Glücklicherweise zahlte mich der Redakteur sofort aus. Wir fuhren dann nach Ikebukuro, um in einer Bank den Scheck einzulösen. Ich erinnerte mich, wie meine Frau einmal seufzend gesagt hatte: »Ich möchte wieder Geld haben. Wenn ich endlich Geld hätte, würde sich mein abgewrackter Körper ganz schnell erholen.« Als ich das Bündel Tausend-Yen-Scheine entgegennahm, fühlte ich mich, auch wenn es sich nur um eine kurze Übergangslösung handelte, so erleichtert, daß ich meine agressive Stimmung vorhin in Suidōbashi völlig vergaß.

Unsere Lebensweise von da an war für mich in jeder Hinsicht eine neue Erfahrung. Ich mußte gute Miene machen und brav nebenherlaufen, wenn meine Frau einkaufen ging. Bei dem geringsten Anzeichen von Gereiztheit hätte mich meine Frau garantiert erneut einer erbarmungslosen Tortur unterzogen. Ich führte meine Familie ins Kaufhausrestaurant aus, wo die Kinder bestellen durften, was sie wollten; ich trottete geduldig mit, um den von ihr lang ersehnten Lampenschirm oder das Papier für die Schiebetüren zu besorgen. Doch was ich auch anstellte, meine Frau und Kinder konnten sich nur schwer an meine neue Rolle gewöhnen. Wie unter Zwang stellte sich meine Frau immer wieder ihre Nebenbuhlerin an meiner Seite vor und wandelte ständig auf dem schmalen Grat eines Anfalls.

Danach nahmen wir wieder die Bahn, stiegen Treppen hinauf und hinunter, um zum anderen Bahnsteig zu gelangen, wo wir auf den Anschluß warteten und uns erneut im Zug durchrütteln ließen, bis wir schließlich erschöpft zu Hause ankamen. Ich bemerkte den verfallenen Bambuszaun mit dem morschen Holz, dessen verwahrloster Zustand mir wie das Sinnbild unserer häuslichen Verhältnisse erschien. Wenn meine Frau klagte, der Zaun sei schon zu alt, wir sollten ihn durch einen neuen ersetzen, mußte ich ihr notgedrungen zustimmen und mir die Bemerkung verkneifen, ob wir es nicht auf später verschieben könnten, da die Kosten dafür mehr als die Hälfte meines soeben erhaltenen Honorars verschlungen hätten. Falls nämlich mein verschwenderischer Lebenswandel ans Tageslicht gezerrt würde, könnte ich nicht das geringste zu meiner Verteidigung vorbringen. Überdies zeigte sie inzwischen kaum mehr Interesse an unserer finanziellen Situation, als wollte sie so weit weg wie möglich von ihrer früheren Sparsamkeit flüchten. Sie vernachlässigte auch das Kochen und weigerte sich, uns drei warme Mahlzeiten vorzusetzen. Besonders wenn wir den ganzen Tag unterwegs gewesen waren, saßen wir hinterher da und lauschten angestrengt zur Küche, ob sie bei der Vorbereitung für das Essen nicht wieder einmal vom bösen *Unima* heimgesucht wurde. In den meisten Fällen geschah dies auch. Selbst wenn sie einmal gut gelaunt war, mußte ich damit rechnen, daß sie einen wütenden Schrei von sich geben und mich mit ihren dunkel umschatteten Augen giftig anstarren würde.

»Hast du dieses Weibsstück auch mal mit nach Ikebukuro genommen?« begann sie mich zu verhören, woraufhin eine Verdächtigung die nächste nach sich zog und das Spiel sich endlos fortsetzte. Das Abendessen blieb natürlich auf der Strecke.

»Mal wieder *Familienangelegenheiten*«, sagte Shinichi zu Maya und rollte genervt mit den Augen. »Hört endlich auf damit!« schleuderte er uns entgegen. Doch wir waren schon zu sehr in Fahrt gekommen. Meine Frau stellte mir ihre Fragen, wie immer sie ihr in den Sinn kamen, und verlangte, daß ich mich rechtfertigte, bis sie zu dem Schluß kam:

»Jetzt weiß ich endlich, wie du zu mir stehst. Mein einziger Gedanke ist nur noch, daß ich meine Liebe zu dir verloren habe, also laß mich bitte sterben.«

»Laß mich sterben ... laß mich sterben ..., du willst mir bloß drohen«, rutschte es mir heraus.

»Was sagst du da, ich will dir bloß drohen?« fuhr sie mit blitzenden Augen hoch, worauf Shinichi seine Arme um ihre Taille schlang und schrie:

»Tu's nicht! Tu's nicht! Ich werde dich nicht loslassen.«

Jetzt verlor auch ich die Beherrschung.

»Dann werde ich mich aber vorher umbringen«, rief ich und stürmte zur Haustür. Nun waren es mein Sohn und meine Frau, die mich umklammerten und am Fortgehen hinderten. Im Zuge des Gefechts merkte ich, wie der Ausdruck meiner Frau milder wurde, ja beinahe versöhnlich wirkte, so als wollte sie sagen: Laß uns damit aufhören! Doch ich war so aufgewühlt, daß ich nicht sofort einlenken konnte.

»Bitte, bitte, lauf nicht weg! Mir kommen all diese schrecklichen Gedanken doch bloß, weil ich Angst davor habe, daß du wegläufst.«

Unsere Rollen hatten sich plötzlich vertauscht: Ich blickte mürrisch vor mich hin, während meine Frau laut gähnte.

»Hurra, hurra«, jubelten Shinichi und Maya außer sich vor Freude. »Mama hat gegähnt. Es ist vorbei... vorbei... vorbei... Die *Familienangelegenheit* ist vorbei.«

Ich mußte wider Willen lächeln und blickte zu meiner Frau, die ebenfalls ein belustigtes Gesicht machte. Wir fielen uns in die Arme und streichelten unsere Rücken.

»Gott sei Dank, ich bin so froh!« Bei diesen Worten stiegen mir Tränen in die Augen, was meine Frau sofort bemerkte.

»Nicht weinen, Papa, nicht weinen«, tröstete sie mich, und auch ihre Augen wurden feucht. Dann nahmen wir das längst überfällige Abendessen zu uns. Die nächste Attacke war noch nicht in Sicht, und so genossen wir erst einmal die Süße des augenblicklichen Friedens wie ein Verdurstender den Tropfen Wasser.

»Wenn Papa weglaufen will, sind Mama und ich zu stark für ihn, und wenn Mama weglaufen will, dann bezwingen Papa und ich sie«, bemerkte Shinichi. Wir mußten lachen. Auf den Streit folgte nun die Erschöpfung, die meine Frau bald einschlafen ließ. Als ich ihre ruhigen Atemzüge hörte, breitete sich in mir ein Gefühl großer Erleichterung aus, worauf ich ebenfalls in Schlummer fiel.

»Ich bin wieder ganz normal, verzeih mir wegen gestern abend«, sagte meine Frau am nächsten Morgen, nachdem sie aufgewacht war. Sie wirkte noch immer heiter. Meine Augen waren mittlerweile so anfällig, daß sie sich gleich mit Tränen füllten.

»Ich verzeihe dir«, sagte ich.

»Das war kein Streit gestern, sondern eine Diskussion, nicht wahr, Mama? Ihr hattet eben eure *Familienangelegenheit*«, mischte sich Shinichi ein, der inzwischen ebenfalls wach geworden war.

Nachdem wir alle aufgestanden waren, hatte meine Frau in der Küche zu tun, während mir die Aufgabe zufiel, die Futons zusammenzurollen und das Zimmer aufzuräumen. Den Gedanken an einen ganz unabhängigen Tagesablauf, der nicht auf die häuslichen Aktivitäten abgestimmt war, konnte ich mir aus dem Kopf schlagen, denn dadurch drohten nur wieder Erinnerungen an meinen früheren Lebenswandel wach zu werden. Anstatt daß die Beschäftigung des Mannes den Mittelpunkt des Familienlebens darstellte, hatten wir uns darauf geeinigt, daß bei uns Frau und Kinder im Vordergrund standen, während meine Arbeit lediglich dazu diente, die Familie zu versorgen. Seitdem die Katze tot war, hatte die Mäuseplage wieder zugenommen. Als ich die Futons in den Wandschrank räumte und mir das Loch in der Decke genauer besah, entdeckte ich lauter Flecken auf dem Gästebettzeug. Ich rief meine Frau herbei, und wir zogen alles aus dem Schrank. Die Futons waren an mehreren Stellen angeknabbert und wiesen überall Urinspuren auf. Meine Frau beteuerte, sie habe ein ganz reines Gewissen, denn seit dem letzten Jahr hätte sie immer wieder das Bettzeug geflickt, gewaschen und die Bezüge gewechselt und sei damit gerade erst fertig geworden. Die Erinnerung an jene Zeit schien in ihr aufzusteigen, denn ihr Gesicht verfinsterte sich.

»Dann müssen wir eben eine neue Katze anschaffen«, schlug ich ihr vor. »Wir sollten die Futons nicht für eventuellen Besuch aufbewahren, sondern die noch guten Stücke für uns gebrauchen«, versuchte ich sie abzulenken. Arbeitswütig wie sie war, beschäftigte sie sich immer emsig mit Nähen und Waschen. Einmal sagte sie sogar zu mir, ich könne mir gar nicht vorstellen, was sie alles schaffen würde, wenn sie ohne Schlaf auskäme ...

»Du schreibst ihr doch wohl nicht etwa heimlich, oder?« fragte sie plötzlich mit mißtrauischem Blick.

Wenn ihre Verhöre erst einmal begannen, dann konnte ich antworten, was ich wollte; ich war nicht eher erlöst, bis die ganze Prozedur abgelaufen war. Ich konnte mich des Gefühls nicht erwehren, daß ihre Attacken immer häufiger auftraten. Sie behauptete zwar, daß sie selbst darunter litt, wenn sie mich wie zwanghaft verhörte, aber das Beängstigende war, daß ich selbst die Beherrschung verlor und in einen Zustand äußerster Erregung geriet, sobald sich bei ihr die Symptome zeigten. Anstatt sie gleich zu beruhigen, wurde ich starrköpfig, was sich darin äußerte, daß ich entweder aus dem Haus stürmte oder laut herumschrie. Wenn sie dann ihren verbohrten Blick aufsetzte und anfing, mich über meine Vergangenheit auszufragen, schäumte ich vor Wut und Haß. Im Laufe der Zeit nahmen auch die Verbote zu, ich durfte dieses und jenes nicht mehr tun: Hör auf, beim Rauchen Ringe zu blasen! Schalte das Radio ab! Und schließlich waren es nicht mehr bloß die Ringe, sondern das Rauchen selbst. Solange ich es nicht schaffte, mich aus meiner Vergangenheit herauszuschälen und eine neue Rolle zu finden, hatte ich keine Chance, mein Leben wieder in den Griff zu bekommen.

Ich konnte nicht ewig meinen Unterricht in der Abendschule absagen; deshalb aßen wir am nächsten Tag, an dem ich unterrichten sollte, etwas früher, zogen unsere Ausgehkleider an und stiegen alle vier in die Bahn. Im Zug achtete ich peinlichst darauf, mich von Frauen um die Vierzig fernzuhalten, doch meine Frau, als wäre sie magisch von ihnen angezogen, steuerte immer direkt auf sie zu.

»Ist dir die da aufgefallen? Schau sie dir genau an!« versuchte sie meine Aufmerksamkeit auf die betreffende Person zu lenken.

»Laß uns dort rübergehen«, schlug ich vor und wollte den Platz wechseln, doch sie gab nicht auf:

»Komm schon, schau sie dir genau an. Das genaue Ebenbild. Die Augen, die Lippen, sieh nur. Merkwürdig, daß Menschen sich so aufs Haar gleichen können.«

Als sie merkte, daß ich mit aller Gewalt den Blick dorthin vermied, änderte sich ihr Ton:

»Los, guck endlich!«

Widerwillig schaute ich in die Richtung: Wenn man so wollte, ließ sich eine gewisse Ähnlichkeit entdecken, aber sie machte für mein Empfinden ein unnötiges Theater darum.

»Ich kann da wirklich keine Ähnlichkeit erkennen«, erwiderte ich apathisch, so als wäre alle Energie aus meinem Körper gewichen.

»Du möchtest wohl damit sagen, daß dieses Weibsstück hübscher ist als die da. Oh, entschuldige bitte, daß ich deine Angebetete mit dieser häßlichen Ziege verglichen habe.«

»...«

»Trotzdem, für mich sieht sie sehr ähnlich aus.«

Ihre Lippen bebten. Die Hälfte aller Menschen, denen wir draußen begegneten, waren nun einmal Frauen, und mir war überhaupt nicht danach zumute, ihnen hinterherzuschauen, schon gar nicht im Beisein meiner Frau. Ich wäre am liebsten mit Scheuklappen durch die Gegend gelaufen. Jede der Frauen strahlte eine intensive Weiblichkeit aus, die mich in meiner

Empfindsamkeit förmlich durchbohrte. Es erzeugte in mir ein Übelkeitsgefühl wie nach einer Lebensmittelvergiftung.

Als ein Zug auf der Gegenseite vorbeifuhr, schrie meine Frau auf: »Da ist sie, da, da, ich hab sie gesehen, o mein Gott«, und raste auf die Treppe los. Ich mußte ihr hinterherlaufen, sie festhalten und ihr erregtes Gemüt beruhigen, doch sah sie in mir einen Verbündeten der Frau, was ihre Hysterie nur noch mehr anfachte. Die Kinder klammerten sich in hilfloser Verzweiflung an ihre Mutter, deren Zustand sie nicht begreifen konnten, und blickten völlig resigniert, da sie nur zu gut wußten, daß kein Retter auftauchen würde. Sie verstanden viel besser als ich, daß man diese unangenehme Situation einfach über sich ergehen lassen mußte, bis die Mutter zu gähnen anfing und damit die Familienangelegenheit erledigt war. Mir aber fehlte die Geduld dazu.

Zur Not konnte ich Frau und Kinder während der Zeit meines Unterrichts im Haus des Onkels lassen, doch der kürzeste Weg dorthin führte über Suidōbashi, und dieser Ort war strikt zu meiden. Die Strecke von Akihabara in Richtung Ueno, auf der wir in Tabata hätten aussteigen können, würde zwar weniger Erinnerungen an die Vergangenheit wachrufen, so daß unsere erhitzten Gemüter sich beruhigen konnten, aber von dort war es ein langer Fußmarsch bis zum Haus des Onkels. Als die Kinder in der schmalen Gasse, die zwischen zwei hohen Mauern hindurchführte, in der Dämmerung vor mir herliefen, dachte ich an ihr Los, in diesen chaotischen Familienverhältnissen keine Ruhe finden zu können. Beim Anblick ihrer kleinen Rücken, die trotz der unglückseligen Umstände ihr Schicksal tapfer trugen, wurde mir schwer ums Herz. Der Weg führte uns zu einer belebten Kreuzung mit Straßenbahnschienen, wo zahlreiche Läden ihre verlockenden Waren feilboten, doch mir war es derzeit nicht möglich, auch nur eine Kleinigkeit für meine Familie zu kaufen. Da die Eltern hinter den Kindern zurückgeblieben waren, nahm Shinichi seine Schwester unwirsch bei der Hand und trottete neben ihr her, bis sie schließlich müde wurde und zu stolpern anfing. »Miezi, hör auf so zu trödeln«, schimpfte Shinichi erbost, worauf Mayas Gesicht sich zum Weinen verzog. Ich nahm sie huckepack. Nach der Kreuzung ging es bergauf, und als ich unterwegs inmitten der Häuser einen kleinen Jizō-Schrein – eingehüllt in Räucherstäbchenschwaden – erblickte, tauchte dieselbe Umgebung vor meinen Augen auf, so wie sie in alten, mir unbekannten Zeiten ausgesehen haben mußte: dicht bewaldet und menschenleer, ein dunkler, verlassener Weg. Meine Frau hatte sich indessen wieder beruhigt.

»Papa, wir müssen uns um der Kinder willen zusammenreißen, hörst du? Wenn ich Shinichi so von hinten betrachte, fühle ich mich gleich stärker.«

»Sieh nur, Papa ist schon ganz erschöpft vom Tragen«, sagte sie nun zu Maya und wollte sie mir abnehmen.

»Schon gut, laß nur«, erwiderte ich, doch sie bestand darauf.

Zufälligerweise gab die Tante am Tag meines Schuldienstes in der Nachbarschaft Ikebana-Unterricht, so daß wir als Vorwand angeben konnten, meine Frau wolle daran teilnehmen. Immer wenn sie Leuten außerhalb ihres engsten Familienkreises begegnete, hellte sich ihr Gemüt sogleich auf. Ehe man es sich jedoch versah, versetzte sie die Aufmerksamkeit für Mann und Kinder rasch wieder in den alten Zustand zurück. Die Kinder schienen dies zu wissen, denn sobald jemand Fremdes bei uns auftauchte, lebten sie auf und wurden derart übermütig, daß sie sich sogar von ihren Eltern nichts mehr sagen ließen. Ich war fürs erste entlastet und konnte mich auf den Weg zur Abendschule machen, die vom Haus des Onkels relativ bequem zu erreichen war.

Es war meine Aufgabe, eine höhere Klasse im vierten Jahr sowie eine Anfängerklasse in den Fächern Weltgeschichte und Sozialkunde zu unterrichten, doch als ich an den Studenten und Studentinnen, die sich vor dem Schulkiosk versammelt hatten, vorbeilief und die Treppe hinaufstieg, erschien mir die Aufgabe, nun meine Müdigkeit abzuwerfen und den Kurs zu beginnen, wie eine unüberwindliche Bürde. Innerlich ausgebrannt, fühlte ich mich diesmal noch weniger als sonst in der

Lage, mein unzulängliches Wissen zusammenzukratzen und es meinen Schülern zu vermitteln. Ich hatte vom Sekretariatsleiter erfahren, daß sich die Schülerselbstverwaltung wegen meiner häufigen Absagen schon beklagt hatte, und so fiel es mir schwer, aufrechten Hauptes die Klasse zu betreten. Die Teilnehmer, die tagsüber ganz unterschiedlichen Berufen nachgingen und unter ihren Vorgesetzten arbeiteten, waren in meinen Augen nichts anderes als Oberschüler gewesen, aber nun wurde mir wieder einmal mit Schrecken bewußt, daß sich unter ihnen ja auch Polizisten und Krankenschwestern befanden. Obwohl ich bereits am Pult stand, waren die Schüler noch in ihre Privatgespräche vertieft, und der Unterricht würde nicht eher beginnen, bis ich vorne das Zeichen dafür gab. Am liebsten hätte ich kehrtgemacht, doch ich unterdrückte diesen Impuls und rief die Schüler namentlich auf, um festzustellen, wer fehlte. Allmählich gewann ich wieder Boden unter den Füßen, bis ich mir vorstellte, meine Ex-Geliebte nach dem Unterricht in Suidōbashi zu treffen, während ich mich gleichzeitig unterwürfig vor meiner Frau kauern sah, die mich mit ihren Fragen bedrängte. Meine Kräfte verließen mich, und ich redete wie in Trance. Weltgeschichte hatte ich schon mehrmals im vierten Jahr unterrichtet und war in der Lage, den Stoff mit Episoden gespickt so routiniert zu präsentieren, daß die Schüler mir aufmerksam zuhörten. Aber in Sozialkunde trug ich meine unzureichenden Kenntnisse öde und langweilig vor und sah mich deshalb einer unkonzentrierten Klasse gegenüber. Da es Neulinge waren, bemühte ich mich um eine simple Darstellung der Fakten, doch dadurch verlor ich mehr und mehr meinen roten Faden, und die Mißstimmung im Raum verschärfte sich. Dann kam mir obendrein der Verdacht, daß es möglicherweise diese Klasse gewesen sein könnte, die sich über mich beschwert hatte, was mich noch verkrampfter machte. Um die Spannung zu lösen, versuchte ich es mit sarkastischen Sprüchen, die mir sonst in den höheren Klassen immer sympathische Lacher einbrachten, aber hier verzog keiner eine Miene, im Gegenteil, ich sah mich nur feindseligen Gesichtern gegenüber. Schließlich verließ ich den Raum, ohne die volle Vorlesungszeit eingehalten zu haben, und zog mich ins Lehrerzimmer zurück. Die anwesenden Kollegen, die gerade keinen Unterricht hatten, waren alle mit ihren Dingen beschäftigt, so daß mich eigentlich keiner besonders beachtete, und trotzdem wurde ich das Gefühl nicht los, daß alle auf mich starrten. Indem ich mir einredete, ich sei ja nur ein Lehrbeauftragter und stecke außerdem in einer Krise, drehte ich das Schild mit meinem Namen um auf ›abwesend‹ und verließ das Gebäude.

Ich ging über den dunklen Schulhof zum Tor, doch anstatt den Fußgängerweg zu nehmen, überquerte ich die Straße. Plötzlich stand meine Frau vor mir, als wäre sie lautlos aus dem Nichts aufgetaucht.

»Wo willst du hin?« fragte sie mit bebender Stimme.

»Ach, du wolltest mich abholen? Wo soll ich schon hin wollen, natürlich nach Hause.«

»Aber du bist in die entgegengesetzte Richtung gelaufen, und außerdem ist der Unterricht noch gar nicht vorbei.«

»Ich war so müde, deshalb habe ich etwas früher Schluß gemacht«, versuchte ich mich zu rechtfertigen, merkte jedoch sogleich, daß es nutzlos war. Meine Zunge war wie gelähmt, und ich verspürte keine Lust mehr, noch irgend etwas zu sagen. In dem schwarzen Mantel mit dem chinesischen Kragen sah sie aus wie eine Fledermaus.

»Du hast dich heimlich mit ihr verabredet, stimmt's? Eben ist nämlich eine Frau vorbeigelaufen, die sah genau so aus wie sie.«

Mir wurde unbehaglich zumute.

»Ich habe einfach nur als erstes die Hauptstraße überquert. Na schön, gehen wir die Route gemeinsam durch: Also, du läufst den Fußgängerweg vom Haus des Onkels immer geradeaus, dann bei den Straßenbahnschienen hältst du dich links und überquerst erst unmittelbar vor der Schule die Straße. So dürften wir uns eigentlich nie verfehlen, wenn du mich abholen kommst.«

Sie nickte zustimmend und kam dann auf etwas ganz anderes zu sprechen:

»Shinichis und Mayas Schuhe sind vorne schon ganz kaputt, sie können kaum noch damit laufen, die Armen.«

Wir gingen also beim Schuhladen vorbei und kauften erst einmal ein Paar für Shinichi, dessen Schuhe in einem weitaus übleren Zustand waren als Mayas. Als wir zum Haus des Onkels kamen, lärmten die Kinder ausgelassen herum wie auf einem Fest. Ich befürchtete, daß es der Tante zuviel werden könnte, nach unseren Kindern zu sehen, doch etwas Besseres wollte mir auch nicht einfallen. Sie lud uns ein, noch ein wenig zu bleiben und eine Tasse Tee zu trinken, aber ich lehnte ab, da es schon spät war. Ich zog den tobenden Kindern die Mäntel über und kniete mich am Eingang nieder, um ihnen die Schuhe anzuziehen.

»Mir bitte auch.« Meine Frau streckte mir ihre Füße entgegen, so daß ich ihr ebenfalls in die Schuhe half.

»Toshio, ich bin heute ziemlich erledigt. Würdest du so nett sein und ein Taxi besorgen?«

Also lief ich hinaus auf die Straße und winkte uns ein Taxi herbei.

»Miho, ich habe eins, komm jetzt«, rief ich ihr zu, und die Kinder waren ganz aus dem Häuschen, das erste Mal in ein Auto steigen zu dürfen. Die Tante, die nach draußen gekommen war, um uns zu verabschieden, tadelte ihre Nichte dafür, daß sie sich von ihrem Mann die Schuhe hatte anziehen lassen und ihn beim Vornamen anredete:

»Wie sprichst du eigentlich immer mit deinem Gatten?« rief sie empört. »Du kannst dich wirklich glücklich schätzen, meine Liebe, einen so sanftmütigen Ehemann zu haben.«

Meine Frau vernahm ihre Bemerkung mit Genugtuung. Mir fiel ein, wie sie sich einmal beschwert hatte, ich würde immer ein Taxi nehmen, wenn ich mich mit der anderen vergnügte, während die Familie zu Fuß gehen muß, worauf ich nur schweigend zu Boden geblickt hatte. Auch jetzt hielt ich den Kopf gesenkt.

Die Bahn nach Akihabara, wo wir umsteigen mußten, war ziemlich leer, so daß wir gemütlich sitzen konnten. In der gegenüberliegenden Scheibe wirkten wir vier wie eine typische Familie, die erschöpft von einem Sonntagsausflug heimkehrte, doch nach dem Umsteigen wurden wir in dem Gedränge hin und her geschubst und konnten uns nur mit Mühe auf den Beinen halten. Die Strecke führte über Suidōbashi, und ich bemerkte, wie die Stirn meiner Frau sich bereits zu umwölken begann. Als ein Platz frei wurde, ließ ich sie sitzen, und Maya, die sich an sie kuschelte, schlief sofort ein.

Übermüdet und geistig abwesend, spürte ich plötzlich einen sengenden Blick, und als ich diesen zögernd erwiderte, starrte mich meine Frau wie befürchtet mit bohrenden Augen an. Dieser Blick kündigte einen Anfall an. Wie sehr wünschte ich mir ein Plätzchen zum Ausruhen, wo ich einen erholsamen Schlaf hätte finden können, aber zu Hause erwartete mich lediglich unsere enge Behausung mit den verschlossenen Türen, wo die Mäuse während unserer Abwesenheit herumwüteten und meine Frau ihren Zustand voll auskosten würde, ohne die Einmischung fremder Leute fürchten zu müssen. Bei dieser Vorstellung bekam ich weiche Knie, und meine pausenlos auf mir herumhackende Frau erschien mir wie ein schreckliches Ungetüm.

Shinichi, der völlig übermüdet war, schien im Stehen eingeschlafen zu sein, schreckte jedoch jedesmal wieder auf, wenn ihm die Beine wegsackten, um dann erneut einzunicken. Ich mußte wider Willen lachen, und die anderen Fahrgäste konnten sich ebenfalls ein Schmunzeln nicht verkneifen, dennoch starrten sie uns auch neugierig an. Ich nahm Shinichi zwischen meine Schenkel, damit er sich zum Schlafen anlehnen konnte, und kurz darauf erreichten wir auch schon Koiwa. Meine Frau und ich standen auf dem Bahnsteig, jeder von uns trug ein schlummerndes Kind auf dem Rücken. In dem Augenblick senkte sich dichter Nebel herab, und ein ländlicher Geruch schlug uns entgegen. Es hatte etwas Erfrischendes an sich, das alle Anstrengung des Tages augenblicklich linderte. Als wir aus dem Bahnhof auf die Hauptstraße traten, umhüllte der von rotem Neonlicht durchflutete Nebel das Viertel wie das Vorzeichen einer Katastrophe. Selbst das Kino dicht vor uns war nicht mehr deutlich zu erkennen. Mein Zustand von Einsamkeit und Erschöpfung kehrte wieder, und das fest schlafende Kind auf meinem Rücken wog zentnerschwer, als trüge ich einen Toten.

Meine Frau lief schweigend neben mir her, bis wir in die Gasse hinter dem Kino eingebogen waren; dort rüttelte sie Maya wach:

»Maya, wach auf! Ich laß dich jetzt runter. Steh . . ., steh . . .! Mama kann dich beim besten Willen nicht mehr tragen. Sieh nur, wir sind gleich zu Hause, also wach endlich auf.«

»Und du, Shinichi, komm runter von Papa und lauf allein weiter«, sagte sie dann, worauf ich unseren Sohn absetzte und wachrüttelte. Da kam eine Katze herbeigelaufen und miaute. Als wir losgingen, lief sie ein paar Schritte hinter uns her, und als meine Frau mit der Zunge schnalzte, folgte sie uns den ganzen Weg. Wir bogen ab, und der Bambuszaun kam in Sicht. Auch hier herrschte dichter Nebel, und in der Stille der Nacht, die mir das Gefühl vermittelte, als kehrte ich in das wüste Land längst vergangener Zeiten zurück, hörte ich ganz schwach das kalte Klimpern der Schlüssel. Dann wurden das Tor und die Eingangstür aufgeschlossen. »Tama, Tama«, rief meine Frau – sie benutzte den Namen unserer toten Katze –, worauf das Tier miauend ins Haus gelaufen kam. Damit beschäftigt, das Tier einzufangen, blieb meine Frau erst einmal von dem drohenden Anfall verschont. Irgendwie erschien mir die Katze wie eine Inkarnation. Ohne zu zaudern, machte sich das Vieh über das soeben zubereitete Futter her.

»Vielleicht ist sie eine Wiedergeburt von Tama. Schau doch nur, sie gleicht ihr aufs Haar, findest du nicht?« sagte meine Frau zu mir, doch ich konnte mich beim besten Willen nicht an das Aussehen unserer früheren Katze erinnern. Dennoch rief es in mir die Erinnerung wach, was für eine Figur ich damals nach ihrem Tod abgegeben hatte, und so hütete ich mich davor, näher auf das Thema einzugehen.

»Stimmt, sie sieht ihr wirklich verblüffend ähnlich«, sagte nun auch Shinichi, worauf Maya tönte: »Sie ist meine Tama.«

»Es gibt nur diese eine Katze, ihr müßt euch also friedlich einigen. Ich schlage vor, heute gehört sie Shinichi, und morgen bekommt Maya sie, ihr wechselt euch einfach jeden Tag ab.« Damit versuchte ich, das Gespräch in eine andere Richtung zu lenken.

»Aber was, wenn sie jemandem gehört? Die Leute werden bestimmt verzweifelt sein, wenn ihre Katze nicht mehr da ist«, wandte meine Frau ein, packte das Tier und trug es vor die Tür. Gleich darauf kehrte sie jedoch mit der Katze im Arm zurück.

»Sie will einfach nicht fort. Papa, sag, wollen wir sie behalten?«

»Es sieht ganz danach aus, als hätte sie uns ausgesucht, also warum nicht?« erwiderte ich. Wir beschlossen, sie ebenfalls Tama zu nennen und sie bei uns zu lassen. Der Name erfüllte mich zwar mit Unbehagen, doch meine Frau hatte sich darauf versteift. Sie raspelte abermals getrockneten Bonito und gab ihn der Katze zu fressen, und da wir wegen des frühen Abendessens schon alle wieder hungrig geworden waren, gab es noch ein leichtes Mahl, bevor wir uns in dem großen Zimmer schlafen legten: die beiden Kinder jeweils auf ihrem Futon, während meine Frau und ich dazu übergegangen waren, uns einen zu teilen. Nachdem die Kinder ihre Kleidungsstücke für den nächsten Morgen zusammengefaltet neben ihr Kopfkissen gelegt hatten, schliefen sie sofort ein. Meine Frau hingegen versuchte ein Gespräch zu beginnen:

»In letzter Zeit habe ich solches Herzklopfen und fühle mich betäubt wie nach einem Stromschlag. Was mag das nur sein?«

Ich versuchte sie davon zu überzeugen, daß wir besser gleich einschlafen sollten, denn eine Unterhaltung im Bett führte jedesmal zum Streit, doch der Schlaf wollte sich nicht sofort einstellen. Meine Frau tastete nach mir, aber ich war derart verspannt und nervös, daß ich nicht in der erwarteten Weise zu reagieren imstande war. Dies weckte ihr eifersüchtiges Mißtrauen, und sie probierte es so lange, bis sie von ihrem Mann den Beweis bekam. Gefahr lauerte überall, und sobald sie einen passenden Anlaß gefunden hatte, ließ der nächste Anfall nicht lange auf sich warten. Es gab nichts in dem Umfeld ihres Mannes, was keine Versuchung darstellte, aber auf die Idee, dieser Versuchung auszuweichen, kam sie nicht. Während ich auch in dieser Nacht angesichts ihrer zögernden Annäherungsversuche in Verlegenheit geriet, wie ich mich verhalten sollte, hatte sich Tama herangeschlichen und zu uns gelegt, was allein schon an der Mulde in unserem Futon zu merken war, die durch ihr Körpergewicht entstanden war. Zuerst stieß ich sie mit dem Fuß weg, doch sie ließ sich nicht vertreiben, sondern schlich sich immer wieder heran. Nach einer Weile verspürte ich ein unerwartetes Wohlbehagen und ließ sie gewähren, worauf sie gleich unter die Decke schlüpfte. Meine Frau schien ebenfalls nichts dagegen zu haben, und so stellte ich mir belustigt vor, wir beide hätten uns in Baldrian verwandelt. Ich merkte, wie in jeder Zelle meines Körpers Energie pulsierte.

Unser Nachbar Aoki hatte uns seinen Cousin als Zimmermann vermittelt, damit er den Bambuszaun durch einen neuen Lattenzaun ersetze. Meine Frau bemühte sich, ihn mit kleinen Mahlzeiten und warmen Gerichten zu bewirten, wodurch sich auch ihre Stimmung aufhellte, da jemand Außenstehendes in unsere Privatsphäre eingetreten war. Ich fühlte mich vorläufig entlastet und konnte mich meiner neuen Arbeit widmen. Der Verleger eines mir unbekannten Magazins hatte mir nämlich geschrieben und mich mit einer Kurzgeschichte von fünfundzwanzig Seiten beauftragt. Wenn ich tatsächlich etwas zu Papier brachte, würden wir von dem Erlös wieder eine Weile leben können. Es war keine Zeitschrift für ein breites Publikum, deshalb mußte mich jemand dem Verleger empfohlen haben. Es war wirklich merkwürdig: Immer wenn mein Leben kurz vor dem Zusammenbruch stand, kam ein rettender Auftrag. Man hätte fast denken können, daß irgendeiner meiner Kollegen die Finger im Spiel hatte. Es waren grob gesagt drei Cliquen, zu denen ich Kontakte gepflegt hatte. Allein die bloße Erwähnung des Namens eines Mitglieds der ersten Gruppe löste bei meiner Frau heftigste Reaktionen aus. Die zweite Gruppe war nicht ganz so übel, doch höchstwahrscheinlich kam die Unterstützung aus der dritten Gruppe. Natürlich spiegelte sich darin mein eigenes Verhalten innerhalb dieser Cliquen wider, aber trotzdem war mein Gefühl in mehrfacher Hinsicht gespalten.

Der Zaun war in drei Tagen fertig, und ich hatte meine Kurzgeschichte ebenfalls zu Ende geschrieben. Nicht, daß ich bloß am Schreibtisch gesessen hätte, ich kochte auch Essen, machte die Wohnung sauber und bespannte die Schiebetüren für den Winter mit neuem Papier. Meine Frau, die tagsüber wegen der Zimmermannsarbeiten völlig in Anspruch genommen war, unterlag nachts starken Gemütsschwankungen. Als ich die Schiebetüren reparierte, erinnerte sie sich daran, wie sie im letzten Jahr bis spät in die Nacht mit ebendieser Arbeit beschäftigt war, während sie vergeblich auf meine Heimkehr wartete. Ihre Assoziationen waren überaus sprunghaft.

»Jetzt nennst du mir sofort alle Orte, wo du mit ihr gewesen bist!«

Obwohl ich ihr zuerst nur einen sagen und den Rest unterschlagen wollte, schaffte sie es schließlich, alle Orte aus mir herauszupressen, bis der ganze Stadtplan von Tōkyō mit Schandflecken übersät war. Damit mehrten sich natürlich auch die Orte, die in Zukunft für uns tabu sein würden, bis wir wahrscheinlich bald nirgendwo in der Stadt mehr hingehen konnten. Meine beiden Unterrichtstage waren umzingelt von verbotenen Zonen, so daß ich mich nur noch wie auf einer dünnen Eisdecke bewegen konnte. Unangenehme Erinnerungen sollten eigentlich im Laufe der Zeit verblassen, doch in unserem Fall war es umgekehrt: Sie traten von Tag zu Tag klarer und deutlicher in den Vordergrund.

»Mann, wir können wirklich einpacken, es gibt zu viel, woran wir nicht denken dürfen«, murmelte Shinichi einmal vor sich hin. Oder meine Frau fragte mich aus heiterem Himmel:

»In deinem Notizheft steht: Meine Frau ist ›verkrüppelt‹ – was meinst du eigentlich damit?«

Ich wußte in dem Moment gar nicht, worum es ging.

Am nächsten Morgen wurde ich gleich mit neuen Fragen bombardiert, so als hätte sie darauf gelauert, daß ich endlich aufwachte. Dies war der Auftakt zu dem Verhör, das bei zugezogenen Flurvorhängen bis Mittag andauerte. Die Kinder waren ohne Frühstück nach draußen zum Spielen gegangen, schauten jedoch hin und wieder herein, um die Lage zu sichten, aber die Familienangelegenheit wollte und wollte nicht enden. In der Fabrik hinter uns liefen die Maschinen auf Hochtouren, und das Haus bebte wie üblich von dem Krach und den Erschütterungen. Ich würde ihr immer noch Dinge verheimlichen, warf sie mir vor, und sie stocherte immer weiter in meiner Vergangenheit herum, bis sie schließlich von mir verlangte, ich solle sämtliche Vergehen seit unserer Hochzeit gestehen. Doch als sie dann die Wahrheit aus dem Munde ihres Mannes erfuhr, begannen die Erinnerungen an ihr trauriges Dasein der letzten zehn Jahre in ihrem Hirn zu wuchern, und sie drohte mir, sich zu rächen, darauf könne ich mich verlassen. Als ich sie fragte, ob es denn nicht schon ausreiche, wenn sie Tag für Tag an mir Vergeltung übte, antwortete sie, das sei keine Rache, Rache wäre etwas anderes. Dies sei absolut keine Rache, sie habe sich versprochen, als sie das Wort ›Rache‹ benutzte, und nehme es zurück. Ich solle nur einmal überlegen, was ich ihr alles in den vergangenen zehn Jahren angetan hätte, und wie sie sich mir gegenüber verhalten habe. In der ganzen Zeit habe sie auch nicht einen Gedanken an einen anderen Mann verschwendet, und wenn es mich zufriedener gemacht hätte, wäre sie sogar weggegangen, sie hätte sich sofort damit einverstanden gezeigt. Erst seit jener Nacht wäre sie so geworden, wie sie jetzt war, und sie verstehe selbst nicht, was mit ihr los sei. Es täte ihr schrecklich leid, mich zu martern, aber sie könne eben nicht anders. Auch für sie sei es qualvoll. Sie würde gerne wieder sein wie früher, aber es gelinge ihr einfach nicht. Aber dies sei nun beim besten Willen keine Rache. Ob ich wirklich glaubte, dies sei Rache? Nein, Rache sei nicht etwas derart Mildes. Dadurch, daß ich glaubte, dies sei ihre Rache, würde ich, anstatt sie von ihren Qualen zu erlösen, ebenfalls wütend werden, wenn sie selbst wieder einmal den Kopf verlor. Wenn ich dann Anstalten machte, aus dem Haus zu flüchten, oder wenn ich mich wie ein Verrückter aufführte, würde sie mich erst wirklich hassen. Ich solle ihr ehrlich sagen, was mir an ihr mißfiel. Sonst würde sie keinen Tag länger bei mir bleiben. Ich solle ihr sofort verraten, was ich an ihr nicht leiden könne. Sie würde es dann ändern, wenn es nur ginge. In Wirklichkeit sei ich ihrer jedoch überdrüssig geworden; ich gaukle ihr zwar mit schmeichelnder Stimme etwas vor, doch nur, um sie dann mit einer abfälligen Handbewegung abzuwimmeln, indem ich sagte, ich hätte jetzt keine Zeit, reden wir später darüber. Doch sie sei schließlich auch eine Frau. Mehrere Jahre vernachlässigt, welche Frau würde da noch den Mund halten? Übrigens hätte ich sie auch nie glücklich gemacht. Es war nicht abzusehen, wann sie mit ihrer Predigt fertig sein würde. Sobald ich ein wenig von ihrer Seite wich, sagte sie: »Daß du mir ja nicht wegläufst«, und wenn ich mit verschränkten Beinen vor ihr saß, herrschte sie mich an: »Setz dich gefälligst manierlich hin.«

Maya kam herein, um nach uns zu sehen, und sagte: »Totto ist tot.«

Meine Frau sprang auf und lief hinters Haus. Ich selbst verspürte nicht die geringste Lust nachzusehen, was los war, und seufzte bloß. Nicht einmal den Vorhang im Flur schaffte ich aufzuziehen. Kraftlos und benommen hockte ich inmitten der zerwühlten Futons, als meine Frau zurückkam und mir erklärte, daß eine der Hennen ihren Kopf zu tief ins Wasser gesteckt hätte und fast ertrunken wäre. Sie habe sie gepackt und an der Gurgel gedrückt, bis sie wieder zu sich kam. Tama kreuzte auf und miaute, weil sie etwas zu fressen haben wollte, worauf meine Frau das Verhör unterbrach, um für die Katze das Futter zuzubereiten. Ich hoffte, daß der Vorfall ihre Stimmung verändern würde, doch kaum war sie fertig, baute sie sich wieder vor mir auf, um das Verhör fortzusetzen.

»Solange du mir etwas verheimlichst und alles vertuschst, wird meine Angst nie weggehen. Ich kann dir aus tiefster Überzeugung versichern, daß ich dich in den zehn Jahren innigst geliebt habe. Das hat mich bis jetzt alles ertragen lassen, aber ich fürchte, daß ich es von nun an nicht mehr verhindern kann, dich abgrundtief zu hassen. Damit hat das Leben eigentlich keinen Sinn mehr für mich. Die einzigen Menschen, die ich in meinem ganzen Leben wirklich geliebt habe, waren vielleicht nur mein *Jū* und meine *Amma*« (so nannte sie Vater und Mutter). Meine Frau schluchzte, als hätte alles um sie herum aufgehört zu existieren. Soweit sie sich zurückbesinnen könne, sei sie niemals von ihren betagten Eltern gescholten worden. Als ich meine Frau so weinen sah, wurde mir klar, daß ich sie gewaltsam aus ihrem unbeschwerten Dasein auf ihrer Heimatinsel herausgerissen hatte. Dort war sie als einzige Tochter von ihren Eltern mit hingebungsvoller Liebe und Wertschätzung aufgezogen worden, während sie hier in Tōkyō, in irgendeinen Winkel verbannt, ein beengtes, ärmliches Leben führen mußte und von mir obendrein enttäuscht wurde. Ihr jetziges Aussehen hatte keine Ähnlichkeit mehr mit dem pummeligen Backfisch von damals.

»In deinem Tagebuch steht, du könntest etwas nicht einhalten und deiner Frau gegenüber würdest du das und das sagen ... Was hat das zu bedeuten?« fragte sie. Ich erwiderte, daß ich mir nicht vorstellen könne, dergleichen geschrieben zu haben, jedenfalls würde ich mich nicht daran erinnern, worauf sie aus der verschlossenen Kommodenschublade mein Tagebuch hervorholte und mir die Stelle zeigte. Diese Worte standen tatsächlich in meiner Handschrift da, besaßen jedoch nicht mehr die geringste Verbindung zu meinem jetzigen Gefühl. Erschrocken mußte ich feststellen, wie ich gewisse Dinge einfach verdrängte und verleugnete. Ich stammelte ein paar Worte zu meiner Verteidigung und bekam dafür eine Ohrfeige. Diesmal schlug ich nicht wie sonst zurück, sondern rammte wutentbrannt meinen Kopf gegen die Kommode. Es gab einen dumpfen Knall, mein Schädel brummte. Als ich mich erneut anschickte, meinen Kopf gegen die Kommode zu schlagen, schrie sie mich an: »Hör auf, dich so idiotisch zu benehmen«, und versuchte mich festzuhalten. Während wir miteinander rangen, ließ die aggressive Stimmung immer mehr nach, bis wir uns schließlich in den Armen lagen. Unser Kampfgeist war erloschen, und wir fanden nicht den Mut, einander in die Augen zu blicken. In dem Moment kamen die Kinder müde nach Hause, und als sie sahen, daß ihre Eltern Waffenstillstand hatten, riefen sie, sie seien hungrig. Draußen dämmerte es schon, und mir kam dabei zu Bewußtsein, daß wir uns wieder einmal den ganzen Tag im Zimmer eingesperrt und gezankt hatten.

»Ach, habe ich einen Hunger«, sagte meine Frau lapidar, und damit kehrten auch bei mir und den Kindern die Lebensgeister zurück.

»Sie lächelt ... sie lächelt ... Mama lächelt«, jauchzten Shinichi und Maya und tobten im Zimmer herum. Ihre Mutter griff sich den Einkaufskorb, um auf dem Markt einige Dinge zu besorgen. Ich begleitete sie, während die Kinder daheim blieben. Der neu gebaute Lattenzaun stach auffällig, auf fast peinliche Weise von den anderen Nachbarzäunen ab. Sowohl in dem Laden, wo wir Brot und Erdnußbutter kauften, als auch beim Fleischer und beim Gemüsehändler, wo wir die Mandarinen besorgten, sprühte meine Frau vor Energie, und niemand wäre auf die Idee gekommen, daß sie den ganzen Tag über einen depressiven Anfall gehabt hatte. Mit ihrer munteren Art, die sie außerhalb unserer vier Wände entfaltete, gewann sie die Sympathie der Verkäufer, die, wohin wir auch kamen, immer eine kleine Zugabe spendierten. Dies war mir erst aufgefallen, seit ich sie begleitete. Doch auch an diesem Abend war mir keine Ruhe vergönnt; es gab einen neuen Ausbruch. Das Abendessen war zubereitet, und wir waren gerade frohgemut im Begriff, das köstlich aussehende Mahl zu uns zu nehmen, als meine Frau plötzlich Schale und Stäbchen von sich warf. Die strahlende Sonne war mit einem Schlag hinter einem riesigen dunklen Vorhang verschwunden, und unser Heim verwandelte sich augenblicklich in eine Einöde, in der alles zu Eis gefror.

»Du redest immer davon, getrennt von uns leben zu wollen, aber was würdest du dann tun?« fragte sie mich. Darauf wußte ich keine Antwort. Das konfuse Gerede machte mich nervös, und mir fiel ein, wie ich mich am Nachmittag verhalten hatte. Wortlos stand ich auf und rammte meinen Kopf gegen die neu bespannte Schiebetür. Die dünnen Verstrebungen splitterten sofort auseinander und flogen durch den Raum. Unbefriedigt ging ich in das große Zimmer hinüber und stieß meinen Kopf erneut gegen die Kommode. Diesmal hielt mich meine Frau allerdings nicht zurück. Ich fühlte mich verlassen, als wäre ich von einer Klippe hinabgestoßen worden. Da ich mir jedoch keine Blöße geben wollte, indem ich etwa davon abließ, rannte ich mit martialischem Gebrüll noch einige Male dagegen, bis meine Kopfhaut voller Striemen war, aus denen bereits Blut sickerte. Die Kommode war völlig unversehrt geblieben, doch mein Schädel brummte, als würde jemand ganz dicht an meinem linken Ohr eine zersprungene Glocke anschlagen. Ich bekam Angst und ließ mich auf dem Boden nieder, um erst einmal Luft zu holen. Meine Fassung war dahin, und ich geriet nun so in Rage, daß ich am liebsten alles in greifbarer Nähe Befindliche durch den Raum geschleudert hätte. Gleichzeitig kam mir die Idee, daß meine Frau sofort herbeistürzen würde, wenn ich mich ernsthaft verletzen würde, doch dann besann ich mich, da ich wußte, daß ich mich schon beim geringsten Kratzer am Finger infizierte und die Wunden nur schlecht heilen würden. Ich gab auf und sah hinüber zu dem Tisch, wo meine Frau und die Kinder saßen und schweigend mein törichtes Treiben beobachteten. Ohne mit der Wimper zu zucken, sagte Shinichi mir mitten ins Gesicht: »Ich hasse dich, Papa!« Und dann zu seiner Mutter gewandt: »Ich habe Papa wirklich satt. Es ist mein voller Ernst.«

Ich fühlte mich vernichtet, und eine frühere Bemerkung meines Sohnes tauchte in aller Frische wieder auf, wie ein lebendiges Wesen, das mich überwältigte und gänzlich niederwalzte: »Papa, kauf Mama doch mal bitte einen neuen Unterrock, der alte ist schon ganz zerschlissen.«

Draußen hatte es zu regnen begonnen, und das Plätschern hallte durch die Nacht. Meine Frau ließ sich nicht so einfach besänftigen.

»Ich werde vielleicht sterben, und dann möchte ich, daß Papa für euch sorgt. Statt dieser schrecklichen Mama schafft sich Papa eine neue, viel nettere und hübschere Mama an. Die wird euch dann schöne Sachen anziehen und was Leckeres kochen. Dann hättet ihr es doch viel besser, meint ihr nicht? Oder würdet ihr lieber bei dieser Mama bleiben? Shinichi, was meinst du?«

»Ich habe einfach zuviel mit angesehen, mir ist inzwischen alles egal. Man lebt eben vor sich hin. Ich bleibe bei dir, Mama, und wenn du sagst, du willst sterben, dann sterbe ich mit dir.«

Unvorstellbar, daß diese Worte aus dem Munde eines Jungen kamen, der noch nicht einmal eingeschult war. Die Augen meiner Frau sagten: Das ist alles deine Schuld! Du solltest dich ruhig ein wenig schämen und ein bißchen leiden. Unsere Tochter fing an zu schluchzen: »Maya will nicht tot sein.« Doch die Kinder waren so übermüdet, daß sie kurz darauf einschliefen. Meine Frau hingegen ließ mich nicht zur Ruhe kommen.

»Schwöre, daß du sie nie wieder triffst, schwöre, ... schwöre es!« sagte sie und verlangte von mir, indem sie einen Reibstein gefüllt mit Wasser brachte, ich solle mit der Tusche einen Eid schreiben und ihn mit meinem Fingerabdruck unterzeichnen. Sie zwang mich, ihr auf ihre neu ausgebrüteten

Fragen zu antworten, und daraufhin erzählte sie mir, sie habe von Anfang an gemerkt, daß ich mit einer anderen Frau ein Verhältnis hatte, und eine Privatdetektei beauftragt. Nachdem sie die nötigen Informationen erhalten hatte, sei sie mir gefolgt und habe manche Nacht unten im Hausflur verbracht, während ich mich oben bei meiner Geliebten aufhielt. Außerdem hätte sie meine Kollegen aufgesucht, und sich aus ihren Gesprächen, den Gerüchten und abfälligen Bemerkungen sowie auf Grund ihrer eigenen Beobachtungen ein klares Bild von meiner Affäre machen können. All die Bruchstücke, die ich im Laufe der Zeit von ihr zu hören bekam, hatten mir zwar im großen und ganzen eine Vorstellung vermittelt, doch als ich nun die Details im Zusammenhang direkt aus ihrem Munde erfuhr, packte mich doch das Entsetzen. Rückblickend erschienen mir meine Vergangenheit und meine sogenannten Kollegen in einem völlig neuen Licht, ganz verschieden von dem, was ich in sie hineininterpretiert hatte. Unbegreiflich, wie andersartig ich meine Umgebung und die Personen wahrgenommen hatte. Ich fühlte mich apathisch und ausgelaugt, seelisch und körperlich.

»Jetzt, wo Toshio die Dinge endlich klarer erkennt, kann ich ja getrost sterben«, sagte meine Frau noch, bevor sie völlig erschöpft von dem stundenlangen Reden in Schlaf fiel. Ich vermochte nicht einen zusammenhängenden Gedanken zu fassen; kaleidoskopisch tanzten allerlei Szenen und Gesichter aus meiner Vergangenheit an mir vorüber. Mein Geist war so aufgewühlt, daß ich nicht schlafen konnte. Den Atemzügen meiner Familie lauschend, lag ich die ganze Nacht wach. Es regnete immer noch. Als der Morgen graute und der Milchmann bereits seine Ware auslieferte, ging ich ins Badezimmer, wo ich mich vor das kleine Fenster stellte und nach draußen stierte. Mein Blick fiel schließlich auf den neu errichteten weißen Lattenzaun, der, vom Regen vollgesogen, ganz aufgequollen wirkte.

AM RANDE DES ABGRUNDS

Ich hatte gelernt, mich verrückt zu stellen. Bei den Anfällen meiner Frau blieb mir nichts anderes übrig, als zu diesem unschönen Mittel zu greifen. Ich hielt meine Frau übrigens keineswegs für wahnsinnig. Die Symptome sprachen zwar dafür, aber wenn man berücksichtigte, daß ich ihre Psyche ständig neuen Reizen aussetzte, dann war es kein Wunder, daß sie solche abnormen Reaktionen zeigte – so als würde der bloße Fingerdruck auf einer bestimmten Hautstelle eine Entzündung hervorrufen. Nur konnte ich nicht begreifen, daß es keinerlei Anzeichen einer Besserung gab, obwohl der Zustand nun schon über einen längeren Zeitraum andauerte. Alles, was es zwischen uns beiden zu sagen gab, war längst erschöpfend ausdiskutiert worden. Ich hatte meinen Ausführungen nichts weiter hinzuzufügen, während meine Frau nach wie vor darauf beharrte, ich würde ihr etwas verheimlichen. In der Tat gab es noch unausgesprochene Dinge. Angenommen, ich würde ihr alles bis auf das letzte Geheimnis anvertrauen, dann war es fraglich, ob sie die nackte Wahrheit ertragen konnte. Bestimmt würde dies wieder neue Anfälle bei ihr auslösen, was die Situation nur verschlimmerte. Und sobald wir uns den Mechanismen ihrer Krankheit auslieferten, war eine normale Kommunikation ausgeschlossen. Wenn sie mir vorhielt, durch mich in diesen Zustand geraten zu sein, saß ich in der Falle. Selbst die Möglichkeit, sie insgeheim für verrückt zu halten, war kein wirklicher Schlupfwinkel für mich. Allein durch den Wirbel, den sie veranstaltete, spürte ich die starke Fessel des physikalischen Gesetzes, wonach etwas, das einmal entgleist ist, nur schwer wieder in seine ursprünglichen Bahnen zurückzuführen ist. Weder ließ sich voraussehen, was vor mir lag, noch war es mir möglich, die vergangenen Geschehnisse zu überblicken. Derart in die Enge getrieben, jammerte ich schließlich, daß ich unmöglich so weiterleben könne, wenn sie mir nicht endlich unter der Bedingung verzieh, daß ich sie nicht mehr belügen würde.

»So hilf mir doch!« entfuhr es mir einmal ganz unvermittelt.

»Zu wem sprichst du eigentlich? Auch wenn du noch so laut schreist, wer sollte dich hier hören? Ach ja, natürlich, ich verstehe, das Weibsstück. Genau. Ich möchte wetten, daß du sie schon einmal um Hilfe angefleht hast. Sag schon, wo hast du sie eigentlich darum gebeten? Denk nach! Ich hab's schon wieder vergessen. Wofür brauchtest du ihre Hilfe? Und, hat sie dir geholfen? Wobei und wie hat sie dir geholfen? Wenn du so auf ihre Hilfe angewiesen bist, dann gebe ich dir das Geld für die Hinfahrt, damit du gleich zu ihr kannst, was meinst du? Geh ruhig. Und dann bitte sie gefälligst darum, dir zu helfen. Ich versichere dir, sie wird in schallendes Gelächter ausbrechen.«

Das Wort war mir ganz einfach herausgeschlüpft. Ich fragte mich, ob ich mir wirklich Hilfe wünschte oder ob ich erst danach verlangte, nachdem ich den Wunsch ausgesprochen hatte. In der Tiefe meines Herzens wußte ich, daß keiner mir helfen würde, und all meine Hoffnungen schwanden in dem Maße, wie sich mein Ich hinter einer Mauer verschanzte. Während ich jede Krise zu überstehen versuchte, um danach ein neues, dornenfreies Leben zu führen, wurde meine Frau stets von neuem von finsteren Mächten heimgesucht. Sobald sie meine Vergangenheit ans Licht zu zerren begann, verlor ich die Beherrschung. Das Ganze nahm immer wahnsinnigere Formen an: Aus Furcht und Haß begann ich am ganzen Körper zu beben und gebärdete mich dabei noch verrückter als sie. Völlig außer Kontrolle geraten, brüllte ich laut herum oder rammte meinen Körper gegen irgendein Möbelstück.

»Wenn Papa tobt, sieht sein Gesicht aus wie beim Zähneputzen«, rief meine vierjährige Tochter.

Obwohl es kein sehr väterliches Benehmen war, vor meinen Kindern die Zähne zu fletschen, konnte ich nicht davon ablassen. Mal schätzte ich den depressiven Zustand meiner Frau zunehmend schlimmer ein, und dann hatte ich wieder das Gefühl, es würde sich langsam alles zum Besseren wenden.

Ich wußte schon bald nicht mehr, wie ich die Lage einschätzen sollte. Tagtäglich wurde sie von Attacken heimgesucht, und jedesmal gab es fürchterlichen Streit. Kaum hatte ich den Vorsatz gefaßt, mich nicht mehr aufzuregen und ganz gelassen zu reagieren, ließ ich mich zuletzt doch wieder provozieren. Unter dem Vorwand, die Wunde nicht noch mehr aufzureißen, versuchte ich sie mit allen Mitteln umzustimmen, um Geständnissen auszuweichen und das Vergangene auf sich beruhen zu lassen. Leider ohne Erfolg. Nachdem ich immer wieder in die Enge getrieben wurde und jede Rechtfertigung vergeblich war, griff ich schließlich zu dem Mittel, mich wie ein Wahnsinniger zu gebärden. Dieser Versuchung war schwer zu entkommen. Wenn meine Frau merkte, daß sie mich verrückt machte, würde sie vielleicht von ihrer erbarmungslosen Inquisition ablassen. Bei dem Gedanken, mich soweit gebracht zu haben, mußte ihr eigentlich bewußt werden, daß sie nur Unheil anrichtete. Unabhängig von diesen Überlegungen glaubte ich neulich einen Anflug von Zögern bei ihr zu bemerkt zu haben, als ich vor lauter Verzweiflung erst gegen die Kommode und daraufhin gegen die Schiebetür rannte. Ich mußte mein Vorhaben also noch ein wenig forcieren, dann würde sie mir vielleicht alles verzeihen und sich zum Waffenstillstand bereit erklären. Es war mir unbegreiflich, weshalb sie so nachtragend war. Falls ich meine ursprüngliche Haltung nicht aufgab, mußte ich enormen Widerstand aufbringen; andererseits überlegte ich mir, ob sich meine entgleiste Vergangenheit überhaupt dadurch ins Lot bringen ließ, daß ich die Hände erhob und bedingungslos kapitulierte. Angenommen, sie käme tatsächlich ein wenig zur Besinnung, dann hätte sie die Chance, die seit ihrer Heirat ersehnte Familienidylle zu verwirklichen. Noch ertrug ich alles, aber was würde aus ihr werden, wenn ich aus irgendeinem Grund ums Leben käme? Vor meinen Augen spielte sich immer nur die gleiche Szene ab: wie sie unermüdlich in meiner Untreue und meinem Verrat herumstocherte, um den Kadaver ans Licht zu zerren.

Tag für Tag glaubte ich die Hölle durchzumachen, was

jedoch nicht vergleichbar war mit jemandem, der in einer Folterkammer einer Tortur unterzogen wird und dennoch standhaft bleibt. Ebensowenig steckte ich ganz allein in dieser unerträglichen Situation. In meiner Verdammnis waren nicht alle Bindungen aufgelöst, sondern ich mußte weiterhin die Bürde unseres Familienlebens tragen. Meine Frau stocherte in meinen Eingeweiden, um schonungslos alles Verdorbene ans Licht zu bringen, doch ohne mich konnte sie ebensowenig weiterleben. Mir wurde klar, daß ich sie nicht verlassen durfte. Als ich endgültig meine Entscheidung getroffen hatte und mich in unser Haus einschloß, entsagte ich der Außenwelt, indem ich sie meinem Blickfeld entzog. Sie war für mich zu einem dunklen Vakuum geworden, von dem ich nicht wußte, ob von ihm nicht irgendwann eine erneute Versuchung und Bestrafung ausgehen würde.

Wenn ich in der Frühe erwachte, wollte ich sogleich aufstehen, was jedoch nur mit ihrer Erlaubnis möglich war. Jedesmal, wenn wir im Bett miteinander redeten, beschworen wir unweigerlich eine dunkle Wolke herauf. Dies war unvermeidlich, da meine Frau inzwischen völlig auf diese Verfinsterung fixiert war und an nichts anderes mehr denken konnte. Früher hatte ich mich einfach nach Lust und Laune herumgetrieben und bei der anderen übernachtet, während ich zu Hause immer bis in den Mittag hinein schlief und die schlechte Laune dann an meiner Frau ausließ. Doch jene Tage standen nun in keiner Beziehung mehr zur Gegenwart. Damals hätte meine Frau mich bestimmt gefragt, weshalb ich denn überhaupt keine Lust mehr auf sie hätte, doch jetzt strafte sie mein damaliges Desinteresse nur mit mißtrauischen Blicken. Inzwischen war ich gezwungen, mich auf Zehenspitzen zu bewegen und meiner Frau frische Luft zuzufächeln, doch in dieser Atmosphäre lauerte der Feind, und ich wußte nicht, wann er hervorpreschen würde. Falls es mir beim Aufwachen gelang, das dunkle Verhängnis abzuwehren, schlüpfte ich schnell in meine abgetragene dunkelblaue Sergehose aus der Marinezeit, warf mir das Secondhand-Jackett aus dem karierten derben Wollstoff über und zog die Vorhänge an der Verandatür auf. Dann schloß ich die Eingangstür und die Pforte des neu errichteten Holzzauns auf und trat auf die Gasse hinaus. Einmal, als mir in der frischen Morgenluft der rauchige Geruch aus dem Kochherd in die Nase stieg, wurde eine längst vergessene Kindheitserinnerung in mir wach: wie ich als kleiner Junge noch ganz schlaftrunken im Bett lag und mir tief atmend mein späteres erfülltes Leben ausmalte. Doch jener Tag, an dem ich mir vorstellte, wie ein Angestellter mit verschlafenem Gesicht die Straße vor dem Laden kehrte, lag weit zurück. Was war geschehen, daß ich in eine solche Sackgasse geraten war. Jedesmal wenn ich jetzt vor unserem Grundstück die Straße fegte, senkte sich unweigerlich die schwere Last der Vergangenheit auf mich herab, und die Außenwelt erschien, wie durch einen Lampenschirm gefiltert, nur noch in schwachem Licht. Der Deckel des Mülleimers, der dicht am Zaun stand, lag mitten auf der Straße, und um ihn herum waren Papierabfälle verstreut. Es war jeden Morgen das gleiche Bild, als wolle meine Umgebung damit ihre Kritik an mir zum Ausdruck bringen. Vielleicht hatte jemand im Dunkeln in der Tonne gewühlt, oder ein Hund hatte darin herumgestöbert, doch es war wohl eher ein Zeichen von Böswilligkeit gegenüber diesem Haus, das nun langsam im Morgengrauen sichtbar wurde. Aus irgendeinem Grund war die Müllabfuhr in unserer Gegend schon tagelang nicht im Einsatz gewesen. Ich raffte mich auf und kehrte die Abfälle auf einen Haufen, um sie zu verbrennen. In dem Moment fiel mein Blick auf eine weibliche Gestalt, die gerade in die Gasse bog. Die Atmosphäre war schlagartig gespannt. Mein Gesicht glühte, und ich merkte, daß ich leicht zitterte. Trotz des schlechten Gewissens zog ich mich nicht sofort ins Haus zurück. Anders als früher hatte sich meine Überzeugung, ich müßte mein Selbst an einem ›anderen Ort‹ wahren, verflüchtigt wie eine herabgedonnerte weiße Schneelawine. Ich war verzweifelt darüber, daß ich mich nicht für diesen Augenblick, der sogleich Vergangenes in mir wachrief, zu entscheiden vermochte, doch dann erlag ich der Versuchung und wollte herausfinden, wie die offenbar über vierzigjährige Frau sich verhalten würde, wenn unsere Blicke sich kreuzten. Wenn meine Frau jetzt auftauchte, würde sie die ungewöhnlich aufgeladene Stimmung sofort wittern und mich wegen meiner verdächtig erscheinenden Befangenheit zur Rechenschaft ziehen. Sie würde die kleinste intime Regung in mir aufspüren und mich zu einer Erklärung zwingen. Das war bei uns inzwischen zu einem festen Bestandteil unseres Lebens geworden, und solange ich seine Zerstörung nicht zuließ, gab es kein Entrinnen. Ich kannte die Frau eigentlich nur flüchtig. Sie hatte ein Mischlingsmädchen bei sich, von dem ich nicht wußte, ob es ihre Tochter war. Es sah jedenfalls so aus, als würde sie das Kind etwas unwirsch behandeln. Eines Abends, als sie vor mir ging und ich ihr folgte, verschwand sie in einem einstöckigen Haus in einer der Gassen, die von der belebten Bahnhofsstraße abgingen. Da es nicht so weit von uns entfernt lag, schlug ich bei einem darauffolgenden Spaziergang unwillkürlich die Richtung ein. Vor dem Haus spielte das Mischlingskind. Die Lippen des Mädchens leuchteten knallrot, ganz im Kontrast zu seinem hellen Teint, und das weiche Haar flatterte im Wind. Obwohl es mich bemerkt hatte, glitt der Blick des kleinen Mädchens mit einer Spur von Feindseligkeit über den fremden Mann hinweg. Auf dem Klingelschild stand ein gewöhnlicher japanischer Männername. In dem kleinen Garten war Unterwäsche zum Trocknen aufgehängt, deren Weiß einen schier blendete. Vermutlich war sie zu stark gebleicht worden. Diese diskrete Besonderheit versetzte mein Herz in Aufruhr. Ihre Sachen stachen von der derben, schlichten Kleidung ab, die hier in Koiwa üblich war; sie wirkte viel geschmeidiger. An einem anderen Tag sah ich die Frau in Begleitung der Kleinen und einem weiteren Mädchen und versuchte vergeblich, eine Ähnlichkeit zwischen den beiden Kindern auszumachen. Hatte ich sie bei den wenigen zufälligen Begegnungen überhaupt bewußt wahrgenommen? Ich wunderte mich über mich selbst, daß sich mein Gemüt plötzlich so aufhellte, als die Frau mit dem pausbäckigen Gesicht näherkam. Sie erwiderte meinen Blick, der vom Verbrennen des Mülls ganz rauchverhangen war, und grüßte im Vorbeigehen. Ich errötete, fühlte mich aber zugleich beklommen und schaute mich um, ob meine Frau uns hier draußen beobachtete. Oder Maya, die ihrer Mutter dann vielleicht erzählte, daß eine fremde Dame dem Papa zugenickt habe. In diesem Augenblick hätte ich meine Frau schwer davon überzeugen können, daß ich nicht den leisesten Anflug eines sündigen Begehrens in mir trug. Jetzt, da unser Familienleben nach der Aufdeckung meiner heimlichen Affäre fast zerstört war und wir uns unentwegt stritten, wäre es zu riskant gewesen, einfach stehenzubleiben. In letzter Zeit war nicht damit zu rechnen, daß meine Frau sich um das Frühstück kümmerte. Ich wußte zwar, daß ich nichts gegen ihre Depressionen auszurichten vermochte, hielt es aber ebensowenig aus, mir ein bißchen Zeit zu gönnen, wenn sie nicht unter meiner Beobachtung stand. Doch falls ich jetzt zu ihr eilte, würde sie sogleich meine veränderte Gesichtsfarbe bemerken. Ich wagte deshalb nicht, das Verbrennen des Mülls abzubrechen und ins Haus zu gehen. Aus irgendeinem Grund ging mir ein gewisses Klavierstück nicht aus dem Sinn, und ich fühlte mich wie gelähmt. Eine wohlige Erschöpfung blieb zurück. Mein panisches Fluchtverhalten bewirkte allerdings genau das Gegenteil: Die Erinnerungen an das Vergangene blähten sich auf und überwältigten mich.

Eine meiner neuen Beschäftigungen bestand darin, mit dem baumelnden Einkaufskorb in der Hand neben meiner Frau herzuschlendern, wenn sie ihre Besorgungen machte: Sie suchte den Fisch und ihre Lieblingsgemüsesorten aus, blieb vor dem Krämerladen stehen und überlegte sich ausgiebig, was sie dort kaufen wollte, lief dann etliche Male zwischen Gemüsehändler und Fleischer hin und her und unterhielt sich auf affektierte Weise mit allen möglichen Verkäufern. Das Einkaufsviertel von Koiwa, dessen Straßen sich strahlenförmig vom Bahnhofsplatz Richtung Stadtrand erstreckten, verbreitete mit seiner Beleuchtung und den phantasievoll ausgestatteten Geschäften eine künstlich bunte Helligkeit. Wenn man aus den kleineren Gassen plötzlich auf die Hauptstraße trat, ergab sich ein Kontrast, als würde man aus der Versenkung auf die Bühne kommen. Hineingerissen in den lärmenden Rhythmus der Menschenmenge, zog es mich im Schutz der Arkaden zur Markthalle, wo alles noch enger und verwinkelter war und nur elektrisches Licht für die Beleuchtung sorgte. Dort wimmelte es zwar von weiblichen Wesen, die bei meiner Frau einen Anfall hätten provozieren können, doch sie fühlte sich gar nicht an ihre Nebenbuhlerin erinnert. Dies lag vermutlich daran, daß die meisten Frauen hier kaum geschminkt waren und in einfacher Kleidung und Holzsandalen herumliefen, wie es für eine Vorstadt typisch war. Zu meiner Überraschung wirkte sie heiter und unbeschwert wie schon lange nicht mehr, als wir in ihrem Stammladen allerlei Eßwaren wie Speiseöl, Erdnußbutter, Zucker, Marmelade und Mayonnaise erstanden. Sobald die schmalgesichtige, geschmackvoll gekleidete Inhaberin uns entdeckte, machte sie eine Verrenkung, damit sie zu uns aufschauen konnte:

»Na, das ist aber schön, gnädige Frau, daß Sie in Begleitung Ihres Gatten kommen. Da kann man ja richtig neidisch werden.«

Ihr theatralisches Gehabe war bühnenreif. Irgendwann mußte ich mich in diese Figur des hochgeschossenen Jünglings mit studentenhaften Allüren verwandelt haben, der, von seiner jungen Frau gezogen, nur widerwillig folgte.

Meine Frau riß die Augen auf und wandte sich genauso floskelhaft an den mittelgroßen Ladenbesitzer mit dem kantigen Gesicht:

»Ach, Sie sind immer so fleißig.«

Bei jedem Artikel änderte sie ihre Meinung bezüglich der Menge und kaufte schließlich viel mehr, als wir brauchen konnten. Zuletzt drückte sie mir sämtliche Sachen in die Hand.

»Oh, Ihr Gatte ist so nett und trägt das alles für Sie? So etwas würde ich auch mal gerne erleben«, flötete die Inhaberin, worauf meine Frau erwiderte:

»Ach, Sie sind doch erst recht zu beneiden. Sie sind den ganzen Tag hier mit Ihrem Mann zusammen und führen gemeinsam den Laden.«

»Na ja, das Geschäft zwingt uns dazu. Aber glauben Sie, er würde mal auf die Idee kommen, mich irgendwohin mitzunehmen?« sagte sie ihrem Mann zugewandt, während ich schweigend zusah, wie die beiden sich köstlich über die Stichelei amüsierten. Jetzt tat meine Frau ein wenig großspurig und genoß die Aufmerksamkeit, aber damals in jener schrecklichen Zeit, als ich sie vernachlässigte und ganz von der anderen Frau besessen war, wie hatte sie sich da wohl benommen, wenn sie diesen Laden betrat? In den drei Jahren, die wir hier in Koiwa wohnten, hatte ich sie nicht ein einziges Mal in die Markthalle zum Einkaufen begleitet. Wahrscheinlich war sie ganz niedergeschlagen mit den Kindern dorthin gegangen und mußte obendrein mit dem knappen Budget auskommen. Hatte meine Frau sich einmal für einen Laden entschieden, wechselte sie ihn höchst ungern. Noch dazu sah die Inhaberin genauso aus wie eine Freundin aus ihrer Kindheit, so daß sie dem Geschäft den Spitznamen ›Hāchans Laden‹ gab. Es gab auch jedesmal einen Rabatt, und es war somit kein Wunder, daß sie dort besonders gern und oft einkaufte. Außerdem kannte meine Frau den jungen Verkäufer im Fischgeschäft, der ihr – wenn sie ihm einen Topf mitbrachte – großzügigerweise die ausgeweideten Fischreste aufhob, aus denen sich sogar noch etwas Sashimi gewinnen ließ, sowie den Inhaber des Obstladens, wo sie sich aus einer Apfelkiste mit neuer Ernte zum Einheitspreis bedienen konnte. Und wenn sie an einem bestimmten Tag im Monat beim Misoladen vorbeiging, wo man entsprechend der erstandenen Warenmenge Präsente erhielt, bekam sie zum Beispiel weit mehr Keramikteller, als ihr für ihren Einkauf zustanden. Der Fleischer schließlich gab ihr zartes Lendenfleisch zum Preis von normalem Fleisch.

Früher hatte ich meiner Frau, wenn sie mir davon erzählte, keine Beachtung geschenkt, doch als ich jetzt auf unseren

Einkaufsbummeln alles aus nächster Nähe miterlebte, fragte ich mich ängstlich, ob diese Sonderbehandlung außer in ›Hāchans Laden‹ künftig nicht ausbleiben würde. Wenn meine Frau mich so völlig arglos hinter sich herschleifte, konnte ich es nicht verhindern, daß ich die Figur eines schmarotzenden Schattenwesens abgab, was zum Teil auch an meinem schlottrigen amerikanischen Secondhand-Jackett lag. Ich hatte gelernt, stillschweigend neben meiner Frau zu stehen, während sie in den Geschäften den Preis aushandelte, oder ein wenig abseits zu warten, bis die langatmige Prozedur des Herumsuchens beendet war und sie sich zu einem Kauf entschlossen hatte. Langsam schien ich mich an diesen Zustand zu gewöhnen. Immer wieder verscheuchte ich die aufsteigende Erinnerung, wie ich meine zierliche Geliebte eng umschlungen beim Einkaufen begleitet hatte. Jetzt erst wurde mir mit Schrecken bewußt, daß ich meine eigene Frau, mit der ich seit über zehn Jahren zusammenlebte und die mir zwei Kinder geboren hatte, überhaupt nicht wahrgenommen hatte. Mein bisheriges Verhalten war in sich zusammengestürzt, und ich wußte nicht, wohin es mich trieb und ob ich das alles überstehen würde. In der jetzigen Situation war es mir jedenfalls unmöglich, mein Ego von innen her aufzurichten. Auch wenn ich in meinem damaligen unsteten Leben zahlreiche Keime für eine Bestrafung gelegt hatte, wußte ich nach meiner Abkehr von dieser Lebensweise nicht, wie ich die neue Lage, in die ich mich begeben hatte, einschätzen sollte. Nach einer gefährlichen Verfolgungsjagd in die Enge getrieben, hatte ich einen Weg gewählt, der mich noch stärker zum Rückzug zwang, denn ich mußte mich um meine verwundete Familie kümmern. Doch diese mißtraute mir und richtete anklagend den Gewehrlauf auf mich. Mir blieb nichts anderes übrig, als abzuwarten, bis sich der verwirrte Geisteszustand meiner Frau wieder normalisierte. Das wurde mir von Tag zu Tag klarer. Die Einkäufe in der Markthalle verschafften ihr zwar eine positive Erregung, was ihren Hang zur Depression ein wenig milderte, doch das war nicht immer der Fall. Je nach Umstand konnte es sogar mitten auf der Straße oder in der Markthalle passieren, daß ihre Stimmung umschlug und sie einen Anfall bekam. Ich konnte nicht das geringste dagegen tun. Manchmal, wenn sie von einem Anfall heimgesucht wurde, nahmen wir bei unseren mörderischen Auseinandersetzungen inzwischen überhaupt keine Rücksicht mehr auf die anderen Passanten, während wir anfangs noch den Schein zu wahren versucht hatten. Ich benahm mich dann weitaus sturer und jähzorniger als bei unseren häuslichen Auseinandersetzungen. Es war aussichtslos; ich war nicht mehr in der Lage, mich zu beherrschen.

Ich hatte einen Auftrag erhalten und mußte sicherstellen, daß ich mit der Arbeit fertig wurde. Es war zwar auch diesmal keine renommierte Zeitschrift, sondern nur das Organ irgendeiner Vereinigung, doch um ein Honorar zu bekommen, war ich gezwungen, innerhalb der vereinbarten Frist eine Kurzgeschichte zustande zu bringen. In meinem gegenwärtigen Exil, wo ich nur Frau und Kinder zu Gesicht bekam, war dieser Auftrag eines mir unbekannten Zeitschriftenverlags eine günstige Gelegenheit. Der Redakteur hatte mich auf Empfehlung eines Kollegen mit dieser Aufgabe betraut. Von dem Honorar für die kürzlich im P.-Magazin abgedruckte Kurzgeschichte war mehr als die Hälfte für den neuen Holzzaun draufgegangen, den wir auf Drängen meiner Frau gegen den morschen, verfallenen Bambuszaun austauschen ließen. Dieser Auftrag stellte eine wahre Erquickung für unsere ausgetrockneten Kehlen dar, aber in meiner gegenwärtigen Geistesverfassung war es fraglich, ob ich überhaupt die nötige Konzentration aufbringen konnte, einzelne Worte zu einem literarischen Gebilde zusammenzufügen, ganz zu schweigen von dem künstlerischen Anspruch. Obwohl ich mir fest vorgenommen hatte, tagsüber zu arbeiten, war ich immer abgelenkt von anderen Tätigkeiten wie Hausputz, Gartenarbeit oder Einkaufen. Irgendwie brachte ich nichts Rechtes zu Papier. Wenn meine Frau in ihre Depression verfiel und einen

Anfall bekam, war der Zeitplan jäh unterbrochen, und ich mußte erst einmal abwarten, bis alles vorbei war. Und falls ich doch dazu kam, mich in mein Zimmer zurückzuziehen, stachen mir die über Tisch und Wand verteilten Tintenspritzer in die Augen: unauslöschliche Schandflecken, die meine Frau an jenem denkwürdigen Tag, der eine dunkle Periode einleitete, hinterlassen hatte. Ich konnte förmlich ihr animalisches Gebrüll und Stöhnen hören, als sie wieder einmal wie all die unzähligen Nächte zuvor vergeblich auf ihren Mann gewartet hatte, der sich draußen herumtrieb und nicht heimkehrte. Durch die große Fensterscheibe sah man direkt in den Garten der Kanekos, wo der halbwüchsige Sohn mit seinen Schulkameraden spielte. Das wütende Geschrei, wenn die Muschelkreisel zusammenprallten, drang schrill an mein Ohr und malträtierte meine schutzlose Seele. Sobald ich einen Gedanken gefaßt hatte, auf den ich mich zu konzentrieren suchte, war ich den Launen dieses Jungen ausgeliefert. Es war eigentlich nur damit zu erklären, daß der Nachbarssohn mich nicht leiden konnte. Und nicht nur er, sondern auch seine pummelige größere Schwester, die beim Gesundheitsamt im Nordosten der Stadt angestellt war, verhielt sich mir gegenüber unverhohlen feindselig. Einer ihrer Kollegen besuchte die Abendschule, an der ich zweimal pro Woche unterrichtete. Einmal sprach sie mich an, sie habe gehört, daß eine Kurzgeschichte von mir in einem Magazin erschienen sei. Doch seit ihre leibliche Mutter verschollen war und der Vater bald eine neue Frau mit in die Familie gebracht hatte, gingen mir die beiden Geschwister aus dem Weg. Vielleicht hing es auch mit jener Zeit zusammen, als ich mich noch draußen herumzutreiben pflegte. Bei meiner Heimkehr – egal, ob ich anderswo übernachtet oder den letzten Zug genommen hatte – ließ ich meist aus Bequemlichkeit unser Tor verschlossen und lief statt dessen durch den Garten der Kanekos, falls ich Glück hatte und ihre Pforte offen war. Schleppend mußten sich damals auch im Hause der Kanekos all die Nächte hingezogen haben, in denen Frau und Kinder ebenfalls vergeblich auf das Erscheinen des Familienvaters warteten. Eines Abends merkte ich bei meiner späten Rückkehr, daß ihre Hinterpforte von innen verriegelt war. Vermutlich hatte die Nachbarfamilie meinen damaligen Lebenswandel durchschaut. Hinzu kam noch, daß der Gestank aus dem Hühnerstall, den meine Frau direkt an der Ecke unseres Hauses aufgestellt hatte, ungünstigerweise direkt zu den Kanekos hinüberzog. Erst im nachhinein begriff ich eines Tages die zunächst überhörten Anspielungen, in denen sie mir dies und meine mitternächtlichen unbefugten Überquerungen ihres Grundstücks vorhielten. Ich zitterte am ganzen Körper vor Scham. Doch bald darauf geriet ich in eine Lage, in der ich meine Gedanken nicht mehr an eine fremde Familie verschwenden konnte. Falls ich sonntags zum Beispiel die einsame Gestalt des Schuljungen im Taubenschlag auf dem Dach entdeckte, wo er sich den ganzen Tag versteckt hielt und von wo er nicht einmal zum Essen herunterstieg, mußte ich aufpassen, daß meiner Frau dies verborgen blieb. Sobald die neu eingebaute, solide Holzpforte der Kanekos, die sich vom restlichen Zaun deutlich abhob, in mein Blickfeld geriet, schwebte das Bild meiner eigenen Gestalt vor mir, wie ich lautlos dort eindrang und an der Hecke vorbeischlich. Während ich auf unser Haus zuging, wuchs die Befürchtung, daß meine Frau noch wach lag und auf mich wartete, und ich bemühte mich, mein ängstlich schuldbewußtes Herzklopfen zu besänftigen. Ich kam mir vor wie ein Betrunkener und fühlte mich sterbenselend. Auch jetzt bei dem lauten Spiel des Nachbarjungen mit seinem Muschelkreisel blieb mir nichts anderes übrig, als hinter dem geschlossenen Fenster meine Erregung im Zaum zu halten. An den Tagen, an denen ich keinen Unterricht gab, gedachte ich mich ausschließlich meinem Schreiben zu widmen, doch es bestand wenig Aussicht, daß ich mich von Frau und Kindern zurückziehen und in meinem Arbeitszimmer nach Belieben schreiben konnte. Ich überlegte bereits, neben meinem Schreibtisch ein Schlaflager für meine Frau einzurichten. Wenn wir ständig aufeinanderhockten, drohte natürlich die Gefahr eines Anfalls, aber sobald ich von ihr getrennt war, schwebte ich in einer unbeschreiblichen Angst, die ich ebensowenig ertragen konnte. Ich beschloß deshalb, nicht mehr von ihrer Seite zu weichen. Nervös auf ihren nächsten Anfall lauernd, entschlüpfte mir irgendwann eine unvorsichtige Bemerkung, mit der ich dann selbst den Streit provozierte. Genauso unerträglich empfand ich es allerdings, wenn wir uns in getrennten Zimmern aufhielten und ich plötzlich mit ihrem Anfall konfrontiert wurde. Wenn ich auf den neuen Auftrag zu sprechen kam und immer wieder betonte, daß ich schreiben müsse, damit unsere vierköpfige Familie nicht verhungerte, zeigte meine Frau Verständnis und wollte früh schlafen gehen, um mich nicht bei der Arbeit zu stören. Sie las dann in einer Zeitschrift, bis sie von dem Geräusch des Blätterns müde wurde. Sobald ich merkte, daß sie eingeschlafen war, verspürte ich eine große Erleichterung, als wäre ich an einem freien Ort ohne jegliche Hindernisse, wo alle Warnungen aufgehoben waren, wo mich kühles Wasser und eine frische Brise erwarteten. Selbst der finstere Ausdruck ihrer neurotischen Angst, der sich bereits beim Erwachen einstellte, verwandelte sich im Schlaf in ein pausbäckiges, kindliches Gesicht, dessen Anblick in mir das Gefühl weckte, als sei alles letztlich gar nicht so schlimm, auch wenn schon im nächsten Moment einer ihrer unerträglichen Anfälle losgehen könnte. Sogar ihre hartnäckige Aggression im Wachzustand hatte sich nun in ein schutzloses Vögelchen verwandelt, und ich fand es irgendwie rührend, daß sie atmen mußte, um sich am Leben zu erhalten. Jedenfalls trug ich schwer daran, daß meine Frau sich zur Zeit rasend gebärdete wie ein vom Jäger angeschossenes Wildschwein. Wenigstens lief sie nicht weg. Im Schlaf erschien ihre breite Stirn ganz weiß, und wenn ich mir vorstellte, daß in ihrem kleinen Hirn all die krausen Gedanken unentwirrbar ineinander verschlungen waren, dann kam mir unweigerlich der Gedanke, daß ich kein Recht hatte, mich zu widersetzen, egal was sie mir antun würde.

Es half nichts, ich mußte arbeiten. Ich saß wie betäubt vor

dem leeren Blatt Papier, so als würde ich zu einem Brunnen geschleppt und zum Trinken gezwungen. Los, alles austrinken! befahl mir eine Stimme, und ich machte mich widerwillig ans Werk. Die vor mir liegende Fülle an Zeit, die mir bis dahin im Überfluß erschienen war, schrumpfte plötzlich zusammen und drängte mich, es sei keine Minute mehr zu verlieren. Der Gedanke, es sei mir bereits vorherbestimmt, wieviel Arbeit ich in meinem restlichen Leben schaffen würde, ging mir nicht aus dem Kopf.

Hin und wieder lauschte ich auf die regelmäßigen Atemzüge meiner Frau und schrieb schließlich ›Angst zu kämpfen‹ in die Kästchen auf dem Manuskriptbogen. Doch welche Worte ich auch zu Papier brachte, sie alle richteten sich an meine schmutzige Seele und waren dazu angetan, eine Reaktion zu provozieren. Untergang, Untergang, dröhnte es unentwegt in mir wie heranbrandende Wogen. »Miau« – der Ton, der so schwach klang, daß ich meinen Ohren nicht traute, kam direkt von unterhalb der Stelle, wo meine Frau schlief. Ich spitzte unwillkürlich die Ohren, vernahm jedoch kein weiteres Miauen. Da Tama sich zwar tagsüber im Haus aufhielt, nachts jedoch draußen herumzustreichen pflegte, ließ mir der Gedanke, daß sie heute vielleicht gar nicht weg war, keine Ruhe. Ich schaute in dem Zimmer nach, wo die Kinder schliefen, und auch in dem kleinen Raum zwischen Küche und Eingang, doch Tama war nicht da.

Eine Weile lauschte ich noch, es blieb still. Das Miauen war höchstwahrscheinlich unter dem Fußboden gewesen, und ich wunderte mich, was die Katze da zu suchen hatte. Als ich in mein Zimmer zurückkehrte, blickte meine Frau mich mit großen Augen an und fragte argwöhnisch:

»Was hast du gemacht?«

Getroffen von ihrem vorwurfsvollen Ton, spürte ich sofort, wie sich um mich herum unerträglich gereizte Luft anstaute.

»Es hörte sich an wie das Miauen von Tama...«, verteidigte ich mich, worauf meine Frau mich weiter in die Enge zu treiben versuchte:

»Aber unsere neue Tama bleibt doch nachts gar nicht im Haus.«

Mir blieb die Antwort im Hals stecken, und das Blut gefror in meinen Adern. Jedes ihrer Worte erschütterte mich im tiefsten Innern. Was immer ich zu meiner Rechtfertigung hervorbrachte, die auseinandergepflückten Äußerungen zerfielen in zusammenhanglose Fragmente, die sich in meiner Kehle stauten.

»Du schwindelst mich an«, sagte sie lediglich, schloß die Augen und schlief im Nu wieder ein. Die Spannung in mir löste sich, und ich konnte ein wenig weiterarbeiten.

Wir beide waren nur noch von Alpträumen geplagt. Ganz gleich, zu welchen Dingen ich mein persönliches Gefallen oder Mißfallen zum Ausdruck brachte, sofort löste ich damit einen Anfall aus. Deshalb konnte ich ihr auch nicht erzählen, was ich geträumt hatte. Meine Frau hingegen war stets darauf bedacht, mir alles haarklein zu berichten, wobei sie mich mit forschendem Blick fixierte: wie sie sich heimlich vom Postbeamten den Brief zurückerbeten hatte, von dem sie glaubte, ich hätte ihn an die andere Frau geschickt; wie sie wegrennen wollte und ich sie mit aller Macht zurückhielt, worauf sie sich laut schreiend von mir losriß; oder wie ich mit der anderen ein Komplott geschmiedet hatte, sie umzubringen, und wir dann beide eng umschlungen auf dem Bahnsteig standen, nachdem wir sie auf die Schienen hinabgestoßen hatten. Ihre Träume wimmelten von derartigen Vorfällen, und wenn sie mir davon erzählte, fragte ich mich, inwieweit es sich dabei tatsächlich bloß um Träume handelte.

»Du hast ihr doch geschrieben, nicht wahr? Sag mir die Wahrheit. Ich habe diesen Brief ganz deutlich gesehen.«

Dabei beschrieb sie mir in allen Einzelheiten den Umschlag und wie die Anschrift geschrieben war. Trotz meiner Beteuerung, keinen Brief geschickt zu haben, blieb sie mißtrauisch.

»Wäre das nicht erst recht sonderbar, wenn du ihr keinen Brief schicktest? Du hast aus Liebe zu ihr dein Leben verpfuscht und deine Frau und Kinder zu Opfern gemacht, wie können deine Gefühle da so schnell in Gleichgültigkeit umschlagen? Das wäre allerdings typisch für dich, du besitzt nicht die Standhaftigkeit, deinen eigentlichen Willen durchzusetzen. Aber wenn sie dir etwas vorheult, läßt du dich bestimmt von ihr herumkommandieren. Ich bin euch wohl unverhofft dazwischengekommen, was? Also was ist, du hast ihr doch bestimmt einmal heimlich geschrieben, oder? Ansonsten wärst du wirklich ein gemeiner Opportunist.«

Mit der Zeit ertappte ich mich zu meiner eigenen Verwunderung immer häufiger dabei, wie ich über verschiedenste Selbstmordmethoden nachdachte. Meine Frau meinte, sie wüßte eine Art, sich umzubringen, bei der es keine sterblichen Überreste geben würde. Vermutlich wußte sie tatsächlich darüber Bescheid, und falls sie ganz und gar der Mut verließ, würde sie wohl kurz entschlossen zu diesem Mittel greifen. Ich hingegen war jemand, der sich mit so etwas nicht im geringsten auskannte, und mein Entschluß stand keineswegs fest. Mir fielen zwar Selbstmordpraktiken ein wie das Aufschneiden der Pulsadern, Erhängen oder der Sprung vor den Zug, doch für all dies fehlte mir der Mut. Für mich blieb wahrscheinlich nur Gift übrig. Zyankali war mir allerdings zuwider, also würde ich vermutlich Schlaftabletten horten, um sie dann alle auf einmal zu nehmen. Diese Variante wirkte irgendwie verlockend, und sogar ich wäre eventuell dazu in der Lage, dachte ich mir. Es verschaffte mir eine gewisse Beruhigung, solch eine für mich durchführbare Selbstmordmethode parat zu haben, falls ich an diesen Punkt getrieben werden würde. – »Du machst mir doch was vor. Ist es dir wirklich ernst damit, daß ich bei dir bleibe?« – Wenn sie mit dem Finger auf mich zeigte und mich mit ihren bohrenden Blicken fixierte, wußte ich selbst nicht mehr, ob ich die Wahrheit sagte oder log, so daß mir das ›Schlucken von Gift als letzter Ausweg‹ immer mehr wie ein passender Abgang für mein Leben erschien.

Wenn Besuch kam, waren die Kinder wie ausgewechselt und gerieten jedesmal völlig außer Rand und Band. Vermutlich konnten sie ihre überschäumende Freude nicht länger im Zaum halten. Ihre Mutter blieb dann nämlich von Anfällen verschont, weil die Anwesenheit außenstehender Personen eine Art Erregungszustand bei ihr hervorrief. Solange der Besuch bei uns weilte, stand uns dreien eine friedliche Zeit bevor. Mit meiner Erzählung ›Angst zu kämpfen‹ kam ich nur stockend voran, während die tägliche Routine weiterging: Wegen meines Unterrichts wurde zweimal pro Woche das Abendessen vorgezogen und die Haustür abgeschlossen. In Begleitung meiner Familie machte ich mich auf den Weg, der uns zunächst zu Ujikka, dem Onkel meiner Frau, führte, wo ich die drei zurücklassen konnte. Nach Unterrichtsende begab ich mich wieder dorthin, um Frau und Kinder abzuholen. Während der Bahnfahrt waren wir den mit ihren Anfällen verbundenen Strapazen ausgesetzt und kehrten erst spät am Abend völlig erledigt heim. Als ich die Erzählung endlich fertig hatte, war auch unser Bargeld aufgebraucht. Ich steckte außerdem ein paar guterhaltene Bücher ein und brachte sie mit meiner Frau zu dem Antiquariat nördlich der Bahnlinie, wo ich zweihundert Yen dafür bekam. Auf dem Heimweg bemühte ich mich, meine Frau auf andere Gedanken zu bringen. Ihr Blick hatte sich schon wieder verfinstert, weil die läppische Summe sie daran erinnerte, wie ich früher ebenfalls mit dem Verkauf von Büchern Geld aufgetrieben hatte, um zu der anderen zu fahren. Als wir nach Hause kamen, war ihre Cousine Junko aus Ujikkas Familie da, und die Kinder tobten vor Freude über ihre Mitbringsel. Junko ähnelte meiner Frau in jungen Jahren; sie war ein pausbäckiges, gesund aussehendes Mädchen, und immer wenn sie zu uns kam, hellte sich die Stimmung im Haus auf. Bei ihrem heutigen Besuch, der uns wie ein Licht in finsterer Nacht erschien, schlug ich ihr spontan vor:

»Wie wär's, wenn du heute bei uns bleibst? Sieh dir nur Shinichi und Maya an, sie sind ganz selig. Deine Cousine

Miho leidet in letzter Zeit so unter Heimweh nach ihrer Insel. Es wäre schön, wenn du sie etwas aufmuntern könntest.«

Meine Frau blickte erwartungsvoll zu Junko. Ihre Trübsal war mit einem Mal wie weggeblasen, und sie wirkte ganz erfreut. Ihre frühere Lebendigkeit, mit der sie sich um den Haushalt gekümmert hatte, war zurückgekehrt, und sie rannte sofort in die Küche, um ihren Gast zu bewirten. Nicht die leiseste Spur eines Anfalls war mehr zu bemerken. Als bald darauf mit der Vormittagspost auch noch eine Zahlungsanweisung von etwa zehntausend Yen kam – mein Honorar für die Kurzgeschichte, die ich in der Zeit geschrieben hatte, als der Zimmermann bei uns den Zaun erneuerte –, war ihre Freude um so größer, und auch sie rief begeistert:

»Junko, durch deinen Besuch ist es mit einem Schlag hell hier geworden. Schau nur, Papas Honorar ist ebenfalls eingetroffen. Ehrlich gesagt, heute saßen wir wirklich schon in der Klemme. Doch nun hat sich alles wieder geregelt. Jetzt kann ich dir ein üppiges Mahl zubereiten. Bleib heute nacht bei uns. Was meinst du?«

»Ja, warum nicht. Ein schönes Essen lasse ich mir doch nicht entgehen.«

Als Junko so mit uns herumalberte, war plötzlich eine längst vergessene Normalität in unser Haus zurückgekehrt, die mich zu Tränen rührte. Meine Frau sagte, sie wolle gleich mit ihrer Cousine auf dem Markt Besorgungen machen. Die ausgelassenen Kinder wollten ebenfalls mit. Ich brauchte mir also keine Sorgen um sie zu machen und fand mich in einer Stimmung wieder, wie ich sie schon lange nicht mehr genossen hatte. Auf ein Omen – egal, ob gut oder schlecht – folgt immer ein weiteres, und so auch diesmal: Als wir gerade fröhlich beim Mittagessen saßen, kam von meinem Kollegen B., der bei einem Rundfunksender arbeitete, ein Telegramm, in dem er mich zu einem Gespräch mit einem weiteren Kollegen C. einlud. Beide waren inzwischen beruflich sehr erfolgreich und genossen gesellschaftliches Ansehen. Meine Frau meinte ganz unbefangen:

»Du solltest hingehen, Papa. Jetzt, wo Junko bei uns ist, brauchst du dir keine Sorgen zu machen. Geh ruhig. Vielleicht geben sie dir ein ordentliches Honorar.«

Als ich mich das letzte Mal dazu hatte überreden lassen und ausging, war meine Frau hinterher verschwunden. Jene chaotische, angstvolle Nacht war mir noch lebhaft im Gedächtnis, und deshalb war ich fast darüber verwundert, daß ich trotzdem Lust verspürte wegzugehen.

Schließlich stieg ich doch in den Zug und fuhr zu der Rundfunkanstalt, die mitten in der Stadt lag. Pünktlich um vier wollte ich wieder zurück sein. So sehr ich mir auch einzureden versuchte, daß in Junkos Beisein keine Probleme auftreten würden – kaum befand ich mich außer Reichweite meiner Frau, keimte die alte Angst wieder auf. Draußen wunderte ich mich über die Leute, die allein unterwegs waren, und fragte mich, ob sie überhaupt keine Unsicherheit verspürten. Zwar war auch ich momentan allein, doch da ich mein Vorhaben so schnell wie möglich hinter mich bringen wollte, handelte es sich praktisch um eine kurzzeitige Ausnahme. Es war schwer, mir vorzustellen, daß ich mich noch vor einem Monat völlig sorglos draußen herumgetrieben hatte. Obwohl die Freiheit verheißende Welt in meiner Phantasie weiter existierte, konnte ich unmöglich dorthin zurück. Auch wenn mir das Unwägbare, das mich dort erwarten würde, überaus reizvoll erschien, wäre es nur mit Qualen verbunden, mich erneut in diese Gefilde zu begeben. Doch alles, was ich draußen sah, die Häuserzeilen, vorbeiströmende Passanten, Geräusche, Luft, Gerüche..., dies alles schien mit ködernden Fangnetzen nur darauf zu lauern, sich an mich heranzupirschen und zu seiner Beute zu machen. Ich fühlte mich benommen wie im Rausch.

Im Fahrstuhl des Gebäudes schlug mir der Geruch von Schminke entgegen. Als sich die Tür öffnete und ich hinaustrat, erstreckte sich vor mir der künstlich beleuchtete Korridor. Leicht irritiert über die Stille, ging ich zur Rezeption, wo ich B.s Namen nannte und gebeten wurde, auf ihn zu warten.

Ich nahm auf dem Sofa in der Ecke Platz und sank so tief ein, daß meine sonst gar nicht so übermäßig hochragenden Knie mir bis zu den Ohren reichten und die Hüften der vorbeigehenden Personen sich in meiner Augenhöhe befanden.

»Entschuldige bitte, daß ich dich so ganz aus heiterem Himmel hierherbestellt habe. Ich habe mir ein passendes Thema ausgedacht und möchte, daß du mit C. darüber diskutierst. Was hältst du davon: ›Aufsatz und Roman‹? Du sollst den Zündfunken für das Gespräch liefern. Was meinst du? Möglichst in einer unkomplizierten Sprache, es soll eine Sendung für Hausfrauen sein und etwa eine Viertelstunde dauern. C. wird auch gleich vorbeikommen. Er hat gerade angerufen.«

Ich saß ihm gegenüber und blickte in sein vertrautes Gesicht, als er mir dies sagte, und trotzdem war mir nicht recht wohl bei seinen Worten. Die übliche Angst machte sich wieder breit. B. arbeitete höchstwahrscheinlich von früh bis spät und manchmal sogar bis tief in die Nacht ganz allein hier an seinem Arbeitsplatz fernab der Familie. Und die Tatsache, daß auch C. seinen Schuldienst verrichtete und Frau und Kinder währenddessen zu Hause lassen konnte, bedrückte mich. Irgendwie dachte ich, daß mir nichts Gescheites zu dem Thema ›Aufsatz und Roman‹ einfallen würde. Ich schwieg beklommen, worauf B. sich neben mich setzte und mit forschendem Blick fragte:

»Und wie steht's mit deiner Frau? Du leidest doch sicher auch sehr darunter, oder?«

»Es ist nicht mehr so schlimm wie zu Anfang, aber im wesentlichen hat sich nichts geändert. Heute ist ausnahmsweise ihre Cousine bei uns zu Besuch, so daß ich mal weg konnte.«

Sobald ich die Worte ausgesprochen hatte, nahm meine bis dahin eingebildete Befürchtung reale Züge an, denn ich machte mir schon die ganze Zeit über heimlich Sorgen. Womöglich hatte es sich Junko anders überlegt und fand es bequemer, bei sich zu Hause zu schlafen. Wenn sie wegging, würde meine Frau sich garantiert an die unzähligen Nächte erinnern, in denen sie vergeblich auf die Heimkehr ihres Mannes gewartet hatte. Sie würde fortlaufen und die Kinder allein lassen. Vermutlich trieb sie sich dann wieder am Edo-Fluß oder an den Bahngleisen herum.

Bald darauf erschien C., und wir wurden ins Aufnahmestudio geschickt. Am liebsten hätte ich B., der hinter der Glastür lautlos gestikulierte und uns Anweisungen gab, indem er etwas auf die Tafel schrieb, angeschrien, er solle endlich aufhören. Als C. und ich uns an dem Tisch mit dem installierten Mikrofon, das wie eine Guillotine zwischen uns hing, gegenübersaßen, erschien er mir mit einem Mal wildfremd und roboterhaft, so als würde er nur darauf lauern, meine Äußerungen in Stücke zu zerreißen. B.s auffällige Pantomime hinter der Glastür bedeutete wohl, daß wir anfangen sollten. Der Augenblick leerer Stille, unmittelbar bevor das Gespräch begann, war nahezu unerträglich, und als ich panisch nach Worten suchte, vernahm ich leise, aber deutlich die Schluckgeräusche von C. Bei dem Gedanken, daß er in diesem Augenblick unter höchster Anspannung stand, wich die Aufregung plötzlich von mir. Ich erinnerte mich daran, wie ich schon einmal in einer ähnlichen Situation geglaubt hatte, mir nur Kritik einzuhandeln, dann aber mit gebührendem Respekt behandelt wurde. Meine Zunge löste sich, und nachdem ich ein paar Sätze von mir gegeben hatte, brachte C. einige Gegenargumente vor. Die für das Gespräch vorgesehene Zeit lief ab, ohne daß ich wie befürchtet ins Stocken geraten war, und das Gespräch, bei dem alles, was ich sagen wollte, regelrecht aus mir hervorsprudelte, während ich die Ansichten meines Gegenübers überhaupt nicht richtig zur Kenntnis nahm, wurde einfach abgebrochen. Der in Fluß gekommene und nun gebremste Redetrieb ratterte in meinem Kopf weiter.

Ich erhielt von B., der sich zum Aufbruch fertigmachte, einen Umschlag mit meinem Honorar, und wir drei gingen gemeinsam ohne gegenseitige Aufforderung in die City, wo bereits buntes Nachtleben herrschte. Unter der Hochbahn gab es unzählige Trinklokale, die tagsüber nicht eine solche Verlockung darstellten wie jetzt. Ich reagierte um so heftiger darauf, und dennoch zögerte ich aus Angst, einen Fehltritt zu begehen. Mein Körper fieberte vor Aufregung. Zwischen B. und C. schien sich eine spannende Unterhaltung anzubahnen, und wie geplant steuerten sie auf ein Lokal zu, das ihre Stammkneipe zu sein schien.

»Heute gebe ich einen aus«, sagte C. zu B. in kumpelhaftem Ton, und als B. mich aufforderte, ihnen ein wenig Gesellschaft zu leisten, fiel es mir schwer abzulehnen. Ich war mit meinen Gedanken ganz woanders und sorgte mich bloß darum, daß ich ohne Genehmigung meiner Frau nicht einen Heller von dem heutigen Honorar ausgeben durfte und ein großes Risiko einging, wenn ich nicht gleich nach Erledigung meiner Aufgabe zu ihr zurückkehrte. Es war öde, so unbeteiligt daneben zu sitzen, ohne mich der gemeinsamen Unterhaltung und Stimmung anzuschließen. Bald würden mich meine Kollegen satt haben; sicher drohte meine Verbindung zu ihnen immer schwächer zu werden. Möglicherweise war dies bereits der Fall, überlegte ich mir, und ich sollte die beiden nicht länger stören. Als ich mich deshalb von ihnen verabschiedete, erwiderte B. mit bedauernder Miene: »Ich werde auch nicht mehr lange bleiben«, während C.s auf mich gerichteter Blick zu sagen schien: Mach du nur, ist mir doch egal. Ich wußte nicht mehr, was genau ich in der Debatte geäußert hatte, doch jetzt hatte ich das Gefühl, irgend etwas Schlimmes verbrochen zu haben. Da ich schon seit einiger Zeit keinen Sake mehr angerührt hatte, fühlte ich mich, obwohl ich nicht mehr als einen halben Becher getrunken hatte, leicht beschwipst. Die übliche Angstvorstellung begann an mir zu nagen: Während ich mich hier betrank, passierte zu Hause vielleicht etwas, was nicht mehr gutzumachen war. Obwohl ich ursprünglich vorgehabt hatte, höchstens zehn Minuten zu bleiben, war unversehens schon fast eine Stunde vergangen. Um so mehr erschien mir deshalb mein Kneipenbesuch als Fehler, und der Gedanke, daß C. meinen halben Becher bezahlen würde, bedrückte mich. Sowohl die heutige Einladung zu der Rundfunkdebatte als auch die Aufträge für die Kurzgeschichten, die ich zwischen den Anfällen meiner Frau zusammengeschustert hatte, verdankte ich der Freundlichkeit meiner Kollegen, und bei dieser Vorstellung fühlte ich mich wieder einmal wie ein nichtsnutziger Versager.

Während ich hoch oben auf dem Bahnsteig auf den Zug wartete, betrachtete ich die City-Hochhäuser, die herausfordernd in den Nachthimmel ragten. Die erleuchteten Fenster und blinkenden Neonreklamen fügten sich harmonisch in die Geräuschkulisse, die über den Häuserschluchten lag. Für mich klang es wie ein grandioses musikalisches Werk, das zugleich eine verführerische Leere besaß. Inmitten dieses hallenden Lärms glitten lautlos die rasterhaften Zeichen der Leuchtschriftnachrichten vorbei, die von Katastrophen, Unfällen und Morden berichteten. Beim Lesen schoß mir plötzlich die Idee durch den Kopf, daß versteckt zwischen diesen Meldungen nur ein einziges Mal eine Zeile auftauchte, die das Ende der Welt verkündete. Und obwohl es vor aller Augen verkündet würde, nähme zu meinem Erschrecken keiner Notiz davon. Ich wäre der einzige, der diese Botschaft las.

Ich bekam ein schlechtes Gewissen, mit einer Alkoholfahne nach Hause zu kommen. Sogar dieser halbe Becher war schon zuviel gewesen. Ich war zwar nur leicht beschwipst, doch die reuevolle Erkenntnis, den nüchternen Zustand vor dem Trinken nicht mehr zurückerlangen zu können, stürzte mich in Verzweiflung: Es gab praktisch überhaupt keinen Ort der Rückkehr für mich. Mit tiefen Atemzügen versuchte ich, meinen Rausch zu vertreiben, als der Zug schneller als erwartet die Station Koiwa erreichte. Auf dem Bahnhof überkam mich das übliche Angstgefühl, das sich in einem Zusammenziehen der Magengrube äußerte. Mich mühsam beherrschend, passierte ich mechanisch den Übergang und die Fahrkartensperre, überquerte den Bahnhofsplatz und betrat das Geschäftsviertel. Hinter dem Kino bog ich ab, kam am Fahrradabstellplatz vorbei und lief halb in Trance durch einige weitere Gassen, bis endlich unser neuer heller Holzzaun in Sicht kam. Mir fiel ein Stein vom Herzen. Jedesmal hatte ich die fixe Idee, unser Haus könnte sich plötzlich in Luft aufgelöst haben, und erst wenn ich es bei der Heimkehr mit eigenen Augen sah, konnte ich gefaßt hineingehen. Egal, was sich da drinnen inzwischen auch abgespielt haben mochte, sobald ich die Umrisse unseres Hauses erkannte, war ich fürs erste beruhigt. Erleichtert sah ich, daß Licht brannte, doch als ich die Pforte erreichte, stellte sich heraus, daß es nur die Straßenbeleuchtung und das Licht im Nachbarhaus waren, die sich in der Scheibe spiegelten. Im Haus war es völlig dunkel. Mein Herz schlug unwillkürlich schneller, und als ich mit dem Zweitschlüssel ins Haus gelangte, herrschte Totenstille. Sogar von Tama gab es nicht die leiseste Spur. Doch es war nicht wie sonst, wenn ich von meinen Ausflügen heimkehrte: Junkos Anwesenheit versprach immerhin einen gewissen Spielraum. Als ich die Lampe anknipste, wobei ich mit dem Schienbein gegen das Eßtischchen stieß, fand ich dann auch den erhofften Zettel. Meine Frau hatte in ihrer großzügigen Handschrift auf der Rückseite eines Reklamezettels eine Nachricht für mich hinterlassen:

Mein Liebster,

die Kinder und ich sind mit Junko ins Tone-Kino gegangen. Wir schauen uns ›Shane‹ an. Mach dir bitte keine Sorgen. Falls du früh genug wieder da bist, kannst du ja nachkommen.

Deine Miho

Nachdem ich die Haustür wieder abgeschlossen hatte, lief ich denselben Weg zurück und stellte erleichtert fest, daß mein immer noch nicht ganz verflogener Schwips mir kaum mehr anzumerken war. Ich pfiff sogar vor mich hin, als ich im Laufschritt vorwärtseilte. Das Kino lag gleich hinter der Bahnschranke auf der Nordseite. Als ich den dunklen Saal betrat, lief eine Western-Szene mitten in der Prärie, wo die zerlumpte Hauptdarstellerin auf ihrer zurechtgezimmerten Ranch gerade Wäsche zum Trocknen ausbreitete. Es waren nur wenig Zuschauer da. Im vorderen Teil des Saals, etwa in der Mitte, entdeckte ich die vier vertrauten Köpfe von Junko, meiner Frau und den beiden Kindern, die alle wie gebannt zur Leinwand hochschauten. Ich kannte den Film, und gerade diese Stelle gefiel mir ausgesprochen gut. Wahrscheinlich hatte mich die Art beeindruckt, wie die Hauptdarstellerin in dem rauhen, ärmlichen Milieu so offen und ehrlich ihre Gefühle zeigte. Auch ihr schlicht zusammengebundenes Haar war mir im Gedächtnis geblieben; ich wußte sogar, daß diese Frisur unter der Bezeichnung ›Wyoming-Wasserfall‹ in Mode gekommen war. Aber was, falls überhaupt, hatte ich meiner Frau von dem Film erzählt, nachdem ich ihn damals gesehen hatte? Wenn sie nun mißtrauisch nachfragte, mit wem ich mir den Film denn angeschaut hätte, würde dies nur all die zahlreichen riskanten Erinnerungen an die Vergangenheit wachrufen und ihren Argwohn schüren. Der Film würde somit zum Stein des Anstoßes werden und das Unheil einer schlaflosen Nacht heraufbeschwören. Besorgt, ich könnte immer noch nach Alkohol riechen, nahm ich neben meiner Frau Platz und setzte mir Maya auf den Schoß, worauf sie mir das Kind sofort abnahm. Dies war nicht ihre typische Art, seitdem sie von Anfällen heimgesucht wurde. Prüfend schaute ich hin und wieder zu ihr hinüber, doch es gab kein Anzeichen einer depressiven Verstimmung. Im Gegenteil: Als sie meinen Blick spürte, lächelte sie mir sogar zu, was ich jedoch lediglich auf Junkos Anwesenheit zurückführte. Auch wenn wir an diesem Abend ein ganz gewöhnliches Dasein führten, würde diese Normalität nur von kurzer Dauer sein. Sobald nämlich unser Besuch heimgekehrt war, würden die Anfälle wieder einsetzen, und ich war auf ein neues der unentrinnbaren Folter ihres Irrsinns ausgeliefert.

Am nächsten Morgen – ich war gerade dabei, vor dem Haus zu kehren – erklang von irgendwoher Geigenmusik aus dem Radio. Die verblaßten Erinnerungen an jenen Tag stiegen wieder auf, als ich von meiner Frau, die meine Kollegen ausgefragt hatte, all den Klatsch und ihre verächtlichen Bemerkungen über meine Affäre erfuhr. Mir wurde ganz heiß, doch während ich der Melodie lauschte, erkannte ich, daß ich jetzt eigentlich in einer besseren Situation steckte, denn ich wußte nur zu gut, daß ich mich mit meinem damaligen Verhalten zum Gespött gemacht hatte. Dieser Gedanke beruhigte mich.

Die friedliche Stimmung dauerte offensichtlich an, denn meine Frau war mit Junko Brot kaufen gegangen. Dies änderte sich auch nicht, als wir alle am Eßtischchen im kleinen Zimmer beim Frühstück saßen. Fast ein wenig wehmütig stellte ich fest, wie selbstverständlich und vergnügt wir unser Mahl genießen konnten, wenn meine Frau von ihren Anwandlungen verschont blieb. Trotzdem war mir ihr psychischer Mechanismus unbegreiflich: Weshalb zeigten sich bei ihr in Anwesenheit eines Gastes nicht die leisesten Anzeichen eines Anfalls?

Ich wollte die Zeit dazu nutzen, ›Angst zu kämpfen‹ zu überarbeiten, damit ich das Manuskript so bald wie möglich wegschicken konnte, doch Junkos Besuch hatte mich derart entspannt, daß ich plötzlich meine Erschöpfung spürte. Als ich mich aufs Bett in meinem Arbeitszimmer legte, hörte ich, wie der Nachbarjunge und seine Schulkameraden unter grellem Geschrei mit ihren Muschelkreiseln spielten. Es war Sonntag, und seine Freunde waren schon seit dem frühen Morgen da. Sie trampelten so laut im Garten herum, daß unter mir die Erde bebte. Es hörte sich an, als würden Sumō-Ringer auf dem Boden aufstampfen. Obwohl ich mich dadurch gestört fühlte, schlief ich irgendwann ein.

Die asphaltierte Straße zog sich endlos hin. Viele Menschen waren zu Fuß unterwegs. Bekannte Gesichter tauchten auf, doch als ich fragte, wohin sie gingen, wandten sie sich wortlos ab. Mitten in der Menge entdeckte ich meine Frau, die ihr Haar zu einer ›Wyoming-Wasserfall‹-Frisur zusammengebunden hatte und eine schäbige weiße Bluse über einem zerlumpten Rock trug. Sie drehte sich zu mir um und warf mir einen zornig funkelnden Blick zu. Dann ergriff sie hastig die Flucht. Ich eilte ihr nach. »Miho!« rief ich und versuchte sie einzuholen, doch sie rannte weiter. Ich lief ihr hinterher, bis ich ihren Rock zu fassen bekam. »Wieso hältst du mich jetzt zurück?« schleuderte sie mir in eiskaltem Ton entgegen. Sie schüttelte meine Hand ab, und es sah aus, als würde sie zusammen mit den anderen Leuten auf einer Rolltreppe nach oben fahren, bis sie nach und nach in der Ferne verschwand. Kollegen aus meinen Cliquen schnitten Grimassen und warfen mir vor, ich sei ein Feigling, und wandten sich von mir ab. Von allen im Stich gelassen, schrie ich verzweifelt: »Wartet doch! Was habe ich nur falsch gemacht?« In dem Moment wachte ich auf. Mir war nicht sofort klar, wo ich war. Ich neigte meinen Kopf zur Seite, um mich zu sammeln und das brodelnde Chaos des Traums abklingen zu lassen, bis ich schemenhaft die Gasse vor dem Haus, unseren neuen Zaun und die Holzpforte von Kanekos Garten erkannte. Als ich auf die Uhr sah, war es bereits nach drei Uhr. Oh, Gott! Ich erhob mich mechanisch wie eine Puppe und schaute im Nebenzimmer sowie in der Küche nach meiner Familie. Es war niemand zu sehen. Hastig stürzte ich zum Eingang, wo meine Frau in der Ecke auf dem Estrich hockte und Schuhe putzte.

»Herrje, ich war ganz erschrocken. Ich dachte schon, du wärst weg.« Ich seufzte erleichtert auf, doch meine Frau gab keine Antwort, sondern beschäftigte sich weiter mit verbohrter Miene mit unserem Schuhwerk. Ich war wie gelähmt. Schließlich gab ich mir einen Ruck und fragte: »Wo ist Junko?«

»Die ist längst nach Hause gegangen«, erwiderte sie patzig.

Ich spürte, wie ich mehr und mehr an den Rand eines riesigen Wasserfalls gezogen wurde, doch ich wollte alles tun, um den Sturz aufzuhalten. Da ich es für klüger hielt, mich nicht auf weitere Gespräche einzulassen, zog ich mich in mein Zimmer zurück, wo ich meine Erzählung überarbeiten wollte. Völlig unkonzentriert glitt mein Blick immer wieder über dieselben Zeilen, als Maya an der Tür erschien.

»Mama will weg, darf sie das?« fragte sie in einem scherzhaften Ton.

Ich stürzte zum Eingang, doch meine Frau war nicht mehr da. Die Schuhe standen in Reih und Glied. Hastig schlüpfte ich in meine Holzsandalen und rannte hinaus, wo ich sogleich meine Frau mit einem Einkaufskorb in der Hand entdeckte. Nachdem ich sie eingeholt hatte, sagte ich:

»Wieso sagst du mir nicht Bescheid, daß du zum Markt gehst?«

»Du warst doch beschäftigt. Wenn du mir sagst, du willst arbeiten, dann störe ich dich doch nicht mit so etwas. Außerdem will ich ab und zu auch mal allein ausgehen«, erwiderte sie und zog die Augenbrauen zusammen.

»Ich mache mir aber Sorgen, wenn du allein weggehst.«

»Mir passiert schon nichts. Ich hatte es einfach mal satt, immer nur mit dir herumzulaufen.«

»Das kann ich auch nicht ändern, aber ich darf dich nun mal nicht aus den Augen lassen.«

»Wieso hängst du eigentlich in letzter Zeit wie eine Klette an mir? Du machst mir sowieso nur was vor. Dein plötzlicher Sinneswandel kommt doch bloß daher, weil du dich dazu von mir genötigt fühlst.«

». . .«

»Geh nicht so dicht neben mir! Dein Süßholzgeraspel kann mir gestohlen bleiben. Da kannst du noch so sehr deine Treuseligkeit zur Schau stellen, ich trau dir sowieso nicht. Du bist und bleibst ein hinterhältiger Kerl.«

Mir war, als hätte mein Gesicht nun tatsächlich gemeine Züge angenommen, und eine finstere Häßlichkeit schien sich auf ihm auszubreiten.

Nachdem sie gesalzene Makrelen gekauft hatte und wir uns auf den Heimweg machten, verhielt sie sich genauso wortkarg wie auf dem Hinweg. Zu Hause angekommen, ging sie hinaus auf den schmalen Durchgang zwischen unserem Grundstück und der Metallfabrik und machte in dem kleinen tragbaren Kochherd Feuer für das Abendessen. Es war unerträglich, auf ihren Anfall, von dem ich nicht wußte, wann er eintreten würde, warten zu müssen. Ich wurde fast verrückt. Mir sollte es recht sein, wenn das Unvermeidliche möglichst bald geschah, denn um so eher würde der Spuk wieder vorüber sein. Fürchtend, daß sie bald ihren Schrei ausstoßen und den gewaschenen Reis um sich schmeißen oder die Teeschale von sich werfen würde, wollte ich ihr zuvorkommen, um die ganze Sache zu forcieren. Es fiel mir schwer, meine Haltung zu bewahren. Als ich nach draußen trat, wo das Geratter der Fabrikmaschinen unter meinen Füßen vibrierte, drehte sich meine Frau ruckartig zu mir um, als würde mir der Kopf einer Puppe aus dem Kabinett des Grauens entgegenschießen. Mir blieb fast das Herz stehen.

»Sag mir endlich, wieso du mich so quälen mußt. Was hast du eigentlich an mir auszusetzen?« rief ich mit weinerlichem Gesicht.

»Ich quäle dich überhaupt nicht«, antwortete sie mit ungerührter Miene. »Ich kann mich selbst nicht ausstehen in meiner Unentschlossenheit.«

»Nun sag endlich, irgend etwas beschäftigt dich doch, habe ich recht? Deshalb machst du so ein finsteres Gesicht. Du spannst mich nur auf die Folter mit deinem Gerede. Wenn du mich unbedingt bestrafen willst, dann mach es bitte kurz: Schlag mich oder bring mich um, aber tu's endlich! Ich habe längst vor dir kapituliert. Mir ist klargeworden, wie nichtsnutzig ich bin. Ich hoffe, daß ich es wenigstens schaffe, für dich und die Kinder zu sorgen, damit wir ein normales Leben führen können. Natürlich geht das nicht von heute auf morgen. Aber ich werde mich die nächsten zehn Jahre darauf einstellen und wünsche mir, daß sich dein Mißtrauen gegen mich, das sich in den vergangenen zehn Jahren bei dir eingenistet hat, allmählich zerstreut. Ich merke sehr wohl, mit welchem Blick mich die Kinder anschauen. Von jetzt an werde ich mich so verhalten, daß ihr mir wieder vertrauen könnt. Doch wenn du weiterhin ein so finsteres Gesicht machst und in meiner Vergangenheit herumstocherst, dann weiß ich wirklich nicht mehr weiter. Es bleibt mir dann wohl nichts anderes übrig, als mich und meine Familie umzubringen.«

»Was soll das, seit neuestem drohst du mir andauernd damit. Du bist nicht bereit, für deine Schuld zu büßen, und planst statt dessen einen Familienselbstmord, wodurch auch noch die Kinder mit hineingezogen werden. Schämst du dich nicht, eine solche Gemeinheit von dir zu geben?«

»Aber nein, das war doch nur für den Fall ... Ist ja schon gut.«

»Gar nichts ist gut.«

»Egal, jedenfalls willst du mich doch etwas fragen, oder?«

»Stimmt, noch eine Sache.«

»Und ... was ist es?«

»Wer ist ›M.‹ in deinem Tagebuch?«

Die Frage kam so überraschend, daß ich mich nicht gleich erinnern konnte.

»Ich meine den Buchstaben M. Soweit kann ich ja noch lesen. Ganz winzig hast du es hingekrakelt. Bestimmt bist du mit der ins Café oder so gegangen. Wer ist sie?«

Wohl oder übel mußte ich mir jede Frau einzeln ins Gedächtnis rufen, mit der ich irgendwann einmal ein Verhältnis hatte. Ich wühlte das Abwasser der Vergessenheit auf, und all die heraufbeschworenen Gesichter ließen nicht zu, daß ich meine Beziehung zu ihnen auslöschte, egal welchen Standpunkt ich jetzt einnahm. Wie dumm war es doch, diese Frauen erneut in die Wirklichkeit zurückzuholen, denn dann würden sie in meinem Innern sich wieder zu behaupten beginnen. Merkte meine Frau das nicht?

»Komm, laß uns reingehen. Hier können wir nicht reden«, sagte ich.

Drinnen nahmen wir vor der Kommode im großen Zimmer Platz. Neues Unheil braute sich zusammen, und wieder einmal war ich ihm ausgeliefert. Meine Frau forderte mich auf, jeden einzelnen Namen sowie den Grad der Bekanntschaft zu nennen, worauf ich ihr alle Beziehungen seit meiner Studentenzeit aufzählte, bis ich schließlich die Beherrschung verlor und mich laut stöhnend auf dem Boden wälzte. Dabei ritzte ich mir irgendwo den rechten kleinen Finger blutig, doch meine Frau blieb ungerührt.

Draußen wurde es bereits dunkel. Die Kinder betraten zaghaft das Haus und beobachteten aus dem Nebenzimmer den Streit, ohne dabei einen Ton von sich zu geben. Als wir einen Moment verschnauften, jammerten sie, sie seien hungrig. Meine Frau stand auf und ging in die Küche, wo sie auf dem inzwischen glühenden Holzkohlenfeuer die gesalzenen Makrelen grillte und ein einfaches Mahl zubereitete. Ich lag ernüchtert auf dem Boden und starrte die Verstrebungen der Decke an, als mir der Geruch der gebratenen Makrelen in die Nase stieg und augenblicklich das Bild einer ganz gewöhnlichen Vorstadtfamilie wachrief, die gemütlich beim Abendessen saß. Obwohl das Glück so unmittelbar vor mir lag, hinderte mich etwas daran, es zu ergreifen.

»Kommst du zum Essen?« rief meine Frau herüber. Ich gab keine Antwort.

»Wenn du nichts willst, esse ich nämlich auch nichts«, sagte sie daraufhin mehr zu sich selbst, worauf ich widerwillig aufstand und mich ans Eßtischchen setzte. Während wir schweigend unser Mahl verzehrten, spürte ich von der Seite die angewiderten Blicke, die Shinichi und Maya mir zuwarfen.

Nachdem die Kinder zu Bett gebracht waren, wurde am Eßtischchen, das zwischen uns stand, das unselige Gespräch wieder aufgegriffen. Schließlich sagte meine Frau zu mir, sie habe sich zwar ein ungefähres Bild von meiner schmutzigen Vergangenheit machen können, doch nun hätte sich herausgestellt, daß alles noch weitaus schlimmer war. Ich protestierte, es sei doch völlig sinnlos, mir andauernd meine Vergangenheit vorzuhalten, und wenn sie keine Hoffnung für die Zukunft sähe, dann wäre es doch besser, wir trennten uns. In mir bäumte sich alles auf: »Wie lange willst du mich noch so terrorisieren? Ich halte das nicht mehr aus. Wenn wir uns trennen, dann laß uns das jetzt klarstellen.« Ich packte sie bei den Schultern, als wollte ich sie von mir stoßen. Sie begann zu weinen.

»Daran habe ich auch schon längst gedacht. Ich werde Maya mitnehmen. Ich tue das nur wegen dir. Im Moment bin ich eben geistig gestört. Obwohl mir die meisten Dinge klar sind, gibt es Augenblicke, wo ich einfach nicht mehr fähig bin, die Lage richtig zu begreifen. Deshalb quäle ich dich so. Ich bin mir nicht einmal sicher, ob ich jemals wieder in den alten Zustand zurückkehren kann. Eigentlich hast du doch überhaupt kein Interesse mehr an meinem Körper, oder?«

Gleich darauf beschuldigte sie mich, ich hätte Frau und Kinder schon längst aus dem Familienregister streichen lassen. Dann erwähnte sie die Sache mit ihrem Verlobten, mit dem sie meinetwegen das Eheversprechen aufgehoben hatte. Wie gerne würde sie diesen Masaaki, der total verliebt in sie gewesen sei, wiedersehen und ihm unter Tränen gestehen: »Ich wäre jetzt glücklicher, wenn ich mit dir zusammengeblieben wäre.« Ich hörte Shinichi mehrmals aufs Klo gehen, und jedesmal verspürte ich ein unangenehmes Kribbeln auf meiner Haut. Als er wieder einmal mit großem Gepolter vom Klo zurückgekommen war, rief er mir zu:

»Papa, hör endlich auf damit!«

Doch wenn meine Frau nicht aufhören wollte, konnte ich ebensowenig klein beigeben. Gegen Mitternacht, nachdem ich meiner Familie aufs neue einen Treueschwur mit Pinsel und Tusche auf dem Papier und obendrein mündlich geleistet hatte, kam meine Frau endlich wieder zur Besinnung und legte sich auf dem Futon, den sie neben meinem Schreibtisch ausgebreitet hatte, schlafen. Ich mußte unbedingt meinen Aufsatz ins reine schreiben. Als ich die regelmäßigen Atemzüge meiner Frau vernahm, die vor Erschöpfung sofort eingeschlafen war, erfüllte mich ein unbeschreibliches Gefühl des Friedens. Ich schwor mir, ihr, egal was sie sagte und forderte, gefügig Gehorsam zu leisten, und bereute es zutiefst, daß ich auf all ihre Worte und Taten immer gleich konterte.

Während des Schreibens verspürte ich Hunger und suchte im Küchenschrank nach etwas Eßbarem. In der Schublade, wo auch das Haushaltsbuch lag, fand ich einen beschriebenen Zettel. Zuerst war ich ziemlich deprimiert, und meine blassen Wangen fühlten sich ganz taub an. Doch dann setzte ich mich

mit dem Zettel in der Hand an der Türschwelle nieder und
lachte still in mich hinein. Ich las:
Was bedeutet es zu lieben?
*Was bedeutet es, nicht geliebt, sondern wie ein elender Wurm
behandelt zu werden? Wie ein Wurm ohne Gefühle, ohne Warm-
herzigkeit, wie ein wertloser Mensch behandelt zu werden? So behandelt, daß man mich mit Geld zu beschwichtigen versuchte, falls
gerade welches da war. Unter diesen Umständen werde ich körperlich
und seelisch wie ein lebender Leichnam, wie ein Wurm dahinvegetieren.*
Alles geht zu Ende.
Jede Nacht träume ich davon.
Liebe, Hoffnung, Freude.
Mein Weg in die Zukunft: ohne Licht.

Am nächsten Tag gleich nach dem Mittagessen stiegen wir alle
zusammen in die Bahn und fuhren in die Innenstadt, um mein
inzwischen fertiges Manuskript ›Angst zu kämpfen‹ in der
Redaktion abzuliefern. Ich hatte damit gerechnet, gleich
das Honorar dafür zu bekommen, doch wir mußten mit leeren
Händen die Rückfahrt antreten. Die Redaktion lag mitten im
Regierungsviertel. Während wir von einem Gebäude zum
nächsten wanderten, um die auf dem Brief vermerkte Adresse
zu finden, überquerten wir breite Straßen und liefen durch
tiefe Häuserschluchten. Mit den müde gewordenen Kindern
im Schlepptau überrollten auch mich schon bald die Wogen
der Erschöpfung. Obendrein verwechselte ich auch noch die
Buslinie, so daß wir im Bahnhof mehrmals die Treppen hin-
auf- und hinuntersteigen und lange Wartezeiten in Kauf nehmen mußten. Zwischendurch trug ich Maya, die nicht mehr
gehen konnte, huckepack und schleifte meinen mißmutigen
Sohn hinter mir her, bis auch ich völlig erledigt war. Meine
Frau setzte ein mürrisches Gesicht auf, als wir draußen waren,
und fing außerdem noch an zu wanken. Sobald sie eine Frau
um die Vierzig entdeckte, verfolgte sie diese mit ihren Blicken.
Mehr noch als die Streitereien zu Hause trieb mich ihr Verhalten in der Öffentlichkeit derart zur Verzweiflung, daß das

Wort ›Gift schlucken‹ sich erneut hinter meinen Lidern zusammenbraute. Mir drängte sich außerdem der Gedanke auf, daß es vielleicht noch besser sei, statt mit einem Dolch mir mit einem Hackmesser den Bauch aufzuschlitzen. Der Selbstmord durch das Messer, den ich bis dahin für die übelste Methode gehalten hatte, verhieß eher ein sauberes Ende. Vielleicht würden die Blutfontänen, die bei meinem elenden Abgang herausspritzten, sogar einen Teil meiner Verdorbenheit reinwaschen. Wie oft hatte ich mir allerdings die Frage gestellt, ob ich es tun kann, ob ich es wirklich tun kann, aber diesmal brachte die Vorstellung, meinen vergifteten Leib aufzuschlitzen, ein richtiges Wonnegefühl mit sich, und ich konnte mir durchaus vorstellen, es unter den gegebenen Umständen tatsächlich zu tun. Auf der Rückfahrt war meine Frau eingenickt, und als wir Koiwa erreichten, hatte sich ihre Stimmung wieder aufgehellt. Wir machten noch einen Abstecher zu Hāchans Laden in der Markthalle.

»Sieh an, heute mit der ganzen Familie. Das macht sicher Spaß.«

Die Begrüßung der Inhaberin weckte die Lebensgeister meiner Frau. Sie kaufte Zucker, und nachdem sie woanders noch gesalzene Makrelen, Äpfel, Rüben und Yoghurt erstanden hatte, gingen wir nach Hause.

Das Abendessen verlief ohne Zwischenfälle. Danach verrührte sie den mitgebrachten Yoghurt mit dem aufgelösten Milchpulver und füllte ihn in drei Bierflaschen. Sie trällerte ein Lied von ihrer Heimatinsel vor sich hin, während sie die Flaschen in Lappen und Decken einwickelte, um daraus weitere Yoghurtkulturen zu gewinnen. Früher hatte sie dies für mich getan, da es gut für meinen schwachen Magen sei. Vielleicht hatte sie ja ihre normale Verfassung zurückerlangt, wenn sie sich jetzt darauf besann. Erleichtert dachte ich daran, daß wir nach all der Erschöpfung heute nacht bestimmt fest schlafen würden, als plötzlich etwas auf die Küchendielen krachte.

Ich lief herbei und hörte meine Frau aufgeregt in ihrem Heimatdialekt rufen:

»Ich bin völlig außer mir!«

Sie jammerte über hämmerndes Kopfweh und verlangte, ich solle mit den Fingern gegen ihre Schläfen pressen. Als ich ihrem Wunsch entsprach, legten sich die Schmerzen glücklicherweise, so daß wir in dieser Nacht frühzeitig einschlafen konnten.

Am nächsten Morgen gab es einen Wetterumschwung, und den ganzen Tag über wehte ein kalter Spätherbstwind. Nicht nur das Gemüt, sondern auch der Körper kroch in sich zusammen, und ich machte mir Sorgen, wie wir den bevorstehenden Winter überstehen sollten. Hinzu kam, daß Shinichi und Maya Husten bekamen, und da der Junge unter chronischem Asthma litt, standen ihm schlimme Anfälle bevor, falls die Erkältung nicht bald abklang.

Am Morgen war meine Frau unter dem Futon von sich aus zu mir gerückt, hatte mir dann aber abrupt den Rücken zugedreht. Meine Stimmung verdüsterte sich, und ich stand allein auf. Als ich vor das Haus trat, sah ich, wie ein plötzlicher Windstoß den herbeigewehten Müll aufwirbelte, der sich in der Mulde vor dem Gartentor angesammelt hatte. Als ich mit dem Bambusbesen die Straße fegte, erschien meine Frau mit freundlicher Miene. Ich fühlte mich sofort erleichtert, und wir bereiteten gemeinsam ein warmes Frühstück. Die Kälte kroch mir unter die Haut, so daß ich mich nach einem warmen Pullover sehnte. Kaum hatte ich es ausgesprochen, brachte sie mir einen und zog ihn mir über.

Als wir vor dem Mittagessen Brot besorgen gingen, hatte sich der Sturm weitgehend gelegt. Meine Frau schien nicht neben mir gehen zu wollen, denn sie eilte immer ein paar Schritte voraus. Fängt das schon wieder an, dachte ich, während ich sie einholte:

»Was ist denn los?« fragte ich.

»Du belügst mich neuerdings ziemlich oft.«

Ich konnte ihren Vorwurf nicht auf mir sitzenlassen.

»Ja, früher habe ich tatsächlich gelogen, aber da du mich ja nach und nach all meiner Lügen überführt hast, habe ich mir jetzt ganz bewußt vorgenommen, dich nicht mehr zu beschwindeln.«

»Na, dann lügst du eben, ohne es zu merken.«

»Dazu fällt mir nun wirklich nichts mehr ein. Sag mir doch gefälligst genau, wann ich gelogen habe.«

»Denk bitte mal selbst nach.«

»Denk bitte mal selbst nach ... Ich kann aber nicht mehr! Was mußte ich deswegen schon alles über mich ergehen lassen. Du weißt ganz genau, daß es mir zum Hals raushängt.«

»Kannst du schwören, daß du nicht lügst?«

»Wenn du darauf bestehst, meinetwegen.«

»Dann schwöre es mir!«

Sie streckte ihren kleinen Finger aus, worauf ich den kleinen Finger meiner rechten Hand mit ihrem verhakelte.

»Von jetzt an wirst du mich nicht mehr belügen«, sagte sie, und ich nickte zum Zeichen meiner Einwilligung.

»Es gibt nur noch eine Sache, die ich von dir wissen will. Es ist mir ein bißchen peinlich.«

»Schon wieder eine Frage, es nimmt einfach kein Ende«, sagte ich etwas unwillig.

»Sag, hast du sie befriedigt?« fragte sie mit gesenktem Kopf. Ich dachte an heute morgen und hatte ein ungutes Gefühl.

»Du konntest sie befriedigen, nicht wahr? Für mich war es jedenfalls nie besonders toll.«

». . .«

»Also, wie war es, sag schon!«

»Ich habe keine Ahnung«, sagte ich lediglich und wäre am liebsten weggerannt.

»Lügner! Du hast doch eben erst geschworen, daß du mich nicht mehr anschwindeln willst. Du bist und bleibst ein elender Lügner!« schrie sie mich an. Die Frau mit dem Einkaufskorb vor uns schaute sich mißbilligend um.

»Bei mir weißt du doch auch, wann es soweit ist. Warum dann bei ihr nicht? Das ist einfach gelogen.«

»Ich wußte es aber wirklich nicht.«

»Du stellst dich nur wieder dumm. Wie war es denn bei den anderen? Verdorben wie du bist, kennst du doch bestimmt einen Haufen Frauen.«

». . .«

»Red schon!«

»Ich habe keine Ahnung.«

»Das ist gelogen . . . du bist wirklich der größte Lügner.«

Der Junge mit dem Anorak, der gerade auf dem Fahrrad an uns vorüberfuhr, drehte sich zu uns um. Ohne beim Bäcker gewesen zu sein, hatten wir inzwischen das Einkaufsviertel durchquert. Wir liefen weiter in Richtung des anderen Stadtrands. Unterwegs fielen mir die neu gebauten Reihenhäuser auf. In eine ausweglose Sackgasse gedrängt, hatte ich das Gefühl, nicht mehr ein noch aus zu wissen.

»Ich werde dir nicht verzeihen, bis du es mir gesagt hast.«

»Miho, versteh doch, das ist eine ganz intime Angelegenheit. Außerdem bin ich nicht der Typ, der auf solche Dinge achtet.«

»Du lügst! Nur mir kannst du es nicht sagen. Weshalb? Du hast doch eine ganze Menge unanständiger Bücher besessen. Wo hast du es getrieben? Mit wem hast du all das Zeug gelesen und ausprobiert? Mit mir willst du es wohl nicht ausprobieren? Ich verstehe schon. Du ekelst dich vor meinem Körper. Deshalb werde ich dir nie vertrauen können. Hör auf, mir etwas vorzumachen, und sag endlich die Wahrheit. Ich dulde nicht, daß du Geheimnisse vor mir hast. Ich hasse diese Lügerei. Ich werde dir so lange nicht vergeben, bis du aufhörst, mich zu betrügen.«

Irgendwie schien es mich an den Stadtrand gezogen zu haben. Am Ende der Häuserzeilen gab es einen etwa fünf Meter breiten Fluß, über den eine Brücke führte. Auf der anderen Seite war das Tor der Grundschule von Shimo-Koiwa zu sehen, auf deren relativ kleinem Sportplatz ein paar Kinder herumtollten.

»Sag es mir bitte endlich. Wenn du mir ehrlich Antwort

gibst, werde ich mit dieser dummen Streiterei aufhören. Doch solange ich nicht genau Bescheid weiß, werde ich mich nicht zufriedengeben. Wieso sagst du mir nicht, wie es war?«

Die Stimme meiner Frau bebte immer heftiger, und ihr Gesicht wirkte durchsichtig wie die Haut einer ausgewachsenen Seidenraupe. Derart in die Enge getrieben, schrie ich schließlich aus voller Kehle »Uaaah!« Wenn ich mich verrückt stellte, überlegte ich mir insgeheim, würde sich vielleicht der Anfall meiner Frau legen, und schon im nächsten Augenblick stieg erneut ein Aufschrei in meine Kehle hoch. Ich brüllte laut wie ein Löwe. »He!« riefen ein paar der spielenden Schulkinder zu uns herüber, doch als sie den Ernst der Lage begriffen, machten sie betroffene Gesichter und alberten etwas unbeholfen mit ihren Kameraden herum. Sie spähten verstohlen zu uns herüber, als hätten sie zwei völlig fremde Wesen vor sich. Ich blickte verzweifelt zum Fluß, und mir erschien es der einzige Ausweg zu sein, da hineinzuspringen. Doch dann bemerkte ich, daß der Grund des seichten, stehenden Gewässers von einer dicken Schlammschicht bedeckt war. Beim Hineinspringen würde ich wahrscheinlich bis zur Hüfte darin versinken und steckenbleiben. Ich entdeckte nun auch Holzstücke und Glasscherben, durch die ich mir leichte Verletzungen holen könnte. Los, spring! lockte mich eine starke Versuchung, und ich lief auf das Ufer zu. Ein wohliges Gefühl durchströmte meinen Körper, als würde er mit einem Bambusspatel gekratzt. Flußaufwärts ertönte das Echo des Hupsignals der Eisenbahn, die mit ihren unzähligen Waggons vorbeiraste. Ich blickte flüchtig zu meiner Frau, die mich angstvoll ansah, so daß ich Lust bekam, sie noch ärger zu peinigen. Ich stieß einen erneuten Schrei aus und rannte flußaufwärts den Uferweg entlang, worauf meine Frau ebenfalls loszulaufen begann. Obwohl die eine Seite mit mehreren Wohnblocks gesäumt war, konnte ich keine Menschenseele erblicken. Ich wandte mich um und dachte in meinem tiefsten Innern: Wie schrecklich, daß niemand da war! Dann sah ich, wie meine Frau leichenblaß hinter mir her stolperte. Mit zerzaustem Haar rannte ich wie ein Besessener weiter. Meine Frau schien inzwischen gemerkt zu haben, was ich vorhatte. Wie erwartet, rief sie laut hinter mir her:

»Papa, bleib doch stehen! Du darfst da nicht hinlaufen.«

Papa – bei dieser Anrede überkam mich ein vertrautes, süßes Gefühl.

»Warte, Papa, so warte doch bitte!« rief sie erneut atemlos hinter mir her.

Ich lief weiter. Falls ich auf diese Weise den heranbrausenden Zug erreichte, würde ich dann den Mut haben, mich davorzuwerfen? Eine Stimme sagte mir, du schaffst es nicht, während die andere das Gegenteil behauptete, doch wie auch immer, ich lief und lief, während mein Körper und meine Seele vor Scham dahinwelkten.

»Lauf nicht dorthin!« Die Rufe meiner Frau, die aus weiter Ferne zu kommen schienen, klangen seltsam wehmütig. »Hilfe, jemand soll kommen und ihn aufhalten! Haltet ihn fest!«

Als ich sie so heulen hörte, überkam mich unweigerlich Mitleid, und obwohl mir klar war, daß ich mein Vorhaben aufgeben mußte, jagte mir weiterhin der Gedanke durch den Kopf: Warum nicht? Warum sollte ich mich nicht umbringen! Letztendlich geht es beim Springen doch nur um den letzten entscheidenden Augenblick. Sonst stachelt man sich bloß selbst auf: Schaffe ich es ... schaffe ich es ... schaffe ich es? Die Häuserreihe riß jäh ab, und das Schienenbett war nun gut zu überblicken. An der Baustelle, wo die Eisenbahnbrücke über den neuen Entwässerungsgraben führte, war der Boden aufgebaggert. Es war weit und breit niemand zu sehen. Soweit ich es überschauen konnte, war kein Zug in Sicht. Ich war erleichtert und enttäuscht zugleich, und als ich weiterrannte, rutschte ich auf dem Schotterabhang seitlich der Bahngleise aus. Meine Frau, die mich überraschend schnell eingeholt hatte, stürzte auf mich zu und hielt mich fest. Ich war glücklich, daß sie mich nicht losließ, während ich erneut die Böschung zu erklimmen versuchte, um auf die Gleise zu gelangen. Dennoch ließ mich der erbitterte Gedanke nicht los, daß ich – verdammt noch mal – jetzt erst recht springen sollte. Der ›Impuls‹ war jedoch im Nu erfroren, so daß nur noch die häßliche Absicht übrigblieb. Ich tat, als würde ich mich ihrem Griff entwinden, obwohl ich längst von abgrundtiefer Selbstverachtung erfüllt war. Meine Frau hielt meine Beine fest umklammert und rührte sich nicht von der Stelle. Wir rangen noch eine Weile miteinander, wobei ich beinahe ihre Handfläche verletzt hätte. Etwas weiter weg lag der Einkaufskorb achtlos hingeworfen. Völlig außer Atem nach dem weiten Weg, den wir gerannt waren, brachten wir beide keinen Ton heraus. Am Himmel zogen finstere Wolken auf, und trotz des kalten Windes lagen wir naßgeschwitzt am Boden und rangen abwechselnd nach Luft.

»Ich flehe dich an, Papa, bring dich nicht um! Es ist alles meine Schuld. Ich werde dich nie mehr so quälen.«

Als ich ihre keuchenden Worte hörte, erschien sie mir in ihrer Unwissenheit – denn im Grunde genommen hatte ich ihr ja nur etwas vorgespielt – unerreichbar edelmütig, und ich fand ihr gerötetes, verschwitztes Gesicht, das seine frühere Lebendigkeit zurückgewonnen hatte, mit einem Mal schön. Ein Glücksschauer durchrieselte mich, und am liebsten wäre ich ewig hier so liegengeblieben. Mein verzerrtes Gesicht entspannte sich hingegen nicht, und als ich sie weiterhin verbissen anstarrte, glaubte ich bei ihr den Anflug eines sanften Lächelns zu erkennen. Doch das Lächeln galt nicht mir, es galt dem jungen Mann, der plötzlich in ihrem Blickfeld aufgetaucht war und sich mit verwunderter Miene auf uns zubewegte. In seinem Anzug wirkte er wie ein Angestellter.

»Bitte, helfen Sie mir. Er will sich vor den Zug werfen. Ich bitte Sie, helfen Sie mir.«

Angesichts ihrer Verzweiflung konnte er sich schlecht entziehen und kam vorsichtig näher.

»Was ist denn los? Er will also etwas anstellen?« fragte er vage, ohne sich auf eine genaue Formulierung festzulegen. Langsam schlängelte er sich von der Seite an die Kiesböschung heran und gab offen zu erkennen, daß er mit der Sache lieber nichts zu tun haben wollte.

»Er ist mein Mann. Ich habe ihn mit meiner Quälerei in den Wahnsinn getrieben. Wenn ich ihn loslasse, springt er vor den Zug. Bitte, bitte, helfen Sie mir!« flehte ihn meine Frau unentwegt an. Allmählich überkam mich das Gefühl, daß aus mir eine Art Bestie geworden war. Ich hörte, wie der junge Mann eher teilnahmslos »Ist alles in Ordnung? Er bleibt doch da stehen, oder?« stammelte und keinerlei Anstalten machte, zu meiner Frau zu kommen, sondern nur darauf wartete, diesem unheimlichen Schauplatz, an den er wider Willen geraten war, so schnell wie möglich zu entrinnen. Indessen war immer noch kein Zug gekommen, so daß die Lage allmählich an Dramatik verlor. Wie im Trancezustand wich die Kraft aus meinem Körper.

»Ich werde nicht springen«, sagte ich zu meiner Frau.

»Das meinst du doch ernst, du machst mir nichts vor, oder?« vergewisserte sie sich nachdrücklich.

»Wirklich nicht, die Angst hat mich schon wieder eingeholt«, erwiderte ich.

Wir erhoben uns und klopften uns den Staub ab. Nachdem wir unsere verstreuten Holzsandalen und Schuhe eingesammelt und wieder angezogen hatten, holten wir den Einkaufskorb und machten uns auf den Heimweg. Meine Frau hakte sich bei mir unter, damit ich nicht mehr weglaufen konnte. Wir überquerten die Gleise und liefen den Bahnweg entlang. Unterwegs zum Einkaufsviertel, als der Übergang der Station Koiwa in Sicht kam, fing ich laut an zu heulen. Gleich darauf fuhr ein mächtiger Zug mit etwa sieben Waggons, dessen schreckliche Räder erbarmungslos quietschten, an uns vorüber. Vielleicht wäre es dieser Zug gewesen, unter den ich geraten wäre, aber es hatte sich gezeigt, daß ich nicht der Typ war, der Selbstmord beging. Anders meine Frau. Sie brächte es sicher fertig, wenn sie einmal den Entschluß gefaßt hatte. Ich hingegen war bis in alle Ewigkeit als Feigling abgestempelt und wußte nicht, wohin mit mir. Mein ganzer Jammer brach aus mir heraus, und ich konnte nicht aufhören zu weinen. Die Leute auf der Straße und vor den Geschäften drehten sich neugierig um, doch meine Frau hielt mich weiterhin fest im Arm und tröstete mich wie ein kleines Kind.

»Du mußt nicht weinen«, beschwichtigte sie mich immer wieder.

Nachdem wir schließlich den Bahnübergang vor dem Bahnhof passiert und die belebte Einkaufsstraße überquert hatten, bogen wir in die Gasse am Kino ein. Den ganzen Heimweg mußte ich weinen, so daß die Leute sogar stehenblieben und uns nachstarrten. Doch meine Erregung ließ sich nicht besänftigen; ich schluchzte und schluchzte und konnte nicht aufhören.

VON TAG ZU TAG

Eine ganze Weile stand ich reglos in der engen, schummrigen Bücherkammer, wo an drei Wänden Obstkisten zu Regalen aufeinandergestapelt waren. Vermutlich hatte der Vormieter diesen Raum als Küche benutzt, denn in der Ecke hing ein Stromzähler. Das durchsichtige Gehäuse ließ seine Konstruktion erkennen. Die rote Markierung war genau vorne in der Mitte stehengeblieben. Wurde irgendwo im Haus Licht angeschaltet, dann verschwand sie auf der Rückseite, um gleich darauf wieder zum Vorschein zu kommen.

Meine körperliche und seelische Verfassung, die mir meine Frau einmal während eines Anfalls ganz deutlich vor Augen geführt hatte, ließ sich mit den Worten zusammenfassen: So bist du! Nach unserer Heirat hatte ich mehrmals ohne ihr Wissen Liebesaffären mit anderen Frauen, und ich kann auch jetzt nicht garantieren, daß ich ganz davor gefeit bin. Ich fühle mich so sehr in die Enge getrieben, daß mir Selbstmordgedanken kommen. Wenn ich gezwungen werde, meine früheren Fehltritte und die Gefühle, die ich dabei empfunden hatte, zu gestehen, gerate ich ins Stottern und versuche, die Dinge zu vertuschen, jedoch nur, um letztendlich doch alles preiszugeben. Wenn ich mir die Kordel um den Hals legte und sie, ohne sie an irgendeinem Balken zu befestigen, mit beiden Händen festzog, verspürte ich eine lustvolle Lähmung. Ich konnte mir gut vorstellen, wie ich mir in diesem Dämmerzustand einen letzten kräftigen Ruck gab und dann tot am Boden liegen würde. Zerschlissene Bänder und ausgefranste Schnüre rissen jedesmal, doch ein Baumwollhandtuch eignete sich ziemlich gut zum Strangulieren. Als ich das Kabel von der Stehlampe benutzte, grub es sich tief in meinen Hals, so daß ich fast erstickt wäre. Mit einem kräftigeren Zug hätte es vermutlich geklappt, doch ich ließ wieder los, als meine Frau auf mich zustürzte und ihre Zähne in meinen Handrücken grub. Ohne daß ich einen weiteren Versuch unternahm, rangen wir miteinander, und ich schraubte dabei meine physische Kraft auf ein faires Maß zurück. Schließlich ergab ich mich, um zu verschnaufen. Dann probierte ich es erneut. Bei anderen Methoden, wenn man zum Beispiel eine Überdosis Schlaftabletten nehmen oder sich vor den Zug werfen wollte, fehlte mir das Gefühl dafür, wann der entscheidende Punkt gekommen war. Ich fühlte mich deshalb gehemmt und konnte mich nicht dazu durchringen.

Etwas huschte über den Rand meines Blickfelds. War es die rote Markierung des Stromzählers? Diese stand jedoch still in der vorderen Position. Nachdem ich die Lampe im Nebenzimmer eingeschaltet hatte, blickte ich erneut auf den Zähler, auf dem die rote Marke im Dämmerlicht der Bücherkammer spukhaft verschwand und bald darauf wie ein Komet erneut den vorderen Teil durchlief. Ich knipste die Lampe wieder aus, wobei für kurze Zeit der Eindruck entstand, die gerade vorn angelangte Markierung würde sich weiterbewegen, in Wirklichkeit aber hatte sie eindeutig gestoppt: verlockend wie ein Lächeln mit zusammengepreßten Lippen.

Mein Blick wanderte von der Wand der Kammer über die Regale, den Schreibtisch und das Bett, das aussah wie ein Klinikbett, bis hin zur großen Glastür vis-à-vis zum Nachbargarten, als plötzlich wieder etwas am Rand meines Blickfeldes vorbeihuschte. Diesmal konnte ich es erhaschen. Ein Kinderauge mit langen Wimpern lugte durch das Loch in der Schiebetür an der Stelle, wo sich sonst ein Türgriff befand. Shinichi preßte sein Auge an die Öffnung und beobachtete, was sein Vater im Nebenzimmer trieb. Beim dritten Mal fing sich sein Blinzeln in meiner Pupille. Ich hatte mit einem Mal das Gefühl, wir spielten ein lustiges Versteckspiel, und Shinichi, der in gebückter Haltung durch das Loch spähte, könnte jeden Moment die Schiebetür aufreißen und ›Ich hab dich, ich hab dich!‹ rufen. Ich entschloß mich, mein verrücktes Gebaren einzustellen, doch als ich meinem Sohn einen freundlichen Blick zuwerfen wollte, braute sich Gehässigkeit in meinen Augen zusammen. In dem schlotternden amerikanischen Secondhand-Jackett und dem Kabel in der Hand mußte ich eine besonders groteske Figur abgeben. Wahnhaft bildete ich mir ein, meine Frau habe sich mit dem Rest der Familie zusammengetan, um mich, den willenlosen, verwirrten Ehemann und Vater, zu verhöhnen. Blanker Haß stieg in mir hoch, und meine Mundwinkel verzerrten sich. Shinichis Auge, das mir ein scherzhaftes Lächeln zuzuwerfen schien, verschwand abrupt hinter dem Loch, und seine Trippelschrittchen auf den Tatamimatten entfernten sich.

Der andere Teil des Hauses – die beiden Zimmer, die Diele, die Küche und Toilette – ballte sich mit meiner Frau und den Kindern zu einem dicken Klumpen zusammen, der bis an die Grenze der Türschwelle vordrang. Ich lauschte angestrengt, ob sich drüben etwas regte. Offenbar verlor ich allmählich den Verstand. Wieder bildete ich mir ein, meine Frau und die Kinder kichern zu hören. Die Trippelschrittchen kamen näher, und Shinichis Auge erschien am Loch. Statt eines Lächelns spiegelte sich nun Furcht darin. Mein eigener Blick weidete sich ein wenig an seiner Angst. Ich wollte ihn nicht länger schonen und starrte ihn haßerfüllt an, doch sein Auge hielt unerschrocken stand. Meine Grausamkeit triumphierte. Vielleicht gelang es mir jetzt. Mit dem Ausdruck tiefster Verzweiflung tat ich so, als suchte ich eine Stelle, wo ich das Kabel befestigen konnte. In dem noch kindlichen Gehirn meines Sohnes würde mein Verhalten zweifellos negative Spuren hinterlassen. Bei dem Gedanken hätte ich seinen zarten Körper am liebsten reumütig an mich gedrückt, doch ich konnte einfach nicht davon ablassen. Die Schritte entfernten sich wieder, und ich hörte gedämpfte Stimmen. Meine Frau redete auf ihn ein, und Shinichis Auge erschien abermals am Loch. Vermutlich hatte sich ihr Anfall gelegt.

»Papa, ist alles in Ordnung?« fragte Shinichi hinter der Schiebetür. Ohne zu antworten, suchte ich weiter nach einer Stelle, wo ich das Kabel festmachen konnte, denn schließlich sollte sie ja dem Gewicht eines hängenden Menschen standhalten, doch so eine Stelle war gar nicht einfach zu finden. Meine Vernunft sagte mir zwar, wie unverzeihlich es wäre, wenn Shinichi, wie schon früher einmal, eine Hirnhyperämie bekäme und anfinge zu halluzinieren, doch mein innerer Impuls gehorchte nicht meinen Bedenken. Gefangen zwischen seinen Eltern, die in einen heillosen Konflikt verstrickt waren, war der Junge seelisch völlig überfordert, doch sein Anblick stachelte mich geradezu auf, ihn aufzupumpen, bis er platzte. Vor seinem Auge hinter dem Türloch inszenierte ich mein Schauspiel, indem ich das Kabel an einem großen herausstehenden Nagel aufhängte, um seine Belastbarkeit zu testen.

»Papa, das ist zu gefährlich. Du kriegst einen Schlag!« rief Shinichi mit betont ruhiger Stimme herüber, was mich merkwürdigerweise noch mehr provozierte. Ich knotete das Kabel zu einer Schlinge zusammen, in die ich nun vorsichtig meinen Kopf steckte.

»Paß auf, Papa, paß auf!« schrie Shinichi gellend und rannte zu seiner Mutter, um sie zu alarmieren. Sie schob die Tür auf und trat ins Zimmer.

Ihr verlegener, kühler Gesichtsausdruck sprang mir in die Augen. Keine Spur mehr von dem quälenden Druck ihres Anfalls.

»Ich bitte dich, hör auf damit! Schau, was du angerichtet hast. Shinichi heult aus Angst um seinen Vater.«

Seine Augen waren aufgerissen vor Entsetzen, und auch Maya sah ganz verschreckt aus.

»Wie lange willst du noch hier rumstehen? Komm rüber. Der Tee ist fertig, wir warten schon alle auf dich. Ich flehe dich an, mach nicht solche schrecklichen Sachen.«

»Ich tue doch gar nichts. Ich steh einfach nur da. Glaubst du, ich wäre der Typ, der sich umbringen würde?«

»Ich weiß nicht, dein Blick macht mir in letzter Zeit irgendwie angst. Du spielst bestimmt mit dem Gedanken, dich umzubringen.«

Meine Frau löste das Kabel vom Nagel, wickelte es zusammen und steckte es in den Ärmel ihres Kimonos.

»Führ dich gefälligst nicht so auf vor den Kindern! Shinichi hat mir erzählt, daß er sich furchtbar schämt, weil Shirochan und Yatchan ihn immer hänseln, daß sein Vater ein Verrückter sei. Also reiß dich zusammen. Was soll aus uns werden, wenn du dich so gehen läßt. Ich bitte dich, raff dich endlich auf. Laß uns rübergehen. Komm schon!«

»Ja, Papa, hier ist es zu gefährlich, wir gehen lieber rüber«, sagte nun auch Shinichi, während Maya, die immer leicht erkältet war, wegen eines quälenden Hustenanfalls ihr fiebriges, schmuddeliges Gesichtchen verzog und zwischen Vater und Mutter hin und her schaute.

Meine Frau zerrte mich ins Nebenzimmer an den beheizten *kotatsu*-Tisch.

»Du frierst bestimmt, Papa. Los, schnell ins Warme. Verzeih mir bitte, daß ich dir so zugesetzt habe mit meinem Gerede«, sagte meine Frau, indem sie meine Füße unter die warme Steppdecke steckte und mich dicht an den Tisch schob. Dann ließ sie Shinichi eine Rückenlehne bringen, damit ich bequem sitzen konnte.

»Magst du ein Toastbrot?«
Ich nickte.
»Soll ich es mit Schinken belegen?«
Ich nickte abermals.
»Mehr?«
»Noch eins?«
Jedesmal, wenn sie mich fragte, nickte ich mechanisch wie eine Holzpuppe. Ich verweigerte nichts, was sie mir anbot, verzog keine Miene und verzehrte alles mit übertriebenen Kaubewegungen. Meine Frau mußte lachen.
»Du ißt aber viel! Kriegst du keine Bauchschmerzen?«
Die Kinder, die die Kaubewegungen ihres Vaters beobachtet hatten, stimmten zaghaft in das Lachen ein.
»Soll Shinichi noch mehr besorgen?«
Ich nickte.
»Hast du jetzt genug?«
Ich nickte wieder.
»Ein Rest kalter Reis ist noch da, willst du?«
Auch hierzu nickte ich.
»Was soll ich nur machen? Ich habe Papa mit meiner Quälerei in den Wahnsinn getrieben.«
Ich konnte mich nicht bremsen, obwohl ich genau wußte, daß ich besser zur Vernunft kommen sollte.

Neujahr steht vor der Tür, und ich bin ziemlich ratlos. Meine vierjährige Tochter starrt mich oft angsterfüllt an. Wenn sie mit dem Messer spielt und sich dabei ritzt, schmeißt sie das blutverschmierte Papiertaschentuch, das sie sich um den Finger gewickelt hat, unters Bett oder hinter die Kommode, damit wir nichts davon merken. Ihr zwei Jahre älterer Bruder wirft mir in letzter Zeit verächtliche Blicke zu. Wo hat er das gelernt?
»Mach die Tür gefälligst leise zu«, schelte ich ihn des öfteren, wenn er die Schiebetüren zuknallt. Dann schaut er mich böse an und sagt mir dreist:
»Morgen laufe ich ganz weit weg.«

Meine Frau hat jede Nacht Alpträume. Morgens nach dem Aufwachen fängt sie an, mir bruchstückhaft zu erzählen, an was sie sich noch erinnern kann. »Du laugst mich aus!« würde ich sie am liebsten anschreien, kann mich aber gerade noch beherrschen.

»Gestern abend bin ich zur Insel zurückgekehrt. Es war ganz blauer Himmel, aber in meinem desolaten Zustand konnte ich doch nicht ins Haus.«

Ohne mich eines Blickes zu würdigen, erzählt sie schleppend weiter: Als sie durch das *jōguchi* (die mundartliche Bezeichnung für ›Haustor‹ in ihrem Heimatdialekt) in den Garten blickte, sah sie eine riesige Grube, in die zahlreiche Menschen gepfercht waren. Unzählige Würmer krochen über den Rand heraus. Es war ein Gewimmel von Würmern und Menschen. Unter ihnen entdeckte sie die fahlen, entstellten Gesichter ihrer Eltern – Jū und Anma. Zu Tode erschrocken schrie sie laut: ›Anmai!‹ und stürzte auf das Loch zu, um ihrer Mutter herauszuhelfen. Doch Anma scheuchte sie weg und schrie, das Gesicht zu einer grauenhaften Fratze verzerrt: ›Du darfst nicht herkommen. Wenn du dein Leid nicht überwindest, müssen wir hier ewig in diesem Loch hausen. Weshalb bist du hier? Das ist kein Ort der Rückkehr. Mein armes Kind!‹ An Jūs Kinn und Wangen wucherte ein wilder Bart. Nur seine Augen blickten zärtlich wie früher. Er sah ausgemergelt aus.

»Anma befahl mir, zur Evakuierungsbaracke zu gehen. Ich begriff sofort, was das zu bedeuten hatte. Während des Krieges hatte ich nämlich Jū ganz allein an diesen abgelegenen Ort geschickt, weil er mir lästig war, denn ich wußte nie, wann du von dem Marinestützpunkt, wo du damals stationiert warst, zu mir kommen würdest. Ich wäre am liebsten gestorben. Diesmal war ich es, die von Anma fortgeschickt wurde. Als ich dort ankam, fing ich an zu weinen. Ich weinte und weinte. Meine Tränen wollten nicht aufhören zu fließen, bis ich mir die Augen aus dem Kopf geweint hatte und blind wurde. Mein Unterleib fing an zu faulen. Das war die Strafe des Himmels. Es geschah mir recht. Von dir, für den ich Jū geopfert habe, bin ich so gemein behandelt worden. Ich empfand es als gerechte Strafe, daß mein Unterleib langsam verfaulte. Still wollte ich mich meinem Schicksal ergeben. Und nun rate mal, wer plötzlich auftauchte? Dieses Weibsstück, stell dir vor, dieses Weibsstück ist doch tatsächlich gekommen. Es verschlug mir den Atem vor lauter Angst. Ihr beide habt unter einer Decke gesteckt und mich zugrunde gerichtet, aber sie hatte immer noch nicht genug, sondern verfolgte mich bis auf die Insel. Sie trug irgendein Wesen bei sich, in Lumpen gewickelt. Vielleicht ein Welpe, dachte ich mir. Als ich nachschauen wollte, grinste sie mich zynisch an, hob das Bündel hoch und schmetterte es vor meine Füße auf den Holzboden. Es hat einen unbeschreiblich ekelhaften Laut von sich gegeben und sich dann nicht mehr gerührt. Als ich nachsah, erblickte ich ein Neugeborenes«, schloß meine Frau ihre Erzählung und sah mich dabei unverwandt an.

»Es war dein Kind, nicht wahr?«

Ich wurde blaß und brachte keinen Ton heraus.

»Vor Schreck wollte ich weglaufen, doch die Beine versagten mir. Dämonen stürmten auf mich ein und flüsterten mir alles mögliche ins Ohr. Irgendwann verwandelten sie sich in Kunden im Rubikon, und jeder sagte mir, wenn ich mit ihm schliefe, würde er meinen faulenden Leib heilen.«

Wenn ich mich nicht aufrege und geduldig verharre, würde ich letztendlich alles überstehen. Dabei fielen mir Shinichis Worte ein, die er einmal gegenüber dem Nachbarmädchen gebraucht hatte: »Tokkochan, bleib ganz still und halte aus. Dann tut es auch nicht weh.« Was trieben die beiden überhaupt? Die Tochter der Aokis mit ihren schmalgeschnittenen Augen, dem hellen Teint und den roten Bäckchen eines Bauernkindes saß gebückt da, und Shinichi sprach ihr mit heruntergebeugtem Kopf Mut zu. Dieses Bild, wie er sich liebevoll um das Mädchen kümmert, gibt mir noch heute Kraft. Meine Sünden werden trotz Reumut das ganze Leben lang wie ein Makel an mir haftenbleiben. Klägliche Versuche schaffen die Sache nicht aus der Welt. Nachdem die Anklagen meiner Frau mein wahres Gesicht ans Tageslicht gebracht haben, schaffe ich es nicht mehr, aus dem Abgrund zu kriechen, in den ich gestürzt bin. Nur außerhalb dieses Abgrunds kann eine zufriedenstellende Konfrontation zwischen uns stattfinden, doch die Erfüllung dessen liegt noch in weiter Ferne. Bei meinem früheren Treiben hatte ich mich der Wollust hingegeben, doch jetzt, wo ich mir der erschreckenden Tatsache bewußt geworden bin, daß ich den Abgrund der Strafe nicht bedacht hatte, entpuppt sich mein damaliges Handeln zunehmend als ein nicht wiedergutzumachender Fehler. Jetzt hege ich nur noch den Wunsch, meine Frau möge wieder zu ihrem seelischen Normalzustand zurückfinden, jedoch weiß ich kein geeignetes Mittel. Es gelingt mir nicht, ihre eigentümliche Logik zu durchbrechen. Angesichts der unerbittlichen Wahrheit einer Kranken fällt mir nichts Besseres ein, als meine ganze Verlogenheit aus dem Körper zu pressen. Ich versuchte, es konsequent durchzuziehen, doch mein Vorhaben scheiterte, und ich wurde immer hysterischer. Mein Verhalten hat meine Frau in ihre Krankheit getrieben, und die gegenwärtige Situation überfordert mich und bringt mich an den Rand der Verzweiflung. Meinen Vorschlag, jemanden aus unserem Bekanntenkreis oder der Verwandtschaft einzuweihen und um Hilfe zu bitten, hat sie entschieden abgelehnt. Sie selbst hat ebenfalls keinen ihrer Angehörigen ins Vertrauen gezogen, sondern alles für sich behalten. Ihren Willen zu mißachten hieße, die Bindung, die uns noch zusammenhält, aufzulösen. Der Gedanke an diese Möglichkeit, von der ich jederzeit Gebrauch machen könnte, bringt meinen Körper zum Glühen und treibt mir die Schamröte ins Gesicht. Obwohl es prinzipiell möglich wäre, erscheint es mir so unvorstellbar, daß ich den Absprung nicht schaffe.

Als Weihnachten vorüber war, waren all die Lieder wie *White Christmas* oder *Jingle Bell,* die seit Anfang des Monats aus den Werbelautsprechern schallten, verklungen. Es hatte etwas

Trostloses, nachdem diese süßlich-verlockenden, zur Dekadenz aufwiegelnden Melodien, die zum schmutzigen Himmel über der Stadt hinaufdrangen und hohl widerhallten, verschwunden waren. Unsere Gefühle waren förmlich erstarrt, und so vermochten wir nicht wie andere Leute, uns ganz normal auf das Neujahrsfest vorzubereiten, denn alles Geschehen außerhalb unserer vier Wände hinterließ bei mir lediglich das Empfinden, als würde ich kaltes, hartes Kunstharz berühren.

Dennoch, vielleicht brachte der Jahreswechsel ja die entscheidende Wende und durchbrach ihre routinemäßigen Anfälle und ihre besondere Neigung zu Affekten bei Feierlichkeiten.

Einen kleinen Hoffnungsschimmer sah ich in ihrer Ankündigung, sie wolle das Neujahrsmahl zubereiten. Am dreißigsten Dezember gingen wir trotz des stürmischen Wetters, das den Sandstaub bis in unseren Korridor wehte, gemeinsam zur Markthalle. Meine Frau war gut gelaunt wie in alten Zeiten. Das machte mir jedoch eher angst, da ich damit noch weniger umgehen konnte. Es gelang mir nicht, ihr anderes, unter der Oberfläche lauerndes Gesicht einfach auszublenden, und ich beobachtete beklommen ihre Miene. Ihre Stimmung hielt allerdings ungewöhnlich lange an, und wenn alles gutging, würden wir Neujahr vielleicht sogar unter diesen Umständen feiern können.

Nach dem Abendessen rieb ich Tusche und setzte mich an den *kotatsu*, um Neujahrsgrüße zu schreiben. Bei der Auswahl der Personen, an die ich die Grüße verschicken wollte, hatte ich das Gefühl, ich würde meine Testamentsempfänger bestimmen. Meine Frau war am *kotatsu* eingenickt. Sie hatte einen Topf mit Bohnen aufgesetzt und konnte sich deshalb nicht schlafen legen. Ab und zu schreckte sie hoch und wirkte unverändert normal.

Am Silvestervormittag ging ich mit Shinichi zum Friseursalon Takano. Er liegt zwar nicht gerade in unserer Nähe, aber meine Frau schwört schon seit langem auf dessen Künste. Als wir den Abwassergraben stromabwärts liefen, stießen wir schließlich auf den schlammigen Fluß, der am Kino K. vorbeiführte. Der stinkende, dunkle Morast dämmte die langsame Strömung, auf der sich Schaum gebildet hatte. Dicht am Fluß stand noch ein ländliches Haus mit Strohdach; demnach mußte dieser Schlammfluß früher ein sauberer Bach gewesen sein. Wenn ich stehenbleibe und die Wasserfläche beobachte, läßt sich die träge Bewegung des Schlamms wahrnehmen. Der Fluß fließt durch ein Siel unterhalb der Einkaufsstraße, danach verläuft die betonierte Uferbefestigung mitten durch ein Wohnviertel, bis sie von der Straße abzweigt und im Kiefernhain eines Schreins verschwindet. Nachdem wir vorher abgebogen und eine Weile die Gasse parallel zur Hauptstraße entlanggegangen waren, erreichten wir endlich den kleinen, hellen, frisch renovierten Laden von Takano gegenüber dem neu errichteten Badehaus. Unmittelbar vor Neujahr waren viele Kunden im Geschäft, die von dem Friseurehepaar bedient werden wollten, so daß wir über eine Stunde warten mußten. Ich ließ Shinichi vor. Während ich mir ein sonniges Plätzchen an der Glastür auf der Südseite suchte und eine Illustrierte durchblätterte, spürte ich die Müdigkeit aus meinen Poren kriechen. Seit vier Monaten führte ich ein sonderbares Dasein. Im Gegensatz zu früher, als ich mein Leben unter Kontrolle hatte, habe ich nicht die leiseste Ahnung, was die Zukunft – ganz zu schweigen von den unmittelbar bevorstehenden Tagen – bringen wird. Meine derzeitige Verfassung liefert nicht die geringste Basis, auf der ich eine neue Persönlichkeit aufbauen könnte. Mich beherrscht allein die düstere Überlegung, wie lange ich das alles noch auszuhalten vermag. Wenn ich Shinichi vor mir sehe, leuchtet hinter seiner Gestalt gleich einer Aura die kurze Zeitspanne seines bisherigen Lebens auf, und bei diesem Anblick überkommt mich ein Gefühl tiefer Reue. Als würde mein Rücken mit spitzen Nadeln gepiesackt, preßt diese schmerzvolle Reue alle Energie aus mir heraus. Der Umstand, daß meine Frau seit zwei Tagen anfallfrei ist, birgt eine unauflösliche Angst. Während ich jetzt Zeit für mich habe und in der Sonne entspanne, lauert in einem Winkel meines Hirns die drohende Frage, ob ich mir das überhaupt erlauben darf. Die Vorstellung, daß sich, sobald ich aus dem Haus war, in meiner Abwesenheit unsere Umgebung in einen blauen Ozean verwandeln würde, spukte mir schon seit geraumer Zeit im Kopf herum und hatte sich zu einer fixen Idee entwickelt. Das Ehepaar Takano mußte wegen des Kundenandrangs wohl heute auf sein Mittagessen verzichten. Als ihre Kinder erschöpft vom Spielen nach Hause kamen und den gestreßten Eltern vorjammerten, wie hungrig sie seien, reagierten die beiden ziemlich gereizt und unwirsch. Als der Mann sich aber doch ein wenig verständnisvoll zeigen wollte, fuhr seine Frau ihm sogleich über den Mund und verhielt sich mit ihrer schnippischen Bemerkung rundweg ablehnend. In der beklemmenden Stille war nur das Geklapper der Scheren zu hören. Nun kam ich an die Reihe. Die Worte der Frau hatten sich in meinem Kopf aufgebläht. Als sie mir die Haare wusch, kam ein weiteres ihrer Kinder in den Laden und sprach seine Eltern an, bevor es nach hinten verschwand. Der Mann erwiderte etwas, worauf die Frau mit der Zunge schnalzte und meinen Schopf abrupt losließ, um ebenfalls nach hinten zu gehen. Verloren saß ich da und spürte, wie mir die Tropfen vom Nacken über den Rücken rannen: ein äußerst unangenehmes Gefühl.

Wir liefen durch das von hektischer Silvesterstimmung beherrschte Viertel zurück, und als ich zu Hause die Eingangstür aufschob, blickte mir meine Frau lächelnd aus der Küche entgegen, wo sie gerade mit Kochen beschäftigt war. Für unsere neue Küche, die sich neben dem Zwei-Tatami-Zimmer hinter dem Vorraum befand, hatten wir den Wandschrank des Vormieters herausgerissen und damit den Raum vergrößert. Kein Schatten überzog ihr Gesicht, das unverändert heiter wirkte. Die Aufregung des Jahreswechsels schien sich tatsächlich positiv bemerkbar zu machen. Ich schlüpfte aus den Holzsandalen und wünschte mir inbrünstig, sie möge noch einen halben Tag durchhalten, als sie plötzlich neben mir stand. Ich dachte, sie würde mir jetzt eine erfreuliche Nachricht überbringen – vielleicht eine größere Auftragsarbeit von einem Verlag oder die Ankündigung eines neu geplanten Sammelbandes einiger bekannter Erzählungen von mir. Doch ihre Mitteilung lautete anders:

»Ein merkwürdiges Telegramm ist gekommen.«

Mir verschlug es die Sprache, und ich folgte meiner Frau mit klopfendem Herzen zur Kommode im Wohnzimmer. Sie öffnete die einzige verschließbare Schublade und reichte mir das Telegramm. Die eckigen Silbenzeichen sprangen mir ins Auge:

WANN WIRFST DU MIHO ENDLICH RAUS? KOMME AM ERSTEN, UM MIT DIR ZU REDEN.

Darunter stand der Vorname der anderen zusammen mit meinem Familiennamen. Ich blickte unwillkürlich zu meiner Frau. Inzwischen fürchtete ich mich weitaus mehr vor ihren unberechenbaren Anfällen als vor irgendwelchen fremden Attacken. Der Eingriff von außen, von dem ich bisher nur eine vage Vorstellung gehabt hatte, nahm auf einmal Gestalt an. Mir war allerdings noch nicht ganz klar, was dies zu bedeuten hatte. Etliche meiner Kollegen hatten über alle möglichen Umwege von meiner Affäre gehört, und meine Frau hatte Andeutungen gemacht, daß die andere sich nicht allein auf mich beschränkt habe. Trotzdem hielt ich es für undenkbar, daß sie mir aus heiterem Himmel ein solches Telegramm schikken würde. Ich konnte mich nicht besinnen, jemals mit ihr darüber gesprochen zu haben, meine Frau zu verstoßen, damit sie an ihrer Stelle meinen Familiennamen erhielte. Ein derartiges Ansinnen erfuhr ich zum ersten Mal aus diesen Zeilen. Was ich überhaupt nicht verstand, war der Ton, der auf eine endgültige Lösung zu drängen schien. Zugegeben, vielleicht legte ich das alles sehr opportunistisch aus. Damals war ich in dem Wahn, daß meine Frau sie mit einem Messer im Kimonoärmel bedrohte, zu meiner Geliebten geeilt, um ihr dann mitzuteilen, daß ich sie in Zukunft nicht mehr treffen würde. Ich hatte zum Abschied versprochen, ihr alle Zeitschriften zu schicken, in denen Erzählungen von mir abgedruckt waren, und dabei an ihr Verständnis appelliert. Doch sie forderte offenbar eine konventionellere Übereinkunft. Meine damalige Intuition stimmte demnach, daß meine Frau heimlich beobachtet hatte, wie ich die andere aufsuchte und von dort aus wieder heimkehrte. Aus Angst vor ihren Anfällen hatte ich die Sache vertuschen wollen, aber sie entlarvte mich. Schließlich gab ich unter dem ständigen Druck alles zu. Als ich daraufhin beschloß, mich von Grund auf zu ändern und ihr keine Lügen mehr aufzutischen, mußte ich es natürlich auch unterlassen, der anderen weiterhin Zeitschriften zu schicken. Es war, als zeige der Verrat an der früheren Ekstase nun sein nacktes Antlitz.

Keine Ahnung, was ich in dem Augenblick für ein Gesicht gemacht hatte, meine Frau verhielt sich jedenfalls taktvoll und versuchte mich zu trösten.

»Das mußte dir doch klar gewesen sein, Papa. Jetzt zeigt das Weibsstück seinen wahren Charakter. Ich habe mir schon gedacht, daß sie nicht so einfach aufgibt. Sie versucht dich zu erpressen, weil sie auf anderem Wege nichts erreichen kann. Wir müssen jetzt fest zusammenhalten. Ehrlich gesagt, habe ich schon panisch damit gerechnet. Deshalb war ich ständig so nervös. Und zu dir habe ich kein Vertrauen gehabt. Ich hatte keine Ahnung, wie sich das Weibsstück heranpirschen würde. Jetzt, wo es klar ist, fühle ich mich sogar eher ermutigt. Du kannst einem wirklich leid tun«, sagte sie in mütterlich-mahnendem Ton.

Flüchtig dachte ich, daß es vielleicht sogar besser sei, wenn die Ereignisse um mich herum mit dieser haarscharfen Präzision auf eine Katastrophe zusteuerten. Die Situation kam so unvorbereitet, daß ich sie ohne diesen Gedanken nicht ertragen hätte. Falls das Telegramm mit seiner fadenscheinigen Forderung nur ein Vorwand sein sollte, frage ich mich, was diese Frau tatsächlich von mir wollte.

»Was mir am meisten Sorgen macht«, sagte ich zu meiner Frau, »sind deine Anfälle. Es hätte mich eher gewundert, wenn dieses ›Weibsstück‹ (um ihre Ausdrucksweise zu benutzen) keine Ansprüche gestellt hätte. Natürlich kann ich nicht von heute auf morgen meine lang gehegten Gefühle abstellen. Das wirst du wohl verstehen. Durch dich habe ich eingesehen, was ich da verbrochen habe. Daraufhin habe ich eine klare Entscheidung getroffen. Der Schmutz von so langer Zeit wird nicht augenblicklich von mir abfallen. Ich werde mich Schritt für Schritt bessern und wieder gesund werden, weil du mir nicht die kleinste Lüge nachsiehst. Ich sehe nicht mehr so blaß aus und habe sogar zugenommen. Eigentlich müßte es mir regelrecht peinlich sein, wie sehr ich mich verjüngt habe. Trotz der unruhigen, schlaflosen Nächte und meiner andauernden Appetitlosigkeit bin ich unerklärlicherweise dicker geworden. Wenn die andere sich mir gegenüber nur wohlwollend verhalten hätte, wäre ich vor lauter Gewissensbissen nicht von ihr losgekommen, denn dann hätte ich – reg dich jetzt bitte nicht auf! – in ihr wahrhaftig eine Lebensgefährtin gesehen, mit der ich sogar zugrunde gegangen wäre. Mir ist jedoch inzwischen klargeworden, was sie von mir hält. Meine Verdorbenheit wird dadurch zwar nicht gemindert, doch wenigstens habe ich begriffen, wie blind ich damals gewesen bin. Sie hat die ganze Lage von vornherein erkannt, während ich nur vom Augenblick besessen war. Es ist wie eine Erlösung für mich, daß ich nicht der Lachende bin, sondern ausgelacht werde. Ich bin zum Kampf gegen sie bereit.«

Meiner Frau, die sich erst so energisch gebrüstet hatte, dem Feind da draußen die Stirn zu bieten, schienen Zweifel gekommen zu sein. Sie ging zum Herd zurück. Ich half ihr beim Kochen und rührte Agar-Agar im Topf. Mein gedankenversunkener Anblick reizte sie offensichtlich so stark, daß sie mich wieder zwanghaft zu verhören begann, um sich jede Einzelheit meiner verruchten, grellen Vergangenheit wiedergeben zu lassen. Das übliche Schauspiel nahm seinen Anfang.

Im Gegensatz zu früher war ich nicht mehr gewillt, mich dem auszusetzen, und spielte von vornherein den Verrückten. Ich wußte allerdings selbst nicht recht, ob ich wirklich nur so tat. Sobald meine Frau mich in die Mangel nahm, verspürte ich einen unwiderstehlichen Drang, meinen Kopf gegen die nächste Papierschiebetür zu rammen und die Bespannung zu zerreißen, um sie dann hinterher, wenn ich wieder zu mir gekommen war, zu reparieren. Meine Frau schaute schweigend zu, während sie sich weiter um das Essen kümmerte. Nach geraumer Zeit fing sie erneut an, mich auszufragen. Wie ein Specht hämmerte ich meinen Kopf gegen die Dielenwand. Ein Klumpen Lehm bröckelte herunter. Ich war schon im Begriff, mit voller Wucht gegen die Glastür zu rennen, als meine Frau mich endlich bremste und, meine Handgelenke umklammernd, mich auf die Tatami-Matten zerrte.

»Keine Handschellen, bitte keine Handschellen«, wimmerte ich laut. Ohne ihren Griff zu lockern (so sehr ich auch zerrte, es gelang mir komischerweise nicht, mich von ihr loszureißen), sagte sie:

»Ist dir ein Mann namens Nomoto oder Nemoto bekannt? Und was ist mit dem Chauffeur ... wie hieß er doch gleich? Oder sagt dir Tamura etwas? Ein Student. Du hast natürlich keinen blassen Schimmer, weil du ein Trottel bist. Das sind alles Liebhaber von ihr.«

Sie kam mir vor wie ein Polizist, als sie weitere Männernamen aufzählte.

»Ich habe Angst, ich habe Angst. Mir sind Handschellen angelegt worden. Hilfe, ich trage Handschellen!« schrie ich wie am Spieß.

»Red keinen Unsinn«, zischelte sie und hielt meine Handgelenke weiter umklammert. In dem Augenblick erschien Maya mit ein paar Nachbarskindern auf der Veranda.

»Guckt, guckt, mein Papa ist ein Irrer«, rief sie belustigt und schien beinahe stolz darauf zu sein.

»Ihr habt hier nichts zu suchen«, fauchte meine Frau die Kinder an, die sofort erschrocken wegliefen. Mein Körper vibrierte von ihrem Getrampel.

Sobald der Anfall meiner Frau vorüber war, hatte sich die seltsame Atmosphäre wie in Luft aufgelöst. Mitten im wildesten Tumult konnte es geschehen, daß sie plötzlich zu lachen oder zu gähnen anfing. Wieder zur Besinnung gekommen, fielen wir uns dann in die Arme und bemitleideten oder entschuldigten uns.

Durch jenes Telegramm war unser soeben ein wenig gefestigter Alltag erneut in die Brüche gegangen. Daher mußte ich mich in der kurzen Spanne, bis wir in den Sog ihres nächsten Anfalls gerieten, um die Essensvorbereitung und meine schriftstellerische Arbeit kümmern. Die unheilvolle Bedeutung der telegraphierten Worte ›KOMME AM ERSTEN, UM MIT DIR ZU REDEN‹ wurde mir bewußt, und ich hatte das Gefühl, in einem Alptraum zu schwimmen.

Am späten Nachmittag ging ich mit meiner Frau noch einmal in die Markthalle, um Besorgungen zu machen. Nach Hause zurückgekehrt, arrangierten wir ohne viel Umstände ein paar Opfergaben und den Neujahrsschmuck. Unser spätes Abendessen war etwas ungewöhnlich: Es gab Buchweizennudeln, und dazu tranken wir Whisky. So verbrachten wir den letzten Abend des Jahres.

Wir blieben auf Wunsch meiner Frau bis zur Mitternachtsglocke auf. Unser Gespräch kam automatisch auf das leidige Telegramm zurück, doch es artete diesmal nicht zu einem Streit aus. Gleich schlug es zwölf. In letzter Zeit hatten wir höchst selten Radio gehört, da dies immer eine Kettenreaktion von Erinnerungen auslöste. Für die Mitternachtsglocke schaltete ich den Apparat zum ersten Mal seit langem wieder ein.

Den hundertacht Glockenschlägen lauschend, die aus dem Lautsprecher viel schwächer klangen als in der bloßen Vorstellung, überkam mich ein unbeschreibliches Gefühl von Vergänglichkeit, als ich mich auf die heile, geordnete Welt meiner Jugend besann, in der ich unzählige Silvesterabende das Geläut der Glocken miterlebt hatte. Doch jetzt inmitten des Strudels, wo jeglicher Zeitfluß erstarrt war, erschienen diese längst vergangenen Tage wie eine Landschaft im Visier eines Fernrohrs und versetzten mich in eine wehmutsvolle Stimmung. Meine Phantasien zerplatzten wie Seifenblasen, denn ich sah mich dem starren Blick meiner Frau ausgeliefert, die schon ganz versessen darauf lauerte, mich über meinen letzten Silvesterabend auszufragen, an dem ich mittags aus dem Haus gegangen war, um erst im Morgengrauen des Neujahrstages völlig übermüdet heimzukehren. Es wurde zwei Uhr, bis wir endlich Schlaf fanden. Die Atmosphäre war zum Zerreißen gespannt, als stünden wir kurz vor einem gewaltigen Sturmangriff.

Neujahr war ein friedlicher, heiterer Tag, an dem es ein bißchen wärmer wurde.

Man könnte meinen, daß er nur eine Fortsetzung der vorangegangenen Tage darstellt, doch wir sind darauf bedacht, diesen Tag möglichst als Wendepunkt zu erleben.

Meine Frau wirkte ausgelassen; sie gab uns saubere Unterwäsche, und wir stießen mit Whisky statt Sake auf das neue Jahr an: sie eher förmlich, während die Kinder und ich uns dabei ein wenig genierten. Danach gab es Suppe mit Reisklößchen. Die Morgensonne flutete durch die Papierschiebetüren, und wir vier waren umgeben von Wärme und dem Frieden des Rituals. Doch der Tag schreitet schonungslos voran. Wir können unmöglich ewig so sitzen bleiben. Meine Frau bemüht sich, kein Wort über die Angelegenheit zu verlieren. Immerhin hat sie gute Laune, die ich nicht durch unbedachte Worte reizen darf. Das Ticken der voranschreitenden Zeit dringt an mein Ohr. Ich werde langsam unruhig und unterbreche die Stille:

»Was sollen wir hier ewig herumsitzen, machen wir einen Ausflug.«

Meine Frau schien mit einem solchen Vorschlag gerechnet zu haben. Sie stimmte spontan zu und schlug sogar ein Ziel vor. Diesen Ort, sagte sie, wollte sie schon seit ihrer Schulzeit gerne einmal besuchen. Alles Vergangene, und sei es eine noch so winzige Kleinigkeit, löst bei mir ein Gefühl von Unwiederbringlichkeit und Reue aus, das mir an den Fersen nagt. Als wir noch in Kōbe wohnten, ignorierte ich ihre ständigen Bitten, mit ihr nach Yoshino zu fahren. Während ihrer

Schwangerschaft hatten wir lediglich einen einzigen Ausflug nach Senri gemacht, um dort eine Ausstellung von Chrysanthemenpuppen zu besuchen. Ach ja, ein anderes Mal besuchten wir noch den nahe gelegenen Ichinō-Berg, wo wir Beifuß pflückten. Eine Frau mit unerfüllten Wünschen – von Jugend auf an meiner Seite. Und da war das arrogante, mürrische Gesicht von mir, dem die eigene Unreife noch nicht bewußt geworden war. An jenem Nachmittag spazierten wir in geziemendem Abstand zueinander durch das alte Freudenviertel in Hirakata und betrachteten die Frauen, die an den Geländern lehnten, bis wir den Deich erreichten und zu den Ufern des Yodo-Flusses hinabstiegen. Eine Ewigkeit starrte ich schweigend in die Fluten und warf Kieselsteine ins Wasser. Wenn meine Frau mich ansprach, antwortete ich rein mechanisch. Der Frühling hatte gerade erst begonnen, und es war ein recht frischer Tag, an dem wir auf einer von Kiefern bewachsenen Anhöhe am Fuße des Ichinō-Berges unseren Proviant auspackten und verzehrten. Seitdem ist eine lange Zeit vergangen, und jetzt, wo wir gemeinsam zu ihrem ersehnten Ort aufbrechen, tun wir es nicht gerade aus Vergnügen, sondern scheinen eher der Welt entfliehen zu wollen. Wenn wir schon ausgehen, dann sollten wir möglichst schnell hier wegkommen, dachte ich, doch meine Frau ließ sich Zeit, um sich feinzumachen. Es wurde immer später. Es störte sie, daß sie alles so unordentlich liegen lassen mußte, und sie war sich unschlüssig, welchen Kimono sie anziehen sollte, bis wir dann endlich losgingen. Ich schwebte trotzdem noch in Angst. Falls die andere wirklich vorhatte, bei uns aufzukreuzen, konnte sie uns dann nicht auf dem Weg zum Bahnhof oder sogar am Bahnhof selbst begegnen? Wir sollten uns sputen, um uns nicht diesem Risiko auszusetzen, fieberte es in mir, doch ich durfte keinesfalls einen gereizten Ton anschlagen und drängen, denn das würde sofort einen Anfall hervorrufen. Ich hatte das Gefühl, eine dünne Eisdecke zu betreten, als ich die Pforte des noch unbehandelten Holzzauns verschloß. Meine Frau stolperte gleich zu Anfang über ein Brett, das über den Abwassergraben gelegt war. Und als wir zur ersten Einkaufsstraße gelangten, wo wir in der Menge hätten untertauchen können, hielt sie plötzlich inne, weil sie ihr Portemonnaie vergessen hatte. Bei der Vorstellung, wir könnten auf eine Katastrophe zusteuern, überkam mich erneut die Angst. Ich bildete mir ein, im nächsten Augenblick würde sich ein unvorhergesehenes, bizarres Schauspiel vor meinen Augen entfalten. Meine Frau hingegen wirkte wie gelähmt vor Angst und wußte anscheinend nicht, was sie tun sollte. Davon angesteckt, glaubte ich schon die Gestalt der anderen in der Menschenmenge zu sehen. Mir wurde schwarz vor Augen. Doch es half nichts, ohne Geld konnten wir nirgends hinfahren. Gemeinsam gingen wir noch einmal denselben Weg zurück, und nachdem ich Pforte und Haustür aufgeschlossen hatte, entdeckten wir das vergessene Portemonnaie in der Diele. Ich nahm es hastig an mich und schloß das Haus wieder ab. Durch das Gassengewirr erreichten wir erneut die Hauptstraße und standen schließlich auf dem Bahnsteig. Mich überkam das komische Gefühl, ich würde alles, was mir im Augenblick auffiel, zum letzten Mal erblicken. Auch in dem Moment, als ich mit meiner alten Kamera einen Schnappschuß von den dreien vor dem Pfeiler machte, auf dem der Stationsname in *hiragana*-Silbenschrift stand, stellte ich mir die rührselige Szene vor, wie später jemand die Aufnahme betrachten würde. Als wir endlich in den Zug stiegen, atmete ich erst einmal auf, denn bis zu unserer nächtlichen Rückkehr blieben wir vorläufig davon verschont, was unterdessen in der Umgebung unseres Hauses passierte. Die Miene meiner Frau verdüsterte sich hin und wieder, doch es sah nicht danach aus, als würde es zu einem größeren Anfall kommen. In Chiba erwischten wir gerade noch den Zug, dessen Abfahrt bereits angekündigt worden war. Der Wagen war überfüllt. Männer wie Frauen trugen einen Festtagskimono, der bei den meisten schon etwas verrutscht war. Die Fahrgäste wirkten fast alle beschwipst vom Neujahrssake. Viele jüngere Männer mit stämmigem Körperbau waren darunter. Ihre vom Wetter gegerbten Gesichter waren gerötet und schienen sorglos. Wenn man aus Tōkyō herauskommt, riecht es auf der Nordstrecke Richtung Tōhoku nach schweigsamer Haut, was Heimweh in mir weckt. Ich bin zwar in einer Großstadt geboren, doch in meinen Adern fließt das Tōhoku-Blut meiner Eltern, während die Heimat meiner Frau völlig entgegengesetzt liegt: eine Insel ganz im Süden in der Nähe von Okinawa. Ob dies etwas mit unserer gegenwärtigen Krise zu tun haben mag? Ein junger Mann war so hilfsbereit, Shinichi zu tragen. Als ich kurz mit ihm ausstieg, wirkte er wie ein ganz normales Kind und hatte nicht mehr diesen aufsässigen Blick, mit dem er sonst seinen gräßlichen Vater musterte. Die Kulisse der Städtchen, in denen der Zug hielt, wie auch die zugefrorenen Reisfelder unterwegs, die unter ihrer Reifdecke auf den Frühling warteten, unterschieden sich kein bißchen von meiner ländlichen Heimat. Mir kam die Idee, daß die von Wäldchen umgebenen strohüberdachten Bauernhäuser sowie der Anblick von Bambushainen und Hecken sich bestimmt harmonisch auf die Atmung der dort aufwachsenden Menschen auswirkte.

Es war schon drei Uhr nachmittags, als wir in Narita ausstiegen. Mir war nicht so ganz wohl bei dem Gedanken, so spät dorthin zu gehen. Als wir zur Tempelpromenade gelangten, strömten uns jedoch nicht nur Massen entgegen, es gab außer uns noch viele andere Ausflügler, die erst jetzt unterwegs zum Schrein waren. Je näher wir der Shinshōji-Anlage kamen, desto größer wurde das Gewimmel der von überallher angereisten Menschen, die auf der von Souvenierläden, Unterkünften und Lokalen gesäumten Allee entlangspazierten. Uns blieb nichts anderes übrig, als uns von der riesigen Menschenwoge mittreiben zu lassen. Sobald die Sonne hinter den Wolken hervortrat, warf sie ein grelles Licht auf die Massen, und wenn sie wieder verschwand, war alles sogleich in einen winterlich eisigen Schatten getaucht. Der Anblick der Süßwarenhändler am Straßenrand, die mit heiseren Stimmen Yōkan und andere Naschereien feilboten, um die Kauflust der Passanten zu wecken, erheiterte unsere Gemüter. Von der Menge flankiert, bogen wir in einen Weg ein, der ein wenig abschüssig verlief, bis wir schließlich etliche Steinstufen erklimmen mußten. Der Weg mündete auf einen Platz, wo die Leute andächtig von einem Gebäude zum nächsten pilgerten und dabei die üblichen Riten vollzogen, um den Zweck ihres Tempelbesuchs zu erfüllen, für den sie einen so langen Weg in Kauf genommen hatten. Unterwegs hatte ich ein wenig die Orientierung verloren. Mit der Masse hergetrieben, war der Andrang auf dem letzten ansteigenden Stück so groß, daß es kein Entrinnen mehr gab. Um hier wegzukommen, mußten wir praktisch kehrtmachen und denselben Weg zurücklaufen. Vorerst standen wir jedoch nur unschlüssig herum und spähten mißgelaunt aus der Ferne zu den Stellen hinüber, wo man irgendwelche Formulare auszufüllen hatte. Vermutlich funktionierte es mit den Anträgen so, daß man der Reihenfolge nach oder unter anderen Kriterien mit Namen und Wohnort aufgerufen wurde. Wir verzichteten darauf und kauften einfach bloß vier von den sofort erhältlichen Talisman-Anhängern, worauf wir uns vor den Eingang der großen Halle stellten, aus der Sutren erklangen. Wir traten erst ein, nachdem wir uns vergewissert hatten, daß auch andere Leute hinein- und hinausgingen und sich drinnen mit dem Sitzen auf dem Holzboden abwechselten. Die Mönche saßen in festlichem Ornat in der Nähe der Haupthalle, wo sie mit ihren Baßstimmen endlos Sutren rezitierten, deren Bedeutung wir nicht verstanden. Meine Frau, die sich schnell den jeweiligen Gegebenheiten anpassen konnte, reservierte uns vier Plätze nebeneinander. Sie saß eine Weile mit gesenktem Haupt da und schien zu meditieren. Mit einem Mal wirkten die Mönchsgewänder, deren Anblick mir normalerweise vertraut war, ganz ungewohnt und fremdartig auf mich. Noch verwunderlicher war allerdings, daß mir ihre Gesichter hingegen so bekannt vorkamen, als wären es Leute von nebenan. Wie auf einem Fließband war ich von der Menschenmenge in diese ausweglose Sackgasse geschleust worden und wußte überhaupt nicht, wozu ich hier saß. Ich stellte mir vor, wie der rohe Holzzaun, der unser leerstehendes Haus umgab, von jemandem demoliert wurde. Allerdings war die Szene ganz verschwommen, ohne nähere Einzelheiten. Doch die Empfindung, angegriffen zu werden, kroch übel riechend in meinen Körper, ohne daß ich ihrem glitschigen Griff entschlüpfen konnte. Selbst wenn wir uns voll bewaffnet gegen die Eindringlinge zur Wehr setzen wollten, wäre Shinichi noch zu klein, um eine Flinte zu bedienen, während meine Frau, die eigentlich das zentrale Bindeglied zwischen uns sein sollte, beim Anblick des Feindes einen Anfall geistiger Umnachtung erleiden und daraufhin das Gewehr auf ihren eigenen Mann richten könnte. Meine schmutzige Vergangenheit war den Kindern sicher noch zu frisch in Erinnerung, um mir das nötige Vertrauen entgegenzubringen.

Plötzlich fing meine Frau an zu weinen, was mich in die Gegenwart zurückholte. Ohne einzugreifen, warte ich einfach ab, bis sie sich wieder gefaßt hat. Was mir hingegen angst macht, ist die Situation zu Hause, wo es sich dann zu einem Anfall zuspitzen und ich möglicherweise außer Kontrolle geraten könnte. Ich kann mich eigentlich nur auf die bisherige Erfahrung verlassen, daß sie sich vor Fremden normalerweise nicht gehenläßt. Als sie sich ausgeweint hatte, betupfte sie sich mit einem Taschentuch Augen und Nase und sagte:

»Also, Papa, laß uns hier ein Gelübde ablegen. Ich werde mich nie mehr so aufführen. Aus mir wird ein ganz neuer Mensch. Diesmal mache ich es wahr. Eben sind mir Jū und Anma erschienen und haben mir ins Gewissen geredet: ›Hör auf, Toshio so zu quälen.‹ Mir sind endlich die Augen aufgegangen. Meine Kleinen, Shinichi und Maya, könnt ihr mir vergeben? Verzeiht, daß ich mich so benommen habe. Ich werde wieder eine gute Mutter für euch sein, so wie früher. Laßt uns gemeinsam beten. Wir wollen Jū und Anma darum bitten, daß wir wieder eine ordentliche Familie werden.«

Ohne zu wissen, was meine Frau so sentimental stimmte, klammerten wir uns einfach an dieses äußere Erscheinungsbild. Jetzt, da die tiefen Furchen des Trübsinns aus ihrem Gesicht gewichen waren, nahmen wir zum ersten Mal bewußt den regen Andrang wahr, der bei einem so berühmten Tempel wie dem Ofudōsan von Narita zu erwarten war. Endlich konnten wir in Ruhe Souvenirs für die Kinder aussuchen und irrten durch die zahlreichen Läden, die uns die Wahl erschwerten. Wir bedauerten, daß die Sonne allmählich unterging, denn die schleichende Dämmerung gemahnte zum Aufbruch. Es war ein kurzer Wintertag und schon fast dunkel, als wir denselben Weg zurückmarschierten und das Bahnhofsviertel erreichten. Die Geschäfte auf beiden Seiten der Hauptstraße waren bereits erleuchtet.

Es drängte uns jedoch nicht besonders, nach Hause zu kommen, wo inzwischen ohne unser Wissen etwas passiert sein konnte, und so beschlossen wir, in eins der Restaurants einzukehren und es uns in einer Tatami-Nische bequem zu machen.

Meine Frau war sanftmütig wie schon lange nicht mehr und forderte mich auf, nach Herzenslust Bier zu trinken. Ich widersprach, daß ich unser Geld nicht so vergeuden könne, doch sie versicherte mir, sie habe etwas zur Seite gelegt und ich solle ohne Bedenken trinken. Sie fügte hinzu, daß sie immer genug bei sich hätte, um sich notfalls eine Zuflucht suchen zu können. Doch das habe sich ja nun erledigt, und deshalb wolle sie uns davon zum Essen einladen. Ihr sonst so vergrämtes Gesicht, dieser lauernde, zwischen Argwohn und Vertrauen schwankende Blick, mit dem sie mich immer musterte, um an einer Stelle einzutauchen, wo die kalte und warme Meeresströmung zusammentraf, war wie weggewischt. Doch ich fragte mich, wie lange das wohl anhalten würde, so daß es mir schwerfiel, meinen Gefühlen freien Lauf zu lassen. Um ihr jedoch die Laune nicht zu verderben, bestellte ich teure Topf- und Reisgerichte und leerte etliche Gläser Bier, wobei sie mir andauernd nachschenkte, um mich schneller betrunken zu machen. Als ich das Papierfenster aufschob, erblickte ich in der Dunkelheit einen kleinen Garten am Hang und darunter ein flaches Tal, hinter dem sich Reis- und Gemüsefelder erstreckten. Autoscheinwerfer, die von beiden Seiten mein Blickfeld durchqueren, deuteten auf eine verkehrsreiche Landstraße hin. Meine Augen weideten sich an der nebelverhangenen Tallandschaft, die mit ihren sanften Umrissen wie eine Tuschmalerei aussah. Schon leicht betrunken, stellte ich mir die wildfremden Leute vor, die dort drüben in ihren Autos fuhren und vermutlich ein unbeschwertes Leben führten. Ich bereute es bitter, daß meine Frau keinen Tropfen angerührt hatte, während meine Trunkenheit mich schwerfällig machte. Sie haßte es, wenn ich berauscht war. Wahrscheinlich verschmilzt der Anblick ihres betrunkenen Mannes mit ihren Phantasien über meine Zusammenkünfte mit anderen Frauen. Sie zählt sämtliche Zutaten des Feuertopfs auf und läßt sie mich aufschreiben: Hühnerfleisch, gerösteter Tofu, Fischpastete, Abalonen, Austern, Spinat, Chinakohl, Ginkgofrüchte, Muscheln, Shiitake-Pilze, Dreiblätterkraut, Bambussprossen und Aronstab. Dabei beschlich mich wieder das leise Gefühl, wie ich es bereits am Nachmittag bei dem Schnappschuß hatte, es würde sich um die letzte Szene eines Zwischenfalls handeln. Einerseits hasse ich es, wenn mich meine Frau mit ihren stechenden, düsteren Augen anblickt, doch ebenso werde ich unruhig, wenn sie es nicht tut, da ich dann denke, sie habe ihre Strategie geändert und sich entschlossen, auf unauffällige und stille Weise zu sterben. Die Rastlosigkeit der Kinder, die wegen ihres zarten Alters noch unserer Fürsorge bedürfen, ruft uns unsere alltägliche Verantwortung ins Gedächtnis, und wieder einmal überkommt uns die Tristesse einer Kleinfamilie.

Fast hätten wir den Anschluß nach Chiba verpaßt, da der letzte Zug unerwartet früh abfuhr. Zum Glück bemerkten wir es rechtzeitig und erreichten ihn gerade noch. Wir setzten uns in eine Nische mit vier Plätzen und verzehrten den am Bahnhofskiosk erstandenen Proviant und als Dessert die lokale Spezialität: ein Gebäck aus süßer Bohnenpaste. Obwohl die Fahrt nur eine Stunde dauerte, kam es mir vor, als würden wir in eine ganz entlegene Region aufbrechen, um uns dort niederzulassen. Hinzu kam die wiedergewonnene Heiterkeit meiner Frau, die uns alle fröhlich stimmte. Dennoch ließen sich meine Befürchtungen nicht zerstreuen, so als hielte ich ein zerbrechliches Spielzeug in der Hand.

Die Kinder waren vor Erschöpfung eingenickt, und als wir heimkehrten, befand sich der helle Holzzaun in demselben Zustand wie zur Mittagszeit, als wir weggegangen waren. Ich fand es fast ein wenig verwunderlich, unser Häuschen, das versunken am Grunde der Stadt einen halben Tag lang unbeleuchtet leer gestanden hatte, so unversehrt vorzufinden. Mir war fast ein wenig unheimlich zumute, daß sich uns kein dramatischer Anblick bot. Vielleicht lauerte ja irgendwo ein böser Wille. Unser eigenes Heim erschien mir ganz gespenstisch, und nachdem ich das Tor aufgeschlossen hatte, öffnete ich wie üblich den Briefkasten, in dem sich tatsächlich ein heimlich eingeworfener Zettel befand. Ein Schauer lief mir über den Rücken, und ich erstarrte vor Schreck. Meine Frau beugte sich neugierig vor, und ich fischte das Stück Papier wie etwas Schmutziges heraus und reichte es an sie weiter. Die Zeit schien stillzustehen, bis Shinichi argwöhnisch fragte:

»Was ist denn? Was war da drin?«
»Nichts Wichtiges. Nur ein *Prief*.«
»Und von wem?«
»Das geht dich nichts an.«

Als ich den Wortwechsel der beiden Kinder vernahm, fühlte ich mich plötzlich ganz abgeschieden, so als würde in einer Einöde die Dunkelheit hereinbrechen. Die Luft im Haus war frostig wie in einem Eiskeller, und es roch nach Schimmel. Aus allen vier schummrigen Ecken kroch etwas Dunkles hervor. Als ich Licht anmachte, lag Tama zusammengekauert in der Mitte des Raumes, so daß ich vor Schreck beinahe aufgeschrien hätte. Meine Frau hielt den Zettel unter die Lampe und schien die Mitteilung zu verschlingen. Tama schmiegte sich an ihre Fesseln, erntete jedoch einen unsanften Tritt. Auf dem Zettel, der mir nun überreicht wurde, stand in hingeschmierten Katakana-Silben: FEIGLING! MORGEN

STELLE ICH DICH ZUR REDE; WARTE NUR ... Mir wurde siedend heiß, und in meinen Ohren säuselte eine Stimme ›Unverschämtheit, Unverschämtheit‹. – Ich verstand zwar die einzelnen Worte, konnte mir jedoch keinen Reim auf den ganzen Satz machen. Das war sie also, jene unangenehme Konsequenz, vor der ich mich gefürchtet hatte. Trotzdem erschien mir diese Zeile so trübe, schmutzig und formlos, daß ich sie einfach nicht begriff. Was sollte ich tun, wenn meine Frau jetzt durchdrehte? Dieser Gedanke hämmerte unentwegt in mir, und ich beschloß, mir den Satz noch einmal in Ruhe durch den Kopf gehen zu lassen. Als ich mich etwas gefaßt hatte, sah ich schließlich ein, daß es so kommen mußte. Das Ende der Affäre hatte sich klischeehaft mit einer dreckig grinsenden Grimasse offenbart. Es verbreitete einen üblen Gestank, und das Befürchtete, dem ich zu entkommen versucht hatte, würde nun unweigerlich eintreten. Ich durfte mich keinesfalls in Grübeleien verlieren, denn das würde garantiert einen Anfall bei meiner Frau hervorrufen. Also setzte ich einen Kessel Wasser auf die Herdplatte, damit wir uns die verstaubten Gesichter und Hände waschen konnten. – Als wir uns ein wenig erholt hatten, aßen wir in Soja eingekochtes Gemüse und etwas Obst. Meine Frau erzählte uns, daß sie als Kind von einer lebensgefährlichen Krankheit geheilt wurde, weil sie im Besitz eines Talismans gewesen sei. Vor dem Zubettgehen beschlossen wir, die heute erstandenen Glücksbringer unter unsere Futons zu legen. – Ich mußte aufpassen, meiner Frau in allem Folge zu leisten. Zum Glück ist sie nicht auf den Zettel im Briefkasten angesprungen. Was hatte dieser Satz überhaupt zu bedeuten? Ich mußte soviel schlafen wie nur möglich. – In dieser Nacht verhielt sich meine Frau ruhig, und wir schliefen eng umschlungen ein.

Auch am zweiten Neujahrstag herrschte schönes Wetter. Ich blieb bei zugezogenen Vorhängen liegen, obwohl die Sonne bereits am Zenit stand. Die Kinder wurden ungeduldig und standen schließlich auf, um nach draußen spielen zu gehen. Gleich nach dem Aufwachen bekam meine Frau einen Anfall.

Sie sei schon im Morgengrauen wach geworden und habe nicht mehr schlafen können, sagte sie. Ich hätte es gut, weil ich wie ein Stein geschlafen habe, aber sie mußte sich quälen, ganz allein. Sie wollte mich sogar schon treten, um mich wach zu bekommen. Bei ihren schlaflosen Grübeleien seien ihr dann wieder so allerlei schreckliche Gedanken im Kopf herumgespukt. Sie würde es mir ›niemals‹ verzeihen können, daß ich danach, wenn auch nur ein einziges Mal, die Frau wieder aufgesucht und ihr zweimal Zeitschriften geschickt habe. Das sei ein so schlimmer Betrug, viel schlimmer als all meine Lügereien davor. Und was ich nun unternehmen wollte, wo die Frau anfing, mir zu drohen? Bestimmt würde dieses Weibsstück bald mit irgendeinem Halunken hier aufkreuzen. – Ihr Anfall vollzog sich nach dem üblichen Schema.

Ich schrie sie hysterisch an, sie habe mir gestern in Narita geschworen, kein Theater mehr zu machen, doch meine Stimme hallte hohl zurück und zeigte keine Wirkung auf meine bereits außer sich geratene Frau. – Hilflos dachte ich über eventuelle Maßnahmen nach, falls die andere tatsächlich mit einem Kerl hier auftauchen sollte, doch mir fiel nichts Gescheites ein. Bei den geschlossenen Glastüren und Gardinen kam ich mir noch mehr vor wie in einem Versteck und wollte mich am liebsten in Luft auflösen.

»Psst, sei still, draußen ruft jemand!«

Meine Frau wurde blaß und erstarrte, worauf auch mich sogleich ein beklommenes Gefühl beschlich.

»Sie kommt, ich habe Angst . . . ich habe Angst«, wimmerte sie vor sich hin und schaute mich an.

»Vielleicht läßt sie uns in Ruhe, wenn wir das Haus verkaufen und ihr das Geld geben? Wirst du es ihr übergeben? Oder soll ich es tun? Was meinst du? Nein, für dich wäre es zu gefährlich, also muß ich es tun.«

In dem Augenblick dröhnte eine tiefe Stimme aus dem Garten der Kanekos.

»Hörst du? Da ist sie und redet über dich«, rief sie leichenblaß und fing an zu zittern. Doch dann entpuppte sich die Stimme als die einer Bäuerin aus dem Vorort, die hier in der Gegend mit Gemüse handelt. Meine Frau stand auf, um Süßkartoffeln bei ihr zu kaufen, und schon bald vernahm ich ihr unbeschwertes Lachen inmitten der anderen fröhlichen Stimmen. Unser verlorener Alltag war also doch noch vorhanden. Es zerreißt mir das Herz; ich kann ihren Gemütsschwankungen einfach nicht folgen.

Angesichts unserer Befürchtung, die andere könnte hier aufkreuzen, hielt ich es für besser, möglichst schnell das Haus zu verlassen, was uns jedoch im Gegenteil eher lähmte. Gegen Mittag schlug meine Frau vor, ins Badehaus zu gehen. Ich fand, wir sollten auf diese Unternehmung verzichten und uns gleich auf den Weg machen. Doch sie bestand darauf, so ungewaschen, wie wir seien, könnten wir keine Besuche machen. Ich hatte zu gehorchen. Wir gingen also in das nahe gelegene Bad mit der Radiumquelle, ich nahm Shinichi mit und meine Frau Maya. Die Sonnenstrahlen schossen wie Pfeile durch das Oberlicht und schimmerten im Dunst. Während ich im heißen Wasser lag, kam mir unfreiwillig der neueste Klatsch aus der Nachbarschaft zu Ohren, den sich die anwesenden Badegäste, die ich vom Sehen kannte, erzählten: Ein verheirateter Mann mit Kind habe sich auf eine andere Frau eingelassen und säße nun in der Klemme, weil deren Ehemann ihn bedrohte. Meine Gesichtsmuskeln spannten sich. Ich stieg aus dem Becken und seifte Shinichi völlig geistesabwesend ab. Selbstverachtung stieg in mir hoch, wenn ich daran dachte, daß ich es bis vor kurzem nicht hatte ausstehen können, die Kinder mit ins Bad zu nehmen, und sie deswegen immer meiner Frau aufgehalst hatte. Shinichi verhielt sich gleichgültig mir gegenüber und ließ das Abschrubben apathisch über sich ergehen. Hin und wieder musterte er mich mit kühlem Blick, ohne mit der Wimper zu zucken. Als ich ihn fragte, ob ich irgend etwas für ihn tun könnte, erwiderte er, ihm sei alles egal. Ich fühlte mich ein bißchen gekränkt. Die Stimme meiner Frau, die sich drüben im Frauenbad laut mit jemandem unterhielt, klang jünger als sonst. Ich sah sie vor mir, wie sie mit ihrem kindlich pausbäckigen, heiteren Gesicht und ihrer vertrauensseligen Art schnell Freunde gewann, und fühlte mich dadurch ein wenig gestärkt. Obwohl dieser Eindruck neu für mich war und ich sie erst so wahrnahm, nachdem ich von meinem früheren Lebenswandel abgelassen hatte, glaubte ich, eine ähnliche Stimme schon einmal vor langer Zeit vernommen zu haben. Auch da hatte es schräg einfallendes Sonnenlicht im Dunst sowie ein fröhliches Scheppern von Waschkübeln um mich herum gegeben, und eine ungewohnt gekünstelte Stimme kitzelte meine kindlichen Ohren. Bestimmt war es eine Erinnerung an meine verstorbene Mutter. Damals war ich unabhängig, aber jetzt muß ich mich allem unterordnen und wage nicht einmal hochzuschauen angesichts des Geschwätzes im Becken.

Es war bereits zwei Uhr nachmittags, als wir endlich zum Aufbruch bereit waren. Die ängstliche Angespanntheit meiner Frau, jemand Fremdes könnte bei uns eindringen, hatte sich auch auf mich übertragen, doch es ließ sich niemand blicken. Unser heutiges Ausflugsziel war ein Besuch bei Bekannten. Im Zug fing meine Frau an, mir Vorhaltungen zu machen, was auf einen neuen Anfall hindeutete. Ihre Logik ist unanfechtbar, wenn sie mich immer wieder zur Rede stellt, wieso ich mich mit anderen Frauen eingelassen hätte, obwohl ich sie doch angeblich lieben würde. Sie zieht daraus die Konsequenz, daß ihr Leben keinen Wert mehr habe, weil sie von mir nicht geliebt wurde. Als sie mich aufforderte, ihr alle meine Seitensprünge eingehend zu schildern, stellte ich mich wie üblich verrückt. Beim Umsteigen in Akihabara, wo wir auf den Anschlußzug warteten, brach es aus mir heraus: »Was ich getan habe, ist nun einmal geschehen. Was hast du also? Ich bereue es und entschuldige mich dafür, und trotzdem machst du mir ewig Vorwürfe. Es ist nicht zum Aushalten. Wenn ich so widerlich bin, solltest du dich ernsthaft von mir trennen.

Ich stimme dir voll zu, ich bin ein schmutziger Mensch. Daran ist nichts zu ändern. Es paßt eben zu mir, und wenn ich will, kann ich noch schmutziger werden. Was bildest du dir eigentlich ein? Beschimpfst mich andauernd als Mistkerl, aber hängst an mir wie eine Klette. Habe ich dir nicht erklärt, alles zu tun, was du willst, damit die Sache wieder in Ordnung kommt? Wenn dir das nicht reicht, dann mach, was du willst. Und ich tue, was mir gefällt. Es kann meinetwegen noch viel schmutziger zugehen. Ich bin nicht so p-r-ü-d-e wie du!« Ich starre sie eindringlich an, bis ich beim Einfahren des Zuges nach vorne taumele. Mit bleichem Gesicht greift sie hastig nach meinem Jackettärmel und fängt an zu zittern. Anscheinend kann sie sich nicht mehr daran erinnern, was sie eben gesagt hatte.

Nach einer Weile, als sich ihr Anfall gelegt hat, verhält sie sich mit einem Schlag wieder nett zu mir. Unfähig, mich ihr zu widersetzen, bemühe ich mich nun, den unterbrochenen Alltag in Gang zu bringen, so als würde ich die zersplitterten Bruchstücke wieder zusammenfügen.

Es ergab sich, daß wir bei W., dem unser heutiger Besuch galt, übernachteten. Sein geräumiges Haus, dessen Garten aus einem Stück wilden Ackers bestand, enthob uns der Enge unseres sonstigen Daseins und öffnete unsere Herzen. Durch die ungezwungene Gastfreundlichkeit des Ehepaares wirkte unser grotesker Alltag auf einmal völlig entrückt. Abgesehen von dem Onkel und der Cousine meiner Frau, war W.s Haus der einzige Ort in Tōkyō, wo unsere Familie über Nacht bleiben konnte. Seine Frau, die eine Bar betrieb, hatte meine Frau sogar einmal für kurze Zeit als Bedienung eingestellt. Ich wollte W. darum bitten, die Frist für die Begleichung meiner Schulden zu verschieben. Ich hatte mir nämlich im letzten Herbst, als unser Leben aus den Fugen zu geraten begann, Geld von ihm geborgt und war noch nicht in der Lage, es ihm zurückzuzahlen. Ich wußte ja nicht einmal, wie ich unser zukünftiges Dasein bestreiten sollte. Unser jetziges Heim, das mir mein Vater gekauft hatte, als ich mit Miho mein

Elternhaus verließ, ist zwar klein, aber mein einziges Vermögen. Ich spielte bereits mit dem Gedanken, es zu verkaufen.

Die Barmädchen und der Barmixer waren am Abend ebenfalls zum Neujahrsbesuch erschienen. Wir saßen alle um den *kotatsu* herum und hielten ein fröhliches Gelage ab. Da meine Frau in Gesellschaft keine Anfälle bekam, wurde sie im Kreis ihrer ehemaligen Kollegen ganz redselig und signalisierte ihr Einverständnis, daß ich mir ein Schälchen Sake nach dem anderen einschenken lassen durfte. Mein trunkener Blick fiel auf Shinichi und Maya, die sich, eingedeckt mit Leckerbissen und Süßigkeiten, gemeinsam mit dem jüngsten Kind unserer Gastgeber inmitten eines Bergs von Spielsachen vergnügten. Als sich das Gespräch der Runde um Privatgeschichten der Bargäste drehte, erkannte ich mich selbst darin wieder, und mein Rausch beflügelte mich, in die Vergangenheit abzuschweifen. Falls die andere Frau ihre Drohung wahr machte, dann war wohl genau jetzt der richtige Zeitpunkt dafür. Ich malte mir aus, wie sie nach mehrmaligem Umsteigen die Station Koiwa am Stadtrand erreichte und dort das Haus ihres Geliebten, der sie so oft besucht hatte, leer und verschlossen vorfand. Wie sie ihrem Zorn freien Lauf ließ und herumzuwüten begann wie die Alte aus dem Volksmärchen, die Nacht für Nacht aus ihrem Grab steigt und als Schreckgespenst mit einer Kerze in der Hand um das Haus ihres Mannes schleicht, um dort Einlaß zu finden. Doch das meiner blühenden Phantasie entsprungene Klischee jener Frau, die ihren Exliebhaber bedroht, war ein fremdes, nicht recht geheures Wesen, das nichts gemein hatte mit der mir vertrauten Person. In meiner Erinnerung war sie jemand, der für die Situation ihres Geliebten, der ihretwegen Frau und Kinder im Stich ließ und sich der Wollust hingab, Verständnis aufbrachte. Insofern traute ich ihr nicht zu, daß sie Drohbriefe schreibt, in denen steht, ich solle meine Frau wegjagen und sie würde kommen, um mich zur Rede zu stellen. Ich sah schemenhaft meinen Doppelgänger vor mir, wie er meinen Körper verläßt und nach mehrmaligem Umsteigen an einen Ort gelangt, wo er sich mit klopfendem Herzen dem Haus der Geliebten nähert. Unwillkürlich schaute ich zu meiner Frau hinüber, die mit belustigt zusammengekniffenen Augen über das ganze Gesicht strahlte. Es erinnerte mich an ihr unerfahrenes, etwas steifes Lächeln gegenüber der Kundschaft, als sie damals anfing, in der Bar zu arbeiten. Ich merkte nicht mehr, wieviel ich trank. Erst als mir schon fast übel wurde, stieg ein Gefühl von Selbstverachtung in mir hoch. Schließlich kam die Rede auf mich, und eine Meinung lautete, daß ich unmöglich der Typ sei, der einen Seitensprung wagen würde, während eine andere Stimme behauptete, daß der Schein oft trüge und deshalb könne man nie etwas Genaues wissen. »Tja, wer hat nun recht? Ich weiß es auch nicht«, erwiderte meine Frau mit einem lächelnden Ausdruck, der einen nachhaltigen Eindruck bei mir hinterließ.

Nachdem man uns ein Zimmer zur Verfügung gestellt und sogar die Futons hergerichtet hatte, schliefen die Kinder augenblicklich ein. Kaum waren wir unter uns, bekam meine Frau auch schon ihren Anfall. Sie habe mich noch nie so betrunken erlebt. Und weshalb ich andauernd das Lied ›Es hat keinen Sinn, wir müssen uns trennen‹ gesungen habe. Außerdem wollte sie wissen, was ich da in kyrillischer Schrift auf einen Zettel notiert hätte. Ich konnte mich überhaupt nicht daran erinnern. Das war der Auftakt eines neuen Verhörs, dem sie mich nun schon seit vier Monaten unterzog. Ich lag völlig erstarrt neben ihr und tat in der ganzen Nacht kein Auge zu. Bei Tagesanbruch hoffte ich, daß unsere Gastgeber möglichst bald aufstehen würden, da sich ihr Anfall vor Fremden schnell legte, aber in einem Haus wie diesem, wo man abends lange aufblieb, schienen alle noch zu schlafen. Während ich wie ein Stock dalag, spürte ich, wie zwischen unseren Körpern alles gefror. Hier liegt nur ein Mensch, ein einfacher Mensch, schoß es mir durch den Kopf, egal, wie andere sind, nur ein Mensch, das ist alles. Ich sah inzwischen ein, daß ihre Art des Denkens irgendwie zwanghaft und irrational war. Wenn sie mir meinen Fehltritt nicht verzeihen kann, dann soll sie mich gefälligst aus der Welt schaffen. Diese ewigen Verhöre sind völlig sinnlos. Wenn ich nur ein Mittel wüßte, diese endlose Litanei zu beenden. Egal, welche Strapazen ich durchmachen muß, ich habe keine andere Wahl, als bei ihr zu bleiben. Doch nachdem sie mich die ganze Nacht mit Vorhaltungen gemartert hat, ist mein Körper starr vor Haß. Als die Sonnenstrahlen durch die Astlöcher der Veranda-Schiebetüren fielen – meine Frau schlummerte gerade ein wenig –, erhob sich Shinichi aus seinem Bett und blickte nervös um sich. Als ich ihn ansprach, erwiderte er:

»Ich habe Pipi gemacht.«

Meine Frau und ich stürzten sofort ins Bad, um die Flecken aus Futon und Wolldecke herauszuwaschen. Der Vorfall war um so bedauerlicher, als Shinichi bisher kein Bettnässer war. Wenn ich daran denke, daß unsere absurden Lebensumstände die Kinder derart in Mitleidenschaft ziehen, welkt mein Herz sofort dahin. Nach dem Frühstück ließ ich mich von W. zu einem gemeinsamen Spaziergang überreden. Diese Gegend am Stadtrand von Tōkyō ist anders als die Tiefebene von Koiwa: eine weite Landschaft mit verschlungenen kleinen Hügeln und Tälern. Ich ging mit W. die alte Landstraße entlang, wo er Aufnahmen von Buddhastatuen machte, die verwaist am Wegesrand und in Tempelbezirken standen. Sobald ich unser Haus verlasse, habe ich das Gefühl, daß alles, was in mein Blickfeld gerät, in weiter Ferne zu liegen scheint. Alles hier wirkt so heil und fern von zerrütteten Nerven und hat mit meiner gegenwärtigen Lage nicht das geringste zu tun. Abgesehen von der asphaltierten Straße, die einer in der Nähe aufgestellten Bautafel zufolge (auf der in ungewöhnlich kantigen Zeichen Begriffe wie ›Gemeindeverwaltung‹ oder ›Etat‹ auftauchen) neu gebaut worden war, ist diese Landschaft immer noch von der traditionellen Struktur der Dorfgemeinde bestimmt. Sie ähnelt den Ortschaften, die ich gestern auf der Hinfahrt nach Narita gesehen habe. Im Nordosten Japans herrscht nach wie vor eine Urwüchsigkeit, die mir seit meiner Kindheit vertraut ist. Das Leben seiner Bewohner ist von eiserner Willenskraft und ungebrochener Stabilität geprägt, was mir hingegen längst abhanden gekommen ist. Ich zerrütte die Nerven meiner Frau, die von einer im fernen Süden gelegenen Insel stammt, und es gelingt mir nicht, aus dem Abgrund, der keinen Gedanken mehr an meine Herkunft zuläßt, emporzuklettern.

W. erschien mir auf einmal unglaublich einsam, wie er dastand und akribisch diese Statuen im Freien fotografierte. Trotzdem wagte ich es nicht, ihm anzuvertrauen, in welcher Lage ich mich derzeit befinde. Mich überkam eine unstillbare Sehnsucht, allein zu sein. Die Buddhastatuen haben ganz unterschiedliche Formen, und ich beneide W. um seinen Blick dafür. Die grobe Bearbeitung der teils schon abgebröckelten und moosbewachsenen Steinfiguren verleiht ihnen ein ganz individuelles Aussehen, das mir eine Vorstellung von der heilen Welt der hier lebenden Dorfbewohner gibt. Als ich darunter auch das liebliche Antlitz einer Frau entdeckte, stieg mir die Schamröte ins Gesicht. Ein Hauch von Sünde ging davon aus, und ich wende mich schuldbewußt ab. W.s emsiges Bemühen, die Statuen aus verschiedenen Perspektiven einzufangen, wirkte auf mich irgendwie gespenstisch. Erschrocken zog ich meine Hand zurück, als ich das trotz der schwachen Wintersonne unerwartet warme Haupt einer Jizō-Figur berührte. Erneut befiel mich ein schlechtes Gewissen.

Am vierten Januar hatte meine Frau bereits einen Anfall, als ich erwachte. Wir stritten und rauften uns den ganzen Vormittag. Gegen Mittag räumten wir endlich die Futons weg. Weder sie noch ich konnten es daheim aushalten. Von Unruhe getrieben, flüchteten wir gegen drei Uhr nachmittags aus dem Haus. Zuerst fuhren wir nach Iburizaka zu ihrem Onkel. Er war jedoch nicht da, und so entschieden wir uns für einen Besuch bei ihrer Tante in Musashi-Sakai. Als wir in Shinjuku umstiegen, rannte meine Frau plötzlich hysterisch kreischend auf die Treppe am Ausgang zu. Es schien sie nicht zu bekümmern, daß sie dabei die anderen Passanten anrempelte, so als wäre sie ganz allein auf weiter Flur. Ich rannte ihr hinterher und stieß ebenfalls mit Leuten zusammen, bis ich sie erwischte. »Sie war da, sie war da!« schrie sie mit aufgerissenen Augen. Nach Koiwa konnten wir unmöglich zurück, also stiegen wir in den Zug nach Tachikawa. Im Wagen fing meine Frau an zu heulen. Sämtliche Fahrgäste starrten uns an, doch ich war nicht mehr in der Lage, darauf zu achten. Unsere Kinder saßen reglos neben uns. Wir waren bereits daran gewöhnt, daß die Leute mit dem Finger auf meine Frau zeigten und sie für verrückt hielten. Mir blieb nichts anderes übrig, als sie mit dem rechten Arm zu stützen und dabei ihre Hand zu halten, bis sie sich wieder beruhigt hatte. Doch sie weinte immer heftiger. An der nächsten Station stiegen wir aus und setzten uns auf eine Bank auf dem Bahnsteig. Ich ließ ihren Kopf auf meinem Schoß ruhen und streichelte sie. Die kalte Luft draußen drang durch den Mantel bis ins Mark, ich klapperte mit den Zähnen. Vor unseren Augen hielten etliche Züge und fuhren weiter, nachdem Fahrgäste aus- und eingestiegen waren. Nach einer Weile sagte meine Frau: »Mir ist so kalt im Kopf.« Sie erhob sich und wischte sich die Tränen weg; wir nahmen den nächsten Zug. Als wir in Sakai ausstiegen, beteuerte sie, es sei alles wieder in Ordnung. Wir gingen ins Café am Bahnhof und aßen Eis. Drinnen war geheizt, so daß wir uns aufwärmen konnten, und die Kälte, die unsere Kehlen durchlief, brachte meine Frau wieder zu sich. Als unsere Lebensgeister zurückgekehrt waren, gingen wir zu Fuß zu ihrer Cousine. Ihre hochbetagte Tante war auch da, deren heimatliche Mundart meine Frau zu besänftigen schien. Abends baten wir, dort übernachten zu dürfen, und bis zum Zubettgehen kündigte sich kein neuer Anfall an. Nach dem anhaltenden Schlafmangel seit Silvester schliefen wir beide das erste Mal wieder tief und fest. Am nächsten Morgen, als ich benommen die Augen aufschlug, starrte meine Frau mich mit trockenem Blick an.

»Du bist ein schrecklicher Mensch«, sagte sie, ohne eine Miene zu verziehen. »Ich kann unmöglich weiterleben.«

»Dann will ich auch nicht mehr leben«, erwiderte ich.

»Was redest du da, und die Kinder?«

»Es wäre zu grausam, sie alleine zurückzulassen, also nehmen wir alle Gift.«

»So egoistisch kannst auch nur du sein.«

»Was bleibt mir anderes übrig?«

»Das sagst du so ...«

»Du willst also nicht mehr weiterleben?«

»Nein.«

»Ich auch nicht. Was macht es schon, wenn ich mich umbringe. Natürlich können wir getrennt sterben, aber wo wir täglich miteinander gestritten haben, sollten wir auch gemeinsam in den Tod gehen. Bedauerlich für die armen Kinder, solche Versager als Eltern gehabt zu haben. Wenn sie ein bißchen größer wären, könnten wir sie zurücklassen. Aber sie sind einfach zu klein. Sie müssen mit uns gehen.«

»Ich möchte aber doch lieber allein sterben.«

»Mach, was du willst. Ich jedenfalls werde zusammen mit den Kindern Gift nehmen.«

»Bleib bitte am Leben und sorge für die Kleinen.«

»Ich hab's satt. Mir hängt das alles zum Hals raus. Aber du, du mußt nicht sterben, wenn du nicht willst.«

»Willst du denn unbedingt sterben?«

»Ja.«

»Dann haben wir keine andere Wahl. Laß uns gemeinsam unser Leben beenden.«

Wir besprachen die Angelegenheit im Flüsterton, damit ihre Tante und Cousine nichts davon mitbekamen, und schliefen danach erschöpft wieder ein. Obwohl ich es unhöflich fand, blieben wir bis Mittag im Bett. Am Nachmittag machte ich mit meiner Kamera Aufnahmen von den Verwandten. Mir ging dabei der Gedanke durch den Kopf, wie schlimm eine solche Tragödie für die Hinterbliebenen sein würde. Meine Frau schimpfte mit Shinichi, der die knapp zwei Jahre ältere Tochter des Hauses durchs Zimmer jagte und ärgerte. Als er an seiner Mutter vorbeirannte, gab sie ihm einen Klaps auf den

Po, worauf er trotzig die Augen verdrehte. Das brachte meine Frau erst recht in Rage, und sie packte ihn wutentbrannt und prügelte auf ihn ein. Shinichi zappelte wie ein Wahnsinniger. Selbst als sie ihre Beherrschung wiedererlangt hatte und von ihm abließ, tobte er weiter. Er wand sich auf dem Boden und preßte sich das Geheule förmlich aus dem Leib. Er war außer sich vor Wut, doch ich stand bloß wortlos daneben und schaute zu. Das war wohl das Ende. Gegen drei Uhr verabschiedeten wir uns. Aus Angst, daß meine Frau in Shinjuku erneut einen hysterischen Anfall bekommen könnte, zwang ich sie und die Kinder auszusteigen, als der Zug in Ogikubo hielt. Immer wenn ich sie brutal anpacke, wird ihr verängstigtes Gesicht wieder so schön wie damals in ihrer Mädchenzeit. Wir nahmen vor dem Bahnhof einen Bus, der uns bis nach Shimo-Igusa brachte, wo wir in den Zug stiegen. Nach erneutem Umsteigen in Takadanobaba fuhren wir weiter über Ikebukuro nach Akihabara, wo wir dann nochmals den Zug wechselten. Auf diesem Umweg gelangten wir schließlich nach Koiwa, ohne daß wir in Shinjuku umsteigen mußten. Der Briefkasten signalisierte Gefahr, auf die meine Frau wortlos zusteuerte. Sie langte hinein und fischte einen weißen Zettel heraus. Ich ahnte schon, was darauf geschrieben stand: JEDEN TAG ENTFLIEHST DU MIR, DU FEIGLING! DU WIRST SCHON SEHEN. Diese und ähnliche in häßlichen Buchstaben hingeschmierten Gemeinheiten schwirrten mir in meinem benebelten Kopf herum. Trotz der Aufregung nahmen wir, da es Zeit zum Abendessen war, die kalten Reste vom Neujahrsmahl zu uns. Da wir andauernd unterwegs waren, konnten wir dieses Jahr an den Feiertagen keine Gäste zum Essen einladen. Mit hängendem Kopf trug ich das riesige Bündel meiner längst bereuten Schandtaten auf dem Rücken und wagte Frau und Kindern nicht ins Gesicht zu sehen.

»Wenn wir uns ausgerechnet jetzt das Leben nehmen, hätte *sie* gewonnen. Ich will nicht mehr davon reden. Wir geben den Plan auf, hörst du, Papa? Wenn man sich auf den Tod gefaßt macht, ist eigentlich alles möglich. Falls ich mir das Leben nehme, dann erst, nachdem ich *sie* umgebracht habe. Ich bringe sie ganz bestimmt um.«

»Wenn das deine Entscheidung ist, dann brauche ich mir auch nicht das Leben zu nehmen«, bestätigte ich sie. Und so verflog unser Entschluß, den wir noch am Morgen im Haus ihrer Cousine gefaßt hatten.

Ich wunderte mich, daß Tama bei unserer Ankunft schon zusammengekauert dalag. Seit Neujahr hatten wir ihr nichts mehr zu fressen gegeben, da wir selbst nicht nur unregelmäßig gegessen, sondern auch anderswo übernachtet hatten. Sobald wir daheim waren, kreuzte auch sie überraschend auf. Da sich im Neujahrsgericht nichts Geeignetes für sie fand, kochte ich ihr Nudeln. Dabei fielen mir auch die beiden Hühner hinter dem Haus ein, und ich ging hinaus, um ihnen Mischfutter zu geben. Der Hühnerstall stank schrecklich, weil niemand ihn sauber gemacht hatte, doch wenigstens war das Federvieh noch am Leben. Die Kinder hatten sich auf unseren wilden Hetzjagden erkältet und husteten andauernd. Wir besorgten Arznei aus der Apotheke, um ihnen mit Jodtinktur die Kehle zu bestreichen und Hustenpulver zu verabreichen. Das ausgekühlte Haus wurde allmählich wärmer, und bei mir machte sich der Katzenjammer bemerkbar, als ich mir den Irrsinn der letzten Tage durch den Kopf gehen ließ.

Am nächsten Morgen war meine Frau wie betrunken. Sie wollte anscheinend eilig weg, war jedoch nicht in der Lage, entsprechende Vorkehrungen zu treffen. Es gab keine Zufluchtsstätte mehr. So konnten wir unmöglich weiterleben. Auch meine Arbeit litt darunter. Immer wieder kamen wir darauf zurück, das Haus zu verkaufen, um irgendwo weit weg von Tōkyō eine Arbeit zu finden und dort ein unauffälliges Dasein zu führen. All unsere Gespräche konzentrierten sich einzig auf dieses Thema, doch sobald sie dabei einen Anfall erlitt, brach unsere Unterhaltung schlagartig ab, und statt dessen wurde mir dann wieder einmal meine Vergangenheit vorgehalten. »Du hältst noch immer die Beziehung zu dieser Person aufrecht und planst insgeheim, mich umzubringen.«

Dabei bebte sie am ganzen Körper, als hätte sie Schüttelfrost. Wir hatten unser normales Empfinden für das Wetter verloren, doch dank der anhaltenden Sonnentage konnten wir die bittere Kälte überstehen. Da während ihrer Anfälle jedes Wort meinerseits nutzlos war, stellte ich mich verrückt, doch selbst das zeigte nach wiederholten Malen keine Wirkung mehr. Ich zog meinen Schlafkimono aus und setzte mich mit nacktem Oberkörper auf den Tatamiboden.

»Dann bekomme ich eben eine Lungenentzündung.«

»Wenn du mich schon schikanieren willst, dann zieh gefälligst alles aus«, herrschte sie mich an. Nun war ich splitternackt. Ich gab meinen ausgemergelten, unansehnlichen Körper preis und klapperte mit den Zähnen.

»Na schön, das kann ich auch«, sagte sie und entblößte ebenfalls ihren Oberkörper. Eine Weile blieben wir reglos sitzen, ohne daß sich etwas veränderte. Dann schlang ich mir ein Stromkabel um den Hals, worauf sie mich wie erwartet umklammerte und mit mir rang. Inmitten des Gerangels klagte sie über Blinddarmstiche. Ich ließ sie los und wartete, bis ihre Schmerzen nachgelassen hatten. Wie gerne würde ich mit dem Schwachsinn aufhören, doch es geht einfach nicht. Ich riß mich zusammen und zog die Vorhänge auf. Grelles Sonnenlicht flutete herein.

Der Briefträger rief uns vom Zaun aus etwas zu und deutete auf eine unfrankierte Postkarte. Ich wurde so blaß, daß ich mich fast schämte. Als ich die Pforte öffnete und die Post entgegennahm, stellte sich heraus, daß es eine Ansichtskarte von Shinichi war, die er bei unserem Besuch bei W. an sich selbst adressiert und ohne Marke eingesteckt hatte.

Am Nachmittag ließen die Schmerzen meiner Frau nach, und sie stand auf. Mit den Kindern verließen wir das Haus und passierten den Bahnübergang, um einen Immobilienmakler aufzusuchen, dessen Büro nördlich der Gleise an der Staatsstraße lag. Wir wollten ihn mit dem Verkauf unseres Hauses beauftragen. Auf dem Heimweg gingen wir ins Kino. Es war bereits dunkel, als wir nach Hause kamen. Wie an den Tagen zuvor fanden wir einen Zettel im Briefkasten. Ich wollte nichts mehr sehen und hören.

EIN TEUFEL, EIN FEIGLING, EIN ANGSTHASE BIST DU. ANDAUERND WEICHST DU MIR AUS. ÜBERNIMM ENDLICH DIE VERANTWORTUNG FÜR DAS, WAS DU GETAN HAST. ICH KÄMPFE BIS ZULETZT. HALTE DICH BEREIT.

Meine Frau bebte am ganzen Körper, als hätte ich die Nebenbuhlerin im Haus versteckt. Das Entsetzen in ihren Augen war nicht zu ertragen. Es blieb uns keine andere Wahl, als ganz weit weg zu ziehen. Wie kalt sich das anfühlt. Mir graust vor dieser Kälte. – Ja! Der Süden wäre gut! Wir könnten auf ihre Heimatinsel ziehen. Die Idee überzeugte mich immer mehr, doch meine Frau war dagegen. Sie würde es nicht über sich bringen, so verwahrlost in ihre Heimat zurückzukehren.

Am siebten Januar stürmte es. Die ganze Nacht hielt ich meine Frau fest umschlungen, so daß mir beim Aufwachen Schultern und Arme wehtaten. Am frühen Morgen stand Shinichi vor der Schiebetür zu meinem Arbeitszimmer, wo sich inzwischen unser Schlaflager befand, und lugte durchs Griffloch.

»Morgen! Der Tag beginnt. Die Fabrik ist schon in Betrieb. Es ist Morgen.«

Nach den drei Feiertagen hatte die Fabrik ihre Arbeit wiederaufgenommen.

»Eine Frau hat unseren Namen gerufen. Ihre Stimme kommt mir bekannt vor«, sagte Shinichi. Die Lippen meiner Frau bebten vor Entsetzen. Neuerdings zitterte sie andauernd vor Angst. Zwar hatte sie nach wie vor ihre Anfälle, doch ihre Vorhaltungen waren weniger aggressiv, so daß ich fast das Gefühl hatte, es fehle mir etwas. Ihr hilfloser Blick glitt ins Leere. Doch dann stürzte sie sich mit funkelnden Augen auf mich:

»Sie kommt! Sie kommt!«

Ich hielt es für besser, für eine Weile aus dem Haus zu gehen.

Der Makler kam zur Besichtigung und teilte uns abschließend mit, daß es mit dem Verkauf etwas dauern könnte.

Seit Jahresende war keine Müllabfuhr mehr dagewesen. Die Tonne war zum Bersten voll, und vor der Gartenpforte wirbelten jede Menge Papierabfälle durch die Gegend.

Wir fahren nach Sōma! schoß es mir plötzlich durch den Kopf. Warum war ich nicht schon eher auf die Idee gekommen. Sōma ist die Heimat meiner Eltern, wo ich als Kind meistens die Sommerferien verbracht hatte. Die Verwandten dort waren mir sehr vertraut. Wir könnten ein getrenntes Gästequartier auf einem Bauernhof mieten und dort leben, bis meine Frau sich nervlich erholt hatte. Eine gute Gelegenheit, meiner Familie das Landleben zu zeigen. Wenn ich Glück hatte und dort sogar eine Anstellung als Lehrer fand, wäre es vielleicht gar nicht so schlecht, eine Weile auf dem Land zu leben. Der urtümliche, längst vergessene Erdgeruch der Tōhoku-Gegend umhüllte meine Seele. Die verlassene Bahnstation mit den Schranken, die reifbedeckte Landstraße, der Tempel im Hain, Hügel mit Maulbeerbäumen, Strohdächer und Bambusdickichte – all diese Bilder sah ich deutlich vor mir. Den Erlös vom Hausverkauf könnten wir als Überbrückung verwenden, bis unser Leben wieder im Lot sein würde.

Obwohl meine Frau sich ganz angetan zeigte, vergoß sie bittere Tränen:

»Was habe ich denn getan? Ich und die Kinder, wir haben nichts gemacht, und doch können wir nicht in Frieden hier in unserem eigenen Haus leben. Es gibt wohl nichts Schlimmeres in der Welt als solch eine Misere. Es ist alles deine Schuld.«

Um sie abzulenken, sagte ich:

»Falls wir uns dazu entschließen, wollen wir dann gleich morgen abreisen?«

»Wo denkst du hin? Ich kann doch nicht mit leeren Händen in die Heimat deiner Eltern kommen«, fuhr sie mich an. Sie wolle auf jeden Fall erst einmal ein Bad nehmen, um sich auch seelisch zu erfrischen, und so besuchten wir alle das Badehaus mit der Radiumquelle. Dieser Ort war auch für mich zur einzigen Zufluchtsstätte geworden. Solange ich mich dort aufhielt, blieb ich von ihren Anfällen und Drohungen verschont. Außerdem bestand keine Gefahr, daß meine Frau weglaufen würde. Als ich mit Shinichi im Becken saß und ihn beobachtete, sagte er zu mir:

»Papa, die Familienangelegenheit beschäftigt mich sehr.«

»Wir fahren aufs Land, das macht dir sicher Spaß«, rief ich eilfertig, um ihn aufzuheitern, doch er verzog, wie man es von einem Kind nicht erwartet hätte, nur sarkastisch den Mund.

»Wie, freust du dich denn gar nicht?«

»Mir macht nichts mehr Spaß. Auch wenn es manchmal lustig ist, kann ich nicht von Herzen lachen.«

Ich traf mich mit meiner Frau draußen wie verabredet, und wir machten uns auf den Heimweg. Zu meiner Erleichterung war der Briefkasten diesmal leer. Als meine Frau jedoch nach dem Abendessen die Hühner füttern ging, kehrte sie starr vor Schreck ins Zimmer zurück.

»Was ist los?« wollte ich wissen. Schweigend überreichte sie mir einen Zettel.

»Hast du sie gesehen?« fragte ich hastig. Sie schüttelte den Kopf.

»Was hast du denn nur? Los, red schon!« Ich konnte meinen Unmut nicht unterdrücken. Endlich sagte sie:

»Als ich die Hühner gefüttert habe, kam Frau Aoki zu mir, um mir den Zettel zu geben.«

Demnach mußte *sie* hier gewesen sein, als wir uns im Badehaus aufhielten. Bei den Nachbarn hatte sie sich angeblich eingehend nach unseren Verhältnissen erkundigt. Frau Aoki habe außerdem erwähnt, daß die Frau am Neujahrstag in Begleitung von ein paar Männern hier aufgekreuzt sei. Die Bande habe dann wild gegen unseren Zaun getrommelt und Einzelheiten aus meinem Privatleben laut durch die Gegend posaunt. Heute soll sie sich neugierig erkundigt haben, ob meine Frau erkrankt sei.

»Wieso kommt sie ausgerechnet immer dann, wenn wir nicht da sind?« fragte ich gereizt.

»Weil wir andauernd die Flucht ergreifen«, erwiderte meine Frau in erbostem Ton.

»Aber heute waren wir doch nur ganz kurz weg. Wahrscheinlich beobachtet sie uns heimlich und kommt erst, wenn sie genau weiß, daß wir nicht da sind. Wenn ihr wirklich daran gelegen wäre, könnte sie uns in der Frühe oder abends problemlos antreffen.«

»Warum erzählst du mir das? Ich kann dir aber was berichten über deine Herzensgemahlin. Auf dem Zettel steht nämlich: UND WENN ICH DAMIT VOR GERICHT GEHEN MUSS, MIHO FLIEGT RAUS! WAS IST MIT DEINEM VERSPRECHEN, MICH ZU HEIRATEN? – DEINE HERZENSGEMAHLIN«

»...«

»Sie weiß genau, daß sie mich mit ihren Drohungen ›Ich komme, ich komme‹ in den Wahnsinn treibt. Ich hatte dir schon gesagt, daß sie sich bei den Aokis nur nach mir erkundigt hat. Du scheinst immer noch nicht ihr wahres Gesicht zu kennen.«

»Laß das jetzt. Viel wichtiger ist, daß wir unsere Reise nach Sōma besprechen.«

»Du brauchst gar nicht abzulenken. Dies hier ist ein ernsteres Problem als die Reise aufs Land. Sie läßt sich nicht so einfach abspeisen. Und du solltest dich ebenfalls darauf gefaßt machen. Wahrscheinlich ist es sogar besser, du gehst direkt zu ihr und sprichst mit ihr darüber, daß wir ihr das Haus überlassen und eine monatliche Abfindung von zwanzigtausend Yen zahlen. Ich frage mich, ob du den Mut dazu hast? Oder willst du mich lieber verjagen und sie ins Haus nehmen?«

»Ich halte nichts von alldem. Besser, wir gehen für eine Weile aufs Land, um unsere Nerven zu schonen.«

Meine Frau erwiderte nichts, sondern legte ihren Kopf auf den *kotatsu*. Bald darauf hob sie ihr ausgemergeltes Gesicht und sagte:

»Glaub mir, ich bin dem Wahnsinn nahe. Die Angst sitzt mir in den Knochen; ich kann einfach nicht mehr. Außerdem bin ich in letzter Zeit immer so erschöpft und habe zu nichts mehr Lust. Ich frage mich, ob es gut ist, in diese kalte Gegend zu fahren. Die Gesundheit unserer Kinder ist auch angeschlagen. Das macht mir Sorgen. Sie sind alle naselang erkältet.«

Als hätte sie es sich dann aber doch anders überlegt, erhob sie sich schwerfällig und holte heißes Wasser von dem kleinen tragbaren Kochherd, um das sich bereits stapelnde schmutzige Geschirr zu spülen. Danach suchte sie aus dem Berg von Schmutzwäsche, der sich seit Silvester angehäuft hatte, das Nötigste für die nächste Zeit heraus und fing an, die Sachen zu waschen. Ihre weiße Kittelschürze blendete mich, und ich konnte ihr einfach nur stumm dabei zusehen.

Maya, die ich bereits im Schlaf gewähnt hatte, schlug plötzlich die Augen auf, lag aber reglos da. Als ich sie fragte, was los sei, sagte sie:

»Kann nich schlafen, mache Sorgen.«

Ich beruhigte sie, indem ich zu ihr sagte, daß Kinder sich keine Sorgen machen und besser ausschlafen sollten. Nachdem sie mich lange angeschaut hatte, erwiderte sie mit ernstem Gesicht:

»Ich muß auch nachdenken.«

Shinichi, der offenbar ebenfalls nicht schlief, lag mit geschlossenen Augen da. Durch das Rauschen des fließenden Leitungswassers hindurch hörte ich meine Frau, die mit ihrer feinen Stimme vor sich hin sang.

Am nächsten Morgen um neun stand ich allein auf und machte Feuer. Die Mülltonne war immer noch nicht geleert, so daß die verstreuten Abfälle und Papierfetzen einen häßlichen Anblick boten. Ich weckte die anderen und bereitete ein einfaches Frühstück mit Reisklößchen-Suppe. Wir wollten das Haus von außen vernageln, mußten jedoch zunächst Kleidungsstücke und andere Habseligkeiten in einem Weidenkorb verstauen, um sie bei den Aokis zu deponieren. Es herrschte ein riesiges Durcheinander, als wir die Sachen im Zimmer ausbreiteten. Bei dem Gedanken, daß die andere ausgerechnet jetzt hereinplatzen könnte, gerieten wir uns abermals in die Haare. Meine Frau bekam einen Anfall, was mich wiederum zur Raserei trieb. Dummheiten, zu denen wir uns schon wer weiß wie oft hatten hinreißen lassen: Einer von uns beiden will sich erhängen; der andere greift ein, um dies zu verhindern; einer versucht zu flüchten; Papierschiebetüren werden zerrissen und herumliegende Dinge mit dem Fuß weggestoßen – ein sinnloses Treiben, das kein Ende nimmt. Sie meint, daß sie unmöglich weiter mit mir zusammenleben könne, und bringt mich zur Weißglut. Haßerfüllt raufen wir miteinander, zanken um Gegenstände und wollen sogar die Kinder unter uns aufteilen, die gerade in diesem Moment auftauchen. Die zornigen Gesichter ihrer Eltern lassen sie vor Schreck erstarren.

»Euer Vater und eure Mutter wollen sich trennen. Shinichi, zu wem willst du? Und Maya, du?« rief ich und starrte sie an.

»Ich geh mit Mutter«, erwiderte Shinichi.

»Na gut, dann geh du mit deiner Mutter, und Maya bleibt bei mir.«

Ich blickte zu meiner Tochter, die mit bebenden Lippen einen Weinkrampf zu unterdrücken versuchte und heftig den Kopf schüttelte.

»Wenn dir deine Mutter lieber ist, dann geh mit ihr.«

Doch Maya schüttelte weiter wie besessen den Kopf.

»Geht, geht, haut alle ab!«

In meiner Wut stieß ich meine Frau weg, schmiß mit den Holzsandalen nach ihr und randalierte herum, das Gesicht zu einer schrecklichen Grimasse verzerrt.

Völlig beherrscht zog meine Frau ihren Mantel über, wickelte ein paar Sachen in ein Tragetuch und sagte:

»Für die Zugfahrt und Unterkunft brauche ich etwas Geld. Du erlaubst mir doch, daß ich zweitausend Yen mitnehme.«

»Meinetwegen nimm zehntausend, ist mir völlig egal. Hier hast du alles!«

Ich warf ihr das vorhandene Bargeld vor die Füße, und mit noch gefaßterer Miene als eben nahm sie zwei Tausend-Yen-Scheine und steckte sie ein.

»Ich danke dir für alles«, sagte sie daraufhin und verneigte sich förmlich.

»Shinichi, wenn du mit mir gehen willst, dann komm.«

Sie eilte auf den Eingang zu. Maya brüllte plötzlich wie am Spieß, als sie sah, daß ich ihre Mutter nicht wie sonst zurückhielt. Shinichi, der uns abwechselnd beobachtete, fing ebenfalls an zu weinen:

»Papa, hör auf! Mutter wird sterben«, schluchzte er und lief ihr hinterher. Der Anblick der von Weinkrämpfen geschüttelten Kinder, die mich so inständig anflehten, brachte mich zur Besinnung: Es ist zu grausam! Zu grausam! Ich muß aufhören! dachte ich und hielt meine Frau fest, die schon von Shinichi umklammert wurde. Ich zitterte am ganzen Leib.

Nachdem wir unsere Aggressionen voll ausgelebt hatten, verrauchte der Zorn. Ohne große Worte fielen wir uns weinend in die Arme und hielten uns eine Weile eng umschlungen.

»Also auf ein neues! Packen wir weiter!«

Wir beide schüttelten uns aus Spaß die Hände, worauf Shinichi einen Freudentanz aufführte. Maya machte es ihm nach und hüpfte hinter ihm her. Der Kinder wegen mußte ich durchhalten, dachte ich, und bei diesem Gedanken durchströmte mich neue Energie. Auf jeden Fall werden wir morgen aufs Land fahren. Wenn die verworrenen Fäden der Vergangenheit nicht gewaltsam durchtrennt werden, wird das Chaos im Haus unaufhaltsam auf eine Katastrophe zusteuern.

Am frühen Nachmittag waren wir mit dem Aussortieren fertig, und alles, was bei unseren Nachbarn deponiert werden sollte, lag im Weidenkorb verstaut. Um zu den Aokis zu gelangen, mußten wir eigentlich durch den Garten der Kanekos. Sie schienen glücklicherweise nicht dazusein, denn sämtliche Glastüren waren geschlossen. Wir schleppten den Korb gemeinsam zur Veranda der Nachbarn und fragten Frau Aoki, da wir uns nun doch entschlossen hätten wegzufahren und für einen halben oder vielleicht sogar ganzen Monat abwesend sein würden, ob wir den Korb, so wie wir es bereits neulich angekündigt hatten, bei ihr abstellen dürften. Die biedere junge Frau, die ihren Niigata-Dialekt immer noch nicht abgelegt hatte, nahm zu unserer Erleichterung das Gepäck ganz freundlich entgegen. Diese makellose Familienidylle – Herr Aoki arbeitete in der Fabrik hinter unserem Grundstück – war wie ein Schlag ins Gesicht. Ich konnte dem vor Gesundheit strotzenden Blick seiner Frau nicht standhalten.

Unser verspätetes Mittagsmahl bestand aus der schon muffig riechenden Reisklößchen-Suppe und den Resten des Neujahrsgerichts, das wir wiederholt aufgewärmt hatten, damit es nicht verdarb. Ohne groß aufzuräumen, verließen wir kurz nach drei gemeinsam das Haus.

Wir fuhren zwar in die Stadt, um Mitbringsel für unsere Reise aufs Land zu besorgen, aber auch ohne dieses Vorhaben hätten wir es daheim nicht ausgehalten, da wir zu dieser Tageszeit immer in leichte Panik gerieten.

Im Zug erlitt meine Frau einen Rückfall: Sie schaute sich unter den Fahrgästen um, bis sie eine kleine, mollige Frau entdeckte, die ich mir unbedingt anschauen sollte. Mit verbohrtem Gesichtsausdruck versuchte sie mir dann weiszumachen, welche Ähnlichkeit deren Augen, Nase, Mund und Körperhaltung mit *ihr* hätten. Als wir in Okachimachi ausstiegen und ins Kaufhaus gingen, gab sie noch immer keine Ruhe. Mir stieg das Blut in den Kopf, und ohne weiter auf sie einzugehen, jagte ich durch die Kaufhaushalle, fuhr mit dem Fahrstuhl und der Rolltreppe hoch und runter, lief treppauf, treppab. Hilflos hetzte sie mit den Kindern an der Hand hinter mir her, bis sie plötzlich kreidebleich zusammensackte. Ich brachte sie zu dem Sofa auf dem Treppenabsatz und hielt sie im Arm. Eine Ewigkeit saßen wir einfach nur so da. Ich nahm zwar die Massen von Menschen wahr, die an uns vorbeiströmten, aber in meinem Kopf spukten nur finstere Gedanken herum, so daß es mir diesmal nichts ausgemacht hätte, mich dem Tod auszuliefern. Unsere beiden Kinder, die unsere Ausbrüche kannten, beschäftigten sich derweil auf ihre Weise: Shinichi hielt sich in der Spielzeugabteilung auf, um seine

Lieblingsautos und Eisenbahnen mit den Augen zu verschlingen, während Maya am Treppengeländer herunterglitt und, sobald sie unten angelangt war, erneut hinauflief, um sich immer wieder dem gleichen Spiel hinzugeben. Ihr scheinbares Vergnügen ließ sie erst recht einsam erscheinen. Als meine Frau sich etwas beruhigt hatte, raffte sie sich auf und hielt unentschlossen nach Geschenken Ausschau, bis sie sich schließlich für Tragetücher entschied. Nachdem sie sich bei mir nach der Anzahl meiner Familienmitglieder erkundigt hatte, wählte sie nicht etwa kurzerhand ein gutes Dutzend aus, sondern prüfte unermüdlich jedes einzelne Tuch gewissenhaft nach Muster und Webfehlern. Anschließend kaufte sie Schuhe und Strümpfe für Shinichi und für sich einen Kimono-Kragen und Tabi-Socken. Als wir das Kaufhaus verließen, schlug ich vor, in ein Restaurant einzukehren, doch sie empfand es als Verschwendung, da wir zu Hause noch genug Reste vom Neujahrsschmaus hatten. Im Ameya-Yokochō-Viertel besorgte sie einige Tüten mit Süßigkeiten, dann nahmen wir den Zug nach Hause. Die ganze Fahrt über starrte sie mich mißtrauisch und böse an. Ihr zorniger Blick drückte Verachtung aus – ach, dieser Kerl ... – und raubte mir sämtliche Energien, die ich zu meiner Wiederherstellung mobilisiert hatte.

Erleichtert stellten wir fest, daß der Briefkasten leer war. Ich schloß die Tür auf und machte Licht. Tama kauerte reglos inmitten des herumstehenden Gepäcks.

»Tama, Tama!« rief Shinichi, nahm die Katze auf den Arm und drückte sie an seine Wange. »Was wird aus ihr, wenn wir aufs Land fahren?« fragte er.

»Tja, wir können sie nicht mitnehmen. Wie wär's, wenn wir sie bei den Aokis lassen, bei Tokko-chan?«

»Hm, ja ... das wär doch fein«, sagte Maya etwas naseweis. Meine Frau war ebenfalls dafür und schlug vor, den Aokis dafür die Hühner samt Stall zu überlassen, da sie uns so behilflich waren. Sie lief prompt hinaus, um es ihnen gleich mitzuteilen.

»Ich komm auch mit«, rief Maya und lief ihr vergnügt hinterher. Bald darauf kehrte meine Frau leichenblaß zurück.

»Sie war heute wieder da!« stieß sie hervor. Die harmonische Stimmung war im Nu wie gefroren, und mein Tatendrang sank auf den Nullpunkt. Wenn meine Frau mich jetzt zur Rede stellte, würde ich höchstwahrscheinlich einen Schreikrampf kriegen.

Shinichi, der die bedrohliche Stimmung witterte, versuchte uns aufzuheitern.

»Na, na, nun reißt euch mal zusammen«, sagte er spaßhaft. Als er jedoch keine Wirkung sah, wurde er unwirsch: »Papa, willst du etwa wieder verrückt spielen? Ich hasse das!«

Sein strenger Ton brachte mich schließlich zur Vernunft.

»Also, morgen geht's los. Wenn wir erst einmal auf dem Land sind, wird so etwas nicht mehr vorkommen. Miho, du mußt durchhalten. Wenn du weiter so ein finsteres Gesicht machst, werden wir als Feiglinge in die Falle tappen. Also nur Mut! Morgen reisen wir ab!« sagte ich energisch, um sie aufzumuntern. Dann räumte ich das Gepäck beiseite, um die Tatami-Matten auszukehren. Als ich Feuer zum Kochen machte, zeigte sich meine Frau wieder versöhnt, denn sie zog sich um und begann das Essen vorzubereiten. Unser verspätetes Abendessen war genau dasselbe, wovon wir uns schon die ganzen letzten zehn Tage von früh bis spät ernährt hatten: Reisklößchen-Suppe und die Reste vom Neujahrsgericht.

Beim Essen gewann meine Frau ihre gute Laune zurück und schenkte mir Whisky ein, um unsere morgige Abreise zu feiern. Trotz der geringen Menge war ich schon bald beschwipst, und durch meine Redseligkeit begann ein neuer Streit, der einen Anfall bei ihr auslöste. Laß, laß! beschwor ich mich immer wieder, doch sobald das Gespräch auf *sie* kam, platzte mir der Kragen. Meine Worte klangen gehässig und brutal. Es wurde immer schlimmer. Auch ihre Anfälle hatten sich in der letzten Zeit gehäuft. In jener Nacht wollte ich mich wieder einmal erhängen und baute mich splitternackt vor meiner Frau auf. Sie holte daraufhin die Abschriften von meinen Tagebucheinträgen in der Zeit zwischen August und September. Das Tagebuch selbst war längst im Klo gelandet, nachdem sie irgendwann zuvor die betreffenden Passagen herausgeschrieben hatte. Sie verlangte, es gemeinsam mit ihr zu lesen, doch ich weigerte mich. Schließlich gab ich mich geschlagen, setzte mich an den *kotatsu* und fing an zu lesen. Es war unfaßbar, daß das von mir stammen sollte: Meine damaligen Gefühle, von denen mich inzwischen Welten trennten, waren hier in provozierend drastische Worte gefaßt. Es stand auch ganz deutlich geschrieben, daß meine Frau mir Vorhaltungen macht, und ich hartnäckig alles von mir wiese. An diese Aufzeichnungen konnte ich mich nicht erinnern. Während ich las, beobachtete mich meine Frau unablässig von der Seite. In mein Entsetzen mischte sich brodelnder Haß. Ich hätte am liebsten laut aufgeschrien. Meine Frau überzeugte sich, daß ich auch nichts ausgelassen hatte, und sagte dann:

»Merk dir genau, was hier steht. Du hast es geschrieben. Behaupte also nicht, du hättest keine Ahnung. Kapierst du jetzt endlich, was für Gemeinheiten du da hingeschrieben hast? Kein Wunder, daß ich so geworden bin.«

Ich konnte nichts darauf erwidern. Ein Schwindelgefühl erfaßte mich, als würde ich in meinen Grundfesten erschüttert werden. Draußen fing es an zu regnen. Ich vernahm das sanfte Plätschern auf dem lehmigen Boden.

Am nächsten Tag nieselte es gelegentlich.

Mein Kopf hämmerte, und ich fühlte mich ganz zerschlagen wegen des mangelnden Schlafes in der letzten Nacht. Meine Frau blickte noch genauso finster wie am Abend zuvor. Sobald wir im Zug saßen, sagte ich mir, würde uns *ihre* Drohung nicht weiter verfolgen. Und wenn sich die Panik bei meiner Frau legte, würde sie auch wieder zu einem friedlichen Leben zurückfinden können. Obwohl sie sich heute wieder skeptisch zeigte, nötigte ich sie, die Reisevorbereitungen zu treffen. Als wir damit fertig waren, schickte sie mich los, Hühnerfutter zu kaufen, das sie den Aokis geben wollte. Ich ging zu dem Laden in der Hauptstraße. Als ich kurz darauf wieder heimkehrte, standen meine Frau und der Junge wie angewurzelt im kleinen Zimmer neben dem Eingang.

»Sie war eben da!« sagte sie. Ich begriff nicht so recht und meinte:

»Aber ich bin doch erst vor fünf Minuten Futter kaufen gegangen. Unterwegs ist mir niemand entgegengekommen. Meinst du nicht, daß du ein Phantom gesehen hast?«

Mir war selbst nicht so ganz geheuer, was ich da sagte, und ich musterte aufmerksam ihr Gesicht.

»Nein, sie war wirklich hier. Kaum warst du weg, stürzte sie plötzlich in die Diele und fragte den Jungen mit drohender Stimme, wo seine Mutter hingegangen wäre. Ich habe mich vor lauter Schreck in der Bücherkammer versteckt. Shinichi, du hattest Angst vor dieser Tante, nicht wahr?«

Shinichi, der einen hochroten Kopf bekam, schwieg.

»Sie ist dann wieder weggegangen, nachdem sie ihm gedroht hatte, sie würde uns, egal, wo wir hinflüchteten, aufspüren und uns ihr ganzes Leben lang verfolgen. Das sollte Shinichi mir ausrichten. Ich habe alles genau mitgehört. Es war todsicher diese Frau, das kann nur *sie* gewesen sein. Schau dir den Jungen an. Er zittert vor Angst. Sie hat den Kleinen am Kragen gepackt und diesen Fluch ausgestoßen. Schrecklich! Ich habe solche Angst ... solche Angst.«

Sie zitterte wie Espenlaub und riß vor Entsetzen die Augen auf.

»Keine Sorge! Selbst wenn sie aufkreuzt, kann sie uns ja nicht fressen. Also, los! Mit diesem Haus haben wir ein Weilchen nichts mehr zu tun. Kein Grund zur Panik.«

Nachdem wir das Haus sorgfältig abgeschlossen hatten, vernagelte ich etliche Stellen. Wir verabschiedeten uns noch von den Aokis und gingen dann durch die schmalen Gassen zur Hauptstraße. Unser Gepäck war auf das Nötigste beschränkt; alles weitere wollten wir vor Ort besorgen. Da die Tragetücher einzeln in Geschenkschachteln verpackt waren und viel Platz wegnahmen, mußten wir die Sachen auch auf den Rucksack und die Tragetaschen der Kinder verteilen. Was wir nicht mehr in der Hand tragen konnten, packten wir uns über die Schulter. Wir mußten einen trostlosen Anblick bieten. Es nieselte wieder stärker, doch wir konnten unmöglich auch noch Schirme aufspannen.

»Was, wenn sie uns unterwegs auflauert?« fragte meine Frau ängstlich, was mich noch beklommener machte.

»Wir könnten sie verprügeln und in die Flucht schlagen«, erwiderte ich betont energisch. Auf dem kurzen Weg zum Bahnhof mußten wir mehrmals eine Pause einlegen, so schwindlig war uns. Auch als wir im Zug saßen, verflog ihre finstere Stimmung nicht; sie blickte mich zornig an.

Im Alltagstrott habe ich nie darauf geachtet, aber jetzt, wo wir im Ueno-Bahnhof in die Jōban-Linie Richtung Norden umstiegen, bekam der Bahnhof ein ganz neues Gesicht. Meine Erinnerungen schweiften in die ferne Vergangenheit: wie ich mir als kleines Kind schlaftrunken die Augen rieb, weil wir vor der Fahrkartensperre ewig lange Schlange stehen mußten, um den Nachtzug der Jōban-Linie nach Aomori zu nehmen. »Sobald du durch die Sperre bist, mußt du sofort losrennen, da du kein Gepäck hast«, schärfte mir mein Vater ein. »Hast du verstanden? Lauf, so schnell du kannst, und halte Plätze frei, hörst du?« Vor lauter Aufregung und Angst wollte ich gar nicht mehr aufs Land, sondern lieber mich zu Hause ins Bett kuscheln und ausschlafen. Bald wird es in der Schlange unruhig: Die Fahrkarten für die Jōban-Linie nach Aomori werden abgeknipst. Diese verzehrende Ungeduld, bis ich durch die Sperre bin! Endlich ... geschafft! Ich renne wie besessen. Die Lokomotive speit weißen Dampf aus. Vater ist trotz des Gepäcks schneller. Meine dicke Mutter hingegen watschelt ganz hinten. Die Arme! Ich ringe nach Luft und fange an, über meine eigenen Füße zu stolpern. Vater winkt schon aus dem Fenster. Als ich endlich zu ihm gelange, zieht er ein mürrisches Gesicht, weil er nur einen Sitzplatz ergattern konnte. Ich finde diesen ganzen Aufwand übertrieben, nur um einen Platz zu bekommen. »Jōban-Linie nach Aomori«, ruft der Zugabfertiger im Singsangton.

Unsere Ankunft in Ueno bewirkte ebenfalls keine Änderung bei meiner Frau. Ängstlich hält sie in der Menge Ausschau und wirft mir unablässig prüfende Blicke zu. Ich dagegen fühle mich schon viel unbeschwerter. Der Ueno-Bahnhof weckt in mir deutliche Erinnerungen an die nicht gerade kurze Lebensspanne vor meiner Heirat – Erinnerungen, die mich regelrecht beflügeln. Der Aufenthalt auf dem Land wird uns unbändige Kraft einflößen. Meine Hoffnung, daß sich ihr desolater Zustand und damit vielleicht auch meiner bessern würde, nahm realistische Züge an. In meinem Übermut rief ich: »Miho, wir fahren erster Klasse!« Ich nahm an, daß sie freudig zustimmen würde. Die Kinder sollten gemütlich reisen. Doch ihre eisige Miene zeigte keine Regung.

»Bist du verrückt? Was glaubst du denn, wieviel Geld wir noch haben. Und besteht etwa irgendeine Aussicht, sofort zu Geld zu kommen? Doch wohl kaum. Wir wissen nicht einmal, wovon wir im Moment leben sollen. Deine Späße kannst du dir wirklich sparen.«

Ihre Abfuhr verschlug mir die Sprache. Ohne wie früher Schlange stehen zu müssen, kamen wir zügig durch die Sperre zum Bahnsteig, wo der Zug schon wartete. Alle Wagen waren voll; es gab kaum noch freie Sitzplätze. Mühevoll verstauten wir unsere Sachen im Gepäcknetz und blieben stehen. Bald jedoch, nach ein paar Stationen, stiegen einige Fahrgäste aus, so daß wir uns, wenn auch getrennt, hinsetzen konnten. Ich begann, in dem Taschenbuch, das ich als Reiselektüre mitgenommen hatte, zu lesen, und als ich zwischendurch aufschaute, begegnete ich dem unverändert zornigen Blick meiner Frau, die mich mit grimmigem Gesicht anstarrte. Auch auf mein Lächeln hin verzog sie keine Miene. Ich ging zu ihr und fühlte ihre Stirn, ob sie eventuell Fieber hatte, doch sie schüttelte meine Hand unwirsch ab. Vielleicht war ihr ja übel wegen der Hitze im Zug, überlegte ich und besorgte ihr beim nächsten Halt ein Eis. Sie wollte es nicht essen und gab es den Kindern. Um die Langeweile der Kleinen zu überbrücken, kaufte ich auf dem Bahnsteig noch Mandarinen und Süßigkeiten, die ich ihnen mit übertriebener Geste durch das Zugfenster reichte. Während die Kinder sich freuten, wies mich meine Frau übellaunig zurecht:

»Gib den Kindern nicht soviel zu naschen. Sie bekommen sonst Bauchschmerzen. Wie kannst du nur solches Zeug kaufen.«

Obwohl ich ihr hin und wieder aufmunternd zulächelte, schien sie sich überhaupt nicht entspannen zu können. Allmählich wurde ich ratlos. Ein nie zuvor erlebtes Gefühl von Verlassenheit überkam mich, als ich daran dachte, daß sich meine Frau wahrscheinlich endgültig von mir distanziert hatte. Der Schimmer auf ihrer geröteten Haut ließ ihr Gesicht schön erscheinen. Doch ihr Blick zeigte unmißverständlich Ablehnung und Haß, so daß ich ihre intimen Wutausbrüche bei unseren Handgreiflichkeiten zu Hause in Koiwa jetzt sogar fast ein wenig vermißte. Mir war unbegreiflich, daß es soweit gekommen war, und ich war plötzlich völlig verzweifelt bei dem Gedanken, daß wir an einen ihr völlig fremden Ort fuhren, wo bittere Kälte herrschte. Es war kein normaler Besuch wie sonst, sondern eine Flucht aufgrund einer zehrenden Krankheit, und welche Verwandten würden einen da schon herzlich empfangen? Wir belästigten sie nur. Etwas Fröhliches gab es nicht zu erwarten. Ich wußte einfach nicht mehr weiter. Früher meinte ich immer, viel zu viele Leute zu kennen, um alle besuchen zu können, doch jetzt wurde mir bewußt, daß es niemanden gab, bei dem wir so ohne weiteres Zuflucht finden konnten. Eine schwarze Wolke von Hilflosigkeit und Angst umnebelte meinen Geist.

Während des kurzen Aufenthalts in Mito pflegte mein Vater früher immer die Verkäufer auf dem Bahnsteig herbeizurufen, um sich mit der dortigen Spezialität, Ume-Yōkan, einzudekken. Zu Hause türmte er die süße Bohnenpaste dann vor seinen Verwandten auf und verteilte sie mit lässiger Gönnerpose. Ich hingegen konnte mir gerade einmal zwei, drei Stück davon leisten. Der Zug passierte Taira, Hisanohama, Tomioka und weitere mir vertraute Bahnhöfe, bis bald darauf das helle Blau des Pazifiks in Sicht kam. Ich machte meine Frau darauf aufmerksam, doch sie wirkte völlig apathisch. Als die Sonne des kurzen Wintertages untergegangen war, herrschte draußen im Nu pechschwarze Nacht. In unserem Abteil wurden mehrere Plätze frei, so daß wir es uns bequemer machen konnten. Indessen befand sich meine Frau bereits mitten in einem neuen Anfall. Das endlose Verhör, mit dem sie sich meiner Liebe zu vergewissern suchte, nahm seinen Lauf. Doch irgendwie erschien es mir diesmal anders als sonst. Es begann mit der gleichen Litanei, die ich seit Ende des Sommers unzählige Male über mich ergehen lassen mußte. Ohne Rücksicht auf die Fahrgäste um uns herum sprach sie so laut, daß praktisch jeder mithören konnte: Ob ich sie liebe, warum ich mich dann trotzdem auf eine andere eingelassen hätte, wie es jetzt sei, wie es in Zukunft sein würde, ob sich ihre Gefühle für mich jemals wieder einstellen würden, denn sonst käme sie sich vor wie ein lebender Leichnam und wolle lieber sterben und so weiter und so fort. Sie ließ sich meine Vergehen nochmals eingehend schildern, um sich häppchenweise davon zu überzeugen, daß jemand, der so etwas tat, sie unmöglich lieben könne. Und dann fing das Ganze wieder von vorn an. Es war die übliche Prozedur, nur daß ihre Stimme diesmal merkwürdig monoton klang. Sie führte praktisch einen Monolog, ohne wie sonst von mir Erklärungen zu verlangen. Den Blick stur geradeaus gerichtet, plapperte sie unbeirrt weiter. Ein Schauer lief mir über den Rücken. Bisher hatten wir unsere Gefühle einander mitteilen können, auch wenn wir darüber in Streit und abgrundtiefe Verzweiflung gerieten. Doch wieso spürte ich jetzt bei ihr nur diese kalte Abweisung, als würde sie einen toten Gegenstand vor sich haben? Es schien sie nicht einmal zu stören, daß ihr Kimono vorne offen war. Ohne die geringste Scham redete sie unverdrossen mit tonloser Stimme vor sich hin. Was, wenn sie ... –

der Gedanke daran ließ mein Blut in den Adern gefrieren. Ich wußte keinen Rat mehr. Bisher hatte ich immer wütend auf ihre Anfälle reagiert, doch jetzt erschien mir die Situation eine Stufe ernster zu sein. Ich fing an, sie genauer zu beobachten: wie sie sprach und ihre Augen bewegte, so als ob ich eine stehengebliebene Maschine zum wiederholten Male prüfen würde in der Hoffnung, daß der Defekt sich letztlich als Irrtum herausstellte. Zum Schluß bestand sie auf einem Gelöbnis, das ich schriftlich ablegen sollte. Sie formulierte den Wortlaut und verlangte, daß ich den Schwur an den Rand meines Notizbuches niederschrieb.

In ewiger Leidenschaft, Liebe und Demut werde ich, Toshio, Miho mein Leben widmen. Dieses Versprechen gilt nicht nur vorübergehend, sondern bis an mein Lebensende.

Ich verfiel in Trübsinn. Mein Blick fiel auf das Bahnhofsschild. Es war die letzte Station vor unserem Reiseziel. Ich sagte meiner Frau Bescheid und weckte die Kinder, die sich auf den Sitzen hingelegt hatten, damit sie sich zum Aussteigen fertig machten. Als der Zug wieder anfuhr, befiel mich genau wie früher eine innere Unruhe in Form eines Prickelns im Unterleib. Nachdem der Zug zwei Tunnel passiert hatte, konnte ich verschwommen die Lichter der Vorstadtsiedlung ausmachen. Ich preßte meine Stirn gegen die Scheibe, um mich davon zu überzeugen, daß es immer noch dieselbe Umgebung war, in der ich als Kind gespielt hatte. Ich erkannte nach und nach alles wieder, so wie ich es in meiner Erinnerung bewahrt hatte: die nächtliche weiße Landstraße, erleuchtete Fenster in der Gegend meiner Verwandten, der Tempel im Hain und die sanften Hügel, die Bahnschranke, das Signal. Als wir die kurze Eisenbahnbrücke überquert hatten, näherten wir uns der Glasfabrik mit der riesigen Lagerhalle, bis der Zug nach einem kräftigen Ruck schließlich zum Stehen kam. Die verlorene Stimme des Bahnangestellten, der den Stationsnamen ausrief, verschmolz mit den knirschenden Schritten auf dem kiesbedeckten Bahnsteig. Voll beladen stiegen wir eilig aus dem Zug. Ich verspürte ein leichtes Zittern. Das lächelnde

Gesicht meiner verstorbenen Großmutter, deren Lieblingsenkel ich gewesen war, schwebte vor mir sowie die früheren Gestalten all der Tanten, Onkel, Vettern und Cousinen, die in vergnügter Aufregung hinter der Sperre ihre Hälse reckten, um mich, der als Student aus der Großstadt in den Sommerferien zu Besuch gekommen war, willkommen zu heißen. Erneut betrat ich den Bahnhof und den Heimatboden meiner Eltern zusammen mit meiner leidenden Frau und den zwei kleinen Kindern, doch diesmal hatte ich niemanden über unsere Ankunft informiert. Ich schritt auf die Sperre zu, wo der Kontrolleur, der mit frierend hochgezogenen Schultern aus seiner beheizten Stube herausgekommen war, die ausgestiegenen Fahrgäste erwartete.

NACHWORT

Ähnlich wie die Schriftstellerfigur Toshio in dem vorliegenden Roman mehrere Gesichter trägt – kennzeichnend dafür steht das unterschiedlich ausgerichtete Verhältnis zu seiner Frau, zu seiner Geliebten und zu seiner Umwelt – weist auch Shimaos literarisches Werk deutliche Züge einer Mehrgesichtigkeit auf. Mit diesem Schriftsteller und seinem Werk eng verknüpfte Begriffe wie *Kriegsliteratur* (in vielen seiner Werke verarbeitet Shimao Erlebnisse der Kriegszeit), *Insel-Erzählungen* (die in engem Zusammenhang mit seinen langjährigen Studien der Kultur der Ryūkyū-Inseln zu sehen sind) und nicht zuletzt die immer wieder mit seinem Namen in Verbindung gebrachten *byōsaimono* (Erzählungen, in deren Mittelpunkt die kranke Ehefrau steht) geben zweifellos die wichtigsten Aspekte seiner Literatur wieder, sind aber – sieht man sie voneinander losgelöst – schwerlich in der Lage, ein abgerundetes Bild seines Schaffens zu vermitteln. Erst das Aufspüren der mannigfachen Verknüpfungen dieser Hauptkomponenten miteinander und die Sichtbarmachung der zahlreichen Fäden, die sich wie ein eng gesponnenes Netz durch das gesamte Werk ziehen, zeigt uns den Schriftsteller in einem Licht, in dem sich alle Bestandteile zu logischen, ja nötigen Komponenten eines stimmigen literarischen Gebäudes zusammenfügen.

Für viele Japaner ist Shimao Toshio ein Schriftsteller, der mit dem Namen Amami eng verbunden ist. Die Amami-Inseln gehören (neben den Okinawa- und Sakishima-Inseln) zu den drei Hauptgruppen, welche zusammen die Ryūkyū-Inselkette bilden. Shimaos Interesse für diesen im Süden gelegenen Teil des japanischen Archipels und seine spätere Affinität zu dieser Region entwickelte sich in mehreren Stufen. Ursprünglich stammte die Familie aus Fukushima, einer Provinz nördlich von Tōkyō, die Shimao durch zahlreiche Besuche während seiner Kindheit vertraut war und – wie auch aus dem letzten Kapitel hervorgeht – möglicherweise sogar etwas wie eine Heimat für ihn darstellte. Geboren wurde er 1917 in der Hafenstadt Yokohama, wo sein Vater Handel mit Seide betrieb. Zeitweise hielt sich Shimao bei den Großeltern in Fukushima für mehrere Wochen oder gar Monate auf, so auch im Jahr 1923, als er aufs Land geschickt wurde, um sich von einer nicht eindeutig diagnostizierbaren Krankheit zu erholen. Einen Tag nachdem der Vater sich auf den Weg gemacht hatte, um den zum Erstaunen der Ärzte genesenen Sohn abzuholen, zerstörte das große Kantō-Erdbeben das Elternhaus in Yokohama. Dies und eine Reihe beruflicher Gründe veranlaßte die Familie zwei Jahre später, in den Südwesten des Landes zu ziehen, nach Kōbe, wo Toshio alsbald ein Handelsgymnasium besuchen sollte. Um diese Zeit begann er mit ersten Schreibversuchen: hauptsächlich Gedichte und kleinere Erzählungen. Nach dem Abschluß der Oberschule schrieb er sich an der Hochschule für Handel in Nagasaki ein. Dort entstanden erste ernst zu nehmende Arbeiten, Erzählungen meist, die in Studentenzeitschriften veröffentlicht wurden.

Einen wichtigen Schritt hin zu einer echten Schreibkarriere bildete der Wechsel zur Kyūshū-Universität in Fukuoka (1940), wo er schon bald das Studium der Wirtschaftswissenschaft zugunsten eines Studiums der Geschichte Ostasiens aufgab. Reisen nach Korea und China folgten. Im September 1943, im Jahr seines Studienabschlusses, veröffentlichte er sein Erstlingswerk *Yōnenki* (*Aufzeichnungen aus der Kindheit*), eine Sammlung von Gedichten und Erzählungen, die er während seiner Zeit in Kōbe und Nagasaki verfaßt hatte. Einen Monat danach bewarb er sich als Offiziersanwärter an einer Marineakademie, wo er für den Dienst auf einem Torpedoboot ausgebildet wurde.

Bereits ein Jahr später, im November 1944, kam er nach Kakeromajima, einer südlich von Amami Ōshima gelegenen Insel, wo er als Offizier einem Sonderkommando von ca. 180

Soldaten zugeteilt wurde. Aufgabe dieses Spezialtrupps war es, sich für *kamikaze*artige Einsätze mit sogenannten *shinyō*-Booten bereitzuhalten. *Shinyō*-Boote waren kleine, mit Sprengstoff beladene Boote aus Holz, die insbesondere während der letzten beiden Kriegsjahre gegen feindliche Schiffe eingesetzt wurden. Mit relativ geringem Erfolg, wie sich leicht verstehen läßt, denn diese nur knapp fünf Meter langen, mit umgebauten Lkw-Motoren ausgerüsteten Boote waren für einen wirksamen Einsatz zu langsam und unbeweglich. Auch an Shimao und seine *tokkōtai* – so der Name für diese Kamikazetrupps – erging am 13. August 1945 der Befehl zur unmittelbaren Bereithaltung für einen solchen Einsatz, doch ein frühzeitiges Ende des Krieges bewahrte ihn und seine Soldaten vor der Ausführung des selbstmörderischen Auftrags.

Die Kriegserlebnisse und insbesondere seine *tokkōtai*-Erfahrungen beeinflußten Shimaos gesamtes späteres Schreiben. In seinen kurz nach Kriegsende erschienen Erzählungen *Hamabe no uta* (*Strandlied*, 1946) und *Shima no hate* (*Am äußersten Ende der Inseln*, 1948), aber auch erst in Jahrzehnte später veröffentlichten Erzählungen wie *Sono natsu no ima wa* (*Damals in jenem Sommer*, 1967) und in dem Erzählband *Gyoraitei gakusei* (*Der Student auf dem Torpedoboot*, 1985) thematisierte er den immensen psychologischen Druck, dem die Angehörigen dieser Selbstmordkommandos ausgesetzt waren. Insgesamt lassen sich diesem Themenkreis 18 Erzählungen zuordnen. Interessant ist, daß die Art und Weise der Darstellung mitunter stark variiert. Während bei einigen der Erzählungen ein realistischer Ton vorherrscht, finden sich in anderen durch Märchen und Legenden inspirierte traumartige (*Yume no naka de no nichijō*, 1948; *Der Alltag im Traum*) und nicht selten sogar ausgeprägt surrealistische Momente, welche die Wirklichkeit des Krieges verfremden, sie dadurch aber nur um so bedrohlicher in das Blickfeld rücken. Fast ironisch mag es anmuten, daß in diesen Erzählungen nicht eine Szene mit Blutvergießen zu finden ist. Kein einziger japanischer Soldat verliert sein Leben, und wenn vom Feind die Rede ist, dann allenfalls in Form eines aus weiter Ferne zu vernehmenden Motorengeräuschs eines feindlichen Flugzeugs. Dennoch ist der Krieg mit all seinen Schrecken stets präsent, in Form des jederzeit zu gewärtigenden Befehls nämlich, die mit Sprengstoff beladenen Boote zu besteigen, um sich einem feindlichen Schiff entgegenzuwerfen.

Während seines zehnmonatigen Aufenthalts auf Kakeromajima lernte Shimao eine junge Lehrerin kennen, Ōhira Miho, seine spätere Frau. Miho, die von dieser Insel stammte und in Tōkyō studiert hatte, unterrichtete in einem nicht weit von Shimaos Stützpunkt gelegenen Dorf an einer Volksschule. Ein Jahr später – der Krieg war bereits zu Ende, die *tokkōtai* aufgelöst, und Shimao hatte sich in sein Elternhaus nach Kōbe zurückbegeben – heirateten die beiden. Die auf der Insel verbrachten Kriegsmonate und die Heirat mit der von dort stammenden Miho sollten Shimao zeitlebens an diese Gegend binden. Es war die Gegend, die ihm in zahlreichen Fällen den Stoff für seine Erzählungen lieferte, ihm aber auch die Kraft für sein Schreiben gab.

Während der folgenden sieben Jahre lebten Shimao und seine Frau in Kōbe. Shimao war an mehreren Schulen als Lehrer tätig, gleichzeitig konzentrierte er sich auf den Ausbau seiner Schriftstellerkarriere. Bald stellten sich erste Erfolge ein. Für seine Erzählung *Shutsu kotōki* (*Abzug von der Insel*, 1949) erhielt er 1950 den erstmals vergebenen Preis für Nachkriegsliteratur. Diese Auszeichnung und die Veröffentlichung einer Reihe weiterer erfolgreicher Erzählungen öffneten ihm die Tore zu wichtigen literarischen Zirkeln. Durch die Vermittlung eines seiner Mentoren, Noma Hiroshi (1915-91), der ebenfalls aus Kōbe stammte und als eine der herausragenden Figuren innerhalb der japanischen Nachkriegsliteratur gilt, eröffnete sich ihm die Möglichkeit, seine Erzählungen in Literaturmagazinen wie *Geijutsu* (*Kunst*) und der damals wohl einflußreichsten Literaturzeitschrift *Kindai Bungaku* (*Moderne Literatur*) zu veröffentlichen, von denen letztere der sogenannten *sengo-ha* (*Après-guerre-Literatur*) gleichsam als Sprachrohr diente.

Da sich die literarische Szene weitgehend auf Tōkyō konzentrierte, entschloß sich Shimao 1952, in die Hauptstadt zu ziehen. Im Stadtteil Koiwa, Bezirk Edogawa, fanden er und seine Familie eine neue Bleibe. Rasch knüpfte er Kontakte zu neu gegründeten, von literarischem Enthusiasmus geprägten Zirkeln, deren Mitglieder sich als *Dai-san no shinjin* (*Dritte Generation von neuen Schriftstellern*) bezeichneten. Die in *Der Stachel des Todes* an mehreren Stellen auftauchenden Schriftstellerkollegen Toshios dürften mit Angehörigen dieser Gruppe identisch sein. Zwar mußte er für seinen Lebensunterhalt weiterhin als Lehrer tätig sein (die Familie war inzwischen um zwei Mitglieder angewachsen: Shinzō, der Sohn, wurde 1948 geboren, und Maya, die Tochter, kam 1950 auf die Welt), doch sein eigentliches Interesse galt der Literatur und der Arbeit in den literarischen Zirkeln. Die Aktivitäten in diesen Dichterkreisen, die sich keineswegs auf hochtrabende literarische Streitgespräche beschränkten, sondern häufig in den Bars der Ginza abends ihre feuchtfröhliche Fortsetzung fanden, brachten es mit sich, daß Shimao auch die Bekanntschaft mehrerer Frauen machte: meist waren es schriftstellerisch aktive Mitglieder oder aber Verehrerinnen. Eine aus diesen Verbindungen hervorgegangene Affäre und ihre Auswirkung auf Shimaos Ehe- und Familienleben bildet den Stoff für seine *byōsaimono* (*byōsai* = kranke Ehefrau, *mono* = hier: Erzählungen), in deren Mittelpunkt die durch den Schock über die Entdeckung des außerehelichen Verhältnisses »verrückt« gewordene Ehefrau steht. Als bekanntestes Beispiel dafür gilt der hier vorliegende, weitgehend autobiographische Roman *Der Stachel des Todes* (*Shi no toge*), in dem Shimao die damaligen Ereignisse verarbeitet: seine Affäre mit einer anderen Frau und die Entfremdung von Ehefrau und Familie. Toshio und Miho im Roman – dies braucht eigentlich nicht erwähnt zu werden – sind Toshio und Miho im wirklichen Leben.

In dem Kapitel ›Zu Hause‹ findet sich eine eindrucksvolle Schilderung, wie weit die innere Loslösung Toshios von Frau und Kindern damals bereits fortgeschritten war:

»Damals kreisten meine Gedanken außerhalb der Familie. Nach dem Aufwachen verließ ich sofort das Haus, und falls ich überhaupt heimkehrte, dann erst nach Mitternacht mit dem letzten Zug. Oft blieb ich die ganze Nacht weg. Ich hatte keine Vorstellung, was zu Hause vor sich ging.«

Und wenn er im folgenden schreibt, wie ihm »aufgefallen« war, daß die beiden Kinder »leise durchs Haus schlichen« und seine Frau »immer mehr an Elan verlor und an Leib und Seele verkümmerte«, er seine Beobachtungen in dem wie von einem unbeteiligten Beobachter formulierten Satz »Darauf beliefen sich die Eindrücke, die ich von zu Hause hatte« zusammenfaßte, dann wird deutlich, wie dunkel und tief der Abgrund war, der sich zwischen ihm und seiner Frau plötzlich aufgetan hatte.

Im April 1954 bestätigten sich Mihos Vermutungen, daß ihr Mann eine Affäre mit einer anderen Frau hatte. Sie war schokkiert. Eine Welt brach für sie zusammen. Hätte sie sich an einen vertrauten Menschen um Hilfe gewandt, wäre sie mit großer Wahrscheinlichkeit mit dem Rat abgespeist worden, sich des zu der damaligen Zeit für betrogene Frauen wohl üblichsten »Heilmittels«, des *naki-ne-iri* (wörtlich: sich in den Schlaf weinen = etwas Unangenehmes klaglos hinnehmen), zu bedienen. Was anders hätte eine Frau auch tun sollen?

Nicht so Miho. In einem 1990 erschienenen Interview beschreibt sie ihre Bestürzung und ihren Zorn, als ihr ein zufällig entdeckter Eintrag im Tagebuch ihres Mannes deutlich macht, daß er eine Geliebte hatte:

»An dem Tag, als mein Mann Geburtstag hatte, ging ich abends mit den beiden Kindern zum Bahnhof, um ihn abzuholen. Wir warteten bis zum Morgen, bis die ersten Züge fuhren, aber er kam nicht zurück. Ich hatte mit viel Liebe eine ganze Meerbrasse zubereitet, für vier Personen, die nun, kalt geworden, auf dem Tisch unter einem weißen Tuch zugedeckt lag. Es war ein unsäglich schmerzlicher Anblick. Vor lauter Einsamkeit ging ich in das Arbeitszimmer meines Mannes. Dieses betrat ich selbst beim Saubermachen stets mit einem Gefühl von Schuld, als würde ich unerlaubterweise in einen heiligen Ort eindringen. Ich hatte nichts auf dem Schreibtisch angerührt, als mein Blick plötzlich auf ein paar hingekritzelte Zeilen in dem aufgeschlagen daliegenden Tagebuch fiel. Als ich das Geschriebene, ohne mir viel dabei zu denken, las, war mir plötzlich, als hätte ein mit großer Kraft ausgeführter Schlag meinen Körper durchdrungen. Ein heißer Impuls überkam mich. Doch schon im nächsten Moment verspürte ich einen eisigen Schauer durch meinem Körper jagen. Ich fing an zu zittern und war nicht mehr imstande, aufrecht zu stehen. Unvermittelt ließ ich mich auf die Knie nieder und brüllte, während ich auf allen vieren durchs Zimmer kroch, unablässig wie ein Löwe ein schreckliches ›Uoh! Uoh!‹ In einer solchen Extremsituation wird der Mensch wohl zum Tier. Ich verlor meinen Verstand und jedes Bewußtsein, ein Mensch zu sein. Ich stürzte in eine tiefe Verwirrung hinab.« (Aus: *Sakuran no tamashii kara yomigaette*, 1959. Wiedergegeben in einem Interview mit Shimao Miho in der Zeitschrift *Ōru Yomimono*, November 1990).

Mihos Zustand verschlimmerte sich zusehends. Gegen Ende des Sommers 1954 erlitt sie erste Nervenzusammenbrüche. Im Oktober mußte sie sich schließlich einer stationären Behandlung unterziehen, die aber nur wenig Erfolg zeigte. Eine eindeutige Diagnose wurde nicht gestellt. Es war von Schizophrenie die Rede, andere Ärzte sprachen vage von einer »psychisch bedingten« Reaktion. Miho wurde entlassen, und in den folgenden Monaten entbrannte zwischen den Ehepartnern eine grimmige Schlacht, deren einzelne Szenen in dem vorliegenden Roman in alptraumhaften Bildern vor unseren Augen vorüberziehen. Grotesk und seltsam abgehoben von der Wirklichkeit wirken die Beschreibungen bereits im ersten Kapitel ›Aus der Tiefe‹, wenn sich die beiden auf dem Weg zur Nervenklinik, laut den Namen des anderen rufend, durch die Waggons der Züge jagen oder sich auf dem Bahnsteig in aller Öffentlichkeit ohrfeigen. Immer wieder ist von dem »Zorn ihres (= Mihos) Mißtrauens« die Rede, der »unablässig wie Methangas« emporbrodelt. Später, in dem Kapitel »Zu Hause«, erfolgt eine bis in kleinste Details gehende Beschreibung des aus den Fugen geratenen Familienlebens, und mit Erschrecken stellen wir fest, wie tief die Verwirrung Mihos damals gewesen sein muß, wenn sie »nachts mit dem rastlosen Blick eines Panthers durch die Gegend streifte, sich vom Bahnsteig auf die Gleise stürzte und sich dabei Prellungen und Schürfwunden zuzog«.

Mitte 1955 ließ sich eine erneute stationäre Behandlung nicht mehr vermeiden. Miho kam in die geschlossene psychiatrische Abteilung des Krankenhauses von Kōnodai in Ichikawa, einer nicht weit von ihrem Wohnort gelegenen kleinen Provinzstadt. Auch für Toshio hatte sich die Lage dramatisch verändert. Seine Frau hatte ihn gezwungen, sich aus der Beziehung zu seiner Geliebten zu lösen, sie machte ihm die Verantwortung bewußt, die er für ihr »Kranksein« trug, zudem sah er sich ihren unerbittlichen Attacken ausgesetzt, die in Form von »Verhören« in regelmäßigen Abständen über ihn hereinbrachen. Seine ganze Verzweiflung drückte sich aus in dem Satz: »Am liebsten hätte ich alles, was mit meiner Person zusammenhing, abgestreift.« Etwas wie ein schwarzer, niederdrückender Schleier aus dichtem, schwerem Gewebe hatte sich über die beiden gesenkt, die Außenwelt war plötzlich wie in weite Ferne gerückt. Wie düster es in den Herzen der beiden ausgesehen haben muß, wird deutlich, wenn Toshio schreibt, wie selbst die Helligkeit der äußeren Welt von der Finsternis in ihrem Inneren assimiliert wurde: »Das Licht der sengenden Sonnenstrahlen verdunkelte sich beim Eintritt in die Furchen unserer Hirnwindungen.«

Angesichts dieser schweren psychischen und emotionalen Störungen nimmt der Leser mit Erstaunen wahr, wie bei Miho das Gefühl für das Reale immer wieder an die Oberfläche dringt. So meint sie unter anderem einmal nüchtern: »Du hast mich schließlich in den Wahnsinn getrieben. Also sorge gefälligst dafür, daß ich wieder normal werde.« Toshio erkennt: »Die Saat, die ich gesät hatte, mußte ich nun selbst ernten.«

Shimao Toshio gibt seine Stellung als Lehrer auf und läßt sich im Mai 1955 mit seiner Frau in die Klinik einweisen, damit er sich ihr besser widmen kann. Unter seinen Schriftstellerkollegen spricht sich die Neuigkeit schnell herum. Es wird mit Spott reagiert, aber auch mit Bewunderung. Der Aufenthalt – insgesamt fünf Monate – schlägt sich literarisch in den sogenannten *byōinki* (Aufzeichnungen aus dem Krankenhaus) nieder, einer Sammlung von Erzählungen, in denen die gemeinsam verbrachte Zeit in der Klinik beschrieben wird. Einige dieser *byōinki* sind als die ersten drei Kapitel in der vorliegenden Ausgabe von *Der Stachel des Todes* enthalten.

Eine genaue Definition, welche Erzählungen letztendlich das »Werk« *Der Stachel des Todes* ausmachen – gemeint sind hier die in Buchform erschienenen Erzählungen –, ist problematisch. Gewiß, man spricht von einer vollständigen letzten Version und meint damit die 1977 erschienene Ausgabe. Es finden sich darin insgesamt zwölf Erzählungen, von denen die Erzählung *Der Stachel des Todes* das Kernstück bildet. In den Erzählungen werden die damaligen Ereignisse, angefangen von der schrittweisen Entfremdung Toshios von seiner Frau bis hin zu ihrer Internierung, chronologisch streng geordnet beschrieben und verarbeitet. Man muß dabei jedoch bedenken, daß die in den Band von 1977 aufgenommenen Erzählungen über einen Zeitraum von mehr als 16 Jahren geschrieben wurden – die erste (*Abgeschiedenheit*) im Jahre 1960, die letzte (*Bis zur Einlieferung*) 1976. Wie in Japan allgemein üblich, wurden die einzelnen Erzählungen zuerst in Literaturmagazinen veröffentlicht, um sie dann später in Form eines Buches neu herauszubringen. Wahrscheinlich hatte Shimao Toshio schon sehr früh eine genaue Vorstellung, was er mit diesem Werk aussagen wollte. Wie sonst ließe sich erklären, daß bereits im Jahre 1960 eine sechs Erzählungen enthaltende erste Ausgabe unter dem Namen *Der Stachel des Todes* erschienen war, in der vier mit den Erzählungen der hier vorliegenden Ausgabe identisch sind. 1962 folgte eine zweite Ausgabe mit den neun *byōinki*-Erzählungen und sechs *byōsaimono*, 1963 eine dritte mit insgesamt acht Erzählungen. Diese, also die Ausgabe von 1963, liegt der deutschen Ausgabe zugrunde.

Die Entscheidung, welche Ausgabe für die Übersetzung ins Deutsche herangezogen werden sollte, war keineswegs leicht. Natürlich stellte sich die Frage, ob nicht die letzte Ausgabe, nämlich die von 1977, die in der Taschenbuchausgabe 505 Seiten umfaßt, am besten geeignet sei. Dies hätte jedoch bedeutet, daß der Schwerpunkt auf den Ereignissen vor der Internierung Mihos gelegen hätte, die gemeinsam verbrachte Zeit in der Nervenklinik damit nur am Rande zur Sprache gekommen wäre. Daß die Wahl schließlich auf die Ausgabe von 1963 fiel, hatte mehrere Gründe. Die Ausgabe enthält eine gut ausgewogene Kombination von *byōinki*- und *byōsaimono*-Erzählungen, in denen sich die künstlerische Kernaussage literarisch überzeugend widerspiegelt. Reizvoll an dieser (285 Seiten umfassenden) Ausgabe ist außerdem die zeitliche Anordnung der Erzählungen. Der Roman beginnt mit einer Szene kurz nach der Einlieferung der beiden Eheleute ins Krankenhaus, der eine Beschreibung des qualvollen Prozesses der Wiederannäherung folgt. Die Ereignisse, die zur Einlieferung führten, werden dabei gleichsam retrospektiv aufgerollt. Erst im vierten Kapitel wird klar, was der Grund für die »krankhafte Besessenheit« der Frau war – ein interessantes kompositorisches Mittel, das beim Leser Spannung erzeugt und ihn wie ein Sog in das Geschehen hineinzieht. Im vierten Kapitel findet auch örtlich ein Wechsel statt: der Leser sieht sich versetzt in ein kleines Haus am Stadtrand von Tōkyō, wo er Zeuge eines immer stärker desintegrierenden Familienlebens wird, wo ihm Szenen vor Augen gestellt werden, die an Eindringlichkeit kaum zu überbieten sind. »Papa sieht aus wie ein Teufel«, sagt Shinichi, der Sohn, und spricht damit das Wort aus, das auf die Situation in diesem Haus anzuwenden ist: Die Beziehung zwischen Toshio und seiner Frau war in einen teuflischen Kreislauf geraten, das Familienleben zur Hölle geworden.

Der mit der japanischen Literatur nicht so vertraute Leser mag sich bestürzt fragen, was einen Schriftsteller veranlaßt, Autobiographisches derart offen in einem Roman darzustellen. Diese Art der »unverblümten Beschreibung« oder präziser: der »ungeschönten Selbstaussage«, wie Irmela Hijiya-Kirschnereit es in ihrem Buch *Selbstentblößungsrituale* (1981) bezeichnet, hat in Japan jedoch Tradition. Die Gattung der *shishōsetsu* oder auch *watakushishōsetsu* (beide wörtlich: Ich-Roman) begann sich um die Jahrhundertwende aus dem europäischen Naturalismusbegriff als ein japanisch geprägter *shizenshugi* (Naturalismus) herauszubilden und etablierte sich in den zwanziger Jahren in Form der *shishōsetsu* als literaturwissenschaftlicher Begriff. Anders als beim westlichen Ich-Roman, bei dem das für den Protagonisten stehende *Ich* häufig nur eine erzähltechnische Funktion hat, zeigt sich das *Ich* in den innerhalb der japanischen Prosaliteratur wohl beliebtesten und auch heute noch sehr verbreiteten *shishōsetsu* als weitgehend mit der Person des Autors identisch. Das deutlich im Vordergrund stehende therapeutische Moment, das Schreiben als »Rettung« aus einer Krisensituation, die kathartische Wirkung des *Auf-das-Papier-Bringens* einer ausweglos erscheinenden Situation sind dabei maßgebliche Faktoren für die Popularität dieser Romangattung in Japan, wo die zwischenmenschliche Kommunikation oft Zwängen unterliegt, die ein offenes An- und Aussprechen von Problemen erschweren. Zweifellos war auch für Shimao das Schreiben ein Mittel zur Bewältigung seiner Krise. Bei ihm gewinnt jedoch das Moment der »Rettung« und »Läuterung« eine neue Dimension, vor allem wenn man bedenkt, daß einige der Erzählungen fast zwei Jahrzehnte nach dem tatsächlichen »Vorfall« geschrieben wurden. Auch der Hinweis, daß nicht »Blut-«, sondern »Tintenspritzer Schreibtisch, Boden und Wände (seines Arbeitszimmers) übersäten«, als Toshio eines Mittags von seiner Geliebten nach Hause zurückgekehrt war, mag in diese Richtung gedeutet werden. Die Tat, symbolisiert durch das Blut, wird verhindert durch das Schreiben, dargestellt durch die Tinte als Metapher.

Die Erzählung *Der Stachel des Todes*, das Kernstück des hier vorgelegten Romans, erregte nach ihrer Veröffentlichung (1960) in der Literaturzeitschrift *Gunzō* großes Aufsehen. Nicht wenige Leser betrachteten die Erzählung als eine Art Liebesroman, in dem anhand erschütternder Szenen die Frage nach dem Wesen ehelicher Treue und Liebe gestellt wird. Aber auch die Ambivalenz im Zusammenhang mit der Frage, wer hier denn nun – um es einmal banal auszudrücken – der Täter war und wer das Opfer, mußte für so manchen Leser von Interesse gewesen sein. Tatsächlich tritt Miho in zahlreichen Fällen als Peinigerin auf, deren Angriffen und Schikanen Toshio wehrlos ausgesetzt ist. Die Frau gewinnt immer stärker an Dominanz, für den von Schuldgefühlen gepeinigten Ehemann wird sie zu einem göttergleichen Wesen, dem er sich unterwerfen muß. Auch bot die Erzählung für so manchen Leser einen Anreiz, sich mit dem im japanischen Kontext relativ fremden Denken von Schuld und Sühne auseinanderzusetzen. Wie weit für Shimao, der 1956 zum katholischen Glauben übergetreten war und sich taufen ließ, dieser Aspekt im Vordergrund stand, ist nicht völlig geklärt. Das Zitat aus der Bibel »Verschlungen ist der Tod im Siege! Tod, wo ist dein Sieg? Tod, wo ist dein Stachel?« (*1. Korintherbrief*, *15, 54-55*) kann, wie Takeda Tomoju es in seiner *Studie über Shimao Toshio* (*Shimao Toshio ron*, 1976) darstellt, als Ausdruck einer »christlich geprägten Betrachtung der Existenz« gesehen werden, bei der die Erbsünde »das Potential in sich einschließt, einen anderen Menschen zum Opfer zu machen«. Die Erlösung ließe sich demnach als Befreiung von diesem Potential erklären. Auch Shimao selbst bekennt in seinem Aufsatz *Tsuma e no inori: hoi* (*Ein Gebet für meine Frau: Postskript*, 1958), daß er seine Frau als eine ihm von Gott auferlegte Prüfung ansah. Mit Sicherheit falsch wäre es jedoch, Shimao als einen vornehmlich christlich geprägten Schriftsteller zu bezeichnen. In seinem Werk finden sich nicht genügend Hinweise, die einen solchen Anspruch rechtfertigen könnten.

Im Oktober 1955 wurde Miho aus dem Krankenhaus entlassen. Shimao und seine Frau zogen in den Süden Japans, nach Amami Ōshima, denn beide waren überzeugt, daß Miho sich dort im Kreise ihrer Familie am schnellsten erholen würde. Shimao fand an seinem neuen Wohnort abermals eine Anstellung als Lehrer, widmete sich aber gleichzeitig seiner Schreibarbeit. In den folgenden Jahren entstanden die meisten seiner *byōsaimono-* und *byōinki*-Erzählungen (letztere bilden in gewissem Sinne eine Untergruppe zu den *byōsaimono*). Den Höhepunkt dieser Schaffensperiode bildete, wie bereits erwähnt, die 1960 veröffentlichte Erzählung *Stachel des Todes*, deren 17 Jahre später erschienene Romanversion mit dem Yomiuri-Literaturpreis und dem Grand Prix für japanische Literatur (*Nihon bungaku taishō*) ausgezeichnet wurde. 1990 erfolgte die Verfilmung des Romans durch Oguri Kōhei.

Shimao begann sich schon bald für die Kultur der Ryūkyū-Inseln zu interessieren. 1957 wurde er Kurator am Museum für japanische und amerikanische Kultur in Amami und gründete eine Gesellschaft zur Erforschung der Amami-Inselgruppe. Zahlreiche Essays zu diesem Themenbereich geben Zeugnis von dem Enthusiasmus, mit dem er an die Arbeit ging. Gleichzeitig griff er das Thema des Kriegs wieder auf. Das wichtigste aus dieser Beschäftigung hervorgegangene Werk ist seine Erzählung *Shuppatsu wa tsui ni otozurezu* (*Der Abmarsch, der niemals erfolgte*, 1962), eine realistische Darstellung der Zeit kurz vor der Kapitulation Japans. Auch in vielen seiner *byōsaimono* zeigt sich, daß Shimao seine Kriegserlebnisse nie als etwas Abgeschlossenes betrachtet hat, sie vielmehr immer wieder in seine Arbeit zu integrieren versuchte, wenn auch oft nur andeutungsweise und in nicht immer sofort erkennbarer Form. Philip Gabriel weist in seinem Buch *Mad Wives and Island Dreams* (1999) zu Recht darauf hin, daß es sich bei dem in mehreren Erzählungen auftauchenden Oberleutnant und dem Dorfmädchen um »spätere Manifestationen Toshios und Mihos« handelt, und auch in dem Roman *Der Stachel des Todes* finden sich zahlreiche Stellen, die Szenen aus jener Zeit in sein Bewußtsein zurückrufen. »Schlag mir auf den Kopf, aber richtig!« befiehlt seine Frau ... »Mit geballter Faust versetzte ich ihr einen wuchtigen Schlag, der dumpf auf das Fleisch prallte. Meine Faust hatte sich plötzlich wieder zu der Hand verwandelt, mit der ich beim Militär die Untergebenen geschlagen habe.« Schlagen, Gewalt, Bevormunden, Vergewaltigen, zum Opfer machen ..., dies alles sind Begriffe, die sich für ihn unweigerlich mit der Brutalität des Krieges verbinden, die ihm gleichzeitig aber bewußtmachen, daß abgewandelte Formen dieser Gewalt auch in seinem jetzigen Leben präsent sind, die – wenn auch auf sehr viel subtilere Art – seine Frau zum Opfer werden ließen.

Auch bei Shimaos Beschäftigung mit der Ryūkyū-Kultur dürften seine Kriegserlebnisse eine nicht zu unterschätzende Rolle gespielt haben. Und umgekehrt sind auch seine Ryūkyū-Studien als eng verwoben mit den in *Der Stachel des Todes* verarbeiteten Ereignissen anzusehen. Wenn nämlich Shimao in dem Roman die Geschichte seiner Frau niederschreibt, dann gibt er damit Zeugnis »von einer Frau, die« – wie Gabriel schreibt – »aus Amami stammte, sich aber nicht an ein Leben fern von der Insel anpassen konnte, die ein starkes Gefühl von Deplaziertheit verspürte, welches sie letztlich wieder zu ihrer Insel im Süden zurückkehren ließ«. Die kompromißlose Identifizierung Shimaos mit seiner Frau im Zuge des Heilungsprozesses implizierte für ihn wie selbstverständlich eine kompromißlose Identifizierung mit ihrer Heimat, mit der sie so stark verbunden war.

Etwa ab Mitte der 50er Jahre bis 1978 verfaßte er über 170 Essays, oft *Yaponesia-Essays* genannt, die sich mit kulturellen, ethnologischen und geographischen, aber immer wieder auch mit politischen Aspekten der Ryūkyū-Inseln befaßten. In diese Zeit fallen auch seine sogenannten *Insel-Erzählungen*, die er parallel zu seinen *byōsaimono*-Erzählungen schrieb. Zu den wichtigsten Vertretern dieser Gruppe von insgesamt fünf

Erzählungen gehören *Kawa ni te* (*Am Fluß*, 1959), die Beschreibung der Reise eines Ehepaars zu einem verborgenen Fluß auf einer Insel, die letztlich zu einer Reise ins Unbewußte wird, sowie *Shima e* (*Zur Insel*, 1962), in der sich Elemente sowohl seiner *tokkōtai*-Erfahrung als auch seiner Internierung finden.

Shimaos literarische Tätigkeit in der Zeit von 1955 bis 1975 konzentrierte sich vornehmlich auf Amami Ōshima, er versäumte es jedoch nicht, auch während dieser Jahre der Abgeschiedenheit seine Kontakte zu Schriftstellerkreisen in Tōkyō zu pflegen. Häufige Reisen mit zum Teil längerfristigen Aufenthalten in der Hauptstadt, aber auch Auslandsreisen (u.a. nach Amerika, Puerto Rico, Polen, in die Sowjetunion und nach Indien) wirkten sich fruchtbar auf seine Arbeit aus. 1975 zog er nach Kyūshū, seine letzten Lebensjahre verbrachte er in der Nähe von Yokohama, wo er im November 1986 starb. Miho, seine Frau, wurde nach ihrer Genesung selbst schriftstellerisch aktiv und machte sich mit zum Teil mehrfach preisgekrönten Werken wie *Umibe no sei to shi* (*Leben und Tod am Meeresstrand*, 1974) einen Namen.

Shimao Toshio hat als Schriftsteller eine kaum überschaubare Zahl von Werken hervorgebracht. Dennoch wird sich der Name Shimao stets mit seinem Hauptwerk *Der Stachel des Todes* verbinden. Die hier vorgelegte Ausgabe des Romans konfrontiert den Leser gleich zu Beginn mit einem Ergebnis. Der Leser erkennt: Etwas Schreckliches muß passiert sein, jemand hat den Verstand verloren, zwei Menschen befinden sich seelisch und körperlich am Rand einer Tragödie. Die Gründe dafür kennen wir nicht, erst im Laufe der Zeit werden sie uns rückblickend nahegebracht. Und plötzlich sehen wir uns mitten in den qualvollen Prozeß geworfen, in dessen Verlauf die beiden Kontrahenten sich langsam zerfleischen.

Der Roman endet fast friedlich an der Sperre eines Bahnhofs in einem kleinen, verschlafenen Ort auf dem Land. Der Schluß hinterläßt ein Vakuum, der Kreis schließt sich nicht. Die Ereignisse zwischen der Ankunft auf dem Land und der

Einlieferung in die geschlossene psychiatrische Abteilung eines Krankenhauses bleiben uns unbekannt. Dennoch ist uns jeder spekulative Spielraum verwehrt: die Hoffnung auf eine mögliche Besserung. Wir kennen das Ende. Wir wissen, daß alles so kommen mußte, wie es gekommen ist. In dem verbleibenden leeren Raum vermeint man bereits eine Stimme zu hören, die sagt: »*Ich leide, ich leide, ich leide so sehr...*«

Wolfgang E. Schlecht